Die Königin der Nacht – EISMEER

GERT G. A. ERICHSEN

Die Königin der Nacht
– Teil 3 –

EISMEER

Saga einer ungewöhnlichen Liebe

Bibliografische Information der Deutschen Nationalbibliothek:
Die Deutsche Nationalbibliothek verzeichnet diese Publikation
in der Deutschen Nationalbibliografie; detaillierte bibliografische
Daten sind im Internet über http://dnb.dnb.de abrufbar.

© 2016 Gert G. A. Erichsen
Satz, Umschlaggestaltung, Herstellung und Verlag:
BoD - Books on Demand

ISBN: 978-3-7412-4444-5

Meine Gattin Anna feierte vor Kurzem ihren fünfundzwanzigsten Geburtstag. Im Frühsommer wird sie an der Uni ihre letzten Prüfungen ablegen, ihre letzten Klausuren schreiben und ist dann eine ehrwürdige Candidata Juris. Meine Ehefrau Anna Schütze-Fuglsang: eine angesehene Rechtswissenschaftlerin – nahezu unglaublich! Und noch unglaublicher ist: Sie will umgehend ein Kind mit mir. Ich kann nur staunen. Zum Glück kann ihr arabischer Liebhaber mit seinem Samen nicht dazwischenfunken, er ist nach Jütland gezogen und schlägt sich als Oberarzt an einer Universitätsklinik durch. Auch mit den sexuellen Abenteuern in der Amaliegade ist es bald vorbei, im Herbst findet dort die letzte Orgie statt. Wegen der vielen geilen Feten hatten die Eigentümer dauernd Ärger mit den Nachbarn, was ihnen unerträglich wurde, weshalb sie die Wohnung verkauften. Sie haben uns zur Abschiedsfeier eingeladen, danach werden sie nach Hamburg ziehen, um bei Siemens und Hapag-Loyd Stellungen anzutreten. Auf den Kiez in St. Pauli freuen sie sich schon ungemein, denn dort blüht, von langweiligen Nachbarn ungestört, die Sünde.

Knapp sieben Jahre haben wir miteinander verbracht. Der Backfisch Anna krempelte mein Leben um, die Königin der Nacht hat mich gelehrt, was unbedingte Liebe ist, wie man eine Frau liebt, die auch gern mit anderen fickt.

Ich halte in der Einfahrt zum Bregnegårdsvej dreizehn und steige aus, Anna kommt mir entgegengelaufen. Strahlend jung ist sie, das Licht des Eismeeres ihrer blauen Augen verzaubert mich, das Feuer ihrer roten Haare versengt mein Herz. Werde ich nie von der Krankheit Anna genesen? Ihre vollen Lippen auf den meinen – nein, ich werde es nicht, der Tod wäre die einzige Medizin, doch es wird wahrscheinlich noch viele Jahre dauern, bevor er mich heilen wird.

»Andreas, die Kanzlei hat mir für sechs Monate einen Job bei einer Versicherungsgesellschaft besorgt. Es ist eine Teilzeitanstellung, damit ich mich weiterhin den Kindern widmen kann. Leider ist es nur eine Vertretung. Wir müssen mit dem Kinderzeugen warten, bis ich etwas Festes habe.«

»Wann trittst du die Stelle an?«, frage ich. Ich möchte das schöne, junge Weib in Jeans, weißer Bluse und flachen Schuhen sofort ins Schlafzimmer schleppen, um sie zu schwängern.

»Nein, Andreas, die Kinder kommen gleich von ihrer Mutter.« Sie weiß, was ich vorhabe, und lächelt mich ungezogenen Buben an. Ich bin halt ein kleiner vierzigjähriger Junge, den sie immer noch erziehen muss.

»Am ersten August fange ich bei der Versicherung Tryg an. Aber ich werde da nicht bleiben. Ich suche mir eine Stellung in einem Ministerium, weil ich dort leichter in Teilzeit arbeiten kann. Wir fahren vorher mit den Kindern einige Wochen nach Hejsager ins Sommerhaus und dann allein eine Woche nach Cap d'Agde zu den geilen Nackedeis. Mit sexuellen Abenteuern ist es vorbei, sobald du mich geschwängert hast, denn ich will sicher sein, dass du der Vater bist.«

»Das ist ja nett von dir, dass du mich als genetischen Vater für dein Kind haben möchtest.«

»Genau, Hund, so bin ich, nett und unschuldig«, sagt sie, knöpft ihre weiße Bluse auf, damit ich in eine ihrer rosa Brustwarzen beißen kann, dann ergreift sie meine Hand. »Komm, Andreas, schnell, wir schaffen es, bevor die Kinder da sind.« Sie schreitet mit schwingender Hüfte vor mir durch die Halle, auf der Treppe tanzt ihr weißer Po vor meiner Nase, ihre Hose ist schon aufgeknüpft. Ich will ihre Fotze lecken, aber sie wehrt mich ab, reißt mir stattdessen das Hemd vom Oberkörper.

»Kein Vorspiel, rein mit deinem Schwanz, ich will deinen

Samen in mir, bald wird dein Kind in mir sein.« Nass ist sie, sie kann es kaum abwarten, stöhnt wollüstig bei meinem Eindringen, langsam bewege ich meinen Schwanz tief in ihr.

»Schneller, Hund, härter, fick deine Hure.« Oben in ihrer Götterfotze ist schon der Ring, der mich unerbittlich zum Samenerguss zwingt. Sie heult, ich brülle, ihre Scheide erweitert sich, wir verschwinden von dieser Welt. Das Klingeln an der Haustür erweckt uns von den Toten, wir ziehen schnell Hose und Hemd an, Birgit steht mit den Kindern vor der Tür.

»Habt ihr aber rote Gesichter«, sagt meine Ex, sie hat erkannt, was bei uns eben lief. Sie kann sich nicht beherrschen und prustet los. »Sollen wir später wiederkommen?«, stöhnt sie, während ihr vor Lachen die Tränen über die Wangen laufen. Die Kinder drängeln sich an uns vorbei ins Haus, begrüßen den Kater Julius, der die beiden vermisst hat. Das geduldige Tier lässt sich von ihnen tätscheln, er ist der König vom Bregnegårdsvej.

»Wo geht es diesmal hin?«, frage ich Birgit.

»Zu einem Kongress in Buenos Aires. Weil Lars seine Frau dabeihat, kann er, ohne Anstoß zu erregen, den traditionellen Besuch im Bordell absagen. Das gehört sonst bei Kongressen in Südamerika zum Programm, aber meinem Lars gefällt das nicht. Da ist er halt sehr modern, nicht so wie in alten Tagen, als das Teil des Lebens eines jeden sittsamen Bürgers war. Aber Tango werden wir tanzen. Darauf freue ich mich schon.«

Birgit geht mit in die Küche. Ich koche uns eine Kanne Tee. Der Sinn des Lebens ist für Birgit, nachdem ihr Liebeswahn, in den Lars sie versetzt hatte, überstanden ist, das von ihrem Vater geerbte Sommerhaus und ihre Kinder. Aber meine Ex-Frau bleibt exzentrisch. Einerseits bekommt unsere Tochter Marie teure französische Kinderkleidung von Jacadi, andererseits sieht Maries Unterwäsche immer verheerend aus, wenn sie von ihrer Mutter zu mir kommt. Und Birgits Luxussommerhaus im mondänen Nordseeland mit privatem Strand und Meeresaussicht stinkt nach Hühnerkacke und ihrem langhaarigen Hund. Wenn wir sie im Sommerhaus besuchen, laufen ihre Hühner häufig in den Zimmern herum und es besteht die Gefahr, in ihre Exkremente zu treten. Birgits Collie ist ein freundliches, aber nerviges Tier, dessen Pelz schimmelig riecht und der auf dem Grundstück Hunderückstände hinterlässt. Meine Ex fährt, damit im Wagen für Kinder und Tiere Platz ist und sie keinen Neid erweckt, einen verschlissenen Citroën Caravan. Ihr Haus in Gentofte sieht, mit seiner zerbröckelten Marmortrappe und den Rissen in der Stuckfassade, schäbig aus. Aber es ist mit kostbaren Antiquitäten möbliert und innen einem venezianischen Palazzo ähnlich. Weil ihr Haus von der Straße aus so armselig aussieht und ein abgenutzter Citroën Caravan vor der Tür steht, benötigt sie keine Alarmanlage. Kein Einbrecher würde annehmen, dass es in ihrem Hause etwas zu stehlen gibt. Auch ihr Ehemann, der Professor Lars, sieht auf seinem Raleigh-Fahrrad mit seiner schäbigen braunen Brieftasche auf den Gepäckträger armselig aus. Niemand würde vermuten, dass in dem Haus im Granhøjen vier zwei Großverdiener wohnen. Angeben finden sie und ihr Mann, der berühmte Professor, lächerlich.

Birgit stellt große Ansprüche ans Leben. Nur das Beste ist nach ihrer Meinung gut genug. Darum haben wir für sie Darjeeling First Flush aus Perchs Teegeschäft in der Innenstadt im Haus. Vorsichtig gieße ich den goldenen Tee in die schönen Tassen der dänischen Königlichen Porzellan-Manufaktur. Meine Ex ist zwar Exzentrikerin, aber auf Qualität versteht sie sich. Sie bevorzugt, den wohlduftenden goldenen Tee aus dem erlesenen chinesischen Porzellan zu trinken, das ich von meinem Vater geerbt habe. Ich schmiere Brote für die Kinder, die beiden Frauen am Küchentisch klatschen und knabbern an den Ginger-Cookies von Perch – natürlich die einzigen Ginger-Cookies in Kopenhagen, die Birgit und meiner jungen Frau gut genug sind. Anna ist hochintelligent und hat schnell erfasst, dass Qualität das Leben reizvoller macht.

»Habt ihr eine Einladung zu der Hochzeit von deinem Johann und seiner Alexandra bekommen?«, fragt Birgit meine Ehefrau. Ach ja, der Pagenkopf heißt Alexandra, das vergisst ein dummer Hund wie ich ständig.

»Ja, Birgit, wir sind eingeladen. Das hat mit den beiden aber gedauert. Die wollten doch schon ewig heiraten, aber entscheiden konnten sie sich nicht«, meint Anna und schüttelt ihren Kopf. »Alexandra hatte immer irgendeine Ausrede, warum es mit dem Heiraten nicht passt. Irgendetwas stimmt mit den beiden nicht. Weißt du, warum sie gerade jetzt heiraten?«

»Na klar«, sagt Birgit. »Sie ist schwanger und sie will keine Abtreibung. Darum ist Anfang August die Trauung, da sind die Leute aus dem Urlaub zurück. Noch sieht man es ihr nicht an, wie es um sie steht. Lene ist ganz durcheinander, weil sie Großmutter wird. Sie will lieber Sexorgien, wie ihr beide, und was weiß ich. Stattdessen erwartet sie eine große Hochzeit und nachher kann sie Enkelkinder aufpäppeln. Für eine Femme fatale nicht gerade das Richtige.«

»Geile Mütter und Großmütter sind doch im Moment Sache«, wage ich einzuwenden. »Das sieht man in den amerikanischen Fernsehserien ja dauernd. Anna will bald ein Kind von mir, hoffentlich wird sie dadurch nicht genauso langweilig wie die meisten Muttis. Aber das hängt vielleicht auch vom Vater ab. Will der Ehemann nach der Geburt nur die große Mutter und vergisst dabei, die geile Hure anzubeten, dann ist es mit dem Geschlechtsleben bald vorbei.«

»Dann besteht ja keine Gefahr, dass uns ein solches Unglück passiert«, meint meine Gattin.

»Da solltest du dir nicht so sicher sein, Anna«, sagt Birgit und nimmt einen Schluck Tee. »Nach jeder Geburt hat es lange gedauert, bis ich mich wieder an die groben Hände und Gesichter der Männer gewöhnt habe. Den ganzen Tag nur ein süßes Baby und dann kommt abends ein holpriger Mann ins Haus getrampelt. Das war nicht leicht zu verkraften und sexy war es auf keinen Fall.«

»Birgit, Thorbens Lise hat es trotz des Kindes geschafft und auch die Krankenschwester Jane.«

Meine Ex lenkt ein, sagt tröstend: »Andreas gibt keine Ruhe, bevor es wieder funktioniert. Das weiß ich aus Erfahrung.«

Die beiden Weiber gehen in den Garten, um den französischen Estragon einzupflanzen, den Birgit für meine Ehefrau mitgebracht hat. Anna will bald Hähnchen mit Estragon zubereiten, worauf ich mich schon freue. Auf der Treppe das Geräusch von Kindern. Marie kommt mit dem Kater Julius im Arm in die Küche, Lasse setzt sich mit seinem Nintendo an den Küchentisch. Wie sind sie groß geworden. Nächstes Jahr kommt Lasse aufs Gymnasium, in drei Jahren wird er sein Abitur machen und will dann Biologie studieren. Die Berufe seiner Eltern sagen ihm nicht zu. Er meint, als Arzt sei fürs Leben kaum Zeit übrig. Ich habe für die Kinder Brote gestrichen, was zwar unsinnig ist, denn eigntlich können sie das ja selber, aber sie finden es urgemütlich, von ihrem Vater verzogen zu werden.

Abends kann ich nicht einschlafen, weil ich mir wegen des zukünftigen Kindes Sorgen mache. Mutter zu werden kann ich Anna nicht verweigern, aber wie werden wir es schaffen? Ein Baby, das uns rund um die Uhr strapaziert, und um Lasse und Marie müssen wir uns auch noch kümmern. Zwei Teenager im Haus und ein Baby, das wird nicht einfach werden. Nach sechsundzwanzig Wochen Mutterschutz plus vier Wochen Urlaub wird Anna eine berufstätige Mutter sein. Keines meiner Kinder war bisher in der Kinderkrippe. Wie mache ich das nur mit dem Neuen? Wer soll sich seiner annehmen, wenn die dreißig Wochen vorbei sind? Meine Schwiegereltern arbeiten beide und meine Eltern sind verstorben. Ein Baby und dazu zwei Stiefkinder im Haus, selbst bei Teilzeitarbeit kann das ja nur schiefgehen. Und im Hintergrund wird meine Ex-Frau lauern. Die ist zwar im Moment freundlich, aber sie wird alles tun, damit es zwischen Lasse und mir Streit gibt und er zu ihr zieht. Für Sex werden wir kaum Zeit haben. Werden wir bei all der bleiernen Müdigkeit überhaupt noch geil sein? Lise und Thorsten hatten es mit nur einem Kind einfacher, er ist halt Sexologe. Aber Jane musste trotz nur eines Kindes eine Scheidung überstehen, bevor der Sex wieder funktionierte. Ihr Mann war kein Sexologe und nach der Geburt ihrer Tochter gefiel er ihr nicht mehr. Eltern zu werden verändert die Leute, vor allem beim ersten Mal. Aber Kinder zu bekommen ist die einzige Art, wie ein Mensch erwachsen werden kann. Sonst trottet er ewig jung durchs Leben. Nur Anna wird sich kaum verändern. Sie ist halt schon als Erwachsene geboren worden.

»Komm«, sagt Anna, sie spürt meine Unruhe und will Sex mit mir. Erst will die Stimmung bei mir nicht kommen, aber als Frau und Nutte kann sie ihr Handwerk. »Freust du dich darauf, dass ich in Cap d'Agde mit vielen Männern ficken werde?«, fragt sie und küsst mich mit heißen Lippen. »Andreas, bestrafe deine Nutte, zieh an meinen Brustwarzen.« Das ungezogene Glied zwischen meinen Beinen steht, es brennt in meinem Unterleib. Ich möchte mit meiner harten Lanze das geile Weib für immer aufspießen, sodass niemals ein anderer Mann in sie eindringen wird. Sobald mein Samen in Anna geflossen ist und der Kampf der Geschlechter vorbei ist, fallen wir in einen tiefen Schlaf. Es wird schon werden. Mit einer Nutte als Frau kann unser Geschlechtsleben kaum einschlafen. Oder doch, auch eine Nutte kann sich in eine langweilige Mutti mit einem riesigen Hintern verwandeln.

Wie immer absolviert Anna die Klausur und die Prüfungen mühelos, doch wegen ihrer Hirnverletzung leider nicht nur mit der Note eins. Jedes Jahr geht es ihr zwar besser, aber ganz so gut wie vor dem Fahrradunfall vor einigen Jahren funktioniert ihr Gehirn immer noch nicht. Seitdem leidet sie an Migräne. Die Anfälle kommen glücklicherweise oft nur als Sehstörungen und es vergehen mittlerweile Monate dazwischen, aber dennoch.

Am nächsten Freitag beginnen für Anna die Sommerferien. Im Laufe des Sommers wird sie ihr Staatsexamen in einem braunen Umschlag mit der Post zugeschickt bekommen. Und ab dem ersten August wird sie bei der Versicherungsgesellschaft Tryg arbeiten. Der Sozialstaat Dänemark sieht keinen Anlass, die neuen Rechtswissenschaftler mit einer Zeremonie zu feiern. Keine Kappen und Hüte wie in den USA, keine Reden und kein Händedruck vom Dekan. Ein brauner Umschlag, abgeliefert von der Post, muss in Dänemark genügen. Die Genossen begrüßen die rechtswissenschaftliche Genossin und heißen sie in den Salzminen des Sozialstaates willkommen. Zurzeit leben wir auch sexuell so, wie es sich in einem Sozialstaat gehört. Ein langweiliges Leben mit regelmäßigem Pflichtsex, so wie es nach sechs Jahren Beziehung bei den meisten der Fall ist. Keine Liebhaber, keine Orgien, wir trinken keinen Champagner aus Kristallgläsern. Um nicht ganz zu vergammeln, werden wir eine Woche unserer Sommerferien bei den Sexsüchtigen in Cap d'Agde verbringen. Wir freuen uns unglaublich auf den Aufenthalt bei den Glücklichen, die sich mit einem durchschnittlichen Leben nicht begnügen wollen. Aber erst kommt das Mittsommerfest bei Charlotte und Peder F. auf uns zu. Dort werden wir Lea und Lene treffen. Die sind nackt, in hohen Absätzen und Stay-ups ungemein charmanter als an den Abenden, an denen sie sittsame Kleidung tragen. Wie ist das Normale doch banal und langweilig. Gut, dass wir unseren Kater Julius haben. Rot und würdig schreitet er durchs Haus, lässt sich von keinem dreinreden. Der Sozialstaat, mit seinen Salzminen für das arbeitende Volk und seiner Sucht nach dem Normalen, kann Julius seinen Katzenbuckel herunterrutschen.

Wir sitzen im Stau in Richtung Norden fest, Mittsommer ist der längste Tag des Jahres. Diesmal ist es, dank eines milden Südostwindes, glücklicherweise warm und hoffentlich wird es auch ein ebenso angenehmer Abend. Anna sitzt zusammengekauert in einem hellen Sommerkleid neben mir, Lasse und Marie sind schon bei ihrer Mutter im Sommerhaus in Nakkehoved. Weil man in Dänemark dem Wetter nie ganz vertrauen kann, haben wir sicherheitshalber auch zwei Pullis und zwei Wintermäntel im Wagen verstaut. Langsam rücken wir nach Norden vor. Birgit hat uns versprochen, auf ihrem Grundstück einen Parkplatz freizuhalten. Bei Dronningmølle die Dünen, der Campingplatz, der Fachwerkbau des Kruges und überall entblößte Brüste. Es gibt noch Hoffnung für die geile Jugend, aber der wird die Normalität bald ein Ende setzen. Die Statistik sagt, dass das Sexleben im Alter von achtzehn bis vierundzwanzig blüht und dann ist Schluss. Na ja, nicht wie bei Anna und mir. Im Vergleich dazu ist das Sexleben der Jugend nur ein kleines bescheidenes Veilchen hinten in einer dunklen Ecke. Unser Sexleben dagegen ist eine riesige Kletterrose mit Hunderten von Blumen, vielen Dornen der Eifersucht und einem betäubenden Duft. Die Jugend ist halt bescheiden und bald werden sie ihren Eltern gleich sein, eine graue Masse ohne Eigenschaften. Erst wollen sie die Revolte und etwas Besonderes und eines Tages gucken sie in den Spiegel und können sich mit »Hallo, liebe Eltern« begrüßen. Das nennt man dann Zeichen von Reife. Was die Angst vor dem Leben doch aus uns macht! Anna langweilt sich, sie hat ihre Bluse aufgeknöpft, ihren String ausgezogen und leckt meinen Ständer.

»Anna, wir sind gleich da«, ermahne ich sie. »Wir bekommen mit Charlotte Ärger.« Die kleine, geile Teufelin sagt nichts, leckt einfach weiter, es zuckt in meinem Unterleib. Ich fahre am sandigen Privatweg vorbei, der zu Charlotte führt, und finde einen einsamem Feldweg, der in ein Gebüsch führt. Ohne ein Wort steigt die kleine Hure aus, nimmt die Wolldecke aus dem Kofferraum und breitet sie aus. Während sie sich langsam entkleidet, sieht sie mir tief in die Augen. Mit breiten Beinen legt sie sich auf den Rücken. Ihr weißer Körper mit den rosa Brustwarzen und der dunkelrosa Fotze auf der roten Wolldecke im Sonnenschein verlangt, fotografiert zu werden. Einen Fotoapparat haben wir dabei. Nackt stehe ich mit meinem Ständer und knipse. Anna bearbeitet ihren Kitzler mit ihren Fingern, die sie in ihre schleimige Fotze taucht, damit sie besser auf ihm gleiten. Ihr Gesicht errötet, ihr Körper verspannt sich im Orgasmus, ich fotografiere. »Jetzt«, stöhnt die Hure, ich knie zwischen ihren Schenkeln, stoße mein Glied in die angeschwollene Muschi. Die Beine meiner Ehefrau spannen sich um meinen Körper, ihre Nägel bohren sich in meinen Rücken, ich ficke mein Weib wie besessen. Der Ring in ihrer Fotze erzwingt den Samenerguss. Während er in sie fließt, stöhnen wir wie zwei verwundete Tiere. Plötzlich hören wir es, jemand klatscht! Im Gebüsch steht lachend ein nacktes Paar, bei ihnen ist es schon überstanden, es tropft von seinem Phallus, ihre Schamlippen stehen glänzend leicht offen. Verlegen stehen wir auf, verbeugen uns tief vor unserem Publikum. Ist die Blonde mit ihren langen Gliedern schön! Meiner steht, wie der seine, wieder hart zwischen den Beinen. Den Tatort zu verlassen, ist entschieden zu früh. Meine Ficksau geht zu ihm, greift sein Glied, sein Weib hält Anna an ihren roten Haaren fest, küsst sie und schaut mir in die Augen, macht mir dann einen Kussmund. Ich gehe zu ihnen, die Blonde tätschelt mein Glied, ihre Lippen brennen auf meiner Eichel, sie hat kleine, spitze Brüste – wie Annas mit rosa Brustwarzen. Weich ist ihre Brustwarze zwischen meinen Lippen, vorsichtig beiße ich in die Zitze. Das Stöhnen meiner Frau unter dem fremden Mann macht mich verrückt, ich zwinge die blonde Fotze auf den Boden nieder, mein Glied gleitet in die weit offene, geile Muschi. Seite an Seite reiten wir Männer die beiden, es wird geheult und gestöhnt. Hoffentlich schrecken wir mit unserem tierischen Benehmen keine Tiere auf. Endlich meine Erlösung. Anna und der Fremde sind schon fertig, liegen eng umschlungen, schauen uns zu und küssen einander. Dankbar küsse auch ich die weichen Lippen des blonden Weibes, hoffentlich sehen wir uns nie wieder. Sie ist eine schöne Frau, deren freundliche Augen mich zutiefst bewegen, die könnte für mich gefährlich werden. Doch eine Scheidung reicht mir. Wir stehen auf, umarmen uns, es ist merkwürdig, einen nackten, harten Männerkörper gegen den meinen zu drücken. Der weiche Frauenkörper der Blonden ist dagegen zum Verlieben schön. Wir ziehen uns an, müssen uns beeilen, Charlotte wird schimpfen.

»Wartet bitte«, sagt die Fremde und holt aus einem silbernen Wagen hinter den Büschen ihre Handtasche. »Das war zu schön, das müssen wir unbedingt wiederholen«, sagt sie, reicht Anna eine Visitenkarte und gibt ihr einen Kuss.
»Na klar«, sagt meine Gattin. »Dein Mann fickt wie ein Hengst und groß ist er ja auch.«
Vor Eifersucht sticht es in meiner Brust, aber die Blonde mit ihren verzaubernden Augen muss ich unbedingt noch mal

küssen und ficken. Hätte ich nicht Anna, würde ich alles tun, um sie ihrem Mann auszuspannen. Ich nicke, bin einverstanden, hoffentlich wird der schöne Hengst nicht später der Vater meines Kindes.

Bei Peder F. sind wir die Letzten, keine Charlotte begrüßt uns, wir werden an keinen überwältigten Busen gedrückt. Wir schleichen ins Haus, tun so, als ob wir schon lange da seien. Die Stimmung ist ausgelassen, die Leute sind angeheitert, weswegen keiner etwas bemerkt.

»Echt, ihr seht aber entspannt aus«, sagt Lea grinsend. »Habt ihr gerade gefickt?«

»Genau, aber der Neid steht dir nicht«, sagt Anna und entblößt heimlich ihre Fotze. »Ein Hengst hat mich geritten, weshalb meine Möse errötet und wund ist. Ich habe seine Visitenkarte. Du darfst vielleicht auch mal, aber nur, wenn du einen so großen Schwanz schaffst.«

»Und du?«, fragt Lea mich. »Wie gefiel es dir mit einem Fremden, der deine Frau vor deinen Augen ritt?« Sie gibt mir einen Kuss, schaut mich herausfordernd an.

»Ich habe nicht genau hingeschaut«, raune ich. »Die Fotze seiner schönen Frau hatte er vorher mit Sperma verschmiert, damit ich sie unbeschwert reiten konnte. Und ich habe das Gleiche mit meiner getan, damit sie es mit seinem riesigen Schwanz leichter hat.«

»Da bin ich aber neidisch, die beiden müsst ihr unbedingt zur Abschiedsfete in der Amaliegade mitbringen.«

»Natürlich, Lea, sobald mein Staatsexamen überstanden ist, werde ich wieder mit ihm ficken. Ich liebe es, wenn meine Fotze wund ist und nach Männern riecht. Und du, Hund, wirst sein blondes Weib ficken, damit sie nicht eifersüchtig wird.«

»Ich freue mich darauf, meine Pflicht zu tun«, grinse ich.

Wie toll ich das tatsächlich finde, werde ich meiner Frau nicht sagen. »Lea, man sagt, dass du neuerdings einen Freund hast. Gehört der zu uns oder wird es dir wie Barbera, der Nichte deiner Mutter, ergehen: ein gutbürgerliches Leben und dazu einen breiten Hintern?«

»Andreas, was stellst du dir vor?«, fragt sie entrüstet. »Schau ihn dir mal an.« Sie zeigt auf einen breitschultrigen Mann in einem dunklen Anzug. Den kenne ich ganz sicher. Er ist ein Leibwächter der Königlichen, der mehrmals Anna gefickt hat.

»Der Leibwächter?«, frage ich verdutzt. »Was sagen denn die Königin und der Geheimdienst dazu?«

»Die haben nichts zu sagen. Hans wohnt jetzt bei mir und er studiert neuerdings, genau wie Anna, Jura.«

»Darf man immer noch mit ihm ficken?«, will meine Gattin wissen. »Darauf versteht er sich.«

»Na klar, nur darf er dich nicht schwängern. Kinder darf er nur mit mir zeugen.« Lea legt beide Hände auf ihren Unterleib, sagt glücklich lächelnd: »Anna, es wäre nützlich, wenn wir gleichzeitig in den Mutterschutz gehen würden, wir könnten miteinander schwatzen und uns gegen die Männer beistehen.«

Lea und Anna als Freundinnen, wer hätte das gedacht? Aber natürlich, mit Freundinnen muss man sich verstehen. Da ist es schon ein Vorteil, dass man mit denselben Männern fickt. So kennt man sich gegenseitig und wir werden tüchtig durch die Mangel gedreht.

Ich verlasse die beiden und suche bei Peder F. Zuflucht. Er steht mitten im Raum, riesige hundertdreißig Kilogramm wohlgetrimmte Männlichkeit, die keine Frau außer seiner Charlotte durcheinanderbringen kann. Mit seiner Faust, groß wie eine Bärenklaue, klopft er mir auf die Schulter, sieht mich besorgt an und sagt: »Ich muss mit dir reden. Charlotte beunruhigt mich. Sie will alleine in die USA, um eine Freundin zu besuchen.« Ich folge ihm ins eheliche Schlafzimmer. Seite an Seite setzen wir uns auf die geblümte Bettdecke unter den Baldachin des weitläufigen Ehebettes. Vor den Fenstern sind die schweren, geblümten Vorhänge vorgezogen, auf den beiden geblümten Sesseln liegt hauchdünne, reizvolle Unterwäsche von La Perla. Ein Toilettentisch ist mit langen Reihen von Nagellack, Lippenstiften und Parfums bestückt. Charlotte ist für den Kampf der Geschlechter gewappnet, der Riese aus alten Tagen neben mir tut mir leid. Sie hat ihr eigenes Vermögen, sie hat Abitur, sie trägt eine Spirale in ihrer Gebärmutter. Sie kann tun, was sie will, kein Mann kann ihr dreinreden. Und jetzt reist sie ganz sicher in die USA, um ihren Liebhaber zu besuchen, und ihr Mann muss sich das, um eine Scheidung zu vermeiden, gefallen lassen.

»Für die Reise hat sie ein Vermögen in Unterwäsche von La Perla investiert«, sagt der Riese aus alten Zeiten. »Sie behauptet, es sei notwendig, um sich gegenüber ihrer Freundin zu behaupten. Wer glaubt denn einen solchen Unsinn? Will sie mich für dumm verkaufen? Andreas, meine Ehefrau besucht ihren Liebhaber und ich kann nichts dagegen machen. Ihre Freundin hilft ihr bei dem Betrug, weil sie es ihr schuldig ist.«

Schweigend sitzen wir nebeneinander und starren auf die geile Unterwäsche auf den Sesseln. Die würden wir gerne Charlotte vom Körper reißen, um ihr zu zeigen, wie ein richtiger Mann sie fickt. Nur dass jeder Mann nach einer Weile langweilig wird und dann ist er nicht mehr der Richtige. Hedonistische Adaptation nennen das die Psychologen und dagegen kann man nichts machen, außer man führt Unsicherheit und Ungewissheit ein. Und davon hat das Ehepaar neuerdings reichlich, dafür sorgt Charlotte. Der Geruch des Weibes im Raum ist durchdringend, ihr Parfum bringt uns um den Verstand, ich bin am Ersticken. Ihre Weiblichkeit ist überwältigend, was haben wir Männer noch zu sagen?

»Du hast Recht, Peder, deine Frau wird ihren Liebhaber besuchen und einige Tage mit ihm verbringen. Willst du weiterhin eine Ehe mit ihr, musst du es aushalten und tun, als sei nichts. Hältst du es aus, wirst du mit einer schöneren Gattin und viel heißem Sex belohnt. Man kann halt nicht beides haben, ein ruhiges Eheleben und die heiße Liebe. In den guten alten Tagen vor dem Ersten Weltkrieg war es einfacher. Da hatte man als guter Bürger die Ehefrau fürs Eheleben und die Nutten fürs Sexleben. Heutzutage muss die Frau, damit die Ehe gelingt, beides sein und da ist ihre Treue nur im Wege.«

Peder F. sieht mich mit glühenden Augen schweigend an. Ohne ein weiteres Wort zu sagen, stehen wir auf und verlassen das Schlafzimmer. Im Wohnzimmer die Kakofonie der vielen Gäste, schwitzende Gesichter, warme Frauenkörper, Männer voller Testosteron, die sich nach den warmen Frauenkörpern sehnen. Endlich sind wir im Freien, die frische Abendluft kühlt unsere Gesichter. Wir gehen auf dem schmalen Steg den steilen Hang hinunter. Über uns kreischende Möwen auf der Jagd, unter uns bis zur schwedischen Küste das blickstille Meer, überall unbeweglich liegende Boote mit schlappen Segeln. Unten angekommen, greifen wir ein paar Steine und werfen sie in die blanke See. Peder F. ist wie immer Sieger, die Ringe, die seine Steine bilden, sind am weitesten draußen im Wasser. Wir gehen den Strand entlang bis zum Sand hinter der Mole, ziehen uns aus und baden im Schutz der Mole im lauen Wasser.

»Peder, beim ersten Mittsommerfest mit Anna habe ich sie hier gefickt. Ein fremder Mann tauchte damals im Mondschein aus dem Meer auf und wir nahmen sie zu zweit. Ich wurde vor Eifersucht und Geilheit fast ohnmächtig. Ich habe sie gleichzeitig gehasst und geliebt und dabei ist es seitdem geblieben. Sie ist mein Triebschicksal, ich bin süchtig nach ihr.« Peder F. steigt aus dem Meer, sieht mich schweigend an, er hat einen drohenden Ständer. Er zieht nur seine Hose an, stapft am Meer entlang in Richtung Charlotte. Noch heute Abend wird sie stöhnend und heulend im Ehebett unter dem Baldachin liegen. Sie wird ganz sicher ohne weiteren Ärger in die USA reisen können.

Das Brennholz steht verlassen auf dem Strand, auf dem Scheiterhaufen glotzt die Hexe über den Öresund nach Schweden. Ich gehe im Zickzack den Hang hinauf, oben das Grölen einiger Betrunkener. Charlotte und Peder F. sind nirgends auffindbar, Anna hat wie immer einen Verehrer zu ihren Füßen. Der frühere Schwager von Peder F. ist glücklich, seine Ehefrau ist vor Kurzem verstorben. Er sitzt Hand in Hand neben seiner neuen Frau, der Liebe seines Lebens, und schaut sie mit treuen Hundeaugen an. Seine braungebrannte Schönheit trägt ein enges, traumhaft schönes weißes Kleid mit einem silbernen Schimmer. Sie sieht aus wie ein Model, lächelt und strahlt, erzählt allen, dass sie beide vor zwei Wochen heimlich geheiratet hätten. Ob sie weiterhin, wie in ihrer vorigen Ehe, mit allen, die es möchten, ficken wird, sagt sie keinem und keiner traut sich, sie zu fragen. Anna steht auf, bahnt sich einen Weg durch die vielen Angeheiterten, legt einen Arm um meinen Hals und gibt mir einen langen Kuss. Ihr Verehrer, der ihr nachstellt, bleibt wie erstarrt mit offenem Mund stehen. Dann stellt er sich erschüttert an den Tresen und greift nach einem Glas Champagner, das er in einem Zuge lehrt. Die Männer haben es nicht leicht mit den hochgebildeten Frauen, die im Schutz der Schwangerschaftsverhütungsmittel ihre neuerworbene Freiheit genießen. Selbstbewusst segeln sie durch die alte Welt der Männer, hinter sich rauchende Ruinen zurücklassend. Eng umschlungen gehen meine Gattin und ich durchs Haus. Es ist Zeit, den Scheiterhaufen anzuzünden, um die Hexe auf den Blocksberg im Harz zu schicken, aber Charlotte und Peder F. sind nirgends aufzufinden.

Süß sieht sie aus neben mir, meine kleine Hexe mit den roten Haaren. Ein Teufelsweib mit großen blauen Augen, aus denen das magische Licht des Eismeeres strahlt. Mit ihrer schwach gebogenen Nase, ihren vollen roten Lippen, ihren hohen Wangenknochen, ihren roten flammenden Haaren bis zum Po könnte sie eine magische Hexenschwester der Filmschauspielerin Barbara Streisand sein. Das dünne Kleid, das sie heute Abend trägt, ist unschuldig weiß, darunter trägt sie weiße Spitzen von La Perla. Man ahnt ihre rosa Brustwarzen und ihre rosa Schamlippen. An ihrem Ringfinger blitzen fünf Diamanten, sonst trägt sie heute Abend keinen Schmuck. Keiner sieht der kleinen Unschuld an, dass sie mit hunderten von Männern gefickt hat, der Albtraum einer jeden Schwiegermutter ist. Wir stehen vor der Tür des Schlafzimmers, durch die das laute Stöhnen einer Frau dringt, dann das wütende Brüllen eines Mannes. Wir grinsen uns an, warten geduldig auf Charlotte und Peder F. Endlich kommen die beiden heraus. Haare durcheinander, offene Hose, rote Wangen, Charlottes Brüste schaukeln, vom Büstenhalter befreit, verlockend unter ihrer dünnen, weißen Bluse – trägt sie ein Unterhöschen? Glücklich sehen sie aus, strahlende Augen, errötete Gesichter. Wir können das Schmunzeln nicht lassen, vor uns zwei geile Trolle, die zum Strand streben, um den Scheiterhaufen anzuzünden. Dieses Jahr ist das Brennholz sehr trocken, Zeitungen und Streichhölzer genügen, um das Feuer zu entfachen. Gott sei Dank stellt Peder F. den Benzinkanister zur Seite. Diesmal wird ihn keine Explosion umwerfen, außer die sexuellen Explosionen seiner Frau, wie es soeben schon geschah.

Das Feuer flammt zum hellen Mittsommerhimmel empor, ein verspäteter, betrunkener Gast kugelt den Hang hinunter. Das Mittsommerlied tönt über die stille See, auf der dänischen Seite vom Öresund flackert Scheiterhaufen neben Scheiterhaufen, auf der schwedischen Seite ist es dunkel. Dort wird getanzt, gegessen und schwedischer Wodka mit dem Namen *Nubbe* gesoffen. Statt Feuer hat man dort den Maibaum, ein Penissymbol für die Fruchtbarkeit. Mittsommerfest ist in Schweden der bedeutendste Feiertag des Jahres. Möchte man das Land angreifen, sollte man es zur Zeit des Mittsommerfestes tun, weil kein Schwede es bemerken würde. Anna und ich begrüßen Birgit und Lars. Meine Tochter Marie schmiegt sich an ihre Stiefmutter, Lasse an mich. Birgit lässt es sich zwar gefallen, aber in ihren Augen flammt es gefährlich. Ich tue, als sähe ich es nicht. Die Kinder laufen wieder los, sie wollen nicht wie früher Brennholz sammeln. Sie ist ein Twen und er Teenager und für sie ist die Erotik das Abenteuer, auf das sie ihre ganze Kindheit gewartet haben.

Zweimal haben wir das Mittsommerlied gesungen, der Scheiterhaufen ist niedergebrannt, die Hexe befindet sich jetzt auf dem Blocksberg und wartet auf den Satan, mit dem sie Sex haben wird. Anna und ich stehen eng umschlungen da und starren in die Glut, bemerken nicht, dass die anderen Gäste sich ausgezogen haben, um sich nackt in die See zu stürzen. Überall um uns herum von der Lust erregte Körper, die in der hellen Sommernacht in die kühle See tauchen. So wird verhindert, dass es ihnen wie den Hexen auf dem Blocksberg ergeht, dass sie alle mit dem Satan ficken, die Mittsommernacht in einer Orgie endet. Wir beide haben unsere Seelen dem Teufel verschrieben, da wir eine Sexorgie am Feldweg hatten, ist bei uns die Sexlust für diese Nacht vorbei. Anna und ich träumen von unserem zukünftigen gemeinsamen Kind, fürchten die geile Sucht, die bald wieder in uns brennen wird. Können wir sie zähmen, sodass ich ganz sicher der Vater ihres Kindes werde? Andererseits, die Fremde vom Feldweg hatte so freundliche Augen. Die möchte ich auch schwängern. Anna hätte ihren Hengst, ich die Blonde mit den langen Gliedern und keiner würde wissen, wer der Vater von welchem Kinde ist. Der Ständer in meiner Hose möchte es sofort, ist der aber schräg. Stattdessen gehen wir den Hang hinauf.

Alexandra sitzt mit Annas und ihrem Johann vor dem Sommerhaus und weint, wie es bei schwangeren Frauen üblich ist. »Wie soll ich das schaffen?«, schluchzt sie. »Meine Karriere wird im Eimer sein.« Ich reiche ihr mein Gott sei Dank blühend weißes Taschentuch. Anna setzt sich neben sie und hält ihre Hand.

»Und meine Fotze wird von der Geburt ausgeleiert sein. Ich werde nachher dauernd in die Hose pinkeln«, fährt die Schwangere fort, während ihr Körper von einem Weinkrampf geschüttelt wird. »Ich werde nach Pipi stinken und mein Magen wird vorne wie ein alter Sack herunterhängen. Keiner wird mich mehr begehren und mich ficken wollen. Johann, sag, dass du mich nicht verlassen wirst.«

Johann tut seine Pflicht, sagt: »Ich liebe dich wie keine andere. Ich werde dich nie verlassen«, aber sie heult noch heftiger. Sein Versuch, sein Weib zu trösten, hat bei ihr alles Elend der Welt erweckt.

»Alexandra, du bist schwanger ungemein sexy«, sage ich und greife nach ihrer Hand. »Ich möchte dich sofort in ein Schlafzimmer schleppen und dir deine Klamotten vom Körper reißen.«

»Das behauptest du nur so«, schluchzt sie, fühlt aber nach. »Echt?! Ist der steif«, sagt sie strahlend. Johann sieht mich wütend an, hält aber seine verdammte Klappe.

»Darf er?«, fragt die Geile, möchte ihn sofort in sich fühlen, wieder eine schöne und begehrenswerte Frau sein.

»Nein«, sagt der Feigling Johann. Wie lange kann er ihr noch andere Männer vorenthalten? Ihr Gesicht verzieht sich, gleich wird sie wieder losheulen. Hier ist Not am Mann – oder besser an der Frau, ich muss es wagen, sage darum: »Alexandra, ihr könnt zum Herbst mit zur Abschiedsfete in die Amaliegade kommen. Schwangere Frauen sind dort gefragt. Du bist um dann im zweiten Semester, wo alle am geilsten sind. Darauf kannst du dich schon freuen. Die Männer werden dir an dem Abend keine Ruhe lassen. Und ich habe noch ein paar Ratschläge, die dich glücklich machen werden. Während der Schwangerschaft solltest du höchstens zwölf Kilo zunehmen, damit mit deiner Haut am Bauch und der Bauchwand nichts passiert und du keine Schwangerschaftsstreifen bekommst. Sobald dein Kind so ungefähr ein Jahr alt ist, liefert ihr es bei euren Schwiegereltern ab und reist dann eine Woche ohne Kind nach Le Village Naturiste du Cap d'Agde. Dort wirst du so viel Erfolg bei den Männern haben, dass du ein starkes Selbstbewusstsein bekommst. Was deinem Mann betrifft, wird er, damit seine Frau glücklich ist, seine Eifersucht zügeln und sich über seine geile, lachende Frau freuen.«

Johanns Gesicht hat sich errötet, er starrt mich an. Er sieht aus, als möchte er mich umbringen. Aber er sagt kein Wort, sitzt nur schweigend da. Seine Frau lacht und ist glücklich, dass er sich seinem Schicksal, ihr und seinem Trieb, unterwirft.

»Andreas wird mich bald schwängern«, sagt Anna, während sie die Hand der Unglücklichen streichelt. »Nach der Geburt wird er jeden Tag mit mir joggen, damit ich meine Figur wieder erreiche. Hund, das hast du mir versprochen. Alexandra, du und Johann werdet das auch fertigbringen. Ist dein Mann zu faul, kannst du mit uns laufen. Aber das tut er sicher gern, damit seine Frau schön bleibt und er selbst keinen fetten Bauch bekommt. Wir schenken dir bei eurer Hochzeit einen Baby-Jogger.«

Ist meine Ehefrau großzügig, denn das wird ein teures Hochzeitsgeschenk. Aber was tut man nicht alles für die Familie. Und irgendwie sind Alexandra und Johann ja Familie. Gibt es so etwas wie eine Fickfamilie? Offiziell nicht, aber so kommt es mir vor. Im Grunde hat man ja auch mehr Freude an der Fickverwandtschaft als an der Blutsverwandtschaft. Die Letztere wird einem aufgezwungen, die Erstere wählt man sich aus Liebe zum Menschen.

Die Gäste klettern den Hang hinauf. Nach einem Hüpfer ins Meer ist deren Kleidung durcheinander, die makellosen Frisuren sind hin, aber irgendwie gefallen sie mir. Die üppige, falsche Blonde hat vergessen, wo sie ist. Wie im Golfklub, wo sie ihre Liebhaber in der Bar findet, während ihr Mann mit seinen Freunden Golf spielt, hat ein fremder Mann einen festen Griff um ihre eine Brust. Heiß küsst sie ihn, zieht ihn an der Hand zu den Schlafzimmern. Ihr Ehemann scheint nichts zu bemerken, brüllt mit anderen Männern vor Lachen, seine Frau ist ihm langweilig. Ein Glück, dass es andere Männer gibt, die sie reizvoll finden, sonst wäre bald eine Scheidung fällig. Charlotte tut, als sei nichts. Für solche Eskapaden hat sie neuerdings Verständnis. Es ist ihr sicher lästig, später die Bettwäsche in ihrem Ehebett wechseln zu müssen, oder reizt sie der Geruch von fremden Säften in ihrem Bett?

Anna macht mir einen Kussmund, winkt mir zu. Ihr Verehrer belästigt sie, er ist dabei, unter ihr Kleid zu kriechen, ich soll sie von ihm retten. Ich eile zu meiner schönen Rechtswissenschaftlerin, falle auf die Knie und lege meinen Kopf in ihren Schoß. Aus ihrer Fotze strömt der Duft von mehreren Männern, macht das ihren Verehrer so verrückt? Sie spreizt für mich ihre Beine, weiß, wie sie mich um den Verstand bringt.
»Was erlauben Sie sich!«, sagt der geile fremde Hahn und sieht mich entrüstet von oben an.

»Darf ich mich vorstellen: Ich bin der Ehemann der Schönen«, sage ich, den Kopf in Annas Schoß vergraben und den betäubenden Duft aus ihrer Möse genießend. Der Narr ist betrunken, versteht immer noch nicht, dass er überflüssig ist. Ich richte mich auf, greife seine Hand, die sich jetzt unter ihrem Kleid in ihrer Fotze befindet, und entferne sie brutal.

»Hau ab!«, brülle ich dem betrunkenen Lüstling ins Gesicht. »Du sollst meine Frau nicht belästigen.« Der betrunkene Narr hebt seine Faust, lässt sie aber sofort wieder sinken, neben ihm steht drohend der Riese aus alten Zeiten, Peder F.

»Kann ich helfen?«, sagt er freundlich. Er greift den Arm des Tölpels und geht mit ihm zum Ausgang, dort sagt er einige Worte, klopft ihn freundlich auf die Schulter und schickt ihn raus in die helle Mittsommernacht. Hoffentlich wird der betrunkene Narr in seinem Zustand nicht Auto fahren. Anna und ich gehen zu Charlotte, setzen uns neben sie.

»Die Sitten sind lockerer geworden, seit ihr zum ersten Mal mit dabei wart«, sagt sie und muss lachen. Ohne Büstenhalter schaukeln ihre Brüste verführerisch unter der dünnen weißen Bluse.

»Ja, die freuen sich auch über die lockeren Sitten«, grinst sie. »Du hast uns alle verdorben, Andreas.«

»Vielleicht hat das alles gar nichts mit mir zu tun«, meine ich. »Die Zeiten sind eben anders. Und sollen unsere Ehen überleben, müssen wir uns halt anpassen. Anna, was meinst du?«

»Charlotte, er hat Recht. In alten Zeiten hätte ich jetzt schon mindestens drei Kinder und wäre komplett erschöpft. Ich wäre in einer Ehe ohne Abwechslung eingesperrt, aus der es kein Entkommen gäbe. Keiner würde auf meine menschlichen, sexuellen oder beruflichen Bedürfnisse Rücksicht nehmen. Ich wäre eine Sklavin der Mutterrolle, würde in Kinderkacke ersticken.«

Ich schaue meine kluge, süße und schöne Anna an, stelle sie mir von der Mutterschaft entstellt vor: fettige Haare, dunkle Ränder unter den Augen, faltiges Gesicht, angeschwollene Hände, entweder von den vielen Schwangerschaften ausgedörrt oder einer speckig aufgedunsenen Venus von Willendorf gleich. Mir kommt das Grausen. Sicher, als Arzt hätte ich, wie Stefan Zweig es in seinem Werk *Die Welt von Gestern* beschreibt, in den guten alten Zeiten Dienstmädchen oder Nutten zur sexuellen Verfügung gehabt. Aber das käme so gar nicht meiner Leidenschaft für Anna gleich. Ich liebe und verehre die kleine Hexe, bewundere ihre Intelligenz und Schönheit, lasse mich von ihren sexuellen Ausschweifungen verrückt machen. Ich hasse, begehre und liebe sie in diesen wahnsinnigen Nächten. Nächte, die unser Leben durcheinanderbringen. Nächte, in denen wir dem Vogel Phönix gleich von den Flammen der Leidenschaft eingeäschert werden, damit wir aus der Asche verjüngt wiederauferstehen.

»Hund, ich weiß, woran du denkst.« Anna sieht mich streng an. »Ich will ein Kind mit dir. Ein Kind, das aus uns beiden besteht, aus meinen Lenden geboren. Das musst du dir gefallen lassen. Die Geburt eines Kindes ist die endgültige Manifestation meiner Frauenmacht. Ich will die Macht, im Heim wie in der Gesellschaft. Ein halbes Jahr Mutterschutz und ich werde wieder berufstätig sein. Das Großziehen unserer Kinder werden wir uns teilen. So wie du es mit Marie und Lasse gemacht hast.«

»Jawohl, mein General«, sage ich und schlage die Hacken zusammen. Ich kann meine deutsche Erziehung nicht verleugnen. Und ich weiß, was Pflicht und Ordnung hier bedeutet: Ein Baby wird uns jahrelang den Schlaf berauben, Sex wird ein Problem werden, wir werden uns vor Müdigkeit anfauchen, aber wir müssen es durchstehen. Ein so aufregendes und liebevolles Verhältnis, wie das unsere es ist, gibt es nur einmal in

Dänemark. Ich schaue die kleine Hexe an. Sie lächelt zurück, alle meine Bedenken verschwinden, ich liebe und begehre sie.

»Du liebst mich«, sagt sie, das Licht ihrer blauen Augen versengt mein Herz. Sie kann von mir verlangen, was sie will. »Ich liebe dich auch, Andreas. Ich werde auf dich aufpassen, bis du uralt bist und wir Hand in Hand sterben. Ich bin müde, will nach Hause.«

Wir verabschieden uns. Charlotte drückt Anna lange an ihren Busen. Eine solche Freundin wie sie ist einzigartig. Die Mittsommernacht ist hell und romantisch, wir sitzen im Stau, kriechen im Citroën langsam in Richtung Kopenhagen. Neben mir schläft zusammengerollt wie eine Katze die Königin der Nacht. Ein Raubtier, das die gutbürgerliche Gesellschaft des Patriarchats bedroht. Endlich der Bregnegårdsvej dreizehn, der Kater Julius begrüßt uns in der Einfahrt, streicht um meine Beine. Annas Beine sind wackelig, ich trage sie ins Haus, stütze sie beim Gang auf der Treppe nach oben. Sie reißt sich ihr Kleid vom Leibe, danach pinkeln und Zähneputzen.

»Riecht meine Fotze aber schön«, murmelt sie und lächelt mich an. »Der Hengst darf mich baldigst wieder reiten. Schau mal, sie steht schon.«

Sie spreizt ihre Beine, ihr Kitzler steht, der rote Kamm der kleinen Schamlippen leuchtet im Halbdunkel.

»Hier soll er rein mit seinem riesigen Schwanz«, wispert sie, führt langsam drei Finger tief in das geile Organ, blickt mich unverwandt an.

»Du bist eine Ficksau«, stöhne ich, dringe tief in ihre angeschwollene Möse, ihre Beine über meinen Schultern.

»Du sollst mich fesseln, damit Männer mich ficken, ohne dass ich mich wehren kann«, heult die Ficksau. »Du sollst mich gefesselt mit hunderten von Männern alleine lassen.« Ihr Körper verspannt sich im Orgasmus, zuckend kommt Orgasmus nach Orgasmus. »Ich will schlafen.«

Sie wendet mir den Rücken zu, atmet tief im Schlaf. Ich dringe nochmals von hinten in sie ein, sie lässt es zu, endlich mein Orgasmus. »Gute Nacht.«

Wir haben vier kleine Koffer gepackt und einen großen für die Badeausrüstung: Strandzelte, Handtücher für den Strand, Tauchermasken, Tauchermesser und Schwimmflossen. Unsere Teenager langweilen sich in Dänemark, darum fliegen wir nach Griechenland. Doch scheinbar hat ganz Dänemark dasselbe Bedürfnis, im Flughafen Kastrup ist heute Morgen viel los. Überall Leute, wir stehen vor dem Check-in der Schlange. Endlich sind wir dran, unsere Koffer sind wegen der vielen Bücher und der Badeausrüstung zu schwer, wir müssen draufzahlen. Neben uns ein Backfisch mit ihrer Mutter. Zwischen Marie und ihr ist es Liebe auf dem ersten Blick. Marie will auf dem Flug neben ihr sitzen. Bei den Security-Checks wieder eine Schlange, die beiden schwatzen miteinander. Beim Boarding stehen wir Schlange, die beiden schwatzen. Im Flugzeug sitzen sie nebeneinander und schwatzen, wir existieren nicht mehr. Die Welt könnte untergehen, sie würden weiterschwatzen. Im Flughafen auf Samos die griechische Hitze und der Duft von Griechenland. Lasse langweilt sich, Anna und ich fangen unser Gepäck ein und schleppen es zum Bus. Meine Frau verschafft uns Plätze ganz vorne, damit mir nicht übel wird. Ich sorge dafür, dass das Gepäck zu unserem kleinen Apartmenthotel Anna, in einer ruhigen Seitenstraße gelegen, transportiert wird. Lasse vergessen wir fast im Flughafen auf der Toilette. Die beiden Backfische sitzen ganz hinten im Bus – und schwatzen. Wir haben eine Ferienwohnung und für die Kinder ein Zimmer gebucht, denn auch in den Ferien wollen wir ungestörten Sex. Fünfhundert Meter vom Hotel entfernt werden wir in einem Engpass abgesetzt und wandern die letzte Strecke durch pittoreske, enge Gassen. Gott sei Dank wird das Gepäck von einem Träger auf einem Wagen transportiert. Lasse und ich folgen dem Gepäck, Anna macht die Nachhut aus, damit meine Tochter nicht verloren geht. Maries neue Freundin wohnt am Hafen im Hotel Gertrud. Die Wirtin des Hotels Anna sitzt in einem türkisfarbenen Nylonkleid vor dem Haus. Sobald sie uns sieht, steht sie aus ihrem weißen Plastikstuhl auf und heißt uns herzlich willkommen. Pflichtschuldig trinken wir in der engen Rezeption den uns angebotenen Ouzo. Der Anisgeschmack brennt auf der Zunge, die Kinder verziehen ihre Gesichter, Marie lässt ihn stehen. Das Gepäck befindet sich schon im ersten Stock, in einer hellen Wohnung, die über einen Balkon und eine Küche verfügt. Wir haben geplant, dass hier in der Küche das Familienleben ablaufen soll. Auspacken können wir nicht, weil meine Tochter sofort zu ihrer Freundin will und Lasse Hunger hat. Zeit, uns ein Restaurant am Hafen auszuwählen, haben wir nicht, aber die Mutter von Maries Freundin kennt sich aus, da sie und ihre Tochter jedes Jahr ihre Sommerferien in Pythagorion verbringen. Wir sitzen, vom Wirt persönlich bedient, an kleinen Holztischen im besten Restaurant des Hafens. Lasse bekommt, ohne warten zu müssen, gegrillten Schwertfisch. Die Mädchen schwatzen, wir Erwachsene genießen die Ruhe, bestellen griechischen Salat und Moussaka. Die Abendluft ist warm, die Leute flanieren in dünner Sommerbekleidung an unseren Tischen vorbei. Sie lächeln uns fröhlich an, wir lächeln zurück, wir sind alle Akteure im selben Stück: das Volksleben in einem romantischen Hafen in Griechenland. Es wird nicht wie in einem Musical gesungen, aber drei braungebrannte Fischer tanzen am Bollwerk einen griechischen Tanz, dazu ertönt laute griechische Musik. Die sehen alle drei aus wie der mexikanisch-amerikanische Schauspieler Anthony Quinn im Spielfilm *Zorba the Greek*. Mexikaner oder Grieche, ein schöner Mann ist halt ein schöner Mann und die drei tanzfreudigen griechischen Brüder sind schön.

»Die drei sind in der Saison Skipper, bei denen man einen Badeausflug buchen kann«, sagt der Wirt Dimitri. »Mit ihren Fischerbooten fahren sie Touristen zu einer einsamen Bucht. Dort bereiten sie am Strand auf dem Grill eine Mahlzeit zu, während die Kunden baden gehen.« Er zeigt auf drei große, hölzerne traditionelle Fischerboote im Hafen. Weiß und blau angemalt, schaukeln sie sanft am Pier.

»Andreas, das machen wir morgen. Es geht erst um zehn Uhr los, wir werden es schaffen.« Ich schweige, möchte an Land bleiben. Ich werde halt leicht seekrank.

»Ich bleibe morgen im Hafen bei meiner Freundin«, schmollt Marie.

»Wunderbar, Vati«, meint Lasse. »Ohne meine Schwester können wir ordentlich schnorcheln und tauchen. Dort drüben kann man Harpunen kaufen.«

Ich kann es nicht vermeiden, werde morgen der Spielgefährte meines Sohnes sein. Setze ich mich ganz vorne ins Schiff, habe ich die Chance, dass mir nicht übel wird. Schade, dass der Junge keine Freundin dabeihat, dann wäre er mit dem Küssen und Ficken beschäftigt.

Nach dem Essen gehen Lasse und ich Harpunen kaufen, die Weiber bleiben am Tisch sitzen und reden. Als wir Männer zurückkommen, haben die Frauen die Rechnung beglichen. Es ist zu früh zum Schlafen, darum bummeln wir noch eine Weile am Hafen entlang. Anna kauft für Marie eine Strandtasche, da meine Tochter mit ihrer Freundin und deren Mutter morgen an den Strand will. Lasse gähnt, Marie hat dunkle Ränder unter den Augen. Wir schleppen die beiden widerwilligen Kinder zum Hotel, wo sie trotz vorhergehendem Protest sofort einschlafen. Das Ausräumen ihrer Koffer muss bis morgen warten. Bevor wir schlafen gehen, räumen wir unsere Koffer aus. Wir müssen an unsere baldige Reise zu den vierzigtausend Sexsüchtigen im Le Village Naturiste du Cap d'Agde denken. Es ist zu heiß zum Ficken, aber wir sind nackt und ein Ständer sowie eine Stehfotze verlangen es. Mit offenen Fenstern und Türen vögeln wir, in Schweiß gebadet. Die Hitze ist unerträglich, aber wir fallen nachher trotzdem in einen unruhigen Schlaf. Morgens ist das Bett feucht und durcheinander, es riecht nach Sünde.

»Was habt ihr angestellt?«, fragt Marie, am Fußende unseres Bettes sitzend. »Ihr beiden habt eine Macke. Bei dem Lärm aus eurem Schlafzimmer gestern Nacht hätte man glauben können, ihr brächtet euch gegenseitig um. Vati, du bist nicht mehr achtzehn! Wollt ihr euer Boot noch erreichen, müsst ihr euch übrigens beeilen.«

Wir nehmen in aller Eile ein Continental Breakfast in dem kleinen Speisezimmer im Erdgeschoss des Hotels zu uns. Lasse schleppt beide Harpunen, ich einen Sonnenschirm und Handtücher. Wir haben unser Badezeug an, auf dem Kopf einen Hut, über dem Oberkörper ein T-Shirt gegen die Sonne. Mit Sonnenschutz schmieren wir uns auf dem Boot ein. Der Po meiner Frau sieht im String fantastisch aus. Die Bootsführer warten nur auf uns, wir sind die letzten Gäste. Wir müssen vom Kai aus ins Boot springen. Galant fasst der Kapitän Annas Beine, hebt sie mit starken Armen anbort, man könnte glauben, man sei im königlichen Ballett von Kopenhagen. Lasse und ich müssen uns selbst helfen, ich ziehe mir eine Hautabschürfung zu.

»Andreas, ist es schlimm?«, fragt Anna besorgt, sie gibt mir einen Kuss und beugt sich über mich, um die Wunde von Nahem zu untersuchen. Im Grunde sollte man sie nicht anrühren, aber ich genieße ihre weiche kleine Hand auf meinem Bein, ihren weichen Körper an meinem. Der Kapitän sieht verbissen aus, auch ein Zorba-Klon kann nicht jede Frau erobern. Er gibt Gas, das Boot schießt durchs Wasser. Der zornige Kapitän entdeckt seine beiden Brüder, die im Kielwasser seines Bootes schaukeln. Der Vordersteven spaltet die weiß schäumenden Wellen, Anna und ich werden vom Meeresschaum durchnässt, eine willkommene Abkühlung unserer überhitzten Körper. Langsam nähert sich der eine Verfolger, seine Passagiere winken uns jubelnd zu, jetzt sind wir es, die in den Bugwellen eines Schiffes schaukeln. Anna lacht und grüßt. Achtern im Boot vor uns sitzen der Hengst und seine blonde Frau mit den langen Gliedern, den spitzen Brüsten und den verführerischen Augen. Mit denen würden wir gerne vögeln. Bald ist die wilde Jagd vorbei und die drei Boote treiben im klaren, ruhigen Wasser einer Bucht. Blitzschnell steckt der Kapitän seinen Arm ins klare Wasser. In seiner Faust zappelt ein silberner Fisch, den wir am Strand gegrillt essen werden.

Langsam gleitet das Boot auf den sandigen Strand, der Skipper wirft den Anker aus und wir waten durchs laue Wasser an Land. Strahlend weißer und feinkörniger Sand, es ist, als seien wir im *Bounty*-Land. Über uns steile, schwarze Klippen, die schroff zum flachen Strand abfallen. Die drei Skipper bauen einen Grill, wir gehen baden. Lasse schnorchelt, er harpuniert einen Fisch für den Grill. Zusammen mit dem Sohn des schönen Paares entfernt er die Eingeweide des Fisches. Anna und die Blonde baden oben ohne. Ich und der Hengst schwimmen ihnen nach, im Wasser sieht man unsere Erektion nicht so genau.

»Kommt her«, ruft meine Ehefrau, sie spreizt ihre Beine, hat ihren String um den Hals. Der Hengst ist sofort bei ihr. Sie schlingt ihre Beine um ihn, sie lachen. Die Blonde taucht aus dem Wasser vor mir auf – kann die aber tauchen. Ihre Augen reißen mir fast die Seele aus dem Leibe, ihre langen Glieder schlingen sich um mich, mein Glied dringt in ihre Fotze. Die anderen Gäste am Strand nähern sich. Im Meer ist das Ficken schwierig, außerdem müssen wir auf unsere Kinder Rücksicht nehmen. Unbefriedigt gleitet mein Ständer aus ihr heraus, ein schneller Kuss, die Badehose ist wieder angezogen, das Leben ist wahrhaftig eine Enttäuschung.

Hand in Hand gehen Anna und ich den Strand entlang, die beiden heißen Kirsten und Arne.
»Ich war fast am Ertrinken«, flüstert meine Nutte mir zu. »Aber er war schnell, eine Ladung.«
Ich lasse ihre Hand los, gehe dicht hinter ihr, damit keiner sieht, in welchem Zustand ich mich befinde.

Wir sitzen am Grill und essen, Annas T-Shirt liegt, um zu trocknen, in der Sonne auf einem Felsen. Ihre Brüste mit den rosa Brustwarzen sehen verlockend aus. Reichlich Ouzo lockert die Stimmung. Die meisten Frauen sind jetzt oben ohne, wir baden nochmals. Lasse und der Sohn der Blonden schnorcheln. »Kommst du?«, fragt Kirsten, ich folge ihr den Strand entlang, hinter einem Felsen sind wir außer Sicht. Die rothaarige Teufelin steht schon nackt da, mit angeschwollener Fotze an den Felsen gelehnt, vor ihr der Hengst mit einem tropfenden Schwanz. Hinter dem nächsten Felsen küsst die Blonde mich, im Schatten ficken wir im Sand liegend, hoffentlich hört meine Frau, die Ficksau, unser Stöhnen.
»Ich verhüte nicht«, flüstert Kirsten mir zu. »Mein Mann hatte vor Kurzem Mumps und wurde steril. Darum möchte ich ein Kind von dir, du bist mir sympathisch. Arne weiß Bescheid, aber du sollst deiner Frau nichts sagen. Alle werden glauben, dass es ein Kind von ihm ist. Ihr seid derselbe Typ.«

»Echt? Das geht aber nicht. Das musst du erst mit Anna besprechen.«

»Wenn du meinst, Andreas. Aber vielleicht ist es schon zu spät. Wenn mein Mann und ich Glück haben, wurde ich dank dir eben schwanger. Seid ihr einverstanden, werdet ihr halt die Paten unseres Kindes.«

»Kirsten, es würde mir nichts ausmachen. Nur dürfte es gerne etwas länger dauern, bevor ich dich schwängere. Du gefällst mir.« Ich küsse das schöne blonde Weib. »Anna ist lieb und hilft anderen gerne. Sie wird es dir sicher erlauben und ich werde jede Sekunde mit dir genießen. Wir wollen auch bald ein Kind, aber meine Frau kann trotzdem ohne Kondom mit deinem Mann ficken, was ihr gefallen wird.«

Wir schlendern den Strand entlang, tun, als sei nichts. Die anderen haben das Baden satt, sitzen bei den Booten und warten auf die Abfahrt. Anna sieht Kirsten und mich an.

»Was ist?«, fragt sie. »Ihr seht aber ausgesprochen glücklich aus.«

»Echt, bist du aber in Stimmung«, sagen Kirsten und ich gleichzeitig und machen beide mit der Hand ein Zeichen in Richtung Annas Möse. Der String schafft es nicht, das rote, geile Ding zu verbergen. Er ist verrutscht, man sieht die geile Stehfotze. Arne grinst, hält seine Mütze davor, wir hätten die Kinder in ein Ferienlager schicken sollen. Wo sind übrigens die Kinder? Die haben wir fast vergessen.

»Lasse, Frederik!«, rufen wir, die beiden hören nichts, schnorcheln weit draußen in der See. Wir Männer stürzen ins Meer, kraulen zu den ungezogenen Kindern, kommandieren die Unvorsichtigen an Land. Sie werden von ihren Müttern ermahnt, nie wieder dürfen sie sich alleine so weit weg vom Ufer fortbewegen. Die beiden sehen uns zwar reumütig an und behaupten, dass sie es nie mehr tun werden, grinsen aber freudig, sobald sie glauben, dass wir Eltern anderswo beschäftigt sind. Hoffentlich überleben die Kinder, denn wir Erwachsene werden den Rest der Ferien *anderswo* beschäftigt sein. Wir steigen in die Boote, schon heute Abend werden wir uns wiedersehen.

Auf der Heimfahrt war von meiner Seekrankheit keine Spur zu bemerken. War es die erfolgreiche Behandlung, mein Platz am Vordersteven des Bootes oder die geilen Weiber? Wieder am Bollwerk, hilft kein galanter Kapitän Miss Wet-T-Shirt an Land, ihre Fotze steht halt auf andere Männer. Es ist heiß, zu viel Ouzo und zu viel Liebe, wir sind müde und gehen schlafen. Lasse und Frederik schmunzeln, sie sind ihre Eltern los, wir werden ihnen die Ferien nicht verderben.

Wir wälzen uns im Bett, mein Schwanz steht, ihre Fotze steht, zwangsläufig vögeln wir, trotz Hitze. In Schweiß, Samen und Fotzensaft gebadet, fallen wir endlich in einen tiefen Schlaf.

Anna schreit, ihre Fotze ist über den Schädel des Kindes ausgespannt. Nochmals zwingt die Hebamme sie, zu pressen. Urin spritzt, aus ihrem After kommen einige kleine Klumpen Fäkalien, es ist so weit. »Komm, komm, du musst weitermachen!«, ruft die Hebamme. Kirstens Gesicht ist errötet und angeschwollen, in meinen Operationsschuhen steht das Fruchtwasser, ich möchte in die fetten Milchtitten beißen. Die Köpfe der beiden Babys sind von den Fotzen befreit, Kinder nach unten, die Schultern sind frei, nach oben, die Unterkörper und die Beine sind frei. Meine beiden Kinder liegen eingeschmiert auf dem Magen meiner Weiber ...

Wir schrecken aus dem Schlaf, jemand klopft kräftig an die Schlafzimmertür.

»Vati, Vati, wir haben Hunger. Wir gehen zu Dimitri und

bestellen etwas zu essen, wir warten auf euch. Ihr müsst halt bezahlen.«

Es lärmt auf der Treppe, eine Tür fällt ins Schloss. Wir gehen schnell unter die Dusche, trotzdem ein feiner Geruch von Männern zwischen Annas Schenkeln, mit wem wird sie in dieser Nacht ficken? Es ist die Königin der Nacht, mit welcher ich bei Dimitri am Tisch sitze. Sie hat schwarz-rote Lippen, schwarz-rote Krallen, einen kleinen Fetzen auf dem Oberkörper und einen String von La Perla unten. Vor unserem Tisch tanzen die drei Zorbas wie besessen auf der Mole. Anna lächelt ihnen gnädig zu, sie möchte nicht mit ihnen tanzen. Andere Weiber sind nicht so zickig, reihen in einer langen Reihe in den griechischen Tanz ein. Wir zahlen, die Kinder wollen alleine auf Abenteuerreise, wir Alten sind ihnen lästig. Marie muss versprechen, spätesten um vierundzwanzig Uhr im Bett zu liegen. Anna und ich gehen eng umschlungen die Mole entlang, aus den Restaurants und Bars tönt Musik, es ist eine heiße Nacht. Am Ende der Mole setzen wir uns bei einem Kinderspielplatz auf eine Bank, links vor uns der belebte Hafen, rechts das schwarze Meer, der Mond und die Einsamkeit.

»Ich muss mit dir reden, Anna. Ich habe eine Bitte an dich.« Kirsten steht in einem weißen, sehr kurzem, vorne geknöpftem Kleid vor uns. Geknöpft kann man aber kaum behaupten, denn die wenigsten Knöpfe sind geschlossen, aber sie will ja auch ein Kind von mir.

»Schieß los«, sagt meine Ehefrau freundlich. »Echt, so ernst kann es ja nicht sein.«

»Ich möchte es mit dir alleine bereden. Es ist eine Frauensache. Darauf verstehen die Männer sich nicht.«

Anna steht auf, Kirsten ergreift ihre Hand. Hand an Hand gehen die beiden auf hohen Absätzen in Richtung Hafen.

Arne und ich sitzen schweigend auf der Bank, schauen über die schwarze See.

»Sie konnte es nicht vertragen. Sie hatte Kopfschmerzen, ihr wurde übel, sie weinte dauernd und dachte an Selbstmord. Darum haben wir es aufgegeben.«

»Arne, wovon redest du?«, frage ich, rücke näher an ihn heran. Sein kräftiger, muskulöser Körper riecht nach Mensch und Mann.

»Von damals, als versucht wurde, Kirsten mit fremden Samen zu schwängern. Ich rede von der Klinik, von den freundlichen Ärzten und Krankenschwestern, von den Behandlungen mit Hormonen, von den Clomifen-Spritzen, die einen Eisprung hervorrufen sollten. Ich rede von den schlaflosen Nächten, vom fehlenden Sex, von der Angst, Kirsten tot aufzufinden, von den langen Gesprächen über Scheidung, Kinder und Tod.«

Ich lege einen Arm um ihn, sage: »Ich schaffe es, ich werde sie für dich schwängern, werde mir Mühe geben. Ich verlange nichts von euch, es wird ganz und gar dein Kind sein.«

»Hund, du wirst mir Kirsten schwängern.« Die Königin der Nacht steht vor mir, aus den Augen leuchtet das blaue Licht des Eismeeres, dunkle Schatten, lange Beine, schwarz-rote Lippen und Klauen.

»Kirsten und ich haben es verabredet. Nähert sie sich einem Eisprung, werden wir täglich mit den beiden ficken. Ich liebe fremde Männer.« Sie drückt ihren Unterleib gegen mich, greift fest um meine Hoden, flüstert: »Die müssen Kirsten und mich schaffen.«

Wir gehen auf der Mole Catwalk, die Skipper wölben vergebens ihre Männerbrust und rufen unseren Frauen etwas nach. Unsere Wohnung ist leer, keine Kinder weit und breit. Ich nehme Kirsten im Schlafzimmer, Arne meine Frau auf der

Couch in der Stube – ist es nötig, dass sie so laut heult, weil sie mit ihm so kräftige Orgasmen bekommt? Davon wird Kirsten ganz und gar nicht schwanger, aber ich werde geil. Verdammt, wie ist die kleine, blonde Ficksau unter mir schön. Ihre Fotze versteht sich aufs Ficken, ist dabei, meinen Unterleib zu zerreißen und mein Gehirn zu zersprengen, zwingt mich zum Samenerguss.

»Erst habe ich ihr nicht zugestimmt, aber dann hat sie geweint und sie tat mir leid. Darum habe ich doch ja gesagt. Kirsten, du kannst ein Kind von Andreas haben, sagte ich. Wir haben uns umarmt. Und den Arne kann ich ficken, wann es mir passt. So habe ich auch etwas davon. Sein Glied ist zwar riesig, aber er ist vorsichtig und versteht es so zu gebrauchen, dass ich vor Geilheit verrückt werde, sodass es gar nicht groß genug werden kann. So ist die neue, echte Frauensolidarität, hat sie gemeint. Wir teilen uns die Männer, damit wir Abwechslung haben und schwanger werden. Darüber könnten wir ein Buch schreiben, die neue Frauenbewegung: ›So wird dein Sexleben nie langweilig – ihr teilt euch die Männer‹. Wir haben gelacht, bis der Bauch uns wehtat. Die langweiligen Zicken auf der Mole und in den Restaurants haben uns angestarrt, die wissen gar nicht, wie eingeschränkt sie sind, wie sie sich mit ihrer Engstirnigkeit ihr Leben versauen.«

Wir wackeln aus dem Bett, Annas Fotze ist errötet und angeschwollen, sieht etwas verschlissen aus.

»Hoffentlich wird es einige Monate dauern«, meint sie. »Meine Möse riecht wunderschön und er fickt wie ein Gott.« Mein Unterleib brennt wie Feuer, mein Ständer strebt zum Himmel.

»Beherrsche dich, Andreas. Kirsten hat mir gesagt, sie habe heute ihren Eisprung, und mir gefällt die Abwechslung.« Die kleine Hexe küsst meinen Ständer. »Zieh dir eine Hose an, ich ziehe mir ein Kleid drüber und wecke die Kinder, bevor es zum Frühstücken zu spät ist.«

Beim Frühstück hängen die Kinder auf ihren Stühlen wie Annas Blumen in den Töpfen im Bregnegårdsvej. Meine Ehefrau liebt Blumen, aber Wasser bekommen sie nicht. Nur ihre Kakteen überleben, blühen wie in der Wüste, auch wenn sie bloß viermal im Jahre gewässert werden.

»Hoffentlich seid ihr nicht krank«, sage ich und schaue besorgt die Kinder an, ich zähle Lasses Pulsschläge.

»Keine Sorge, so ist es halt in der Pubertät. Das behauptet zumindest unser Schullehrer. Vati, das müsstest du doch wissen, du bist schließlich Arzt.«

Ich fühle Marie und Lasse die Stirn, beide haben kein Fieber.

»Da siehst du, Vati, alles in Ordnung«, sagt mein schlauer Sohn. »Wir sollen wachsen und das erfordert unsere ganze Kraft.«

Er geht nach oben, holt aus dem Kinderzimmer Badezeug und Handtücher für Marie und sich. Ich traue mich nicht ins Zimmer der beiden, da ich bei dem Anblick umfallen würde. Das kommt von meiner deutschen Erziehung. Ich kann den Schweinestall nicht ab. Die dänischen Mütter meiner Kinder sind Akademikerinnen, meinen, dass die Kinder von alleine lernen müssen, aufzuräumen. Nur ungebildete Frauen sind ihrer Meinung nach Hausfrauen und verbringen ihr Leben mit Putzen. Mich stört das nicht, solange meine Weiber klug und schön sind und sich aufs Ficken verstehen. Wir haben uns im Hotel Doryssa Seaside Resort am Strand Doryssa Bay verabredet. Wir wandern den Weg entlang, kaufen in einem kleinen Supermarkt Wasser und Verpflegung für den Strand. Sobald wir das Hotel passiert haben, folgen wir dem Pfad zwischen Olivenbäumen und an einem Esel vorbei bis zum Strand, schlagen dort unsere Sonnenschirme auf. Die Kinder liegen fast wie tot da, schlafen fest im Schatten unter den Schirmen, wachen erst nach drei, vier Stunden wieder auf.

»Schau mal, Vati, der Fisch ist aber groß«, sagt Marie, sie reibt sich die Augen und gähnt gelangweilt. Zwei Meter vom Strand entfernt ist ein Hai von etwa zweieinhalb Meter Länge zu erkennen. Langsam gleitet er durchs seichte Wasser, will sich die leckeren Touristen aus der Nähe anschauen.

»Achtung, ein Hai!«, brülle ich entsetzt, laufe auf das Tier zu. Der Hai dreht ab, nähert sich zwei deutschen Mädchen, die im tiefen Wasser mit einer Luftmatratze planschen.

»Mutti, Mutti!«, rufen die beiden panisch, wedeln wie besessen mit Armen und Beinen. Keine Mutti eilt ihnen zur Hilfe, langsam nähert das Tier sich den Leckerbissen. Aber das Planschen der Mädchen scheint ihn zu stören, er dreht im letzten Augenblick ab und verschwindet in den Tiefen der See. Die verängstigten Kinder heulen und rufen weiter nach ihrer Mutti, endlich taucht sie, scheinbar aus dem Mittagsschlaf gerissen, auf und rettet sie an Land. Zitternd und winselnd stehen die beiden mit ihr da, wir Männer spähen über das Meer und reden, die Gefahr ist vorbei.

»Hatten die aber Glück.« Marie gähnt. »Vati, ich habe Hunger.«

Anna und ich holen kaltes Wasser aus der Kühltasche, klappen Sandwichs zusammen, schneiden Obst in Stücke.

»Habt ihr keine Cola?«, fragen die Kinder entsetzt.

»Na klar haben wir Cola, aber nur Cola Zero, damit ihr schön schlank bleibt«, sagt der kluge Vater. »Aber Wasser ist am gesündesten.«

Die Kinder bestehen auf ihre Cola, gesund sein ist langweilig, das muss warten. Sie gehen baden, wir Erwachsene packen zusammen, sind müde, weil wir am Strand keine Gelegenheit zum Schlafen hatten. Wir hüteten unsere Brut, während sie schlief, passten auf die Sonnenschirme auf, damit der Wind sie nicht ins Meer blies. Im Gänsemarsch gehen wir den Strand entlang nach Pythagorion. Unter der brennenden Sonne geht

Anna mit schwingender Hüfte und flammend roten Haaren vor mir, Kirsten mit ihren langen Gliedern schreitet neben ihr. Die beiden plaudern eifrig, lachen prustend los.

»Beeilt euch, ihr beide, wir wollen bald schlafen gehen«, rufen sie uns Männern zu. Wir bilden unter der schweren Strandausrüstung stöhnend die Nachhut.

»Von wegen schlafen«, flüstert mir Arne zu. »Die wollen ficken.«

»So schön, wie die sind, werden wir das schon schaffen«, keuche ich unter der schweren Last.

»Aber schau bloß nicht auf deren Ärsche. Die Kinder vertragen unsere Ständer nicht.«

»Scheiße«, flüstert Arne. »Ich hätte dran denken sollen.« Ganz schief geht er vor mir, um seinen Ständer zu verbergen. Plötzlich stolpert er, kippt im Sand um.

»Seit ihr besoffen? Was seid ihr denn für Väter?«, hänseln die Kinder.

Ja, was sind wir für Väter? Unsere Ehefrauen haben uns in der Hand. Sobald sie mit ihren schönen Fotzen winken, liegen wir ihnen zu Füßen. Und wenn sie stinkend vom fremden Sperma zu uns kommen, ficken und lieben wir sie, statt sie zu verdreschen. Und unsere Kindererziehung ist nur was für Weichlinge, fast kann einem zum Heulen zumute sein. Wir verwöhnen sie, statt sie wie in den alten Tagen brüllend mit der Peitsche zu erziehen. Keiner fürchtet uns. Die Weiber lieben uns und wollen immerzu mit uns ficken, die Kinder lieben uns und ziehen uns ins Vertrauen, wollen stundenlang mit uns plaudern. Mit solchen Vätern geht die Menschheit ganz bestimmt bald ihrem Untergang entgegen.

Wir stolpern weiter durch den Sand, bemühen uns, die verdammten Dinger zwischen unseren Beinen ruhig zu halten. »Bis später«, rufen die Kinder, sie haben noch etwas vor, wir wanken schwer beladen die Treppen hoch zu unserem Apartment. Arne und ich sehen uns an: »Scheiß Huren.« Wir entledigen das Gepäck, ich greife seine, er meine Ficksau, reißen ihnen die Strings von den Unterleibern, ziehen die Oberteile nach unten, so dass ihre Titten hervorspringen. Ohne zu zögern, jagen wir unsere Ständer in die angeschwollenen Fotzen. Sie können heulen, stöhnen und sich winden, wir lassen sie nicht entkommen, bevor unser Samen in sie fließt.

»Ich liebe dich«, sagt der schöne Mund unter mir, verzaubernde Augen schauen mich an.

»Und ich liebe dich, aber aus uns beiden kann nichts werden«, sage ich, ein Stich in meinem Herzen.

»Nichts werden?«, raunt Kirsten. »Ein Kind ist doch schon was.« Sie hat Recht, wir werden immer etwas miteinander haben. Eine Trennung von ihr wäre nicht auszuhalten.

»Freunde für immer?«, frage ich.

»Sobald du mich schwängerst, Freunde für immer«, bestätigt sie und erinnert mich an meine Pflicht. Anna heult schon wieder im Orgasmus, Kirsten küsst mein Glied, ihre Hand spielt sanft mit meinen Eiern. Ihre weißen Zähne beißen vorsichtig in meine Eichel, ich kann noch einmal, für meine Frau bleibt nicht viel übrig. Aber die schreit ja auch schon wieder unter ihrem Arne, die kleine Sau kann warten.

Unser Urlaub ist vorbei, langsam steigt das Flugzeug in den blauen Himmel über Samos. Marie und ihre neue Freundin sitzen nebeneinander und weinen. Der schönste Urlaub in ihrem bisherigen Leben ist zu Ende. Jede Nacht erlebten die beiden Abenteuer, kehrten erst bei Morgenröte ins Hotel zurück. Maries neue Freundin hat in Pythagorion viele griechische Freunde, die die beiden zu Feten mitgenommen haben. »Aber uns ist nichts passiert, Vati«, sagte meine Tochter im Flughafen zu mir. »Unsere griechischen Freunde haben auf uns aufgepasst.« Anna und ich schauten nicht nach, ob sie in ihrem Bett lag, denn wir schliefen, erschöpft von der Affäre mit Kirsten und Arne, jeden Abend spätestens um Mitternacht ein. Wir vertrauten ihr und sie hat uns nicht verraten, es ist ihr nichts passiert. Den Urlaub mit Anna und Vati in Griechenland wird sie nie vergessen. Im Laufe von zwei Wochen ist aus ihr eine erwachsene Frau geworden.

Im Flughafen Kastrup noch mehr Abschied, noch mehr Tränen. Die beiden Freundinnen, auf einer Bank sitzend, weinen untröstlich, wir Erwachsene stehen mit feuchten Augen daneben und umarmen uns. »Bis bald«, sagen wir tapfer, während die Herzen in unserer Brust zerspringen möchten. Wir Männer heben die Koffer vom Gepäckband. »Sind alle da?«, fragen die Frauen. Sobald alle ihr Gepäck haben, geht es zum Ausgang, am Taxi ein letzter Blick, eine letzte Umarmung, wir sind wieder alleine. Marie sitzt zwischen Anna und mir, mein T-Shirt ist feucht von den Tränen meiner Tochter. Lasse auf dem Sitz neben dem Fahrer sagt ausnahmsweise mal kein Wort.

Bregnegårdsvej dreizehn, Lasse und ich tragen die Koffer ins leere Haus, die Sonne scheint, der aus dem Garten kommende Duft ist betäubend, Marie ist auf ihr Zimmer verschwunden.
»Ich habe eine Einkaufsliste geschrieben«, sagt Anna, sie gibt mir einen Zettel und einen Kuss. »Sie ist sicher schwanger«, flüstert sie mir ins Ohr. »Hund, ich möchte sofort mit dir ficken.«
Ihre Brustwarzen sind hart unter der weißen Bluse, ihre Jeans sind aufgeknöpft, damit ich ihre feuchte Möse fühlen kann.
»Wir sind nicht bei Trost, Anna.« Ich spüle den Ficksaft von meinen Fingern. »Lasse, wir gehen jetzt einkaufen. Julius hole ich morgen nach der Arbeit bei Annas Eltern ab.«
»Du sollst morgen arbeiten, Vati? Da haben deine Kollegen dich aber verarscht.«

»Das ist nicht so schlimm. Zwei Wochen in der Klinik und dann fliegen Anna und ich eine Woche nach Südfrankreich, und anschließend machen wir sieben Tage Urlaub im Bregnegårdsvej.«

In der Klinik ist viel zu tun, die Kollegen haben Urlaub und ich bin die Vertretung. Es ist heiß in Kopenhagen, aber die Alten laufen in dicken Mänteln herum und klagen über die Hitze und ihre angeschwollenen Beine.
»Dein Herz und deine Nieren sind gesund«, erkläre ich ihnen. »Aber statt dicke Schuhe, Hosen und Strümpfe solltest du Sandalen und kurze Hosen tragen. Mantel und Pulli sind in der Hitze Wahnsinn, die musst du sofort ausziehen.«
»Aber mein Körper ist alt und hässlich, überall Falten, Krampfadern an den Beinen, meine Haut ist fleckig, das ist kein schöner Anblick, das kann ich den Leuten nicht zumuten.«
»Möchten wir lang leben, ergeht es uns halt so. Auch der alte Körper hat seinen Charme, seine eigenartige Schönheit, das ist nur Gewöhnungssache. Was man nie sieht, das kann man nicht schätzen. Es ist Sommer, dein Körper benötigt die Luft und das Licht, die Jugendlichen deine besondere Schönheit, damit sie nicht verzweifeln, weil sie älter werden.« Die Alten ziehen sich aus, tragen nicht mehr das Niqab älterer Leute, verlassen die Klinik mit einem Lächeln auf ihren faltigen Gesichtern.

Die jungen Leute haben sich in der Hitze ausgezogen. Halbnackte Frauen bevölkern die Stadt und meine Klinik. Der Sommer ist die Zeit der Liebe, der Untreue und der Geschlechtskrankheiten. Ich stehe jeden Tag stundenlang zwischen gespreizten Frauenbeinen, führe Instrumente in die wunden Fotzen ein, halte nach Feigwarzen und Herpesläsionen Ausschau, mache Abstriche, mikroskopiere den Ausfluss. Ich erkläre den Patientinnen, dass ihre Symptome auf Geschlechtsverkehr mit neuen oder untreuen Partnern hindeuten, aber glücklicherweise einfach zu behandeln seien. Danach schreibe ich Rezepte für die Unglücklichen, sodass sie schnellstens genesen, um den Sommer und die Liebe weiter auskosten zu können.

»Fuglsang, deine Frau ist am Apparat, es ist dringend«, sagt meine Krankenschwester mit einem ernsten Blick. Meine Frau muss warten, bis die Patientin sich angezogen und verabschiedet hat. Endlich kann ich den Hörer abheben, durchs offene Fenster beobachte ich im Hinterhof eine graue Katze, die einen Hering verzehrt. Man darf sie zwar nicht füttern, aber eine alte Dame vom Treppenhaus lässt sich von der Hausordnung nicht abhalten. Gierig verschlingt die Katze den Hering, würdigt mich keines Blickes.

»Ist dir etwas passiert, Anna? Hattest du wieder einen Fahrradunfall?«, frage ich besorgt.

»Andreas, mein Vater wurde bei einem Verkehrsunfall im Englandsvej schwer verletzt. Er liegt bewusstlos im Amager Krankenhaus. Meine Mutter wagt nicht, zu fragen, ob er überlebt. Sie ist eine Krankenschwester aus alten Zeiten, wo man den Ärzten vertraute, ohne Fragen zu stellen.« Die Katze hat den Hering verspeist. Sie leckt sich den Mund, wälzt sich in einem sonnigen Fleck auf dem Rücken. Ich möchte ihr den Magen kraulen, in der Sonne neben ihr liegen und die wenigen Wolken am blauen Himmel beobachten.

»Anna, in einer halben Stunde bin ich in der Klinik fertig. Ich fahre dann sofort ins Amager Krankenhaus, um nach dem Rechten zu sehen und die notwendigen Fragen zu stellen. Wenn ein Arzt fragt, werden sie sich Mühe geben.« Die Katze kriecht in den kühlen Schatten eines Busches, rollt sich zusammen, gähnt und schläft ein. Eine bleierne Müdigkeit überfällt mich, im Leben nur Tod und Untergang. Ich möchte mich neben die Katze legen und nie mehr aufstehen.

»Andreas, ich komme mit einem Taxi zu dir in die Klinik. Ich werde mit dir ins Krankenhaus fahren. Meine Mutter ist wie gelähmt, sie traut sich nicht, zu den Ärzten zu gehen, lässt sich alles gefallen. Ich möchte sie ohrfeigen.« Anna legt den Hörer auf. Geduldig höre ich der Mutter vor mir zu, deren zweijähriges Kind angeblich multiallergisch ist. Die Frau ist dem Leben und der Mutterrolle nicht gewachsen, projiziert ihre Ängste auf das Kind. Die Nahrung des Kindes ist demzufolge unzureichend, weswegen es dauernd Infekte hat, was die Mutter auf Allergien zurückführt. Das Kind ist unterernährt und winselt ununterbrochen. Ich überweise die beiden akut ins Krankenhaus. Ein Taxi wird sie innerhalb von zehn Minuten abholen und in der Kindernotaufnahme abliefern.

Wir sind auf dem Weg zum Krankenhaus, meine Gattin berichtet mir, was sie vom Unfall ihres Vaters erfahren hat.
»Ein Vetter hat meine Mutter angerufen und ihr erzählt, was er davon mitbekommen hat. Er radelte durch den Englandsvej und sah meinen Vater durch die Vorderscheibe seines alten Skodas zwanzig Meter durch die Luft fliegen. Er landete auf dem Kopf, hat aber trotzdem überlebt. In seiner Jugend war er ein Leistungsturner. Er fuhr plötzlich quer über die Fahrbahn und stieß frontal mit einem anderen Auto zusammen.« Der Feierabendverkehr ist dicht, es wird lange dauern, bevor wir unser Ziel erreichen. Annas große, blaue Augen sind voller Trauer, klein sieht sie aus im Sitz neben mir, aber ihre roten Haare leuchten im Sonnenlicht um ihre Gestalt herum wie Feuer.
»Anna, weiß Lasse Bescheid, damit er sich keine Sorgen macht?«
»Ich habe ihm einen Zettel hinterlassen. Im Kühlschrank ist etwas zu essen, das er sich aufwärmen kann. Er hat meinen Vater gern. Zwei Männer, die sich verstehen.« Ein eiskaltes

Licht strömt aus ihren Augen, die Königin der Nacht wird um ihren Alten kämpfen, ich werde ihre Waffe sein.

»Anna, ich werde die Lage mit den Ärzten klären, anschließend beurteile ich die Stimmung unter dem Personal. Das Pflegepersonal hat oft einen entscheidenden Einfluss darauf, wer überlebt. Das machen sie stillschweigend aus. Haben sie entschieden, dass dein Vater nicht der Mühe wert ist, kann ich als Arzt dazwischenfunken, damit sie sich zusammenreißen.« Mein Schwiegervater ist ein kleiner, vierschrötiger Mann, der sich in Textilien von Aldi kleidet. Schulbildung hat er eher nur wenig genießen können. Als Zehnjähriger arbeitete er in den Ferien beim Bauern. Ab seinem zwölften Lebensjahr wohnte er in einer Kammer im Stall, nachts liefen die Ratten über seine Bettdecke. Nach seiner Konfirmation kam er in die Metzgerlehre, sah seine Eltern nur noch selten. Er ist ein bescheidener Mann, der nicht viel Wesen aus sich macht. Aber wenn man im Krankenhaus als Schwerverletzter überleben will, muss jemand Aufsehen erregen, damit das Personal sich Mühe gibt. Ich werde ihnen die Hölle heißmachen.

Italiensvej Nummer eins, wir sind da, folgen den Schildern zur chirurgischen Notaufnahme. Es sind vor dem alten Backsteingebäude noch Parkplätze frei, weil die meisten Unfälle erst am frühen Abend passieren. Wir parken ein, gehen zum Eingang und fragen an der Rezeption nach meinem Schwiegervater. Die freundliche, mollige Rezeptionistin mit den grauen Haaren kann ihn erst nicht finden. Aber dann stellt sie fest, dass er sich im Moment in der Röntgenabteilung befindet. Sobald er ein Bett in der Notaufnahme habe, könnten wir ihn besuchen. Sie wird uns Bescheid geben, wenn sie weiß, in welchem Zimmer er ist. Wir könnten bis dahin im Wartezimmer für Angehörige warten, dort gebe es Kaffee aus dem Automaten und in einem Kiosk Sandwiches. Schweigend gehen wir im grellen Neonlicht den langen, weißen Flur entlang, weiße Gestalten mit verschwommenen Gesichtern geistern ans uns vorbei. Ein Aquarium aus Glas mit weiß bemalten Wänden ist unser Ziel. Wir sitzen unruhig in hellen hölzernen Stühlen aus Buche mit giftgrünen Polstern. Auf dem hellen lackierten Holztisch liegen zahlreiche bunte Zeitschriften, in denen wir blättern. Im Flur eilen geschäftig weiße Gestalten vorbei, die uns keines Blickes würdigen. Ich hole vom Automaten zwei Kaffees mit Milch, Anna geht zum öffentlichen Telefon und ruft meine Schwiegermutter an, es gibt nichts Neues zu berichten.

Der Kaffee aus dem Automaten ruft bei mir einen Brechreiz hervor. Die belegten Brötchen vom Kiosk sind klebrig und schmecken fade, sie bleiben mir, wie damals bei meinen Nachtschichten im Krankenhaus, im Halse stecken. Endlich werden wir von einer lächelnden Krankenschwester erlöst. »Du kannst jetzt zu deinem Vater«, sagt sie zu Anna, sieht sie dabei abschätzend an. Sie hatte bei dem Landstreicher drinnen im Bett eine andere Art Verwandtschaft erwartet. Eine kampfbereite Akademikerin in einem schwarzen Blazer, einer weißen Bluse, schwarzen Jeans und hohen Absätzen passt nicht zu ihm. Aber es kommt noch schlimmer.

»Darf ich mich vorstellen? Doktor Fuglsang, ich bin Arzt, wie geht es meinem Schwiegervater? Sind Blutdruck, Puls und pO2 in Ordnung? Ich möchte schnellstens seinen Zustand mit einem Oberarzt besprechen.«

Die Augen der Krankenschwester lächeln nicht mehr, sie steht einen Augenblick unbeweglich da, sagt dann zögerlich: »Folgt mir, bitte. Ich werde dem Oberarzt sofort Bescheid sagen.« Vor einer grünen Tür mit der Nummer dreiundzwanzig macht sie Halt. »Bitte sehr, habt ihr Fragen, könnt ihr mich mit der Klingel erreichen.« Ihr Mund lächelt, ihre Augen bleiben kühl.

Im Bett liegt mein Schwiegervater mit einem angeschwollenen Gesicht, um die Augen ein Brillenhämatom und Hautabschürfungen im Gesicht. Ein Bein ist bereits in einem Gips fixiert, er hat eine Bandage um den Kopf. Sein Brustkorb hebt sich in einem zu schnellen Rhythmus, in seiner Nase steckt eine Schlange mit Sauerstoff. Monitore an der Wand zeigen auf ihren fahlen Schirmen das EKG und andere vitale Daten. Flaschen hängen über dem Kopfende des Bettes. Von ihnen führen Schlangen zum Zwecke der Infusion zu den Kathetern in den Venen seiner Arme. Ich studiere das Schema am Fußende des Bettes. Der Blutdruck ist akzeptabel, der Puls beschleunigt, pO2 94 %, Temperatur 38,3 Grad, es könnte schlimmer sein. Schwiegervater kann zwar nichts sagen, lächelt uns aber zu. Er hat uns sichtlich wiedererkannt, was zeigt, dass er bei vollem Bewusstsein ist.

»Vati, da hast du aber echt Mist gebaut«, sagt Anna und streichelt die grobe Hand auf der weißen Bettdecke. Er blinzelt mit den Augen, bringt aber keinen Laut hervor. Eine Krankenschwester kommt kurz angebunden ins weiße Zimmer, schreibt Blutdruck-, Puls-, pO2- und Temperaturwerte auf das Schema am Fußende des Bettes des leidenden Schlachters. Anna streichelt weiterhin die von einem Bluterguss verfärbte Hand. Ab jetzt weiß das Personal, dass wir uns um ihn sorgen, dass er für uns wichtig ist, dass sie sich Mühe geben müssen. Wir sitzen schweigend im kahlen, mit Monitoren bestückten Raum. Anna hat in ihrem Leben außer mir und dem Kater Julius nur ihre Eltern. Lasse und Marie sind die Kinder einer anderen Frau. Die ist zwar freundlich, wird aber immer ihre Feindin bleiben. Darum darf ihr Vater frühestens sterben, wenn sie ein eigenes Kind mit mir hat, wir eine echte Familie sind.

Die Tür geht auf, ein kleiner, schlanker, drahtiger Mann in einer weißen Hose und einem weißen Unterhemd tritt, gefolgt von einer Krankenschwester, an Schwiegervaters Krankenbett.

»Entschuldigung, dass ihr so lange warten musstet. Die Personalsituation ist in der Urlaubszeit schwierig. Das kennst du ja, lieber Kollege.« Er schüttelt unsere Hände und fährt fort: »Ich habe zwischen zwei Operationen einen Moment Zeit. Herr Schütze hat einen Beckenbruch, der auch das rechte Hüftgelenk betrifft, und der rechte Oberschenkel ist auch gebrochen. Wir haben aber keine inneren Blutungen feststellen können und sein Schädel ist heil. Gehirnblutungen haben wir trotz des Brillenhämatoms nicht feststellen können. Links hat Herr Schütze vier Rippenbrüche und eine kleinere Ansammlung im Brustkorb. Ob der Patient in den nächsten Tagen ein Fettemboliesyndrom entwickelt, ist schwer zu sagen. Als Arzt ist dir das wahrscheinlich klar, lieber Kollege. Weißt du übrigens, ob dein Schwiegervater Alkoholiker ist? Wir haben zwar keinen Alkohol im Blut von Herrn Schütze feststellen können, aber er hatte eine zerschmetterte Flasche Schnaps in der Tasche.«

»Nein, mein Vater ist kein Alkoholiker. Nur am Wochenende trinkt er einige Flaschen Bier und zwei Schnäpse dazu. Die Flasche Schnaps stammt von seiner Arbeit als Schlachtergeselle auf Vesterbro. Er ist bei den Kunden beliebt und die schenken ihm manchmal eine. So ist es bei den Nutten und Alkoholikern halt Brauch.« Anna schüttelt ihren Kopf, eisblaues, kaltes Licht strömt aus ihren Augen, Flammen stehen um ihren Kopf.

»Entschuldigung, so war es nicht gemeint. Ich habe nur sicherheitshalber nachgefragt. Die Chancen deines Vaters wären als Alkoholiker bedeutend geringer.« Der Oberarzt sieht betreten aus, das Weib vor ihm ist gefährlich. Ich nutze die Gelegenheit, sage: »Lieber Kollege, ich habe vor, jeden Morgen, bevor ich in die Klinik gehe, meinen Schwiegervater zu besuchen und seine Krankenakten durchzulesen. Als Kollege hast du sicher nichts dagegen. Würdest du so freundlich sein, dem

Personal Bescheid zu geben.« Die Krankenschwester schüttelt ihren Kopf, aber der Oberarzt nickt, er ist in Eile, die nächste Operation ist fällig. Es ist abgemacht, jeden Morgen um etwa sieben Uhr werde ich Schwiegervater einen Krankenbesuch abstatten. Doch jetzt können wir nichts mehr ausrichten und fahren deshalb heim.

Der Kater Julius erwartet uns vor der Haustür, streicht, während wir uns Brote schmieren, um unsere Beine. Sobald wir uns zum Schlafen hinlegen, nimmt die treue Katze auf Annas Kopfkissen Platz. Um sie nicht zu stören, holt sie sich ein extra Kopfkissen. Der warme, schnurrende Pelzball zwischen uns strahlt Ruhe aus, wir schlafen deshalb schnell ein.

»Ich werde heute die Reise nach Cap d'Agde absagen«, sagt meine Ehefrau. Wir sitzen mit unseren Frühstückstabletts im Bett. Lasses Tablett steht in der Küche und wartet auf ihn. Wir können ihm nicht zumuten, auch so früh aufzustehen. Seit er das Gymnasium besucht, steht er sowieso jeden Morgen im letzten Augenblick auf, das heißt etwa um halb acht. Wecker, laut rufen, schimpfen, ihn an den Beinen aus dem Bett ziehen, hat alles keinen Zweck, jeden Tag stürzt er zu spät aus der Haustür. Aber der Bursche ist schlau, er hat das Aurehøj Gymnasium gewählt, das Hippiegymnasium der Gemeinde. Dort kann er sich unbehelligt erlauben, zu spät zu kommen. Und einem Hippie sieht er sowieso ähnlich. Anna hat den beiden Kindern das Bügeln beigebracht. Seitdem bügelt Marie regelmäßig ihre Blusen und Röcke, während mein Herr Sohn nur noch T-Shirts und Jeans trägt, die er nicht zu bügeln braucht. Dazu kommt, dass er weiß, wie man nach Christiania kommt, um Joints zu kaufen. Aber seine Noten sind in Ordnung, weshalb ich nichts dagegen sagen kann.

Vor sieben Uhr morgens ist in Kopenhagen kaum Verkehr. Die Fahrt durch die Innenstadt zum Italiensvej eins auf der

Insel Amager dauert darum kaum fünfundzwanzig Minuten. Schon vor sieben Uhr bin ich da, biege in einen der vielen freien Parkplätze ein. Auf der Insel ist es nebelig, aber die Sonne scheint und der Dunst wird sich bald auflösen. Aus der Ferne tönt vom Meer und dem Hafen her das dumpfe Brummen von Schiffen, deren Nebelhörner die Welt vor sich warnen, denn es besteht die Gefahr, dass ein besoffener Russe auf Amager strandet, er sein Schiff auf den Sand setzt, was schon mehrmals vorgekommen ist.

Schwiegervater befindet sich noch in der Notaufnahme, die Krankenschwestern würdigen mich kaum eines Blickes, murmeln »Guten Morgen«, aber rücken immerhin mit der Krankenakte raus. Die Nacht ist ruhig verlaufen, der alte Metzger wird mit Heparin gegen venöse Thromboembolie behandelt und mit Morphin gegen die Schmerzen.

»Wann werdet ihr meinen Schwiegervater mobilisieren und ihn in einen Stuhl setzen?«, frage ich. »Ist eine Osteosynthese seines rechten Oberschenkelknochens vorgesehen, damit eine Mobilisierung möglich ist?« Die Krankenschwestern sind beschäftigt, keine antwortet. Ich verharre auf meinen Platz, schweige, bis es ihnen lästig wird.

»Wir wissen von nichts, du musst später die Ärzte fragen«, sagt die Älteste und sieht mir dabei in die Augen.

»Bis morgen«, sage ich, lächele freundlich, doch keine schaut mir ins Gesicht.

»Morgen befindet sich dein Schwiegervater Gott sei Dank auf der Station A«, sagt die grauhaarige Krankenschwester. »Doktor, wir sehen uns hoffentlich nie wieder.«

Der alte Hüne liegt unbeweglich im Bett, sein Atem ist beschleunigt. Neben ihm ruht ein zweiter Verkehrsunfall, vollständig mit Schlangen bestückt. Die Signaltöne der Monitore sind, außer dem schweren Atmen der Patienten, die einzigen Geräusche im weißen Raum. Schwiegervater lächelt schwach, wippt mit dem rechten Zeigefinger und bewegt seine Augen. Ich ergreife seine Hand.

»Ich werde auf dich aufpassen, damit sie dich nicht vernachlässigen«, sage ich. »Morgen früh sehen wir uns wieder. Heute noch werde ich den Chefarzt anrufen, damit du baldigst aus dem Bett kommst und du dir keine Lungenentzündung oder einen Blutproppen zuziehst.« Er drückt mir mit dem Zeigefinger die Hand, ich stehe auf. »Bis morgen«, verabschiede ich mich und verlasse den weißen Sarg.

»Eine Osteosynthese des Oberschenkelknochens ist noch nicht vorgesehen«, sagt mir nachmittags der Chefarzt. »Wir müssen abwarten, wie der Fall verläuft.«

»Aber lieber Kollege, eine Mobilisierung ist für die Prognose entscheidend«, wende ich ein.

»Dein Schwiegervater, lieber Kollege, muss eine Operation vertragen können. Wir müssen abwarten, auf Wiederhören.« Er hängt ein, ich kann nichts machen. Wie soll ich meiner Frau erklären, dass ihr Vater wegen der Passivität des verantwortlichen Arztes sterben wird?

»Anna, dein Vater fiebert und redet Unsinn, der Chefarzt redet nur vom Abwarten. Es sind fünf Tage seit dem Unfall vergangen und wird dein Alter nicht umgehend operiert und mobilisiert, geht es schief.«

»Erzähle dem Chefarzt, dass ich Juristin bin und es ernste Folgen für ihn haben wird.«

»Alles klar, ich rufe ihn sofort an.«

Am nächsten Morgen fragen mich die Krankenschwestern der Station A erstaunt, ob ich nicht wüsste, dass mein Schwiegervater sich seit gestern Abend im Frederiksberger Krankenhaus befinde? Ich rufe umgehend die entsprechende orthopädisch-chirurgische Fachabteilung an. Man sagt mir, dass er heute Vormittag als Erster operiert wird, damit man ihn mobilisieren kann. Wir besuchen ihn am späten Nachmittag, wo er schon hustend in einem Krankenstuhl neben seinem Bett sitzt.

»Mir geht es etwas besser«, sagt er und streckt Anna die Hand entgegen.

Er ist erschöpft und wir bleiben deshalb nur kurz, aber auf der Heimfahrt sind wir voller Zuversicht. Meine Visiten am frühen Morgen sind ab jetzt nicht notwendig.

»Hund, Kirsten hat angerufen, um uns einzuladen. Ich habe ihr gesagt, dass uns nicht zum Feiern zumute ist. Sie war sehr enttäuscht. Sie ist wahrscheinlich schwanger und wollte es mit uns feiern. Ihre Periode ist seit zwei Tagen überfällig und der Schwangerschaftstest ist schwach positiv. Herzlichen Glückwunsch zur Vaterschaft.«

»Unsinn, ich bin nur der Samenspender. Ein Vater wird von dem Mann ausgemacht, der sich ums Kind sorgt und nächtelang über es wacht. Ein Samenspender zu sein ist einfach, ein Vater zu sein heißt, sich ein Leben lang anzustrengen. Aber ich hätte gerne mit ihnen gefeiert. Sie sind nette Leute, beide sind ein guter Fick und lieben tue ich die beiden sowieso. Deinem Vater geht es besser, er wird wahrscheinlich überleben und du könntest die Abwechslung und das Abenteuer gut gebrauchen.«

»Du hast natürlich Recht, Andreas. Ich werde sie anrufen und zusagen. Die Fete findet bei ihnen in Jægerspris statt. Kirsten, ich und eine Aisha sind die einzigen eingeladenen Frauen, aber es werden viele Herren erwartet. Meine Fotze freut sich schon darauf.« »

Ich freue mich schon auf Kirsten und eine Aisha habe ich noch nie herangenommen, aber meiner Ehefrau sage ich davon nichts. Stattdessen folge ich dem nackten Arsch die Treppen hinauf ins Schlafzimmer. Ist das eine angeschwollene, geile

Fotze. Ist ja auch kein Wunder. Wir haben seit dem Unfall nicht gefickt und jetzt haben wir vieles zu feiern. Die Königin der Nacht ist wieder auferstanden. Sie ist eine Ficksau, die Männer wie mich durcheinanderbringt, unsere Herzen verbrennt, unsere Träume verseucht.

Im Kühlschrank steht für Lasse ein Gericht, das er sich warm machen kann. Er wollte nicht mit seiner Mutter ins Sommerhaus fahren. Es ist Samstag und Zeit, mit Freunden zu feiern, statt dort mit der Mutti und der Schwester zu hocken. Sein Freund Sebastian hat in Christiania Joints eingekauft, Lasse hat bei Aldi billiges Bier besorgt. Feiern werden sie im »Traumaloch«, ein Kellerraum bei seiner Mutter, den sich die beiden mit Sesseln, Sofas und einer Musikanlage eingerichtet haben. Nach oben ins Haus seiner Mutter dürfen sie nicht, aber daran sind die Jungs auch gar nicht interessiert.

Wir sind im Auto auf der Fahrt nach Jægerspris, werden bei Kirsten und Arne feiern und übernachten. Ihre Villa liegt rechts von der Hauptstraße am Anfang des Ortes, das Schloss Jægerspris, das Liebesnest von Gräfin Danner und König Frederik VII., befindet sich am anderen Ende. Vor der Villa ist ein kleiner Garten mit Apfelbäumen, wir gehen durch den knirschenden Kies zur Haustür aus Teak. Die Betonelemente des Hauses sind mit roten Backsteinen beklebt, das Dach ist mit roten Ziegeln belegt, die großen Glasflächen haben weiß bemalte Rahmen. Man hat die Gardinen vorgezogen, hineinzublicken ist nicht möglich.

Wir klingeln, Arne öffnet uns die Tür, hilft meiner Frau aus dem Mantel, umarmt mich, gibt ihr einen heißen Kuss, flüstert ihr ein »Ich danke dir« ins Ohr. »Kirsten, du musst mir helfen«, ruft er. »Die beiden sind nicht ganz bei Trost.« Arne ist Zimmermeister und sein nackter Oberkörper sieht toll aus, Annas

Hände wollen ihn nicht in Ruhe lassen. Die Frau des Hauses tritt in hohen Absätzen in die Eingangshalle, ich gehe in ihrem Blick unter. Im Geiste umklammern mich ihre langen Glieder, ihre angeschwollene Fotze versorgt meinen Steifen, ihre Augen stecken meine Seele in Brand.

»Arne, du ziehst Anna aus, damit sie heute Abend keinen Skandal macht«, sagt Kirsten und kommt zu mir. Ihre Hände nehmen mir die Jacke ab, gleiten unter mein Hemd, brennen auf meiner Haut, helfen mir aus meinem lästigen Hemd, meiner Hose, meiner Unterhose und meinen Strümpfen.

»Ihr Eier habt es gut gemacht«, sagt sie, ihre Hände haben einen festen Griff um meine Hoden, die sie befriedigend mit Samen versorgt haben. Sie kniet nieder, ihre Lippen um meine Eichel schicken elektrische Stöße durch meinen Körper, die ihn sich anspannen lassen.

»Wir Weiber wollen heute Abend nackte, geile Männer. Arne, es ist noch zu früh, Anna zu befriedigen.« Hart klemmt sie kurz meine Hoden ein, sodass ich in die Knie gehe. Gehorsam zieht ihr Mann seinen riesigen Schwanz aus meiner stöhnenden, nackten Hurenfrau, deren Schenkel sich um seine Hüfte klammern.

»Kommt mit in die Küche und zieht euch eine Schürze an. Ihr seid die Ersten und ich brauche eure Hilfe.« Wir folgen dem schönen Rücken in die Küche. Es kommen noch acht Männer und nur eine Frau, du wirst auf deine Kosten kommen«, sagt Kirsten tröstend zu meiner Frau. »Arne, du darfst sie später als Erster ficken. Raus aus ihrer Fotze, du sollst mir helfen.«

Anna stützt sich am Tresen ab, sie steht mit breiten Beinen da, ihr Gesicht verborgen von den roten Haaren. Ihre Titten beben unter seinen Stößen, Wellen laufen über ihren Arsch, ihre Fotze ist über dem riesigen, glänzenden Schwanz ausgespannt, sie winselt wie ein schwer verwundetes Tier. Die beiden sind voneiander angetan. Ein Glück, dass der schöne Zimmermann verheiratet ist, sonst wäre meine Gattin monatelang dauernd aus dem Haus.

Kein Ficken jetzt, gehorsam ziehen wir die Schürzen an, stellen Gläser, Teller, Besteck und Servietten auf den Tisch in der Essstube, richten ein leichtes Buffet an. Champagner, Wein, Bier und Wasser, jeder Wunsch wird erfüllt, in der Stube liegen vor dem Kamin mehrere Futon-Matratzen, auf dem Ecksofa ist für zwei Paare Platz. Es klingelt, Kirsten nimmt meine Frau bei der Hand, will sie den Herren vorstellen. Grobe Männerstimmen klingen aus der Halle in die Küche. Kirsten hat uns befohlen, unter keinen Umständen in die Eingangshalle zu kommen. Erst das Kichern der Weiber, dann kein Laut. Jetzt hören wir deutlich Annas Winseln, ein Mann brüllt und dazu das Heulen eines Tieres. Kirsten und meine Ehefrau kommen, gefolgt von vier Herren, in das Wohnzimmer. Die Kleine kommt zu mir und drückt ihre nasse Fotze gegen meinen Schenkel.

»Du hast schon, Anna«, sagt die Blonde mit den steifen Zitzen und den langen Gliedern, greift meinen Schwanz und zieht mich von meiner Frau weg zum Sofa. Ich lecke die glatte, weiche Fotze, ein Mann hält das Weib an den Titten fest, sodass ihre Brustwarzen fast platzen. Ihr Körper zuckt, verspannt sich, heulend kommen ihre Orgasmen. Ich besteige die schwangere Sau. Mein Glied bezwingt die widerwillige, geile Möse, so festgehalten, muss sie kapitulieren, das Weiße ihrer Augen ist zu sehen, nochmals ihre Orgasmen. Mein Samen fließt in sie hinein, aber schwanger ist sie ja schon. Es klingelt an der Haustür, erst kümmert sich keiner drum.

»Das sind sicher Aisha und Mahmoud«, sagt Kirsten verwirrt. »Ich muss öffnen, komm mit, Andreas.« Arne und Anna sind nirgends zu sehen. Wir wanken zur Tür, vor uns stehen ein Araber und eine Araberin. Ein Mahmoud im tadellosen Anzug mit Krawatte und weißem Hemd. Neben ihm steht eine Aisha, die ihre Haare unter einem Hidschab verbirgt, ihren Körper mit einem Abaya verhüllt. Beim Anblick von uns beiden Nackedeis wendet die Araberin sich ihrem Mann zu, sagt: »Hab ich dir doch gesagt, Mahmoud. Du hättest dich nicht so feierlich anziehen sollen. Du bist echt lächerlich in deinem Anzug.«

Sie lässt ihn stehen, legt ihren Abaya ab, braune Brüste, rasierte Fotze, kurvig und mollig steht die Schönheit auf hohen Absätzen da, mit dem Hidschab sieht sie sehr sexy aus. Sie zwinkert Kirsten zu, sagt: »Wollen wir?« Kirsten nickt, die beiden greifen den zitternden Mahmoud, lachend und ohne Erbarmen ziehen sie ihn aus. Bald liegen sein Anzug und sein Hemd zerknittert auf dem Boden. Die hohen Absätze durchbohren seine Krawatte, die roten Lippen küssen seinen Ständer. Er ist den Launen der zügellosen Weiber ausgesetzt, aber er scheint es zu genießen. Die beiden Schönen haben es eilig, sie zerren ihr Opfer in die Wohnräume, überlassen es mir, die beiden verspäteten Männer an der Tür reinzulassen.

»Die Hexen sind richtig geil, sie wollen nackte Männer. Hier zwei Bügel. Ihr könnt eure Kleidung in den Schrank hängen, damit ihr sie wiederfindet. Auch deine Socken, bitte«, sage ich zum Schwarzen, der Arne den Rang als Hengst streitig machen wird. »Meine Frau findet Männer in Socken lächerlich.«

Meine kleine Hure schreitet auf mich zu, es zieht in meinem Magen. Hohe Absätze, schwingende Hüfte, wippende Brüste, rosa Brustwarzen und Fotze, aus den Augen das blendende Licht der Intelligenz, alles von roten Haaren eingerahmt, es sticht in meinem Herzen.

»Hund, ich liebe dich«, sagt die mir fremde Schönheit und setzt sich auf meinem Schoß, der Duft von Fotze und Sperma ist umwerfend. »Arne und ich haben miteinander geredet. Das war echt ein Fehler. Das Ficken mit ihm ist vorbei, weil er mir zu vertraut wurde, er könnte mein Bruder sein.«

»Und ich, wie ist es mit mir? Bin ich dir nach sieben Jahren auch zu vertraut?«, frage ich besorgt. Sie lächelt, jetzt das eiskalte, blaue Licht des Eismeeres, ihre Hand auf meinem Schwanz.

»Nein, Andreas, du bist zu gefährlich, hast eine Macke, Raubtiere wie du werden nie langweilig, dich kann ich kaum zähmen.« Sie stellt sich im Vierfüßlerstand auf ein Futon. »Hund, bezwinge mich.« Vor allen Augen reite ich die Schlampe, bis sie heulend im Orgasmus untergeht, ich in ihr explodiere. Erschöpft liegen wir danach nebeneinander, halten uns die Hand, versinken in den Augen des anderen.

»Du kommst mit, ich muss mal.« Das schöne Weib setzt sich vor mir aufs WC, erst kann sie nicht, es ist schwierig, mit einer Stehfotze zu pinkeln. »Wir haben zum Abschied kurz gefickt«, erklärt sie mir. »Arnes Schwanz ist halt sehr groß.«

Endlich plätschert es aus ihrer Fotze, der Geruch von Frauenurin und Sperma in meiner Nase.

»Eifersucht steht dir«, sagt der rote Mund der Nutte, sie beißt vorsichtig in meine Eichel. »Dein Ständer ist nicht der kleinste, im Augenblick aber zu groß für meine wunde Fotze. Ich habe Hunger, brauche etwas zu essen.«

Sie steht auf, schüttelt ihre Fotze, geht zum Waschbecken und spült ihre Hände.

»Anna, deine Fotze darfst du nicht spülen, damit alle wissen, was du für eine Ficksau bist«, sage ich. Sie lächelt, tätschelt meine Brust, mein Herz windet sich unter dem unendlichen blauen Eismeer ihrer Augen – kein Land in Sicht. Ich folge den schwingenden Hüften zum Buffet, Austern liegen im Eis, gewaltsam geöffnet, warten sie auf den Tod. Ich träufle Zitrone aufs Tier, beobachte, wie es sich zusammenzieht. Gierig öffnen sich die roten Lippen, das Blitzen weißer Zähne. Das lebendige Tier verschwindet hinter den Lippen, kurz die Spitze der Zunge auf der Oberlippe. Ich füttere die Königin der Nacht mit Austern und Champagner.

»Genug«, sagt sie. »Bis später.« Sie streicht mir über die Brust, wendet sich ab, eine schwarze Hand hat einen festen Griff um ihren schneeweißen Po. Sie lehnt sich an die nachtschwarze Gestalt vor ihr, ihre roten Lippen auf den seinen. Ihre Beine sind breit, ist der schwarze Ständer schon tief in ihre rosa Fotze eingedrungen? Ich folge mit dem Blick der weißen Göttin und dem schwarzen Gott, die vereint die Stube verlassen, ohne zurückzublicken. Verloren stehe ich mit schwerem Atem im Raum, die Einsamkeit drückt mir auf die Brust.

Sieht Aisha aber süß und geil aus, hohe Absätze und Hidschab, wer kann etwas gegen einen Hidschab haben? Ihre schwarzen, brennenden Augen lächeln mir zu, ihre braune Fotze steht angeschwollen zwischen weichen, wohlgeformten Frauenschenkeln. Empört zwingt ihr Mann sie auf dem Futon in den Vierfüßlerstand nieder, dorthin, wo ich vor Kurzem Anna gefickt habe. Ein Herr eilt Mahmoud zur Hilfe, hält das unzüchtige Weib fest. Mit hängenden Brüsten, strotzendem Po und breiten Beinen liegt sie da, ihre braunen Schamlippen öffnen sich, ihre rosa Scheide lädt mich zum Eindringen ein. Ich gehe in die Knie, stoße in sie hinein, tauche in ihrer Geilheit unter. Meine Hände umfassen ihre runde Hüfte, meine Augen folgen den Rhythmus ihrer vollen Brüste, die Wellen unserer Lust laufen über ihren Arsch. Sie heult, ich brülle, ihre feuchte Fotze saugt den letzten Tropfen Samen aus mir hinaus. Ihre vollen Lippen auf den meinen, ich möchte ewig mit ihr vereint bleiben. Schwarze Augen, ewige Liebe, ein kalter Hauch reißt mich aus dem Wahn, eine Tür hat sich geöffnet.

»Hund, du gehörst mir«, Anna kniet nieder, küsst Aisha. »Tut mir leid, Andreas gehört mir, aber du kannst ihn dir jederzeit ausleihen.« Mahmoud hat auch etwas zu sagen, greift die rothaarige Hexe, die willig auf dem Rücken liegend ihre Beine öffnet, seufzend den braunen Araberhengst in sich eindringen lässt. Er reitet sie rücksichtslos, ich ziehe mich in eine Ecke des Raumes auf einen Stuhl zurück. Die Araberin hält Anna an ihren roten Haaren fest. Sobald der Orgasmus sich nähert, zieht sie ihren Kopf nach hinten, beobachtet lächelnd, wie Annas Gesicht sich errötet und wieder und wieder verzerrt. Mahmoud hat es schwer, die beiden Hexen lassen ihn nach seinem Samenerguss nicht entkommen. Anna leckt sein schlaffes Glied, Aisha drückt ihren braunen Körper gegen seinen Rücken, streichelt ihn mit ihren Titten, küsst seinen Nacken. Die Braune winkt mir zu, ich solle zu ihr kommen. Ihre Hände und Mund sind geschickt, vor Mahmouds eifersüchtigem Blick mein angeschwollenes Glied. Sie küsst mich, lässt meinen Schwanz in sich eindringen. Direkt vor ihm fickt sie mich leidenschaftlich, vergisst die Existenz ihres Mannes, lässt ihn im Fegefeuer der Eifersucht leiden. An der Hand schleppt meine Ehefrau den Leidenden mit sich, sein Schwanz ist am Platzen. Eng umschlungen verlassen die beiden den Raum, es scheint ihm schon viel besser zu gehen.

»Wo ist Mahmoud?«, fragt die braune Schönheit in meinen Armen, über eine Stunde ist vergangen, seit er mit Anna den Raum verlassen hat. Wieso denkt sie an Mahmoud, sie liegt ja in meinen Armen?

»Er fickt irgendwo meine Frau. Sie liebt die Art, wie gewisse arabische Männer ohne Fragen zu stellen Frauen ficken, sie nach ihrem Belieben benutzen, als hätten sie kein Recht auf ihren eigenen Körper.«

»Da ist er dir aber ähnlich«, sagt sie, küsst mich, meine Hand fasst ihre rechte Brust.

»Aisha, löse dich von deinem Hidschab, der Kafir weiß sowieso alles über dich, kennt deine geile Fotze und jeden Zentimeter deines Körpers.« Ihr Mann steht mit verschmiertem Geschlecht vor uns, neben ihn klammert sich die weiße Venus liebevoll an seinen braunen Körper. Ihre Fotze ist rot angeschwollen, sieht mit den blauen Flecken wie nach einem Unfall aus. Wir haben Hunger, am Buffet stehen die beiden Schönheiten nebeneinander. Der einen fallen in Wellen schwarze Haare über dem Rücken bis zum Po, der anderen rote Haare. Ich nehme extra Servietten für die beiden Damen mit, auf denen sie im Sofa sitzen können, denn aus ihnen heraus läuft nach den vielen Orgasmen jede Menge Fotzensaft, mit Samen vermischt.

Wie machst du das und dann noch mit einem Kafir, der deine Frau fickt?«, frage ich Mahmoud, der rechts neben mir sitzt und Schinken mit Melone verzehrt. »Echt, das ist doch alles wider deine Religion.«

Aisha, das geile Luder links neben mir, hat schon wieder meine Hoden im Griff. Sie scheint unersättlich zu sein.

»Und du, Andreas, was sagt deine Religion dazu, dass du die Ehefrau eines anderen Mannes fickst?«, sagt Mahmoud, zieht seine Finger aus Annas Fotze und leckt sie genussvoll ab. Gott sei Dank, die Geile neben mir hat meine Hoden losgelassen, es ist ihr jetzt wichtiger, ihren Hunger zu stillen.

»Mahmoud, das wurde ja alles geschrieben, als man weder über Verhütung, kostenlose Abtreibung noch über effektive Behandlungen von Geschlechtskrankheiten verfügte.«

»Genau«, sagt das braune Weib.« Ihre Lippen und Hände bringen mich schier zur Verzweiflung, es zuckt in meinem Körper, meine Erektion ist schmerzhaft. »Wir sind jetzt dran, haben eine Ausbildung und euer Glück befindet sich zwischen unseren Beinen. Der alte Dreck von Männern, die sich vor

Frauen fürchten, wie in euren Büchern geschrieben, geht uns nichts an.«

»Die eine Religion ist wie die andere, alles Schnee von gestern«, stimmt Anna zu. »Von dem alten Kram und den Priestern sollte man sich nicht das Leben verderben lassen. Ich bin müde und will schlafen. Aisha, übernachtet ihr bei Kirsten und Arne? Ich möchte deine Telefonnummer, damit ich euch zur Orgie in die Amaliegade einladen kann. Dein Mann fickt wie der Teufel persönlich und Andreas versteht sich drauf, dich zu reiten. Bekomme ich deine Nummer, darfst du heute Nacht nochmals mit meinem Mann. Meine Fotze ist sowieso am Ende, ihr würde die Entlastung guttun.«

Die Nacht war friedlich, keine geilen Frauen raubten mir den Schlaf, doch werde ich von Annas Katzengejammer geweckt. Sie hat sich aus dem Bett gestohlen und irgendjemand fickt sie jetzt nebenan, was ich nicht nett von ihr finde. Sie müsste doch neben mir liegen, meine Hand halten und mich küssen. Soll ich mich aus dem Bett wagen und nachschauen, was sie macht, mein Recht verlangen? Ich muss erst mal, aber das wird mit meinem Ständer schwierig. Mit der Hilfe von eiskaltem Wasser werde ich es schaffen. Ich schleiche mich an der Tür vorbei, wohinter meine Schlampe wieder jammert, unversehrt erreiche ich die Badezimmertür, hinter der ich hoffe, vor geilen Frauen in Sicherheit zu sein. Vorsichtig öffne ich, das Badezimmer scheint leer zu sein. Ich ziehe den Duschvorhang zur Seite.

»Ist der aber geil.« Kirstens Hand hat meinen Ständer ergriffen, ihre schönen Augen strahlen.

»Ich muss pinkeln«, flüstere ich verzweifelt. »Meine Blase ist am Platzen.«

»Ich werde ihn steuern.« Die Braune steht hinter mir, drückt ihren weichen Körper gegen meinen Rücken, streichelt meinen Ständer.

»Es kann losgehen«, kommandiert sie. Mit dem dünnen Strahl aus meiner blau angeschwollenen Eichel bemalt sie die Wand der Dusche.

»Das stinkt ja ekelhaft, wie in einem Pissoir«, lästern die beiden. Kirsten spült den Duschvorhang ab, Aisha hindert mich am Entkommen.

»Dich werden wir uns vorknöpfen«, sagen die Furien, eskortieren mich in das leere Zimmer, ihre Hände überall auf meinem Körper. Die Araberin vor mir, ihre Lippen gleiten von meinem Nabel zu meinem Glied, sodass mein Leib entflammt.

»Fick die kleine Sau«, befiehlt die blonde Furie, Aisha legt sich mit breiten Beinen vor mich hin, die Spalte zwischen ihren Schenkeln steht weit offen.

»Echt geil«, sagt die Blonde, mit einem Finger im After der heulenden Braunen. »Es gefällt der kleinen Hure.«

Ihre Fotze ist angeschwollen, glitschig und wund, mein Glied erforscht ihre Lust, unsere Körper spannen sich zitternd an, die Klimax entführt uns aus dieser Welt. Sie klammert sich mit Armen und Beinen heulend an mich, will den letzten Tropfen aus meinen Hoden zwingen. Wenn sie es wünscht, werde ich sofort Moslem.

»Nicht schlecht für einen Kafir«, meint Aisha, ihre Lippen drücken sich auf meine, ihr warmer, weicher Frauenkörper schmiegt sich an mich. »Vielleicht sollten wir in einem Kollektiv leben?«, murmelt sie. »Du gefällst mir, deine Frau gefällt meinem Mahmoud und Kirsten und Arne gehören sowieso dazu.«

»Und weiß deine Familie Bescheid?«, frage ich besorgt, vor meinem geistigen Auge Pressebilder von blutbeschmierten, ermordeten Frauen, die die Ehre ihrer Familie verletzt haben.

»Eine Ahnung haben sie wahrscheinlich, aber sie tun so, als ob mit uns alles normal verläuft. Das ist am einfachsten so.«

In mir wächst eine ängstliche Unruhe heran, Anna fehlt mir, hat sie jemand Besseren gefunden? Wir beide sind wie Aisha und Mahmoud, unser Verhältnis ist wider alle Vernunft, wider die Sitte und die Moral. Hat sie die Flucht in die Normalität angetreten, sich ins Gutbürgerliche abgesetzt? Ich liebe Frauen wie Aisha und Kirsten, aber ohne Anna kann ich nicht leben.

»Hund, du fehlst mir, ich brauche dich zwischen meinen Beinen.« Gott sei Dank, die rothaarige Königin steht mit angeschwollener Fotze vor mir. Bei dem Zustand ihrer Möse ist sie kaum in der Lage, sofort zu ficken. »Andreas, ich musste pinkeln und ich wollte dich nicht wecken. Die beiden nebenan haben mich beobachtet und lockten mich mit ihren flotten Morgenständern in ihr Zimmer. Ich will, dass du die Spuren von ihnen löschst, mich sofort fickst.«

»Ich liebe dich, Anna, aber damit werden wir warten müssen, Aisha hat mir die letzte Kraft geraubt. Ich habe Hunger. Wenn wir gefrühstückt haben, werden wir weitersehen.«

Ich bin auserwählt, Brötchen zu holen, fahre barfuß in Jeans und T-Shirt los. Das kommt davon, wenn man nur wenig Alkohol trinkt. Beim Bäcker stehe ich mit den Einheimischen Schlange, werde von ihnen angestarrt. Was macht ein Fremder barfüßig in ihrem Ort? Ich bin dran. »Guten Morgen«, sage ich. »Ich möchte bitte zwanzig Brötchen und zwanzig Croissant.«

»Einen Augenblick bitte, dann habe ich ganz frische Croissant direkt aus dem Ofen«, antwortet das fesche Mädchen hinter dem Tresen. »Du kommst von Kirsten und Arne?« Die Einheimischen rücken unruhig hin und her, warten gespannt. Ich nicke bejahend.

»Echt, so siehst du auch aus. Bitte sehr, das macht zweihundertdrei Kronen. Richte den beiden meine Grüße aus.« Im

Bäckerladen wird geredet und gelächelt, alle sind erleichtert, wissen, was los ist, wird jemand von ihnen das nächste Mal dabei sein?

Beim Frühstücken sitzt Mahmoud mir gegenüber und trinkt seinen Kaffee. Ich habe ihn gefragt, ob er und Aisha verwandt seien. Nur das allgemeine Vorurteil von Ehen zwischen Vettern und Cousinen kann meine rüde Frage entschuldigen. Aber er schien die unangebrachte Frage gewohnt zu sein, hat nur freundlich gelächelt und mir ihre Geschichte erzählt. Die Familien der beiden seien eng befreundet und wohnten im selben Block. Seit ihrer frühesten Kindheit kennen Aisha und Mahmoud einander, sie liebten sich und wollten so bald wie möglich heiraten. Das sei den Familien recht gewesen, weshalb sie zustimmten. Er war bei der Hochzeit neunzehn Jahre alt, sie sechzehn. Alles in ihrer Ehe verliefe planmäßig, wenig Streit und viel Liebe. Beide wollten ihre Jugend genießen, feiern und eine Ausbildung machen, weshalb sie sich darauf einigten, vorerst keine Kinder zu bekommen. Nur die große sexuelle Leidenschaft fehlte ihnen, aber sie meinten, es müsse so sein. Sie fing mit dem Medizinstudium an, er wurde mit seinem Studium an der CBS fertig. Als Diplomkaufmann im internationalen Handel bekam er bei Mærsk, einer der weltweit führenden Redereien, einen Traumjob. Aber dann kam die Katastrophe. Seine Frau fickte auf einer Nachtschicht mit einem Fremden, erlebte eine sexuelle Katharsis, die sie nicht für möglich gehalten hatte. Sex mit dem Fremden wurde für sie zu einer Sucht, sie konnte es nicht lassen. Sie war zutiefst unglücklich, wurde depressiv und beichtete die ganze Geschichte ihrem Ehemann. Er hat geschrien und gewütet, aber sie lieben sich, können einander nicht für lange böse sein. Auf der gynäkologischen Station tröstete seine Ehefrau später eine unglückliche Patientin, die die Behandlungen mit Hormonen nicht vertrug, die, dem Selbstmord nahe, in Tränen aufgelöst war. Kirsten und Aisha wurden enge Freundinnen. Und jetzt ficken Aisha und Mahmoud leidenschaftlich miteinander und das, weil sie dieses verrückte Leben führen, nie wissen, mit wem sie sonst noch vögeln werden.

»Er sieht mich mit seinen großen, schwarzen Augen an, sagt: »Es ist zum Kotzen, aber unser Sexleben ist fantastisch, nur möchte ich manchmal vor Eifersucht die kleine Ficksau umbringen. Aber das sind genau die Augenblicke, in denen ich sie am meisten liebe, wenn wir ficken wie noch nie.«

»Das kann ich nachvollziehen«, sage ich. »Das ist auch unser Schicksal und kein anständiger Mensch darf davon wissen.«

»Prost, Andreas«, sagt er und hebt seine Tasse Kaffee. »Auf die Unanständigen, die anderen können sich anständig zu Tode langweilen.«

»Prost, Mahmoud, mit den Anständigen brauchen wir kein Mitleid zu haben, die sind selbst daran schuld. Ihre Angst steht ihnen im Wege.«

Bevor wir gehen, helfen wir der Frau des Hauses beim Abräumen. Aisha zieht mich zur Seite. »Du bist doch Arzt«, sagt sie. »Mir fiel auf, das Kirsten bei der Fete keinen Alkohol getrunken hat. Darum habe ich sie halt gefragt, ob sie schwanger sei, was ein Wunder sein würde. Eigentlich darf ich davon nichts erzählen. Das habe ich ihr versprochen. Aber ich kann es mir nicht erklären. Weißt du, ihr Ehemann ist, seit er Mumps hatte, steril, und die Samenspende haben sie aufgegeben, weil Kirsten die Hormonbehandlungen nicht vertrug. Bist du das Wunder, Andreas? Du siehst dem Arne ähnlich.« Ich muss lächeln, antworte aber zunächst nicht.

»Aisha, manchmal ist es am besten, an Wunder zu glauben. Wir freuen uns darauf, Paten des Kindes zu werden. Hoffentlich geht mit der Schwangerschaft nichts schief.« Ohne ein Wort drückt sie mir die Hand, geht mit einem Brotkorb und der Kaffeekanne in die Küche. Ich hole den Staubsauger, versuche, mit ihm alle Ungerechtigkeiten der Welt aufzusaugen.

Bei unserer Heimkehr sitzt Julius vor der Haustür des Bregnegårdsvej dreizehn, schaut uns anklagend an. »Miau«, sagt sein rosa Maul, beleidigt schreitet er vor uns ins Haus. ›Wie kann bloß jemand ein so nettes Tier wie mich allein im Garten zurücklassen?‹, scheint sein Hinterteil zu sagen.

Anna geht zum Briefkasten, kommt mit einer Handvoll Post ins Haus, die sie auf der Kommode unter dem Spiegel sortiert. Zwei Briefe bleiben übrig, die Werbung fliegt direkt in den Mülleimer.

»Andreas, wir müssen sofort einen Baby-Jogger für Alexandra und Johann kaufen. Wir sind zu ihrer Hochzeit eingeladen, die ist in einer Woche. Die beiden sehen nett aus. Sie haben uns sicherheitshalber noch ein zweites Mal eine Einladung geschickt. Schau mal, ein echt schönes Paar.«

Die Einladung hat einen rosa Rahmen, in den Ecken rote Herzen, von einem Foto blicken mich der Pagenkopf und Johann verklärt an. Ich grinse boshaft.

»Echt, Anna, das wird eine Hochzeit werden, die alle am liebsten vergessen möchten, aber keiner wird es können. Man hat mir erzählt, dass Alexandras Eltern sexuell sehr freizügig waren, ihre Mutter schon ein Hippie war, bevor auch nur jemand ahnte, dass es sie gibt. Ihre Großeltern gehörten der Sexpol-Bewegung der Dreißigerjahre an. Sie beherbergten kurz den Psychoanalytiker und Sexguru Wilhelm Reich, nachdem er 1933 vor den Nazis geflohen und nach Dänemark emigriert war. Sie hat auf das freie Sexleben ihrer Eltern und Großeltern reagiert, wurde eine Spießerin und hat sich in einen Spießer verliebt. Aber das geile Leben ihrer künftigen Schwiegermutter Lene und ihrer Schwägerin Lea hat sie durcheinandergebracht. Die Spießerin ist futsch, stattdessen heiratet die geile, schwangere Alexandra jetzt deinen Spießer Johann. Bei der Hochzeit kann viel passieren. Echt, darauf freue ich mich schon. Ein Baby-Jogger ist zwar teuer, aber das Erlebnis dieser Hochzeit wird voraussichtlich unbezahlbar sein.«

Anna schüttelt ihren schönen Kopf, schaut mich missbilligend an und sagt: »Das sind doch alles erwachsene Leute, die wissen, wie man sich benimmt. Alle werden bei der Hochzeit schön brav sein. Wir werden Lieder singen, die das Paar rühmen. Die Mütter werden peinliche Reden über die Kindheit der beiden vortragen, über nasse Windeln voller Kacke, die erste Liebe und weiß Gott noch was. Es wird geheult und gelacht werden, das Essen wird von den vielen Reden kalt und zuletzt eröffnet das Brautpaar den Tanz mit einem Walzer. Danach wird getanzt und gesoffen, um die langweiligen und zum Teil peinlichen Reden zu vergessen. Und ein früherer Liebhaber, wenn es denn so einen gibt, wird versuchen, Alexandra zu verführen, aber das wird Johann verhindern und alle werden bis zu ihrem Lebensende glücklich sein.«

Julius liegt auf Annas Schoß und gibt ihr Recht, indem er leise schnurrt, ich bin ein gemeiner Bub.

Wir fahren zu Baby Sam, folgen dem Strom der schwangeren Frauen mit ihren von der Mutterschaft verklärten Blicken. Sie schreiten voran, sie sind das Zentrum des Universums. Die Mehrzahl der Männer trottet hinterher, sie wissen nicht genau, was ihnen widerfährt. Hier und da ein stolzer Hahn, der laut krähend verkündet: »Bin ich ein richtiger Kerl«, und dabei seiner Frau an den geschwollenen Bauch fasst. Er weiß noch nicht, dass diese Frau sein Waterloo werden wird. Entweder wird er klein beigeben oder er wird rausfliegen. Eine nette Verkäuferin mit umwerfenden Titten beglückwünscht meine Frau, fragt, womit sie ihr helfen kann. Ich starre ihre beiden Wunder an, einen Büstenhalter trägt sie nicht, die Knöpfe ihrer Bluse sind überlastet.

»Wach auf, Andreas«, sagt mein Weib, ihre Haare sind in Flammen, weil ich kurzzeitig eine andere Göttin angebetet habe. Sie ergreift meinen Arm und führt mich aus den Laden.

»Hund, den Baby-Jogger haben sie nebenan bei den Läufern.«

In der Marathon-Sportabteilung riecht es vertraut nach Männerschweiß, selbstbewusst stolzieren die Männer mit angeschwollener Brust durchs Geschäft. Sie beurteilen fachmännisch die Sohlen der ausgestellten Schuhe, reden von Kilometern und Proteinen, davon, wie schön es war, durch Berlin und New York zu laufen. Drahtige Frauen mit kurzen Haaren und winzigen Brüsten versuchen es den Männern gleichzutun, sie spannen ihre Muskeln und imitieren das Stolzieren der Männer. Auf hohen Absätzen dringt Anna mit schwingender Hüfte und wippenden Brüsten unverzagt in diese Welt ein. Einem Mann fällt der Laufschuh aus der Hand, die Frauen schieben ihren Unterleib nach vorne. Annas Haare sind in Flammen, sie streicheln ihren schönen Arsch, reichen bis gerade über ihre Fotze, damit keiner ihre Existenz vergisst.

»Bitte, was kann ich für dich tun?«, fragt ein forscher Mann mit muskulösen Beinen und angeschwollenen Bizeps meine Gattin. Er scheint viel für sie tun zu wollen, im engen Trikot sieht man einen mächtiger Klumpen zwischen seinen Schenkeln.

»Einen Baby-Jogger, bitte«, haucht sie und lächelt freundlich, zwei harte Knospen vorne in ihrer dünnen Bluse. Ich möchte das schamlose Weib sofort auf meinen Ständer spießen, aber das wird bis später warten müssen, hier ist die Anprobe für derartige Aktivitäten ungeeignet. In der Sportabteilung haben sie ein Baby-Jogger-Modell im Angebot, mit dem sich die schicken Frauen in den Frauenzeitschriften abbilden lassen. Wir kaufen diese Eintrittskarte zum Skandal des Jahres. Die voraussichtliche Demütigung von Johann werde ich mir nicht entgehen lassen. Er hat mir Anna ausgespannt, mein Weib gefickt, mit ihr gelebt, alle Klatschblätter bezeichneten sie als Paar des Jahres, ihre Fotos lagen in jedem Friseursalon. Es wird der Abend meiner Genugtuung sein.

Anna hat Schwiegervater im Krankenhaus besucht. Weil er unermüdlich trainiert, geht es gut mit ihm voran. Nur hustet er noch viel und ist etwas kurzatmig. Die Ärzte haben ihm erklärt, dass die vielen Zigarren, die er in seinem Leben geraucht hat, die Ursache dafür seien. Wenn er damit nicht wieder anfinge, würde es langsam besser werden. Hinken tut er auch, der Beckenbruch durch das Hüftgelenk macht ihm zu schaffen. Aber im Großen und Ganzen geht es ihm gut, er ist zuversichtlich und guter Laune. Er will nach Hause, sobald er ohne Krücken gehen kann und die Treppe wieder hochkommt. Mit der Gewerkschaft und seinem Meister hat er sich verständigt, er wird pro forma noch sechs bis acht Wochen arbeiten und kann dann vorzeitig in den Ruhestand. Ich habe es geschafft, unser Kind wird einen netten Großvater haben. Ende des Jahres wird es losgehen, da darf und muss ich meine Frau schwängern. Meine Ehefrau hat sich für eine Stellung in der Verbraucherschutzbehörde beworben, wurde angenommen und wird sie am ersten Februar antreten. Da ist sie leider Gottes doch ihrer Mutter ähnlich. Anna interessiert sich für Verbraucherschutz, Schwiegermutter für Verbraucherpreise.

Ich bin am Verzweifeln, komme mit der Fliege nicht zurecht und in zwanzig Minuten beginnt Alexandras Hochzeit in der

Kirche von Hellerup im Margrethevej. Vor dem Haus hupt das Taxi, ich werde den Fahrer mit viel Trinkgeld zur Ruhe bringen.
»Anna, ich brauche deine Hilfe. Ich komme mit der verdammten Fliege nicht klar.«
»Andreas, du bist echt ein Trottel, so, alles klar, wir können los.« Ich fasse meine schöne Frau unter den Arm, stütze sie auf ihren hohen Absätzen. Tiefer Ausschnitt vorne, einen noch tieferen hinten, an der Seite ein Schlitz bis fast zur Hüfte. Die Seide schmiegt sich an ihrem Körper, das sanftblaue Kleid von Versace passt zu ihren roten Haaren. Im Laden war es das einzige bodenlange Kleid in Größe vierunddreißig, in dem für ihren wohlgeformten Po Platz war. Das Model ist vom letzten Jahr, der Preis war umwerfend, aber angeblich günstig.

»Guten Tag, Kirche Hellerup, Margrethevej sieben, bitte. Es ist mir klar, dass das nur eine Kurzstrecke ist. Bitte sehr, hundert Kronen Trinkgeld im Voraus, damit du auf deine Kosten kommst.« Der Fahrer scheint zufrieden zu sein, er macht eine schneidige Wende quer über den Bregnegårdsvej. Im Hartmannsvej fährt er uns an der Maglegårds Schule vorbei, die unser zukünftiges Kind besuchen wird, im Gersonsvej passieren wir das Øregård Gymnasium, seine zukünftige weiterführende Schule. Vor der Station von Hellerup biegt er in nach links in den Margrethevej ab. Wir werden auf dem kleinen Platz vor der Kirche abgesetzt. Fotografen von der Klatschpresse machen Bilder, wollen wissen, von wem Annas schönes Kleid ist. Vor der Kirche sind Männer in schwarzen Smokings und bunt gekleidete Frauen versammelt, im Hintergrund die neuromantische Kirche aus dem Jahr neunzehnhundert. Am Ende des Margrethevej ist auf dem Strandweg Stau.

Lene und Lea heißen uns willkommen, nochmals das Blitzen der Kameras, die drei Grazien haben sich nebeneinandergestellt, posieren für die Presse. Lene hat für uns in der Kirche Plätze reserviert. Wir setzen uns nach ganz vorne zu der nahen Verwandtschaft des Bräutigams. Wir sind eine Art Spermaverwandtschaft, wenn man das so sagen darf, Mitglieder der geheimen hedonistischen Kreise Kopenhagens.

Die berauschende Musik der Orgel, mächtige Klänge, die unsere Seelen ergreifen, sie in den Himmel versetzen, uns, wie in Hypnose, Götter erblicken lassen. Auf der anderen Seite sitzt die Familie der Braut, die uns, die Spießbürgerlichen, verächtlich beobachten. Die Männer haben lange Haare, einen Umhang über den Schultern, farbige Hosen, bunte Fliegen oder aufgeknöpfte Hemden. Man wäre nicht verwundert, Henri de Toulouse-Lautrec unter ihnen zu entdecken. Die Frauen kommen mir wie bunte Schmetterlinge aus den Tropen vor: hennagefärbte Haare, hier und da auch grünes oder tiefschwarz, knittrige transparente Kleider und Hemden, flache Schuhe. Die Teenager tragen Doc-Martens-Schuhe und Sicherheitsnadeln, haben Kajal um die Augen und einen ziert ein Hahnenkamm.

Brausende Klänge der Orgel, die Braut schwebt an der Seite ihres Vaters den Gang zwischen den Familien entlang. Stolz schreitet der Mann mit dem Pferdeschwanz an ihrer Seite. Er scheint sich wichtig zu fühlen. Es ist seine Tochter, die er heute den Spießern opfert, mögen sie verrecken! Aber die Braut, seine geliebte Tochter, ist kein Opfer. Neben ihm schreitet eine Königin der Nacht, die bald ihre schwarzen Flügel ausbreiten wird, um in den Flammen ihrer Leidenschaft Spießer und Boheme in Asche zu verwandeln. Ein gehäkeltes weißes Brautkleid von Monsoon, mit blitzenden Steinen besetzt, schmiegt sich um ihre schlanke Figur. Die Unterwäsche mit ihren hauchdünnen Spitzen ist von La Perla, nur der Pagenkopf passt nicht ins Bild. Die Klatschpresse ist auf ihre Kosten gekommen, die Entrüstung wird kein Ende nehmen. Alexandra wird die Titelseiten der Schmutzpresse zieren.

Erster Akt meiner Genugtuung, ich schaue Johann an, der auf seine Braut wartet. Schamgerötet ist sein Gesicht, seine Augen vor Wut zusammengekniffen. Aber die Königin der Nacht in ihrem makellosen Kleid hat ihn schon besiegt, davon zeugt der Ständer in seiner Hose. Bezaubernd sehen sie nebeneinander aus. Der schwarze Ritter stolz in seinem Frack, neben ihm schwebt verführend die schneeweiße Primavera. Eine so wundervolle Braut hat der Narr nicht verdient. Ich lege einen Arm um meine blendend schöne Frau. Es ist ein Wunder, dass sie mir gehört, dass sie mich dem schönen, jungen, reichen Mann vor dem Altar bevorzugt hat. Die Priesterin geht auf das Brautpaar zu, hält eine Rede über Ehe und ewige Treue. Danach rezitiert die sexy Dame im schwarzen Talar feierlich das Hochzeitsritual, beide sagen zweimal Ja, die Ringe werden auf die Ringfinger ihrer rechten Hände gesteckt. Seite an Seite knien sie vor dem Altar nieder. Die Priesterin spricht den Segen über ihren gebeugten Köpfen. Wir alle singen ein Lied, danach schreitet das Brautpaar zu der berauschenden Orgelmusik zum Ausgang, wo das Blitzen der Kameras sie empfängt.

Die Gäste erheben sich, folgen dem bezaubernden Paar. Eine Kakofonie von Stimmen ertönt, kündigt die Vermählung der Familien an. Es wird gegrüßt, gefragt und getratscht, das Lächeln und Händeschütteln will kein Ende nehmen.

Ein Fahrer in Uniform hält der Braut die Tür des weißen Rolls-Royce auf, der das glückliche Paar zum Fototermin am Schloss Charlottenlund entführen wird. Beim Einsteigen nochmals die blitzenden Kameras der Presse. Bekommen sie ein Bild von der Fotze der jungen Braut in den Kasten? Unser Taxi von zuvor hält wie verabredet auf dem Platz vor der Kirche. Ich halte meiner Frau die Tür auf, eine Kamera blitzt, Anna trägt kein Unterhöschen, aber sie hält ihre Schenkel eng aneinander, es wird kaum etwas auf dem Foto zu sehen sein. Kurzstrecke, nochmals lege ich hundert Kronen Trinkgeld in die Hand des Fahrers. Der fährt uns über den Strandweg links am Hellerup Parkhotel vorbei, um dann sofort rechts abzubiegen und uns auf der Hambros Allee vor dem Haus von Johanns Eltern abzusetzen. Ich halte meiner Frau die Wagentür auf. Schamlos spreizt die Schönheit beim Aussteigen ihre Beine, damit ich ihre errötete Fotze sehe. Sie beugt sich nach vorne, damit ihre rosa Brustwarzen mich erregen. Vor meinem geistigen Auge verblasst das Bild der Braut im weißen, gehäkelten, mit blitzenden Steinen besetzten Fischnetz. Anna breitet ihre roten Haare aus, für mich gibt es nur eine Königin der Nacht. Stolz lege ich meinen Arm um die Wespentaille meiner Gattin, die zartblaue Seide schmiegt sich an ihren Körper. An der Haustür erwarten uns Lea und Lene. In Annas schwarzen Perlen ist die Nacht eingefangen, im roten Licht der Edelsteine strahlt die Leidenschaft, um ihren Körper schweben ihre roten Haare wie Flammen des Fegefeuers.

»Anna, du machst es meinem Bruder nicht leicht«, sagt Lea anerkennend. »Aber Alexandra ist dabei, es zu lernen. Wir werden sie meinem Bruder in die Amaliegade entführen. Danach wird er den Rest seines Lebens wie ein Hund hinter ihr her laufen.« Wir gehen in die Küche, wo alles aus Mahagoni ist. Georg ist für die Illy-Espresso-Maschine zuständig, braut Espressos mit einem perfekten Schaum. In seinem Smoking sieht er einem Baristo des Hotel Le Negresco in Nizza ähnlich, sein Weib Lene hat eine Hand auf seine Schulter gelegt. Sie schaut ihn verliebt an, sie könnte in ihrem langen silbernen Kleid eine Schauspielerin aus Hollywood sein, die mit dem Baristo die heißeste Liebesaffäre ihres Lebens erlebt.

»Kinder, es ist Zeit«, sagt Lea, Hans entfernt seine Hand, die verstohlen die Fotze im Schlitz ihres Kleides gefunden hatte. Am Ende der Hambros Allee der graublaue Øresund voller Boote mit schlappen Segeln, der Abend ist schwül, es regt sich kein Windhauch. Unsere Weiber gehen tratschend voran, wir Männer laufen den schönen Ärschen nach. Wir haben es zugelassen, dass sie nicht ausschließlich Ehefrauen sind, sondern auch Nutten. Darum sind sie geil, elegant, schlank und getrimmt. Sie sind die Droge, wir die Süchtigen, weshalb wir es uns nicht rülpsend in einem Lehnstuhl bequem machen können. Wir müssen uns anstrengen und ihnen nachlaufen, damit sie nicht nur mit anderen Männern ficken.

Wir spazieren unter den alten Bäumen der Allee und dann auf dem Strandweg am Öregaard Park vorbei. Hinter einem Schleier von grünen Blättern erahnen wir die weiße Marmorskulptur mit dem Titel *Das Wahlrecht der Frauen*. Hier begann das Elend der Männer und der Aufstieg der geilen Frauen.

Vor dem Hellerup Parkhotel steht eine bunte Gesellschaft von Damen. Dazwischen, im Smoking, wie schwarze Raben, die gutbürgerlichen Männer und wie schillernde Pfauen die Boheme, sie versuchen, sich gegenseitig zu übertrumpfen. Ich drücke mich in eine Ecke, was mache ich eigentlich auf dieser Hochzeit?

»Hund, ich habe uns Champagner geholt.« Meine Ehefrau drückt mir ein Glas in die Hand, gibt mir einen heißen Kuss, meine Hand greift nach ihrem nackten Po unter der dünnen Seide.

»Ihr seht aus, als gehörtet ihr zu der Familie des Bräutigams. Oder seid ihr reiche Freunde des Hauses, die wie sie seit Generationen Ausbeuter des Volkes sind?«, fragt eine kugelrunde

Frau in einem bunten Kleid uns beide. ›Nein‹, möchte ich antworten, ›ich habe Lea und Lene gefickt und Johann und Hans meine Frau.‹ Doch Anna tritt sanft auf meinen rechten Fuß und sagt stattdessen: »Ich habe Johann im rechtswissenschaftlichen Studium kennengelernt und war kurz mit ihm verlobt, aber jetzt bin ich mit Andreas verheiratet.«

»Es ist echt unglaublich«, sage ich grinsend. »Meine schöne Frau hat den geschiedenen Genossen und Gesundheitsarbeiter Andreas und seine zwei Kinder gewählt, statt den reichen, jungen Mann mit einer strahlenden Zukunft.«

»Die Katze war das Entscheidende. Nichts ist so schön wie ein kleiner, warmer, schnurrender Klumpen Pelz im Bett«, sagt Anna, legt ihre Hand um meinen Hals und gibt mir einen Kuss. Meine Hand streichelt durch den Schlitz ihre weiche Fotze. Georg bittet um Aufmerksamkeit, heißt uns alle willkommen, wir stoßen mit Champagner auf das junge Paar an. Der Trunk der Bourgeoisie scheint der kugelrunden Frau zu gefallen. Sie leert das Glas in einem Zug und greift danach gierig nach einem weiteren Glas auf dem Tablett des Dieners.

»Unglaublich, die Dekadenz der Reichen«, faucht die Kugelrunde beim Anblick der bildschönen, göttinnengleichen Braut. Die Schönheit, fast nackt in ihrem gehäkelten Brautkleid und der hauchdünnen Unterwäsche von La Perla, verschlägt allen den Atem.

»Das sollte dir doch gefallen«, sage ich der Empörten. »Das ist doch im Sinne von Sexpol. Sexuelle Freiheit und mindestens ein Orgasmus am Tag war doch früher die Litanei der ganz Linken. Oder ist es euch wie dem Kirchenvater Augustinus von Hippo ergangen? Wurdet ihr wie er zu alt zum Ficken und verdammt darum das, was ihr als junge Menschen getrieben habt?«

Sie starrt mich mit bösen Augen an, hat aber nichts zu entgegnen. Neuerdings sind die ganz Linken die Puritaner der Gesellschaft.

Wir nehmen unter den Kristallkronleuchtern Platz, das Brautpaar sitzt mit Geschwistern und Schwiegereltern am benachbarten Tisch. Der grüne Hahnenkamm in den Doc Martens entpuppt sich als die kleine Schwester der Braut. Lea sitzt ohne Unterhöschen neben mir. Hans hat rechts neben Anna Platz genommen. Ihr errötetes Gesicht zeugt davon, dass seine Hand den Schlitz ihres Kleides dazu ausgenutzt hat, den Weg zu ihrer Fotze zu erforschen.

Während der Vorspeise hält eine Freundin von Alexandra die erste Rede, ein Herr mit langen, grauen Strähnen ist der Toastmaster. Die Rednerin scheint sich Mut angetrunken zu haben, stößt beim Aufstehen ihr Glas Weißwein um. Gerührt laufen ihr Tränen über die Wangen, der Kajal läuft mit.
»Alexandra, ich bin deine älteste Freundin«, schluchzen ihre schwarz geschminkten Lippen. »Damals in der Kinderkrippe trugst du den Namen Freya. Wir haben uns wie Zwillinge alles geteilt, erst im Kindergarten die über dem Feuer gerösteten Würstchen und später die Männer. Die maoistische Privatschule haben wir zusammen überstanden, haben uns dort nie gegenseitig verpetzt. Ab dem vierzehnten Lebensjahr haben wir in Christiania an Feten in der Grauen Halle teilgenommen und nachher gefrühstückt, die Joints haben wir uns geteilt. Als Teenager erforschten wir in den Ferien mit dem Interrail-Ticket Europa, haben uns unterwegs die Männer geteilt. Erinnerst du dich an Pablo, Jochen, Juan und Jim auf dem Campingplatz bei Amsterdam? Das war doch echt geil. Aber dann haben unsere Wege sich getrennt. Du hast das Öregård Gymnasium in Hellerup besucht, ich das Freie Gymnasium auf Nørrebro. Du hast einen Pagenkopf und trägst hohe Absätze, ich habe

schwarz gefärbte Haare und trage Doc Martens. Echt, wie ist es mit dir so weit gekommen?« Sie schüttelt ihren Kopf, an dem Ring in ihrer Nase hängt der Rotz. Anna geht zu ihr, reicht ihr mein Taschentuch. Schwankend steht sie da, meine Frau schiebt ihr einen Stuhl unter den Hintern, damit sie sich wieder hinsetzt. Aber stattdessen wankt die Rednerin zur Braut hinüber, umarmt sie weinend, hinterlässt schwarze Spuren auf dem Brautkleid.

Zwischen Vorspeise und Fisch werden wir von einer Oma mit einem Lied beglückt. Wir singen über Windeln, erste Schritte, Fahrradunfälle und Sommerferien bei den Lesben auf Femø, Alexandra hat in ihrer Kindheit viel durchgemacht. Nach dem Fisch und vor dem Braten meint die Mutter der Braut, dass auch sie Alexandra mit einer Rede beglücken müsse. Mit einem Zettel in der Hand steht sie neben ihrer Tochter, sie hat graue Strähnen in den dunkelblonden langen Haaren, trägt flache Sandalen und ein langes Kleid aus weißer Baumwolle mit bunten Blümchen. Unter dem dünnen Textil schaukeln ihre Brüste, Büstenhalter waren in der Hippiezeit nicht Mode.

»Du warst von Anfang an ein schwieriges Kind«, legt sie los. »Nächte hast du durchgeweint und dein Po war empfindlich und rot.« Alexandra leert ihr Glas Weißwein, sie hat trotz Schwangerschaft schon kräftig beim Champagner zugegriffen.

»Ja, und Femø, dort bei den Lesben hat es dir nicht gefallen, du wolltest heim zu deinem Vater. Im Thy-Lager bekamst du deine erste Lungenentzündung. Du warst immer so empfindlich. Den ganzen Tag nackt rumzulaufen und im Zelt zu schlafen, das konntest du nicht ertragen.« Die Mutter hat scheinbar sehr unter ihrem fehlerhaften Kind gelitten. »Und dabei war nackt zu sein sehr günstig für dich, denn bis zum vierzehnten Lebensjahr hast du oft in die Hose gepinkelt.«

Das Heulen einer Frau unterbricht die liebevolle Mutter. Alexandra steht, mit einem Glas Weißwein in der Hand, in hohen Absätzen auf dem Tisch.

»Prost Mutti!«, brüllt Alexandra, leert ihr Glas in einem Zuge, setzt es dann zwischen ihren Füßen ab. Langsam zieht sie ihr Brautkleid über den Kopf, steht zum Verlieben schön da in ihrer teuren Unterwäsche. Sie tanzt auf dem Tisch um ihr Glas einen langsamen Striptease, löst ihren Büstenhalter und schmeißt ihn ihrem Ehemann ins Gesicht.

»Schluss mit der netten kleinen Alexandra, Johann«, heult sie, Tränen stehen ihr in den Augen. »Mich kannst du nicht in einen goldenen Käfig sperren.«

Ihr Slip gleitet nach unten, sie befreit sich von ihm, ihr Mann greift ihn im Fluge auf. Mit gespreizten Beinen geht die nackte Schöne leicht in die Knie, pinkelt in ihr Glas.

»Prost Mutti«, heult sie schrill. »Auf alle perfekten Mütter wie dich.«

Meine Gattin, Hans und ich eilen der unglücklichen Alexandra zur Hilfe, heben sie vom Tisch. Anna packt sie in ihren Pashmina-Schal ein und übergibt sie Johann, der die vor Wut Zitternde in die Hochzeitssuite führt.

»Es ist Zeit, dass ich abdanke«, bricht der Toastmaster die Todesstille im Raume. »Die Braut hat gesagt, was gesagt werden soll. Da habt ihr nichts hinzuzufügen. Den Rest des Abends müsst ihr ohne Reden und Lieder auskommen.«

Ein Geist geht durch den Raum, plötzlich ertönt eine Kakofonie der Stimmen, erst empört, dann verständig. Alexandra ist bald fast eine Heilige, die Erlöserin der Frauen, die uns Männer auf unseren rechten Platz verwiesen hat. Einen Platz, der mir übrigens gefällt. Wir speisen weiter, erst den Braten, dann das Dessert, beim Kaffee und Cognac ist die Braut wieder dabei. Blendend sieht sie aus in ihrem weißen Fischnetz mit den blitzenden Steinen, mit dem sie unsere Seelen eingefangen hat. Wie Anna und Lea trägt sie jetzt keine Unterwäsche. Der Blick eines Hundes steht Johann, er wird ihr den Rest seines Lebens nachlaufen, sie in dieser Nacht ununterbrochen ficken. Meine Ficksau sitzt mir auf dem Schoß, schmiegt sich an mich, meine Hand ist in ihrer nassen Fotze. Sie steht auf, steht mit breiten Beinen vor mir, ihr rechtes Bein im Schlitz des Kleides nackt bis zur Hüfte. Ein Schwung mit der Hüfte, man sieht ihre angeschwollene Möse. War da schon jemand dran?

»Hund, ich bin müde und geil, ich will nach Hause.«

»Anna, wir müssen den Brautwalzer abwarten und anschließend ein wenig tanzen. Anders wäre es unhöflich.«

Mitternacht nähert sich, die Gäste stellen sich im Kreise um das junge Paar auf, der Brautwalzer aus Niels W. Gades Ballett *Eine Volkssage* erklingt. Das schöne Paar schwingt im Tanz, der geschmeidige nackte Frauenkörper, besetzt mit blitzenden Sternen, schmiegt sich an den schwarz gekleideten Mann. Wir alle tanzen ihnen nach, meine Hand auf dem Hintern meiner Venus. Flammen stehen um ihren Kopf. Mein Blick ist in den unendlichen Weiten des Eismeeres ihrer Augen verloren. Werde ich jemals wieder meine Füße auf festen Grund setzen? Durch die dünne Seide fühle ich ihren geschmeidigen Körper, es ist, als sei sie nackt wie die Braut. Jemand klopft mir auf die Schulter, ein Fremder will mit meiner Venus tanzen. Sie breitet die brennenden Flügel ihrer Haare aus, nickt und wechselt zu dem mir unwillkommenen Herrn, tanzt mit ihm von mir fort. Ich gehe an die Bar, ein Fremder tanzt mit meinem nackten Weib, wird er sie ficken? Verloren stehe ich da mit einem Ständer in der Hose und einem Glas Champagner in der Hand. Die Mutter des Bräutigams, Lene, gesellt sich zu mir, nimmt mir das Glas aus der Hand und leert es in einem Zug. Wir tanzen, ihre Hand verweilt auf meinen Ständer, sie hat einen schönen

Arsch. Wir schleichen aus dem Raum, im Fahrstuhl nach oben küssen wir uns, sie steckt statt des fehlenden Taschentuches ihren durchnässten Slip in die Brusttasche meiner Jacke. In der Terrassenlounge auf dem Dach ist schon jemand, ein Mann stößt sein Glied in ein heulendes Weib, meine Anna. Lenes Kleid gleitet von ihren Schultern zu Boden. Sie setzt sich mit gespreizten Schenkeln vor mich. Ich knie zwischen ihren Beinen und lecke sie zum Orgasmus, dringe dann in ihre Fotze ein, ficke die von fremden Händen festgehaltene Schlampe, ergieße meinen Samen in die heulende Nutte. Der Bezwinger meiner Ehefrau ist jung, er kann noch mal und nimmt meinen Platz ein. Jetzt bin ich es, der die Schwiegermutter der Braut festhält, ihre schöne Brust quetscht. Anna, ganz nackt, bearbeitet die Brustwarzen des fremden Mannes, drückt ihre Muschi an seinen Körper, der sich zusammenkrampft, ein kegliges Stöhnen und dann die letzten, tiefen Stöße. Die Eifersucht ist dabei, meinen Ständer zum Platzen zu bringen.

»Das muss warten, bis wir zu Hause sind«, sagt meine Ehefrau und streichelt meinen Phallus. »Andreas, können wir jetzt nach Hause?« Sie geht vor mir in den Fahrstuhl, der Fremde blockiert im letzten Augenblick die Tür, er und Lene stoßen zu uns. Der Fahrstuhl hält an, wir steigen aus. Im Spiegel zwei Männer mit dem Hemd aus der Hose hängend und einer Jacke sowie einem Kleid über dem Arm, neben ihnen zwei nackte Frauen in hohen Absätzen. Einige Gäste schauen uns erstaunt an, eine bunte Frau mit hennagefärbten Haaren wendet uns entrüstet den Rücken zu. Wir reichen den Schönheiten ihre Kleider, in die sie blitzschnell schlüpfen, danach frisieren sie sich vor dem Spiegel und korrigieren ihre Schminke.

»Eine tolle Hochzeit, die werden wir nie vergessen.« Kuss links, Kuss rechts. »Gute Nacht.« Wir verabschieden uns und treten hinaus in die schwüle Nacht. Ein Taxi wartet auf uns, wieder hundert Kronen Trinkgeld und darum trotz der Kurzstrecke kein Meckern des Fahrers. Zu Hause wartet Julius auf mich, streicht um meine Beine. Er gibt Ruhe, sobald ich seinen Futternapf gefüllt habe.

»Ich bin zwar in den unfruchtbaren Tagen meines Zyklus, aber wenn ich Pech habe, werde ich trotzdem mit dem Fremden schwanger«, sagt die Ficksau. Sie spreizt ihre Beine, damit ich seinen Samen rieche. Mein Phallus schwillt an, mein Unterleib brennt wie Feuer, gewaltsam nehme ich die willige Sau, heulend kommt ihr Orgasmus.

»Ist gar nicht wahr«, lacht das Teufelsweib, wir liegen ermattet Hand in Hand nebeneinander im Ehebett, das nach Unzucht stinkt. »Ich nehme immer noch die Pille.«

Der Herbst ist die Zeit der Ernte. Ich klettere im Garten auf einer Leiter herum, fülle Eimer mit Pflaumen, Anna bereitet im Backofen in Pfannen Pflaumenmarmelade zu. Um mich schwirren Wespen, denen ich die süßen Früchte raube, die ich vorsichtig pflücke, da sich auf ihnen oft Insekten befinden, mich mit ihren Giftstacheln bedrohen. Meine Teufelin sitzt in der Sonne auf dem rotbraunen Granitfliesen der Terrasse mit einem Eimer voller saftigen Pflaumen zwischen ihren strammen Schenkeln. Die entkernten Steinfrüchte wirft sie in eine Ofenpfanne, aus der Küche strömt der betäubende Duft von Pflaumenmarmelade. Wider Erwarten finden die leidigen Insekten nicht den Weg zum Haus. Anna sitzt unbehelligt auf der Terrasse, unter dem Baum liegt Fallobst, um meine Beine schwirren betrunkene Wespen, die sich mit gegorener Frucht vollgeschlagen haben und knirschend unter meinen Schritten verrecken. Tüten mit Zucker stehen auf dem Tresen der Küche, die kleine Hexe hebt brennend heiße Ofenpfannen aus dem Herd, füllt die karamellisierte Marmelade in Weckgläser. Mein

Rücken und meine Waden schmerzen, ich setze mich erschöpft an den Küchentisch. Anna ist unermüdlich, serviert mir Tee und frischgebackene Brötchen mit Pflaumenmarmelade, aber ohne Butter. Wir sind schließlich im Heim einer Ärztefamilie.

Endlich jubelt sie: »Hund, du brauchst keine Pflaumen mehr zu pflücken, wir haben ausreichend Marmelade für den ganzen Winter. Das wässrige Zeug vom Supermarkt wird uns erspart bleiben. Auf dein Frühstück, das du uns jeden Morgen zubereitest, freue ich mich bereits. Mit dieser Marmelade wird es das beste Frühstück der Welt. Montag musst du Mehl und Hefe einkaufen, damit wir jeden Tag unser eigenes Weizenbrot essen können. Ich liebe es, Brot zu backen.«

Ich gehe in den Garten, spüle die Leiter und die Eimer ab, wasche Schalen und Ofenpfannen. Der Fußboden in der Küche klebt, zum Glück kommt morgen die Putzfrau und tilgt die Spuren von Annas Werk. Auf dem hölzernen Tresen sind überall weiße Abdrücke von Julius' Pfoten, er hat im Mehl herumgetrampelt. Mit einem Lappen, in Seifenwasser ausgewrungen, reinige ich notdürftig die Küche, danach schleppe ich die Weckgläser in den Speisekeller. Anna klebt mit strahlenden Augen Zettel auf die Gläser, auf denen in zierlicher Schrift das heutige Datum und »Pflaumenmarmelade« steht.

Gestern habe ich mit Thorsten fünfzehn Kilometer gejoggt, heute Vormittag bin ich auf Leitern rumgeklettert, meine schmerzenden Beine brauchen deshalb Ruhe. Leider ist die kleine Teufelin unermüdlich. Meine Ehefrau will unbedingt jetzt joggen und alleine mag sie das nicht, es ist ihr im Wald zu unheimlich. Darum muss ich sie begleiten. Ihre Wespentaille läuft vor mir her, ich humpele ihr mit Schmerzen im Rücken und in den Waden hinterher. Am Charlottenlund Strand liegen in der Sonne Frauen mit strammen Brüsten. Ich versuche, mit vorgeschobener Brust wie ein junger Gott zu laufen, damit die Weiber mich anlächeln, mich mit den Augen ficken. Alexandra winkt uns zu, sie hat einen kleinen Bauch und ihre Brüste sind angeschwollen, ihre Brustwarzen sind voll und dunkelbraun, bald wird Milch aus ihnen strömen. Es ist unvernünftig von ihr, schwanger in der Sonne zu liegen, weil das auf ihrer Haut braune Flecke hervorruft. Die werden sie den Rest ihres Lebens verunzieren. Besorgt laufe ich zu ihr, empfehle ihr, sich bis zur Geburt nur im Schatten aufzuhalten. Das nackte, schwangere Weib sieht in der prallen Sonne bezaubernd aus. Der Ständer in meinen strammen Laufhosen möchte sofort in die angeschwollene, schwangere Fotze eindringen. Lachend spreizt sie ihre Beine, fragt: »Habt ihr das Datum der Fete in der Amaliegade? Das, was du in deiner Hose hast, könnte ich echt gebrauchen.«

Meine Erektion nimmt zu, hoffentlich entsteht kein Fleck.

»Die Fete findet am ersten November statt, aber du kannst ihn dir sofort vorknöpfen«, sagt Anna lächelnd. »Anschließend kannst du ihn ja bei mir abliefern.«

»Wäre echt geil, Anna, aber Johann würde ausrasten. Das muss bis zur Amaliegade warten. Dort wirst du mit ihm vögeln, damit ich mich ungestört deinem Andreas und sonstigen Männern widmen kann.«

»Aisha, Lise, Kirsten, Lotte, Jane und die Pakistanerin werden auch aufkreuzen. Wir werden dafür sorgen, dass er alles stundenlang um sich vergisst, damit du in Ruhe gründlich von schönen Herren gefickt wirst. Danach wird er verstehen, dass die anderen nur ein Abenteuer waren, dass du für immer ihm gehörst. Auf diese Art lernt er, seine Eifersucht zu ertragen.«

Wir verabschieden uns, Alexandra gibt mir einen Kuss, ihre gespannte Brust füllt meine Hand, ihre Finger streichen mir sanft über die Eichel. »Auf bald.«

Das meteorologische Institut hat für morgen Herbstwetter angesagt, um uns schmiegt sich beim Joggen die warme Sommerluft, streichelt unseren Körper. Mein Glied in den strammen Laufhosen ist nach Alexandra immer noch peinlich groß, beim Festungsgraben stolpere ich fast über eine Ente. Die Kinder kichern, ihre Mütter mit dem alten Weißbrot in ihren Händen schauen mir empört nach, wenden sich dann kopfschüttelnd wieder ihrem Nachwuchs zu. Sie reichen ihnen das Brot, damit sie die Enten füttern. Vor dem Häuschen mit der Rezeption des Campingplatzes sitzen Leute und trinken Kaffee. Touristen bestaunen die vielen Frauen oben ohne, die bei der Eisbude Schlange stehen, ein Campingbus aus Holland fährt uns fast an.

Wir laufen über den Strandweg, tauchen in den kühlen, grünen Tunnel ein, der durch den Wald zu unserem Heim führt. Anna muss mal, zieht ihren BH nach oben, sodass ihre Brüste befreit hervorspringen, und hockt sich hinter einen Baum. Gebannt beobachte ich ihre rosa Muschi, aus der Urin in den Waldboden rieselt. Sie schüttelt die Tropfen ab, zieht langsam ihre Hose hoch, dann den Büstenhalter nach unten über die rosa Brustwarzen. Kurz bevor wir den Wald verlassen, läuft uns ein rotes Eichhörnchen über den Weg und rennt einen Baum hinauf. Zu Hause wartet Julius auf uns, er will gestreichelt werden, in der Küche sitzt Lasse und frühstückt. Er hatte eine anstrengende Samstagnacht hinter sich, jetzt müssen wir ihm zuhören, seine Erlebnisse in der Sommernacht nachempfinden. Die Erlebnisse unserer Nächte können wir nicht mit ihm teilen. Die sind für Jugendliche nicht geeignet.

Montagmorgen ist es Herbst, Julius wartet durchnässt vor der gläsernen Küchentür. Ich lasse das unglückliche Tier herein. Weinend wie ein kleines Kind streicht er um meine haarigen

Beine, bis ich ihm mit der Küchenrolle gründlich den Pelz und die Pfoten abgetrocknet habe. Schnell verschlingt er sein Futter und verschwindet nach oben unter Annas warme Bettdecke. Kaum habe ich meiner Ehefrau das Frühstückstablett aufs Bett gestellt, schon kriecht der Kater unter der Bettdecke hervor und leckt gierig von ihrem Kaffee den Milchschaum, trinkt Wasser aus ihrem Glas, nur das Müsli mag er nicht. Geduldig wartet er, bis sie ihr Tablett zur Seite stellt, leckt dann einen Rest Joghurt aus ihrem Napf. Anna streichelt das Tier. Sie freut sich, dass er gedeiht und ein geschätztes Mitglied der Familie ist.

Mein Schwiegervater ruft mich in der Klinik an. Er sorgt sich, weil er nach dem Unfall immer noch starken Husten hat, auf der Treppe ihm schon auf der zweiten Etage die Luft wegbleibt. Ich empfehle ihm, seinen Hausarzt aufzusuchen, um sich eine Röntgenaufnahme von Herz und Lunge machen zu lassen. Aber er will warten, weil er sich wohlfühlt und kein Fieber mehr hat. Er hat erst vor zwei Monaten mit dem Rauchen aufgehört. Es werde sicher von alleine besser werden, er möchte keine Umstände machen. Er wollte nur mal so anrufen und hören, was sein Schwiegersohn empfiehlt. Er legt auf. Ich rufe sofort Anna an und gebe ihr Bescheid, damit sie nachhakt und ihn dazu bewegt, sich das von mir empfohlene Röntgenbild machen zu lassen.

Nächsten Sonntag jogge ich, wie fast jeden Sonntag, mit Thorsten im Tiergarten. Bei Fortunen ist kein Mensch, es ist windig und kalt und der Südwestwind bringt kräftige Regenschauer mit sich. Mit Lise und Thorsten hatten schon wir schon lange keinen Geschlechtsverkehr mehr. Sie sind uns zu vertraut, es ist nicht mehr aufregend. In der Ferne das Röhren der Hirsche, die Brunst steht kurz bevor. Für die Hirsche ist es Zeit, ihre Kühe einzufangen, um sie zu schwängern. Bei Kirsten Piils

Quelle stehen zusammengesunken Menschen, die im warmen Krug Zuflucht suchen. Wir laufen links im Tal geschützt vom Wind nach Norden, dann den steilen Hang hinauf zum Jagdschloss, wo uns ein kräftiger Schauer erwischt. Auf der Ostseite finden wir vor dem Regen Schutz, drücken uns schlotternd an die Wand des Schlosses.

»Andreas, die Universität Århus hat mir eine Professur in Sexualwissenschaft angeboten und dazu eine Stellung als Chefarzt in Risskov. Ich soll dort eine sexologische Klinik aufbauen.«

»Thorsten, dann ist es ja mit unserem gemeinsamen Joggen vorbei. Ihr müsst nach Århus umziehen. Was sagt deine Lise dazu?«

»Sie ist einverstanden, Andreas. Eine Provinzbank möchte sie als Abteilungsdirektorin und an der Uni in Århus suchen sie eine externe Dozentin.«

»Und wie ist es mit eurem Sexleben?«, frage ich besorgt. »In der Provinz hat man nicht viel Gelegenheit, auf unsere Art zu leben.«

»Neuerdings gibt es bei Kolding den Tucan-Schwingerklub, wo viel los ist. Dort kommen sogar Leute aus Hamburg hin. Und wenn etwas Besonderes in der Schwarzen Lounge vom Stapel läuft, besuchen wir Kopenhagen. Von Århus aus kommt man auf der Autobahn schnell nach Hamburg mit seinen Klubs. Hier ist es mit den Feten in der Amaliegade sowieso ab November vorbei. Unsere Tochter Kirsten ist natürlich mit dem Umzug nicht einverstanden, aber in drei Jahren fängt sie mit dem Gymnasium an und muss dann doch die Schule wechseln. Eine Freundin von ihr zog letztes Jahr nach Århus. Seitdem haben die beiden einander gefehlt und jetzt werden sie wiedervereint. Darauf freut sie sich schon.« Alles scheint geregelt zu sein, in Zukunft werde ich alleine im Tiergarten herumlaufen. Der Regen ist vorbei, wir joggen den Rest der

Strecke schweigend. Thorsten kommt hundert Meter vor mir ins Ziel, ich habe den Mut verloren.

»Andreas, in zwei Wochen ist es mit dem geilen Leben vorläufig vorbei, es sind nur noch vierzehn Tabletten in der Packung und dann ist Schluss mit der Verhütung. Nach meiner Menstruation geht es los, ich will ein Kind von dir. Ab dem ersten Februar arbeite ich in Teilzeit zweiunddreißig Stunden wöchentlich in der Verbraucherschutzbehörde. Das habe ich mit der Chefin vereinbart, damit ich für meine Stiefkinder Zeit habe. Von meinem Plan, von dir ein Kind zu bekommen, habe ich ihr nicht erzählt. Wichtig ist, dass ich bei meiner Anstellung nicht schwanger war. Werde ich es jetzt, dürfen sie die nicht rückgängig machen oder mir kündigen. Das wäre gesetzwidrig. Mir wird es hoffentlich genau wie damals Kirsten ergehen. Du nimmst mich halt zwei Wochen täglich ran und schon zappelt unser Kind in mir. Morgen Abend werde ich vor deiner Nase mit vielen Männern ficken, damit es dir anschließend leichter fällt, mich täglich zu besteigen. Ja, und dann natürlich, weil ich es endgeil finde, dass Männer mich ohne Rücksicht rannehmen und mich sexuell ausnutzen. Dazu wird es vermeintlich während der Schwangerschaft und der ersten Monate nach der Geburt kaum kommen. Es wird mir schwerfallen, auf unser wildes Leben zu verzichten. Vielleicht wird mein Po vor Langeweile genau so breit wie der der meisten Mütter.«

Ich stelle mir Anna nach der Geburt vor: breiter Arsch, auf dem Bauch ein fetter Sack voller Schwangerschaftsstreifen, unterm Rock fette Schenkel mit Dehnungsstreifen, überm Gürtel Fettringe um die Taille, im Nacken ein Fettbuckel. Mir wird übel, das werde ich nie zulassen, dann lieber verhungern. Ich werde weiterhin einkaufen, damit wir so gesund wie noch nie leben.

Jeden Morgen werde ich mit ihr in den Keller zur Wage gehen, sodass sie während der Schwangerschaft höchstens zwölf Kilo an Gewicht zulegt.

»Anna, du musst mir schwören, dass du höchstens zwölf Kilo zunimmst, dass du dich nicht heimlich mit Kuchen fett frisst. Auf deiner Arbeit gibt es bei jeder Gelegenheit Kopenhagener Gebäck. Du hast mir erzählt, dass euch freitags beim gemeinsamen Frühstück reichlich davon angeboten wird.«

»Andreas, das rühre ich nie an. Wie stellst du dir das vor? Ich wiege zwei Kilo weniger als bei unserem ersten Kuss. Bei unserem Leben fällt es mir leicht, auf Backwerk zu verzichten. Und sollte es mich verlocken, schaue ich als Abschreckung meine Kolleginnen an und sofort wird mir übel. Auf die aufregende Jagd nach sexuellen Erlebnissen werde ich trotz eines Kindes nie verzichten. Du wirst mich den Rest deines Lebens mit fremden Männern ficken sehen. Ich werde dir keine Ruhe geben. Nein, Hund, mit dem Ständer kannst du im kalten Wasser rühren. Mit dem Vögeln warten wir bis morgen in der Amaliegade. Nimm dir eine Schlaftablette und gib mir bitte auch eine – Hund, ich habe Nein gesagt. Gute Nacht.«

Die Schlaftablette schmeckt bitter auf der Zunge. Als Arzt sollte ich keine schlucken. Aber sich nachts vor einer Orgie im Bett wälzen und dann bei der Orgie frühzeitig einschlafen? Das wäre echt unsinnig. Teuflisch ist, dass der Amtsarzt jede Schlaftablette registriert, die ich einnehme. ›Lieber Kollege‹, möchte ich ihm sagen. ›Du kennst dich sicher aus. Es ist echt unmöglich, vor einer Fete zu schlafen, wo zahlreiche Männer dein Weib ficken werden. Damit du nicht ausrastest, sobald sie unter ihren Stößen heult, musst du ausgeruht und bei Sinnen sein.‹

›Lieber Kollege‹, wird er mir antworten. ›Dafür habe ich Verständnis. Du kannst weiterhin so viele Schlaftabletten einnehmen, die du für notwendig hältst. Hals und Beinbruch bei der nächsten Fete.‹ Er schüttelt mir die Hand, sein Gesicht verschwimmt vor meinen Augen, ich schlafe ein.

Ich habe die ganze Nacht durchgeschlafen. Julius, der Kater, ist beleidigt, weil ich erst um acht Uhr aufwache, um ihn durch die gläserne Küchentür ins Haus zu lassen. Lasse ist schon ins Gymnasium gerast, er hat sein Frühstück selbst zubereiten müssen. Das ist einwandfrei eine Vernachlässigung meinerseits. Hoffentlich zieht er sich dadurch kein Trauma fürs Leben zu. Heute haben meine Ehefrau und ich einen Ferientag, weil der heutige Abend der Abschluss einer Epoche ist. Nie wieder Feten in der Amaliegade, nie wieder joggen mit Thorsten, nie wieder Lises schöner Po und ihre straffen, kleinen Titten, die uns auf Toftholm Allee willkommen heißen. Sobald Anna und ich ein gemeinsames Kind haben, wird es keine freien Wochenenden mehr geben, an denen die Kinder bei Birgit sind. So vieles wird es nie mehr geben, es ist ein Tag des Abschieds. Aber die schöne Krankenschwester Jane ist wieder im Land. Ihr Mann Ludwig war von seiner Firma im Ausland stationiert worden. Sie hat die Zeit der Muße genutzt, um mit ihm ein Kind zu bekommen und zu studieren. Aber sie will weiterstudieren, die reichlich vorhandenen dänischen Kinderkrippen zogen sie heim ins Land. Geil ist sie nach der Geburt auch wieder, sie will fremde Ständer. Meinen zu bekommen, wird ihr leichtfallen. Mich hatte Jane sexuell immer in der Hand.

Wir lesen im Bett die Zeitungen, der Kater Julius macht sich auf einem Kopfkissen zwischen uns breit. ›Krise im Ostblock‹ lautet die Schlagzeile. Es geht dem Ostblock wirtschaftlich und sozial schlecht, die Zeit scheint bei ihnen stillzustehen.

»Anna, im Laufe von zwei bis drei Jahren brechen die zusammen. Ein thermodynamisches System muss konstant erneuert werden, um zu überleben und nicht den Wärmetod zu erleiden. Stillstand bedeutet für eine Gesellschaft den Untergang.«

»Hund, das hast du mir schon vor einem Jahr gesagt und nichts deutet auf einen baldigen Untergang des Ostblocks hin.«

»Anna, entweder Entwicklung oder Abwicklung, in wenigen Jahren wirst du mir glauben.«

Bei uns weht ebenfalls der Wind der Wende. Ein Baby wird unser Leben umkrempeln, meine Kinder sind Teenager und bald selbstständige Erwachsene. Statt die Freiheit zu genießen, werden wir uns nächstes Jahr freiwillig von einem Baby ans Heim fesseln lassen.

»Was ziehe ich heute Abend an?«, fragt die kleine Hexe, sie steht nackt vor dem Bett und schaut mich besorgt an.

»Sobald du in hochhackigen Sandalen vor mir stehst, werde ich es mir überlegen«, sage ich listig. Der Anblick des schönen, langbeinigen, nackten Weibes in hohen Absätzen vertreibt meine düsteren Gedanken. Verklärt schaue ich sie an, mein Phallus muss leider bis heute Abend warten.

»Echt, ich friere. Hund, ich kann nicht ewig warten.« Sie schüttelt ihre rote, lange Mähne, ihre rosa Brustwarzen führen einen ungeduldigen Tanz auf.

»Keine Angst, in der Amaliegade wird es warm sein. Stay-ups und ein hautfarbener Spitzen-Büstenhalter von La Perla müssen genügen. Alle werden gleich erkennen, was du für eine bist, eine echt geile Nutte. Unten wirst du nackt sein, damit jeder Herr begreift, dass du ihm zur Verfügung stehst.«

Annas Kitzler schwillt an, zwischen ihren Schenkeln der errötete Kamm ihrer Fotze, winzige Perlen Fotzensaft zwischen den Schamlippen. Sie geht zum Fenster, starrt hinaus. Lange steht sie dort, in Gedanken versunken. Zögerlich wendet sie sich mir zu, schaut mir in die Augen, steht da mit breiten Bei-

nen. Die Sonne scheint zwischen ihren Schenkeln hindurch ins Schlafzimmer, verleiht ihrer Stehfotze einen Heiligenschein.
»Hund, du bist wahrhaftig ein Zuhälter. Ein Zuhälter, wie ich ihn benötige und liebe. Was machen wir bis heute Abend? Am liebsten möchte ich, dass du mich jetzt nackt und ohne Geld in einem Puff ablieferst und mich erst nach einigen Tagen und vielen Freiern wieder abholst.«

Ihren Wunsch kann ich ihr leider nicht erfüllen. Heute ist ein freundlicher Tag mit einem blauen Himmel, von dem die Sonne strahlt, trotzdem ist es kühl. Sie zieht sich ihren hellen Wiesel-Pelzmantel über und wir fahren in die Innenstadt zum Café à Porta, um bei Toni zu essen. In der Grønnegade haben wir Glück, ein Mercedes parkt aus. Im Schwung biege ich in den freien Platz ein, die blonde Frau vor uns im Range Rover hupt heftig, meint, dass sie ein Recht auf den Parkplatz habe. Ich löse einen Parkschein ein, wir lassen die Zicke stehen. In der Ny Østergade stoßen wir auf Annas Freundin Helen. Sie trägt einen Trenchcoat und eine braune Hose, an den Füßen Schuhe von Nike. Sie wohnt mit ihrem Dozenten von der Copenhagen Business School gleich um die Ecke in einer Eigentumswohnung. Nächstes Jahr wird sie mit ihrem Studium fertig sein und in dem Verlag, in dem sie jetzt aushilft, Vollzeit arbeiten. Sie lädt uns zu einer Tasse Tee ein, wir nehmen das Angebot an. Das Treppenhaus ist mittelalterlich eng, die Haustür frisch grau bemalt und schief. Die Zimmer sind eng. Ich muss den Kopf beugen, damit ich, ohne anzustoßen, durch die Tür komme. Im Wohnzimmer sieht man an einer Außenwand das Fachwerk.

Helen trägt aus der Küche frischgekochten Tee in einer Kanne der königlichen Kopenhagener Porzellan-Manufaktur herein.
»Ein Geschenk meiner Schwiegermutter«, murmelt sie entschuldigend. »Sie ist sehr kleinbürgerlich.«

Sie gießt den Tee in die zierlichen Tassen der königlichen Manufaktur und sagt lächelnd: »Anna, nimm bitte den Pelzmantel ab. Das ist echt ungemütlich, wie du da in ihm hockst. Ich habe uns einige Brötchen bestrichen.«

Sie reicht uns die auf einer Platte angerichteten Brötchen. Meine Ehefrau errötet, zögert, sagt dann: »Auf deine Verantwortung, Helen. Ich habe mich schon für die heutige Fete angezogen.«

Ich nehme für mich und meiner Gattin jeweils ein Brötchen, reiche darauf der Gastgeberin die Platte.

»Echt, Anna, da bin ich aber gespannt«, sagt die, nimmt mir die Platte aber nicht ab. Zögerlich öffnet Anna ihren Pelzmantel, der langsam von ihren Schultern gleitet, worauf sie sich im Spitzen-Büstenhalter und Stay-ups in den beigefarbenen Sessel setzt. Es wird still in dem engen Raum. Mein Arm, der immer noch Helen die Platte mit den Brötchen reicht, fängt an zu zittern. Endlich lacht sie los, nimmt mir das Tablett ab und stellt es auf den Tisch.

»Hätte ich bloß euren Mut«, stößt sie aus und trinkt dann einen Schluck Tee, um sich zu beruhigen, danach nimmt sie sich ein Brötchen von der Platte. »Ich und mein Mann sind einem solchen Verhältnis nicht gewachsen. Wir würden uns den ganzen Abend eifersüchtig aneinanderklammern. Ich würde nicht zulassen, dass eine Fremde sich meinem Geliebten nähert. Leider ist es so. Ich hätte die Abwechslung nötig. Dein Dress ist cool, aber es ist zu kühl hier. Bitte sehr, eine Wolldecke, damit du dich nicht erkältest.«

In dem Moment, als Anna sich in die Wolldecke kuschelt, geht die Tür auf und der Herr des Hauses tritt in den Raum. Krawatte, weißes Hemd, grauer Anzug und lederne Schuhe, er kommt direkt von der Copenhagen Business School, wo er die künftigen Geschäftsleute Dänemarks unterrichtet. Er ist früher heimgekehrt, um Papiere zu holen, die er für eine Sitzung benötigt. Er ist in einer Firma tätig, für deren Export von Medizin in die Bundesrepublik Deutschland er verantwortlich ist. Bei den Brötchen greift er kräftig zu. Helen muss darum nochmals in die Küche, um mehr zu streichen. Sie verschwindet hinter der Küchentür, der eilige Geschäftsmann sieht meine Ehefrau neugierig an und fragt sie: »Warum hast du dich in eine Wolldecke eingepackt? Bist du krank?«

»Es ist kühl bei euch und ich habe mich schon für die heutige Fete umgezogen«, antwortet sie und schüttelt ihren Kopf, damit ihre langen roten Haare ihr Gesicht verbergen. Helen kommt mit den frisch gestrichenen Brötchen aus der Küche, wir quatschen noch kurz und verabschieden uns dann.

»Darf ich dir in den Mantel helfen?«, fragt Helens Mann, er steht mit Annas Pelzmantel bereit. Sie befreit sich von der Wolldecke, steht in ihrem spärlichen Dress vor ihm. Bereitwillig lässt sie sich von ihm helfen und schließt ihren Pelz. Er wendet sich seiner Frau zu, sieht sie liebevoll an, gibt ihr einen heißen Kuss, seine Hand fest auf ihren Po.

»Helen, du hast bald Geburtstag«, sagt er. »Ich werde dir einen Pelzmantel schenken.«

Freitags ist im Café á Porta Stoßzeit, aber für uns hat Tony immer zwei Plätze frei. Wir setzen uns an die Bar, damit Anna Gelegenheit hat, mit der Wirtin zu klatschen. Sie ist zwar Dänin, aber wie aus einem Film von Fellini hat sie feurige dunkle Augen, schwarzes Haar, braune Haut und den leidenschaftlichen Blick einer Italienerin. Das gemeinsame Kind der beiden ist drei Jahre alt, im Kindergarten gedeiht es. Man sieht der Wirtin nicht an, dass sie Mutter ist. Kurzzeitig war sie mal pummelig, aber seit wir das letzte Mal im Café á Porta waren, hat sie wieder abgenommen. Toni hat inzwischen in einer Ecke einen Tisch für uns vorbereitet, er winkt uns zu. Ich setze mich und bestelle Tomatensuppe. Die Orgie heute Abend nervt jetzt schon und verdirbt uns den Appetit. Anna verweilt noch an der Bar. Sie hat etwas mit der schönen dänischen Italienerin zu besprechen. Die beiden haben ihre Köpfe zusammengesteckt, tuscheln eifrig miteinander.

Toni setzt sich zu mir, freut sich, dass wir Männer unter uns sind, dass er mal endlich, ohne dass die Weiber stören, mit mir tratschen kann.

»Dottore, ich habe Glück gehabt, meine Frau hatte wieder einen Liebhaber«, raunt er, klopft mir auf die Schulter, sagt dann grinsend: »Es war an der Zeit. Sie wurde fett und im Bett lahm.« Er streicht sich mit der Hand über den Magen.

»Dottore, der ist auch weg, seitdem sie wieder wie eine Hure riecht. Ich hatte mich an eine nasse, weiche und geile Fotze gewöhnt, aber plötzlich wurde sie dürr und meine Frau prüde und zickig. Aber jetzt ist wieder alles in Ordnung. Mindestens jede zweite Woche hat ein anderer sie in seinem Bett.«

»Herzlichen Glückwunsch, Toni«, sage ich und umarme ihn. »Anna und mich erwarten schwere Zeiten. Sie wünscht sich schnellstens ein Kind von mir. Wie du sicher weißt, fehlt den meisten Frauen während der Schwangerschaft und nach der Geburt die Lust auf Sex. Es gibt Ausnahmen, bei denen sie während der Schwangerschaft und auch nachher geil sind wie noch nie, aber die sind halt Ausnahmen. Ich muss realistisch sein und erwarte, dass die nächsten zwei bis drei Jahre beim Sex Flaute herrscht.«

»Dottore, da musst du aufpassen, dass du nicht fett und langweilig wirst.«

Toni runzelt die Stirn, legt tröstend eine Hand auf meine rechte Schulter. Ich bestelle eine Flasche Wasser, denn Wein und Champagner wird es heute Abend reichlich geben.

»Ich habe einen Plan, Toni. Nach der Geburt werde ich sie in Geschäfte mit teuren Kleidern schleppen und mit ihr joggen. Im Sommer werde ich nackt mit ihr baden, damit fremde Männer sie begehrend anschauen. Wenn das nicht genügt, werden wir ohne Kind Urlaub machen. In Südfrankreich gibt es einen spannenden Ferienort für Nudisten. Und neuerdings gibt es überall Klubs für sexuell aufgeschlossene Menschen. Ich werde alles tun, damit wir es wieder hinkriegen, wir nicht auf die Weise sexuell normal wie die anderen werden.«

»Na, dann viel Glück, Dottore. Sollte es nicht hinhauen, weiß meine Frau, wo es Liebhaber gibt.«

»Wieso redet ihr Männer von Liebhabern? Ich will ein Kind.«

Anna setzt sich an den Tisch, sieht uns Verschwörer empört an. Wir nicken brav, geben ihr Recht, nichts ist so schön wie ein Kind. Ich löffele eifrig meine Suppe und halte meine Klappe, Toni geht zu seiner Frau. Er küsst die Hetäre, seine Hand erfasst unter ihrem engen Pulli die volle Brust.

Es ist Zeit für den Mittagsschlaf, denn es wird eine lange Nacht werden. Anna liegt ohne Büstenhalter und Stay-ups neben mir. Ich drücke mich an ihren schönen, weichen Po, mein steifes Glied möchte in die feuchte Höhle, aber sie wehrt ab. Bevor sie mich reinlassen wird, werden erst andere Männer ihre Muschi besuchen. Ich starre die weiße Decke an, kann erst nicht einschlafen. Der Wecker schreckt mich aus meinem unruhigen Schlaf, die kleine Teufelin stürzt sich als Erste in die Badewanne. Die Fotze soll rasiert werden, anschließend die Nägel lackiert. Es klingelt an der Tür, ihre Nägel sind noch nicht trocken. Frisch aus der Badewanne gestiegen, laufe ich tropfend zur Haustür. Alexandra tritt in die Halle, öffnet ihren Mantel, drückt ihren nackten Körper gegen meinen feuchten. Ich gehe in die Knie, sodass mein Ständer in ihre schwangere Fotze hineingleitet. Johann greift sie bei den Schultern, brüllt empört: »Zügele dich.« Aber das scheint sie nicht zu stören, mit weichen Händen auf meinem Po hält sie mich fest, fickt mich mit langsamen Bewegungen ihres Unterleibes, schaut mir in die Augen.

»Alexandra, halte bitte an, der Abend ist für einen Samenerguss noch zu jung«, stöhne ich, mein Körper zuckt, verkrampft sich, mein Samen fließt in das lachende Weib.

»Danke, Andreas, bin ich geil.« Sie wendet sich ihrem Mann zu, gibt ihm einen Kuss, flötet: »Ich liebe dich, Johann. Liebe dich wie noch nie.« Er hält sie fest, als wollte er sie nie mehr loslassen, seine eine Hand auf ihrer strammen Brust, die andere ist von hinten in ihre schleimige Fotze eingedrungen. Er beißt ihr in die Schulter, den Rest der Nacht wird ein rotes Mal sie zieren. Triumphierend geht sie durch die Halle, lässt ihren Mantel zum Boden gleiten. Sie wendet sich uns auf hohen Absätzen zu, posiert mit ihrem schwangeren Bauch.

»Los, zeig mal her«, sagt sie. Meiner steht schon wieder, schwangeren Frauen kann ich nicht widerstehen. Zögernd öffnet Johann seinen Hosenlatz, ein Ständer von bedeutender Größe kommt zum Vorschein. Ein Wunder, dass Anna damals von ihm zu mir zurückgekehrt ist. Alexandra stützt sich mit beiden Händen an die Wand, er dringt in die heulende, schwangere Sau ein. Vor meinen Augen fickt er sie zum Orgasmus, worauf sein Körper sich im Samenerguss zusammenkrampft.

»Ich hoffe auf dein Verständnis, Andreas«, sagt er entschuldigend. »Seit sie schwanger ist, ist sie geil wie noch nie. Ich erkenne sie kaum wieder.«

Er steht mit tropfendem Schwanz vor mir, sieht mich verlegen an. Hat der aber ein Glück. Das werde ich kaum mit meiner Frau erleben. Ganz unangebracht entschuldigt sich der Glückspilz. Der hat doch 'ne Macke!

»Du brauchst dich nicht zu entschuldigen, Johann. Um deine

Gattin beneide ich dich. Sei froh, dass ich Anna habe, sonst würde ich sie dir sofort ausspannen und du würdest Frau und Kind für immer verlieren.«

Der Glückspilz schließt seinen Hosenlatz, ich schicke die beiden zu meiner Gattin ins Schlafzimmer und gehe in die Küche, um eine Flasche Champagner aus dem Kühlschrank zu holen und danach ein Tablett mit Gläsern aus dem Wohnzimmer. Schon auf der Treppe höre ich Annas Stöhnen. Die Tür zum Schlafzimmer steht offen, Alexandra hält Anna an den Haaren fest und zischt: »Du bist eine kleine Ficksau, magst du, dass mein Mann dich reitet? Los, Johann, reite die Sau – härter. Sie liebt dich immer noch. Nicht wahr, du liebst ihn?« Meine süße Frau im Vierfüßlerstand heult unter Johanns Stößen, umso lauter, je tiefer er eindringt.

»Ja, ich liebe ihn«, stöhnt sie. »Ich liebe Johann.«

Ihr Körper krampft sich im Orgasmus zusammen, sein Po und seine Schenkel verspannen sich im Samenerguss. Mein Penis schwillt an, er steht steil. Ich möchte das kleine Luder, das soeben gebeichtet hat, dass es ihn liebt, erschlagen. Stattdessen stoße ich Johann zur Seite, dringe in die untreue Fotze ein, ficke die Schlampe, während ich ihre Zitzen als Zügel benutze. Ihre Brustwarzen werden lang wie noch nie, sie windet sich im Schmerz. Unerbittlich hält Alexandra sie an den Schultern fest, drückt sie in die Matratze. Ihr Körper verspannt sich, zuckt, ihr Mund im erröteten Gesicht steht offen, mein Samen fließt in ihre unersättliche Möse. Unsere Körper entspannen sich, liegen ineinander verschlungen da.

»Ich liebe Johann«, flüstert sie. »Aber ich kann ohne ihn leben. Ohne Andreas wäre es mit mir aus. Hund, du darfst nie sterben.« Sie drückt sich an mich, will mich nie mehr loslassen, aber ihre schmerzenden Glieder zwingen sie nach einer Weile dazu.

Knallend springt der Pfropfen heraus, schäumend ergießt sich der Champagner in die Kristallgläser meiner Mutter. Die nackten Weiber lachen, ihre Brüste sind vor Geilheit angeschwollen, gierig trinken die Huren den Champagner. Ihre Augen strahlen, die Nacht ist noch jung. Johann und ich sehen uns an, unsere Glieder hängen traurig herab. Wir nicken uns zu, wir möchten, dass die Nacht schon vorbei wäre, wir in dem warmen Bett bleiben könnten. Widerwillig verlassen wir das kuschelweiche Paradies, ziehen Hose und Mantel an und stecken unsere Füße in die Schuhe. Vor dem Haus hupt ein Taxi, das unsere ungeduldigen Gefährtinnen gerufen haben. Wir greifen den unter den Mänteln nackten Weibern unter die Arme, begleiten sie zum Wagen. Damit mir nicht schlecht wird, sitze ich vorne. »Amaliegade, setz uns bitte auf dem Schlossplatz ab.« Wir sind verspätet, wurden bei Lise und Thorsten erwartet, aber der Eros packte uns am Kragen. Wir taten, was er befahl, fickten leidenschaftlich unsere Frauen und bitten jetzt Lise um Verzeihung, was sie annimmt.

Das Taxi setzt uns an einer entlegenen Ecke des Schlossplatzes ab, weil ein Großteil davon abgesperrt ist. Scheinwerfer beleuchten ihn, Fotografen stehen neben der Garde und den Polizisten, heute gibt es bei der Königin einen Empfang. Schwarze Limousinen halten vor dem roten Läufer, die Kameras blitzen. Wir schleichen uns am Rande des Platzes im Halbdunkel in die Amaliegade, wollen kein Aufsehen erregen. Wir sind nicht hoffähig angezogen, aber unser Abend wird bedeutend aufregender sein als der der vornehmen Leute, die mit der Königin tafeln werden. An der Ecke der Amaliegade wenden sich unsere Frauen kurz den Fotografen zu, öffnen ihre Mäntel. Doch schon sind sie um die Ecke geschlüpft und die Kameras blitzen zu spät. Kichernd laufen die beiden Schlampen mit weit offenen Mänteln die letzten Schritte zum Treppenhaus, Gott sei Dank wird uns sofort die Haustür geöffnet. Wir verschließen die Tür hinter uns, sind vor den Sensationslüsternen in Sicherheit. Ächzend fährt uns der Fahrstuhl nach oben in die Unterwelt, wo nächtliche Geschöpfe mit steifen Gliedern schon auf unsere Frauen lauern. Zwei Nackte öffnen uns die Tür, nehmen uns unsere Mäntel und unsere Frauen ab. Als Johann und ich uns von unseren Hosen und Schuhen befreit haben, ist von unseren Weibern weit und breit keine Spur mehr zu sehen. Uns bleibt nichts anderes übrig, als uns anzufreunden und mit Champagner und Austern auf Eis an den Tresen zu stellen. Hier passiert nichts, außer dass ein paar einsame Herren wie wir Austern schlürfen und mit Champagner nachspülen. Ein schwarzer Mann holt sich ein Tablett voller Gläser und einige Flaschen, sein flotter Ständer zeugt davon, dass es woanders in der Wohnung keine Langeweile gibt. Folgen werden wir ihm nicht, das wäre die totale Niederlage, weil die beiden Damen uns vor Kurzen fertiggemacht haben. Mit einem Schlappen danebenstehen, während unsere Frauen unter den Ständern anderer heulen, das wäre erniedrigend.

Seite an Seite stehen wir und pinkeln, gehen anschließend unter die Dusche und spülen den Fotzensaft von unseren Gliedern. Erfrischt verlassen wir die Dusche. Ein braunes Weib mit einer glatten, dunklen Fotze und einem Hidschab und ein blondes, schwangeres Weib mit einer rosa Fotze beobachten uns.

»Aisha und Kirsten, mein Freund Johann«, stelle ich vor. Wieso Freund, denke ich. Na ja, wir lieben und ficken dieselben Frauen. Genau das tun Freunde in unserer Welt. Die beiden wollen, dass wir sie begleiten, sie brauchen eine Pause vom Gefecht der Geschlechter. Aisha drückt sich an mich, gibt mir einen Kuss, etwas belebt sich zwischen meinen Beinen, meinem neuen Freund geht es genauso. Kirsten sieht mit ihren vollen Brüsten und ihrem schwangeren Leib zum Anbeißen schön aus.

Eng umschlungen gehen wir mit den Hübschen zum Kamin, legen uns auf das weitläufige Sofa. Der Raum wird spärlich von der Glut erhellt, ich schmeiße ein paar Scheite in den Kamin. Das Feuer entflammt, man sieht jetzt auf einer Liege mitten im Raum den Umriss von zwei Frauen und Schatten von Männern, die sich ihnen nähern. Die eine scheint schwanger zu sein, jetzt erklingt das Stöhnen von Weibern, in die Männer eindringen. Die Schwangere befindet sich im Vierfüßlerstand, eine dunkle Gestalt hinter ihr bewegt sich im Fickrhythmus. Die Schatten bewegen sich schneller, das schrille Heulen und das raue Brüllen schwellen an. Andere verschwommene Silhouetten nehmen zwischen den Schenkeln der Weiber Platz, wieder das Stöhnen unserer Nutten. Mein Phallus ist hart wie Stein, er ist in das braune Weib eingedrungen, das mit breiten Beinen daliegt. Rhythmisch bewegt sich mein Unterleib. Ich küsse die Schlampe unter mir, deren Brüste im roten Licht der Flammen tanzen. Ich höre Annas schrilles Heulen nicht mehr. Im Moment will ich allein Aisha. Vorsichtig erforsche ich mit meinem Ständer ihre feuchte Höhle, spüre tief drinnen den Mund ihrer Gebärmutter, den ich mit meiner Eichel massiere. Sie fängt ihrerseits an zu stöhnen, zuckend bewegt sich ihr Unterleib, es wird feucht zwischen meinen Beinen, während ich Samen in sie hineinspritze. Hoffentlich wird sie mit mir schwanger, wie auch meine Ehefrau vermutlich von einem anderen als ihrem Ehemann geschwängert werden wird. Wir sinken ineinander, liegen vereint, bis wir Johann und Kirsten am anderen Ende des Sofas spüren. Seine Beine stoßen gegen meine, sie heult, er brüllt, bald werden ihre Orgasmen vorbei sein. Wieder dringen von der Liege mitten im Raum die tierischen Laute meiner Hure herüber, kann es nicht bald überstanden sein? Mein Glied schwillt sofort wieder an. Schon scheiße, dass es mir gefällt, dass andere meine Gattin ficken. Hier auf dem Sofa brauchen wir einen Feudel. Aishas Orgasmus war echt heftig, wir liegen in einer Pfütze.

Wir rappeln uns auf, schleichen aus dem Raum zum Tresen mit dem Champagner und den Austern, die auf Eis gebettet den Tod erwarten. Die weichen Frauenkörper entspannen meine Seele, glücklich lächele ich den beiden zu. In Kirsten zappelt mein Kind, in Aishas dunkle Augen versinke ich, löse mich in Wohlbefinden auf. Wir trinken schweigend Wasser, Johann und ich bleiben für immer Kumpel, befinden uns im Paradies für verlorene Söhne. Zwei Sirenen haben uns eingefangen, uns von der ewigen Sehnsucht des Ödipus befreit.

Flammende rote Haare wecken mich aus meinem Wahn. Schneeweiße Haut, rote Lippen, das blaue Licht des Eismeeres, eine kleine, weiche Hand ergreift meinen Sack. Sie ist da, nimmt von mir Besitz, die Angst, sie zu verlieren, verschlägt mir den Atem, es ist, als würge mich jemand.

»Hund, schenkst du mir ein Glas Wasser ein? Ich habe Durst.«

Johanns Hände greifen ihre Brüste, danach ihren Po. Er drückt sie fest gegen sich, er will sie nie mehr hergeben. Aber das eiskalte Licht des Eismeeres lässt ihn erstarren, kraftlos sinken seine Arme nieder. Sie drückt ihren weichen, warmen Po gegen meinen Unterleib. Ich lege meine Arme um sie, der feine Geruch ihrer Fotze voller Samen betäubt meine Sinne, mein Ständer zeigt ihr meine ewige Treue.

»Kommt mit, Hund, unsere Freunde sind im Salon«, sagt die Königin der Nacht, ergreift meine Hand und zieht mich mit sich. Meine Ehefrau setzt sich auf das Sofa zwischen die Krankenschwester Jane und deren Mann Ludvig, rechts von mir die Schriftstellerin Lotte. Lise liegt gefesselt über einen Puff, ein Mann arbeitet mit seiner Hand in ihr, bis sie spritzend vom Orgasmus erlöst wird, worauf Thorsten sie von ihren Fesseln befreit. Anna setzt sich auf meinen Schoß, gibt mir einen Kuss und fragt: »Darf ich?« Ich nicke stumm, sie folgt dem schwarzen und dem weißen Mann zu einer Liege in der fernsten Ecke. Im Halbdunkel ahne ich, wie sie auf der Liege Platz nimmt. Liebevoll streichelt Jane meinen Ständer, die Katze Lotte meine Brustwarzen. Vergebens ficken die Männer Anna, deren Orgasmen nicht kommen wollen. Leckt der eine jetzt die Fotze meiner Frau, hat sie den Ständer des anderen in der Hand? Jane beschmiert mein Glied mit Gleitcreme, ohne Pause wichst sie meinen Ständer, aber ich werde mich nicht ergeben. Die Männer stehen jetzt über sie gebeugt, halten sie fest, die Hand des einen scheint in ihrer Fotze beschäftigt zu sein. Die Katze Lotte hat meine Brustwarzen im Griff. Zwischen ihnen und meinem Unterleib elektrische Ströme. Meine Gattin winselt, ihr Körper verspannt sich, sie versucht vergebens die aufdringliche Hand zur Seite zu schieben. Mein Unterleib hat sich in Feuer verwandelt. Ihr Körper zuckt im Orgasmus unter den Händen der Männer, aus mir spritzt ein wenig Samen, viel mehr ist bei mir nicht drin. Meine untreue Gattin legt sich mit breiten Beinen auf der Liege zurecht. Abwechselnd besteigen die beiden sie, werden von der angeschwollenen, nassen Fotze schnell geleert. Zum Abschied küsst sie sie dankbar, dann geht sie zum Tisch und nimmt sich ein paar Servietten, wischt die Innenseite ihrer Oberschenkel ab. Danach entfernt sie die Pfütze vom Fußboden und geht ins Badezimmer, um ihre Hände zu waschen. Zu uns zurückgekehrt, legt sie eine Serviette neben mich auf das Sofa und setzt sich. Liebevoll trocknet Lotte meine Eichel, damit ich keine Flecken hinterlasse.

»Hund, der des Schwarzen war sehr groß. Ich musste ihn bitten, vorsichtig zu sein. Er stieß hart gegen meine Gebärmutter. Aber seine Hände waren sehr gewandt, noch nie habe ich so kräftig abgespritzt. Mein Orgasmus war fast schmerzhaft und ich liebe es, wenn sie ihren Samen in mich ergießen.«

Ich will es nicht wissen, aber trotzdem höre ich aufmerksam zu, damit mir ja kein Wort entgeht. Jeden Tag werde ich daran denken, mein Phallus wird deshalb hart wie Stein werden. Unerbittlich wird er in die kleine Hure eindringen und sie schwängern, damit kein anderer mir zuvorkommt.

»Wir ziehen nach Kopenhagen und werden in meiner Wohnung wohnen«, sagt Lotte strahlend vor Glück. »Die Kommission hat in dort ein Büro, wo Carsten stellvertretender Leiter werden wird. Wir sehnen uns nach Dänemark und freuen uns dermaßen, zurückzukehren. Ich habe soeben einen Roman abgeschlossen. Für mich wird es viel einfacher sein, für mein Werk zu werben, sobald ich hier wohne. Und jetzt, wo es mit den Orgien in der Amaliegade vorbei ist, könnt ihr bei uns feiern.«

»Es wird etwas dauern, bis wir wieder dabei sein werden, ich und Hans wollen ein Kind«, seufzt Lea bedauernd. »Anna, ihr wollt doch auch eins.«

»Genau«, sagt meine Ehefrau. »Heute Abend ist unsere letzte Orgie. Die nächste Fete, bei der wir uns wiedersehen, wird die Taufe meines Kindes sein. Andreas, ich bin müde. Können wir bald nach Hause?«

»Hast du mich vergessen?« Alexandra streichelt ihren Magen, in dem ihr Baby sich bewegt. »Ihr seid alle zu der Taufe meines Kindes eingeladen. Und so geil, wie ich bin, möchte ich anschließend zu einer Orgie bei Lotte. Da werdet ihr den Schwarzen einladen, damit ich dieselbe Behandlung bekomme wie vor Kurzem Anna.« Ich schüttele den Kopf, habe meine Bedenken. Meiner Meinung nach bringt die Zukunft in den nächsten Jahren Windeln, Babykoliken und schlaflose Nächte statt sexuelle Abenteuer.

»Mich habt ihr auch vergessen«, zischt Kirsten entrüstet. »Anna und Andreas, erinnert ihr euch? Ihr werdet Paten unseres Kindes.«

Ihr Mann legt schützend einen Arm um die Schultern seiner Frau, die ihn erstaunt anstarrt – endlich sagt sie eisig: »Bist du aber plötzlich fürsorglich. Du hast doch sonst den ganzen Abend die Pakistanerin gefickt.«

»Wie konnte ich anders?«, brummt er, schüttelt den Kopf. »Du warst ja dauernd besetzt. Den ganzen Abend nur zuzuschauen, wie du es mit anderen treibst, wäre mir nicht Recht gewesen.«

»Seid friedlich und genießt es, dass ihr eure Freiheit zum Ficken habt«, sage ich beruhigend. »Bald werden wir alle nur noch über Windeln, Ohrenschmerzen, Koliken und Kinderkrippen reden. Wir werden todmüde sein, weil wir die ganze Nacht mit einem kranken Kind in den Armen rumgelaufen sind. Ihr Frauen werdet auf euren Blusen Flecken vom Stillen haben, wenn ihr überhaupt eine Bluse tragt und nicht abends noch im Bademantel umherlauft. Wir werden uns streiten, weil wir übermüdet sind und unser Heim chaotisch ist, weil wir es nicht schaffen, aufzuräumen. Ihr werdet uns Männer ausschimpfen, weil wir zur Arbeit gehen und eine Karriere haben. Ihr dagegen seid rund um die Uhr mit den Kleinen zu Hause und geistig am Vergammeln. Das monotone Mutterglück und das Kinderplaudern werden euch geisteskrank machen und ihr müsst zum Doktor oder nach Cap d'Agde. Entweder werdet ihr Tabletten fressen oder im Cap von hilfsbereiten Männern rangenommen, bis ihr als geile Raubtiere der Nacht wiedergeboren werdet.«

Entgeistert starren sie mich an. Diese Unverbesserlichen, die daran glauben, dass sie die Welt aus den Angeln heben können, dass der Alltag mit Kleinkindern sie nicht zur Strecke bringen wird.

Wir brechen auf, meine Worte haben unseren Freunden die Laune verdorben. Auf dem Platz vor Schloss Amalienborg gibt es wegen des königlichen Empfangs etliche Taxis. Mitten auf dem Schlossplatz sitzt Frederik V. stolz auf seinem Ross, mit seinen Kindern hatte er es leicht. Die Reichen haben die Pflege ihrer Brut anderen überlassen. Im Sozialstaat zetern die Politiker, weil die Frauen es den Mächtigen gleichtun wollen, sie ihre Kinder in Kinderkrippen abliefern, um aus dem Heim in die Arbeit zu fliehen.

Das Taxi fährt auf der Kalkbrænderihavnsgade am Nordhafen entlang. Die scharfen Lichtkegel der Scheinwerfer treffen das schwarze Wasser, in dem sich Baukrane spiegeln. Auf den Schiffen am Kai glimmen matte Funzeln, die die Bollwerke in einen Schleier von Träumen aus aller Welt einhüllen. Auf dem Strandvænget geht es schräg nach links an den Ruderklubs vorbei. Dann von der Strandpromenade aus die weite Sicht über den Jachthafen und die Svanemølle-Bucht. Anna kuschelt sich an mich, ihre roten Haare flammen im Dunkeln.

»Ich möchte einen Sohn«, flüstert sie. »Nein, doch keinen Sohn, mir genügt ein gesundes Kind.« Ich drücke sie fester an mich. Wir werden das klügste und schönste Kind der Welt zeugen, genau wie Lasse und Marie es sind. Auf dem Strandøre fahren wir zwischen den mächtigen Villen der Reichen hindurch. Ein solches Heim können wir unserem Kind nicht bieten, aber wir werden es lieben und verwöhnen. Strandøre endet am Strandweg, wir fahren Richtung Norden an der Tuborg-Brauerei vorbei zu den schicken Geschäften im Helleruper Strandweg. Das Hellerup Parkhotel ist voll beleuchtet, im Foyer stehen Damen in bodenlangen Kleidern und Herren in Smokings. Jemand muss heute in den heiligen Stand der Ehe eingetreten sein, vor den Unwettern der sexuellen Lust und dem Tode Zuflucht im Grab der Erotik gesucht haben. Auf dem Spielplatz links im Øregård Park werde ich mit unserem Kleinkind viele

Tage verbringen, um das schöne Weib neben mir zu entlasten. Rechts die Hambros Allee, wo wir es mit Lea und Lene in Orgien getrieben haben, am Ende der Allee der dunkle Øresund. Irgendwann werden wir nach der Geburt wieder die Welt der Königin der Nacht aufsuchen. Ein bürgerliches Leben wird uns kaum genügen, das würde Depression und Selbstmord hervorrufen.

Im Bregnegårdsvej dreizehn brennt Licht, Lasse sitzt in der Küche mit einer Freundin, die bei ihm übernachten wird, wir haben für ihn ein Doppelbett gekauft. Kinder möchten die beiden keine, das haben sie Anna gesagt. Die Freundin nimmt die Pille, meint, sie sei nicht bescheuert. Wir lassen die beiden dort sitzen, wanken ins Bett, hoffentlich werden sie unseren Schlaf nicht stören. Als wir aufwachen, ist das Badezimmer besetzt, sie sitzen in der Badewanne, wir müssen im Keller aufs Klo. In der Küche herrscht Durcheinander, ich räume den Geschirrspüler aus und wieder ein, reinige den Tisch und den Küchentresen, wasche den Fußboden, der von Marmelade klebrig ist. Endlich können wir frühstücken. Als ich mit den Tabletts an Lasses Zimmer vorbeigehe, dringt durch die Tür das Stöhnen seiner Freundin. Es dauert leider noch zwei bis drei Jahre, bevor er nach seinem Abitur das Haus für immer verlassen wird. Zwei erwachsene Männer unter demselben Dach, das ist kein lebensfähiger Zustand.

Das Badezimmer ist feucht, die Fliesen auf dem Fußboden sind glitschig, aber die Badewanne haben die beiden hinterher gereinigt. Die klatschnassen Handtücher auf dem Fußboden räumt Anna sofort in die Waschmaschine. Im Zahnputzbecher steckt eine extra Zahnbürste, Annas Haarbürste ist voll von blonden Haaren. Ich werde Lasse eine Haarbürste für seine nächtlichen Gäste kaufen, aber er bräuchte eigentlich eine eigene Wohnung mit einem eigenen Badezimmer. Die Zeiten, in denen die Jugendlichen als Zwölfjährige das Zuhause verließen, um beim Bauern zu dienen, sind leider vorbei. Heutzutage dauert die Jugend ewig, keiner möchte das langweilige Leben eines erwachsenen Bürgers führen. Nur wir in unserer heimlichen Welt sind beides, tagsüber gutbürgerliche Streber, nachts blutdürstige, jugendliche Wölfe im finsteren Wald der Lust. Im Vergleich zu uns besteht die Mehrzahl der jungen Leute aus Anfängern, die von der labyrinthischen Welt der Erotik keine Ahnung haben. Aber ich habe es satt, hinter diesen Anfängern hinterherräumen zu müssen, die obendrein glauben, sie hätten alle erotische Weisheit der Welt geschluckt, ich als Erwachsener sei nur zum Dienen da.

Anna holt aus der Gefriertruhe im Keller Brötchen für Lasse und seine Freundin und geht in die Küche. Ich bleibe im Bett, lese die Zeitungen und habe Selbstmitleid, schmolle wie ein verschmähter Backfisch. Im Erdgeschoss wird gelacht, ich bleibe eisern in meiner Festung im ersten Stock unter den Bettdecken begraben. Meine Ehefrau kommt hoch, stellt sich mit breiten Beinen vor mich hin, lässt ihren Schlafrock zu Boden fallen. Sie streichelt mit beiden Händen ihre angeschwollene Möse, führt zwei Finger tief in sie hinein, streckt sie mir verschmiert entgegen. »Koste mal«, sagt sie. Ich lache, sie schmecken nach dem Samen, der im Laufe der Nacht reichlich in ihre Vagina geflossen ist. Meine Schlampe beugt sich nieder, ergreift meinen Ständer und nimmt ihn in den Mund. Langsam bewegt sich ihre Zunge über meine Eichel. Ihre rechte Hand klemmt hart meine Eier ein, ein stechender Schmerz lässt mich zucken, hoffentlich haben ihre Zähne keine Wunde in meiner Glans hinterlassen.

»Dein Phallus schmeckt nach Aisha, die kleine, mohammedanische Schönheit gefällt dir. Aber das muss bis nachher warten. Jetzt kommst du mit mir in die Küche und sprichst mit deinem Sohn und seiner Susie. Die beiden werden bald zu ihrem Vater gehen, der gleich um die Ecke im Eivindsvej in einer Villa wohnt. Das Haus hat er vor Kurzem für sich und seine Ehefrau gekauft. Die kehrt bald aus Afrika zurück, wo sie als Hebamme in Flüchtlingslagern arbeitet. Zwei Jahre war sie weg.«

Die Kinder sitzen in der Küche, Lasses Freundin mit ungewaschenen, fettigen, blonden Haaren, ihre großen Brüste hängen im Ausschnitt ihres Nachthemdes. Sie ist echt freundlich, aber sie hat eine Mutter dringend nötig, damit sie lernt, ihre Haare zu waschen und sich schön zu machen. Aber vielleicht ist sie wie sie? Die Flüchtlingslager Afrikas sind kaum Schönheitssalons, fordern Frauen der besonderen Art. Meine kleine Teufelin könnte sie lehren, die Welt zu beherrschen. Erst lähmt man die Männer mit weiblicher Schönheit und dann schlägt man sie mit seiner überlegenen Intelligenz k.o. Die Schlampe meines Sohnes heißt also Susie, sie ist zwar nett, aber von einer überlegenen Intelligenz keine Spur. Nach ihrem Abitur wird sie sich zur Krankenschwester ausbilden lassen. Lasse hat es einfach. Die Schönheit seiner Freundin wird ihn kaum lähmen und sein Intellekt ist ihrem weit überlegen. Ich zwinkere meinem Sohn zu, wir klopfen uns auf die Schulter. Die Venusfalle hat zugeschnappt, die Sucht nach den Frauen vereint Vater und Sohn.

Die Haustür fällt ins Schloss, wir sind alleine, mein Schicksal kommt auf hohen Absätzen auf mich zu, ihr schneeweißer Körper ist von roten Flammen eingerahmt. »Wie haben etwas zu besprechen«, sagen ihre vollen Lippen, das eisblaue Licht ihrer Augen umflutet mich. »Oben im Bett lässt es sich bequemer reden.« Sie geht vor mir die Treppe hoch. Wie wäre es, wenn dies auf der Treppe Aisha wäre? Schwarze Haare bis zum Po, ein brauner, molliger Körper mit vollen Brüsten, eine dunkelbraune Fotze und brennend dunkle Augen wie in *Tausendundeine Nacht*. Sie ist wie Anna freundlich und intelligent, liebt das Ficken mit verschiedenen Männern, lässt sich von dem religiösen Gefasel von gestern nicht beirren. Die errötet angeschwollene Fotze liegt vor mir auf dem Bett, der Geruch vom Samen trifft mich schlagartig, mein Ständer pulsiert zwischen meinen Schenkeln. Sie schaut mir tief in die Augen, zwei Finger ihrer rechten Hand bewegen sich kreisend um ihren Kitzler.

»Du hast mich an Fremde verkauft. Der Weiße hält mich fest, die Hand des Schwarzen zwingt mich zum Orgasmus«, stöhnt sie. »Bald werden sie tief in mir sein, werden mich ficken, werden mich mit Samen füllen. Ich werde ihnen erst entkommen, wenn ich unzählige Freier in ihrem Puff zufriedengestellt habe.« Ihr Gesicht errötet, ihr Körper verspannt sich, er zuckt im Orgasmus. Ihre marmorweißen Arme und Beine halten mich fest. Sie stöhnt, als mein Phallus in die weiche, von vielen benutzte Fotze eindringt. Ihre Brüste schmecken nach dem Schweiß und dem Speichel vieler Herren, ihre Lippen nach den Ständern, die sie geblasen hat. Tadellos gleitet mein Schwanz im reichlich vorhandenen Samen. Meine Eichel folgt den Spuren anderer Eicheln. Die kleine Sau verspannt sich unter mir, ich spritze in meine Hurenfotze – wir Männer in der Möse meiner Ficksau vereint.

Lasse hat immer noch dieselbe Freundin, die ganz gewiss keine Größe vierunddreißig ist, wie meine Gattin. Was ihr an Verstand fehlt, hat sie reichlich an Po und Brüsten. Sie will zwar Krankenschwester werden, aber nach ihr und Lasse müssen wir auslüften. Mein Sohn war sonst immer sehr reinlich, aber jetzt riecht er genau wie seine Susie nach Schweiß und Dreck. Gestern schlich sich Anna in sein Zimmer, um die Bettwäsche zu wechseln und die herumliegenden Unterhosen und

T-Shirts einzusammeln. Alles wurde von meiner Ehefrau in die Waschmaschine gesteckt. Nun liegen in seinem Schrank Berge von duftender Unterwäsche und T-Shirts. Leider können wir der zukünftigen Krankenschwester nicht die Kleider vom Körper reißen und sie in die Badewanne und ihre Kleidung in die Waschmaschine stecken. Wir möchten gern in ihr Heim eindringen und ihre Wäsche entführen, um sie anschließend duftend und rein wieder bei ihr abzuliefern. Aber so etwas tut man nicht, das wäre grob und aufdringlich. Also sind wir zuvorkommend und warten ab, irgendwann wird die junge Liebe vorbei sein.

Meine Ehefrau will schnellstens ein Kind, auch heute ist sie mir auf den Fersen, raunt: »Kommst du mich ficken, Hund, ich bin geil und habe in einer Woche meinen Eisprung.«

Ich seufze, tue aber meine Pflicht, was recht einfach ist. Ich denke daran, wie sie mit anderen fickt, sich wünscht, dass ich sie an einen Puff verkaufe. Sofort wird er hart, er will die Kleine bestrafen, was aber kaum möglich ist, sie wartet schon mit breiten Beinen auf mich. Zweimal täglich haben wir Verkehr in der *Sin City*, in der es keine Ampeln oder Verkehrsregeln gibt. Gestern in der Anprobe in Kaufhaus habe ich sie gegen die Wand gedrückt ficken müssen. Sie hat mir gedroht, dass sie die Anprobe nackt verlassen würde, täte ich es nicht. Sie stand schon in der offenen Tür, drei Männer beobachteten mein unbekleidetes Weib. Das hat mich so erregt, dass ich, kaum eingedrungen, in ihrer Fotze explodierte, sie mit reichlich Samen gesegnet habe. Es war ein Glücksfall, die Verkäuferin steckte gleich danach ihren lockigen Kopf herein, um zu fragen, ob das Kleid und die Jeans passten. Aber da hatte ich schon meine Hose wieder an und den Latz zugeknöpft. Sie hat sich sicher gewundert, wieso ich in der Frauenumkleide mit nacktem Oberkörper stand. Dort gibt es für mich eigentlich ja nichts anzuprobieren. Gesagt hat sie aber nichts, auch nicht über die frischen Kratzer auf meinem Rücken. Sie ist übrigens meine Patientin, immer sehr nett und freundlich, wenn sie mich in meiner Klinik besucht. Sie ist eine, die meinen Anweisungen genau folgt und sich bedankt, weil sie so schnell gesund wird. Fast immer hat sie Blumen für mich und meine Krankenschwester dabei und zu Weihnachten schenkt sie jedem von uns zwei Flaschen guten Rotwein. Erröten tut sie leicht, aber gestern in der Anprobe wurde sie rot wie eine Tomate. Aber das Kleid und die Jeans passten Anna, sie sah toll aus, worüber sich die Verkäuferin gefreut hat. Nach dem gestrigen Erlebnis wird sie sich mir, ihrem netten, geilen Hausarzt, noch mehr verbunden fühlen. Übrigens ist ihr Mann genau wie ich sechzehn Jahre älter als seine Frau. Es ist seine zweite Ehe.

Dieses Jahr kommt der Winter wieder früh, es ist der erste Dezember und Kopenhagen im Schnee begraben. Auf mich lauern heute fünf Visiten, was bei dem eisigen Wind unerfreulich ist. Die kleinen Nebenstraßen zwischen den Villen sind verschneit, weswegen im Wagen ein Spaten und eine Schaufel liegen. Ich sitze in meiner warmen Klinik und kann mich nicht dazu bringen, sie zu verlassen, um die Kranken in ihren Heimen von der Ungewissheit des Wartens zu erlösen. Heute Morgen hat es geschneit. Darum fuhr ich Anna zur Station Hellerup, nach Hause geht sie von der Station Charlottenlund zu Fuß. Im Frühjahr fängt sie mit dem Fahrunterricht an. Sie wird meinen alten Wagen erben. Meine einstmals kleine Gymnasiastin wird eine selbstständige Frau mit eigenem Auto sein, eigenem Gehalt, eigenem Bankkonto und einer sozial angesehenen Stellung. Komisch, dass sie sich mit einem alten, gebrauchten Knacker wie mir zufriedengibt, dass sie nicht die Scheidung beantragt. Aber welcher junge Mann würde es wagen, mit ihr zu leben? Als Erstes würde er ihr im Namen der großen Liebe die Flügel abreißen, sie verstümmelt und blutend im gutbürgerlichen Leben einsperren. Bei mir regelt sie die Wirtschaft der Familie, plant mit dem Steuerberater unsere Investitionen. Kein Pfennig wird ohne ihre Genehmigung ausgegeben. Das wird sich ein junger Mann kaum gefallen lassen. Ihre Herrschaft über das sexuelle Leben würde er auch lästig finden. Dass sie dauernd ficken will, würde bei ihm Kastrationsangst hervorrufen. Das Sexuelle ist Männersache. Die Frauen dürfen nur staunen und es sich gefallen lassen. Je selbstständiger Anna wird, desto mehr wird sie von mir abhängig. Leider ist dies umgekehrt auch der Fall, ohne sie wäre ich verloren.

»Deine Frau ist am Apparat, sie will dich dringend sprechen.« Meine Krankenschwester sieht mich mit hochgezogenen Augenbrauen an, ungeduldig schließt sie die Tür hinter sich. Bin ich auch mit ihr verheiratet? Zwei Frauen in meinem Leben ist zweifellos eine zu viel, ich bin ja kein Dummkopf.

»Hund, mein Vater hat sich seinen rechten Arm gebrochen, er ist im Suff die Treppe heruntergefallen. Im Krankenhaus haben sie seinen Arm eingegipst. Er hat einen Kater und große Schmerzen.«

»Wie ist es so weit gekommen?«, frage ich bestürzt. »Er ist doch kein Trinker.«

»Sie sagten ihm, er habe in der linken Lunge Krebs. Und dann hat er sich halt aus dem Staube gemacht und eine Kneipe besucht, um sich dort mit seinen Kumpeln hemmungslos zu betrinken. Nach langem Zögern entschloss er sich dann doch, seinen Arzt aufzusuchen, um sich von der Lunge ein Röntgenbild machen zu lassen, und das hat er jetzt davon. Montag geht er zur Lungenspiegelung, nächsten Montag zur Mediastinoskopie und wenn möglich, wird er in der Woche danach operiert. Er war zutiefst schockiert und hat es auf seine Art gefeiert, du musst ihm helfen.« Anna fängt an zu weinen, mein Traum von einem liebevollen Großvater für unser zukünftiges Kind ist aus. Der Tod ist mir die ganze Zeit auf den Fersen.

»Anna, ich habe fünf Krankenbesuche, was bei dem Wetter lange dauern kann. Du sollst mit dem Essen nicht auf mich warten. Das mit deinem Vater kriegen wir schon hin. Vielleicht ist es kein Krebs, sondern hat mit dem Unfall zu tun. Schon damals war da etwas in der linken Lunge. Es kann sein, dass sie vergessen haben, ihn vor der Entlassung zu röntgen. Du weißt, wie sie sparen müssen«, sage ich beruhigend, es ist wichtig, die Hoffnung zu bewahren.

Zweimal musste ich mich freibuddeln, jetzt bin ich endlich im vierten Stock bei meinem Schwiegervater angekommen. Vierschrötig sitzt er in seinem Sessel, auf dem rechten Arm leuchtet im Halbdunkel der weiße Gips.

»Es gibt keine Hoffnung«, sagt er mit einem wilden Blick, haut mit der linken Faust auf die Armlehne und krümmt sich vor Schmerzen. Eine Träne läuft neben der großen krummen Nase über seine Wange. Seine plumpe Hand hebt sich langsam über sein Haupt, als wolle er kapitulieren. »Der Schatten war riesengroß, mit mir ist es aus.«

Schwiegermutter steht verlegen mitten im Raum, sie hat nichts zu sagen, lächelt entschuldigend. Ich bin Arzt und darum darf sie als gewissenhafte Krankenschwester weder die Besinnung verlieren noch eine eigene Meinung haben.

»Kannst du trotz der Schmerzen schlafen?«, frage ich. »Wenn nicht, verpasse ich dir eine Spritze Morphin und du bekommst von mir Tabletten. Aber natürlich nur, wenn du Morphin verträgst.«

Er schüttelt den Kopf, er möchte kein Morphin. Mit Schmerzen kennt er sich aus, er hat sich mit dem Schlachtermesser oft in die Hand geschnitten. Er möchte länger leben, möchte ein Enkelkind, möchte, dass das Leben noch nicht vorbei ist. Der schwere Schlachterkörper sitzt wie erstarrt im Sessel, Tränen tropfen von der krummen Nase, man hört kein Schluchzen. Langsam sinkt die linke Hand auf die Armlehne des alten, verschlissenen Ledersessels am Fenster nieder. Im Licht der Laternen wirbeln Schneeflocken, auf der Straße ist kein Mensch.

»Schwiegervater, es könnte kein Krebs sein, sondern eine Folge deines Verkehrsunfalls. Erinnerst du dich? Da war doch was in deiner linken Lunge. Hat man vor deiner Entlassung eine Röntgenaufnahme vom Thorax gemacht?« Nein, mein Schwiegervater kann sich daran nicht erinnern. Die Station hatte viel zu tun, das Personal war zwar freundlich, aber überfordert, es könnte schiefgegangen sein. Montag werden wir weitersehen. Findet man weder bei der Lungenspiegelung noch bei der Mediastinoskopie Zeichen auf Krebs oder Metastasen, gibt es noch Hoffnung. Haben wir Glück, dreht es sich um Folgen des Verkehrsunfalls und wir können aufatmen. Vielleicht wird er in dem Fall nach der Operation mehr Luft bekommen und weniger husten. Das wäre ein glücklicher Ausgang dieses miesen Vorfalls. Ich versuche es dem alten Schlachter zu erklären. Er hat zwar Schmerzen, einen Kater und wenig Schulbildung, aber er ist gescheit und versteht mich. Wir drücken uns die linke Hand, mit dem Großvater ist es noch nicht ganz aus. Wir trinken eine Tasse schwarzen Teer, den Schwiegermutter Kaffee nennt. Dazu schluckt Schwiegervater zwei Tabletten Paracetamol und achthundert Milligramm Ibuprofen. Leichten Herzens steige ich die Trappe wieder runter. Ich bin mir sicher, dass die Traumatologen Mist gebaut haben.

Unsere große, rote Katze sitzt im Schnee vor der Haustür und wartet auf mich. Sie folgt mir in die Küche zu meinem unter einen Teller gestellten kalten Essen. Ich schnippele für das Tier Stücke vom Kotelett ab, die es schnurrend verschlingt. Anschließend springt der vernachlässigte Kater auf meinen Schoß.

Ich kraule ihn hinter seinen Ohren, vor Wonne bohrt er seine Krallen in meine Schenkel. Lasse erkundigt sich, was mit Annas Vater los ist. Ich erkläre ihm, was mit dem einzigen übrig gebliebenen Opa der Familie Sache ist. Erleichtert verschwindet er auf sein Zimmer, wo es heute nicht muffig riecht, seine Freundin schläft bei ihren Eltern. Mir steht das Putzen der Küche bevor. Erst wenn alles blitzeblank ist und die Tabletts für morgen früh hergerichtet sind, kann ich hinauf zu Anna ins Schlafzimmer.

Meine Ehefrau vermisst mich, kommt im Schlafrock zu mir in die Küche und räumt das Geschirr in den Geschirrspüler. Ich entsorge den Müll, putze den Küchentresen und den Herd. Meine Gattin kocht Tee und bringt Lasse eine Tasse auf sein Zimmer. Endlich sind die drei Morgentabletts hergerichtet. Ich schlüpfe zu meiner Frau in das heiße Badewasser. Wir schlürfen den Tee, Julius balanciert auf der Kante der Badewanne, vorsichtig tupft er eine Pfote ins Wasser. Beim Kontakt mit dem nassen Element schüttelt er sich vor Unbehagen und verliert das Gleichgewicht. Blitzschnell rettet Anna ihn mit der Hand davor, ins Wasser zu stürzen. Wir können wieder lachen und küssen einander. Meine Hand streichelt ihre Möse, ihre Hand meinen Phallus, bis er steht, bis ich an den Neger denke, der sie zu einem spritzenden Orgasmus zwang, was mir nie gelungen ist. Eiligst steigen wir aus dem Bad. Die brennende Eifersucht zwischen meinen Beinen hat sich in einen Pfahl verwandelt, der in die Hure will. Atemlos reiben wir uns in den Handtüchern trocken, ich beiße in ihre Brust, ihre roten Klauen haben sich an meine Hoden gekrallt. Im Bett halten ihre Arme und Beine mich fest, ihr Unterleib strebt mir bei jedem Stoß entgegen. Schmatzend das Crescendo, mein Samen fließt in die heulende Hure, die Mutter meines zukünftigen Kindes. Der Opa soll sich unterstehen zu sterben, erst muss er seine Pflicht tun, sich brav um sein zukünftiges Enkelkind kümmern.

Freitagabend habe ich bei der jährlichen Weihnachtsfeier mit meinen Kollegen verbracht. Die Feier fand in einem neuen Restaurant in der Strandgade auf Christianhavn statt. Vom Restaurant hatte man eine schöne Aussicht über den Hafen von Kopenhagen, es war auch das einzig Schöne. Das Essen war ungenießbar, jeder Gang war ein kleiner Klacks, dessen Herkunft man nicht erschmecken konnte. Satt wurde ich nicht und der Brei in meinem Mund war fettig und salzig. Die Kollegen behaupteten, dass das Restaurant exklusiv sei. Aber ich hatte Hunger, mir war übel, die Preise waren unangemessen hoch. Darum verlangte ich vom Personal, dass sie mir den Chefkoch brächten, damit ich ihn auf dem Tisch kastrieren könnte. Keiner tat mir den Gefallen, weshalb ich das Lokal früh verließ. Um dreiundzwanzig Uhr war ich wieder zu Hause. Ich schmierte mir zwei Käsebrote und trank dazu ein Glas entrahmte Milch. Keine exklusive Mahlzeit, aber es schmeckte und ich wurde satt. Kaum lag ich im weichen Bett, kam Anna von ihrer Weihnachtsfeier in der Versicherungsgesellschaft nach Hause. Ich hätte ihr gefehlt und wir hätten noch Hausaufgaben zu erledigen. Wäsche trug sie nicht unter ihrem Kleid, das von ihren Schultern bis auf den Boden herabfiel. Nackt stand sie in hohen Absätzen und angeschwollener Fotze vor mir.

»Hund, ein Kollege tanzte eng mit mir. Ich war fast nackt, was ihm sehr gefallen hat«, sagte sie. »Er hatte einen schönen Ständer, den er, als wir uns in einem Kontor geküsst haben, in mich reinjagen wollte. Es gelang ihm fast, aber dann habe ich mich gewehrt, das Kind will ich von dir. Drinnen war er schon, aber hoffentlich ist nichts passiert.« Ich habe die kleine Nute gegriffen und versucht, sie mit Gewalt zu nehmen, was nicht möglich war. Das Weib war zu willig, sie konnte mich gar nicht schnell genug in sich haben.

Von selbst erzählt Schwiegermutter nichts, sie ist zu bescheiden, glaubt nicht, dass das Geschick ihres Mannes jemanden interessiere. Darum ruft Anna sie jeden Tag an, um Neues über Schwiegervater zu erfahren. Bei der Lungenspiegelung fanden die Ärzte keinen Krebs, bei der Mediastinoskopie keine Metastasen. Heute wird er operiert und Schwiegermutter hat versprochen, uns anzurufen, sobald die Operation überstanden ist. Die Zeit vergeht und sie hätte längst anrufen sollen. Die Menstruation meiner Ehefrau ist verspätet, hoffentlich wurde sie nicht mit dem Mann bei der Weihnachtsfete schwanger. Wie es ihrem Vater geht, kann sie nicht erfahren, weil ihre Mutter im Krankenhaus ist, wir sie darum nicht erreichen können. Es ist spät, ich bin aus der Klinik heimgekehrt. Hand in Hand sitzen wir wie gelähmt auf dem Sofa, mein Sohn isst heute bei seiner Freundin. Endlich klingelt das Telefon, Schwiegermutter wartet immer noch auf den Abschluss der Operation. Es gab Komplikationen, welche, das wisse sie nicht. Wir gehen in die Küche, essen ein paar Käsebrote, dazu zur Beruhigung ein Glas Rotwein. Wieder das Klingeln des Apparates, Lasse will Neues über den alten Schlachter erfahren, wir können ihm nichts berichten. Kaum ist der Hörer aufgelegt, ertönt wieder das schrille Klingeln, Schwiegermutter ist am Apparat. Schwiegervater wurde von der OP in die Intensivabteilung verlegt, man habe keinen Krebs gefunden. In seiner linken Pleurahöhle haben die Chirurgen seine Milz lokalisiert, die bei dem Unfall durch einen Riss im Zwerchfell aus der Bauchhöhle dorthin gerutscht war. Die Thoraxchirurgen mussten die Abdominalchirurgen zur Hilfe rufen. Man habe den Schnitt verlängern müssen, um die Milz in der Bauchhöhle zu befestigen und das Zwerchfell zu nähen. Aber es gehe ihm gut, er sei stabil, er werde genesen. Morgen könnten wir ihn besuchen, in ein paar Tagen sei er wahrscheinlich aus dem Beatmungsgerät heraus.

»Anna, du hast einen roten Fleck in deiner Hose. Hast du deine Tage bekommen?«, frage ich erleichtert, denn ihr Kollege bei der Weihnachtsfeier wird nicht der Vater unseres Kindes werden!

»Scheiße, Hund, diesmal kein Kind.« Heute ist es nicht nötig, zu ficken, sie kann nicht schwanger werden. Aber wir tun es trotzdem, wir brauchen die Wut, den Tod, die Nähe, eng umschlungen schlafen wir ein.

Heiligabend besuchen wir um sechzehn Uhr Schwiegervater auf der Station. Die Intensivabteilung hat er vor zwei Tagen verlassen, jetzt sitzt er in guter Laune in einem Lehnstuhl neben seinem Bett. Sein Nachbar ist Araber, man könnte glauben, man sei in einem orientalischen Basar. Es wird geredet und gefeilscht, ein Mann im Fez hat einen Teppich mitgebracht, den er scheinbar verkaufen möchte. Eine korpulente Frau in Hidschab und Abaya zetert über den Preis, Schwiegervater freut sich sichtlich über das Treiben. In seiner Jugend hat er Pferde und Vieh zum Schlachten auf dem Markt gekauft. Eine Krankenschwester kommt, vom Lärm angezogen, herein. Sie sagt, wir seien in einem Krankenhaus, wo Ruhe herrschen sollte. Wer das nicht akzeptieren könne, müsse sofort die Station verlassen. Die Korpulente rollt mit den Augen, verabschiedet sich und watschelt beleidigt aus der Krankenstube, zwei hübsche dunkeläugige Töchter folgen ihr. Wir können uns endlich in Ruhe nach dem Wohlbefinden von Annas Vater erkundigen.

Das Atmen falle ihm leichter, er huste weniger, doch Schwiegervater ist zufrieden. Wegen des Verlaufes der Behandlung will er keine Beschwerde einreichen. Ein jeder mache Fehler.

Besonders wenn man so überfordert sei, wie die Angestellten im Krankenhaus. Ein Wunder, dass überhaupt jemand unter diesen Umständen überlebe, und lächeln tue das Personal trotzdem. Schwiegermutter bleibt auf der Station, um mit ihrem Mann den Heiligabend zu verbringen. Später wird gesungen und es werden Geschenke ausgepackt, auf dem Flur steht ein Tannenbaum aus Plastik, von der Decke hängen Engel und bunte Kugeln. Wir fahren zu meiner Ex auf Granhøjen, wo wir dieses Jahr ohne Lasse Heiligabend feiern werden. Mein Herr Sohn ist bei seinen Schwiegereltern eingeladen. Die Mutter seiner Freundin ist aus Afrika zurückgekehrt, manifestiert darum ihre weibliche Macht, sie will über ihre Familie herrschen.

Die Genesung meines Schwiegervaters ist planmäßig verlaufen, morgen, am ersten Februar, wird meine Ehefrau ihre neue Stellung im Verbraucherschutz antreten. Kurz vor Mitternacht rief Lea uns gestern an, Alexandra habe im Laufe des Abends Johann einen gesunden Sohn geboren. Sie wäre fast zu spät ins Krankenhaus gekommen. Bei der Ankunft in der Entbindungsstation habe sie sich vollständig erweitert gehabt. Im Taxi schaffte sie es mit der Hilfe ihres Mannes, das Bedürfnis zu pressen mit schnellem Atmen zu unterdrücken. Aber alles sei glattgegangen, sie habe sich keine Geburtsverletzungen zugezogen. Wenn wir möchten, könnten wir sie übermorgen im Reichskrankenhaus besuchen. Wir überlegten kurz, wurden uns dann mit Lea einig, die neugebackene Mutter nicht zu besuchen, weil es ihrem Mann kaum gefallen würde.

»Andreas, ich verstehe es nicht«, sagt Anna und fasst sich an ihrem Unterleib. »Kirsten wurde sofort mit dir schwanger, aber bei mir passiert nichts. Hoffentlich ist mit mir alles in Ordnung.«

»Anna, bei ihr ging es ungewöhnlich schnell, mit meiner Ex dauerte es beide Male drei bis vier Monate. Du bist jung und zeugungsfähig, mach dir keine Sorgen. Mir gefällt es, dich zu schwängern. Darum darf es gerne eine Weile dauern, bevor es mir gelingt. Deinem neuen Arbeitgeber würde es kaum gefallen, wenn du gleich am ersten Arbeitstag schwanger wärest.«

Der Verbraucherschutz liegt direkt an der Station Vesterport, weshalb Anna keinen Bedarf für ein eigenes Auto hat. Trotzdem empfehle ich ihr, den Führerschein zu machen. Man kann nie wissen, was die Zukunft bringt, plötzlich könnte ihr ein Führerschein fehlen. Sie wird es sich überlegen. Ihr gefällt es zu radeln, weil es gut für ihre Figur ist, andererseits wäre es mit einem Kleinkind günstig, über ein eigenes Auto zu verfügen.

In drei Tagen, am achten April, hat Kirsten ihren Geburtstermin, meine Gattin ist immer noch nicht schwanger. Dagegen hat Lea uns vor einem Monat angekündigt, dass sie in knapp acht Monaten ein Kind erwarte. Das Bedürfnis der Freundinnen meiner Ehefrau, sich schwängern zu lassen, scheint die Ausmaße einer Epidemie zu erreichen. Annas Chefin fragte sie, ob sie ein Kind erwarte, was sie entrüstet abstritt. Jetzt ist ihre Probezeit vorbei, ab dem ersten April ist sie fest angestellt. Fragen der Ministerin hat sie schon beantworten dürfen, was sie sehr aufregend fand. Ihre Chefin hatte nur wenig an Annas Stellungnahme zu beanstanden und die Ministerin hat es darauf dem Folketing als ihr eigenes vorgelegt. Am nächsten Tag wurde es in der Presse referiert. Aber nichts hilft, der Wunsch, schwanger zu werden, ist bei meiner Gattin zum Wahn geworden, er hat ihr den beruflichen Erfolg verdorben. Sie fragt sich, ob sie nicht bald zu ihrer Gynäkologin gehen sollte, um ihre Fruchtbarkeit untersuchen zu lassen. Ich habe ihr erklärt, sie soll abwarten, da so etwas in Dänemark erst nach einem Jahr vergeblichem Versuchens fällig sei. Meine Krankenschwester unterbricht mein Grübeln, ein Arne sei am Telefon. Angeblich ein Freund von mir, der mir etwas Wichtiges mitzuteilen habe.

»Guten Tag, Arne, ist es so weit? Hat deine Frau dir einen Sohn geboren?«, frage ich aufgeregt. Ein wenig ist es ja auch mein Kind. Ich bin zwar nur der Samenspender, aber mir ist Kirsten lieb. Ohne eine Frau zu lieben, kann ich sie nicht ficken. Damals in Griechenland habe ich sie sehr oft gefickt, ein wenig werde ich sie immer lieben.

»Andreas, wir sind soeben in der Entbindungsstation angekommen. Im Moment untersuchen der Arzt und die Hebamme sie. Sie meinen, es werden noch etliche Stunden bis zur Geburt vergehen. Die Eröffnungsphase ist noch nicht überstanden, sie hat sich nur drei Zentimeter geöffnet. Es geht ihr gut und wahrscheinlich wird sie nach Mitternacht gebären. Wenn du willst, darfst du an der Geburt teilnehmen.«

»Arne, es ist euer Kind und die Geburt gehört allein euch beiden. Da will ich nicht stören. Aber es würde Anna und mich freuen, wenn du uns anrufst und erzählst, wie es euch ergangen ist. Aber bitte erst, nachdem ihr beiden das Erlebnis geteilt habt, der Augenblick der Entbindung und die ersten Stunden danach gehören euch.«

»Klar werde ich dich anrufen, bis später.« Er legt auf, ich werde nur Pate seines Sohnes sein, etwas anderes wäre auch nicht möglich. Meine Frau zu schwängern wird mir bald gelingen und dann werde ich nach der Geburt unseres Kindes Tag und Nacht zu tun haben. Hoffentlich wird es Anna nicht verletzen, dass Kirsten ein Kind von mir gebärt, während sie vergebens versucht, mit mir schwanger zu werden. Im Mai sind wir von Lene zur Taufe von Alexandras und Johanns Kind eingeladen. Trägt meine Ehefrau an dem Tag unser Kind unter ihrem Herzen, wird es ihr nichts ausmachen, daran teilzunehmen. Es ist mir unverständlich, sie müsste schon schwanger sein, bei den anderen ging es mir immer zu schnell. Sobald sie schwanger waren, fingen sie an, sich ein Nest zu bauen. Sie redeten ununterbrochen von Babys, dachten nur an die Einrichtung des Kinderzimmers, den Einkauf von Pampers und Baby-Utensilien. Am Anfang wurde ihnen übel und dann wurden sie schläfrig, pinkeln mussten sie ununterbrochen und dass ich sie geil fand, war ihnen unverständlich, halt eine Folge meiner männlichen Primitivität. Das Weinen fiel ihnen leicht, weil Frauen beim ersten Kind erwachsen werden und darum seelisch durcheinander sind. Mutter zu werden bedeutete ihrer Ansicht nach, Zutritt zu einem Heiligtum zu erhalten, zu dem ich als Mann keinen Zugang hätte. Im zweiten Drittel waren sie wieder ein wenig geil, aber im letzten fühlten sie sich wie ein Nilpferd, das sexuelle Begehren wurde ihnen fremd. Nur mit Alexandra lief es anders, sie war während ihrer Schwangerschaft sexuell erregt, wollte mit vielen Männern ficken, worunter Johann litt. Dass sie es so aufregend fand, mit mir zu ficken, hat ihn am meisten attackiert. Lene wird wiederum Ärger mit ihrem Sohn bekommen, weil sie mich zur Taufe seines Kindes eingeladen hat. Dass Anna eingeladen ist, passt ihm sicher, denn die möchte er sehr gerne schwängern. Fakt ist, er ist nun mal ein Sultan, möchte alle Weiber der Welt nur für sich, ein langweiliger Typ. Wären alle Männer wie er, würden die Frauen in Fett eingepackt vergammeln. Aber die zahlreichen fetten Hintern der verheirateten Mütter lassen vermuten, dass viele Ehemänner so wie er sind. Die Zeit der Jagd ist vorbei, Sex mit dem eigenen Mann ist langweilig, mit dem spannenden Fremden nicht möglich, weswegen Sachertorte Sache ist.

Die Betonklötze des Hillerøder Krankenhauses ragen vor uns in den Himmel. Zwei winzige Menschen, die die Namen Anna und Andreas tragen, steigen aus dem Auto, wir sind auf dem

Weg zu Kirsten. Die Augen meiner Ehefrau strahlen, sie klammert sich an meinen Arm, das Zeichen meiner Fruchtbarkeit erwartet sie, ein kleiner Sohn.

»Meine Tage kamen, bevor ich mit der Pille anfing, immer unregelmäßig«, sagt sie. »Vielleicht werde ich deswegen nicht schwanger.« Ich küsse die kleine Teufelin, ihre schlanke Gestalt mit dem runden Po drückt sich an mich. Jetzt, da sie die Pille nicht mehr schluckt, hat sie ein wenig Akne und sie entfernt neuerdings mit einer Pinzette einzelne kräftige Haare aus ihrem Gesicht.

»Anna, du könntest zu viele männliche Hormone im Blut haben. Das nennt man polyzystisches Ovariensyndrom. Aber wenn du es hast, dann eben nur in einer schwachen Ausgabe, da du schlank bist und wir jeden Tag sieben Kilometer joggen. Beide Umstände mildern oder heilen das Syndrom. Wir machen einfach weiter wie bisher und warten ab. Zwar haben wir schon die hundertsechs Male Geschlechtsverkehr erfüllt, die laut englischer Forschung im Durchschnitt reichen müssten, um eine Frau zu schwängern. Aber das ist halt nur im Schnitt genommen. Machen wir weiter wie bisher, wird es uns gelingen, ein gesundes Kind zu zeugen.«

Wir gehen durch weiß bemalte Korridore, wie sie in Krankenhäusern üblich sind. Genau wie früher kommt es mir auch jetzt vor, durch die Unterwelt zu wandern. Weiße Gestalten geistern an mir vorbei, nur die Rothaarige neben mir mit den schönen, blauen Augen kommt mir echt vor. Kirsten und Arne stehen mit ihrem Baby am Fenster, damit der Kleine die ersten Blicke in die weite Welt werfen kann, was natürlich Unsinn ist. Ein Baby sieht nur auf etwa dreißig Zentimeter Abstand scharf, der Rest ist verschwommen. Kirsten reicht meiner Ehefrau ihren Neugeborenen, dem meine rührselige Gattin einen Kuss auf die Stirn drückt. Verklärt setzt sie sich mit ihm in einem Stuhl.

Sanft wiegt sie den Kleinen, summt ihm leise ein Lied vor. Sein Vater und ich klopfen uns auf die Schultern, das haben wir gut gemacht, sind wahre Kerle. Als Patin hat meine Gattin für den Säugling zwei Babystrampler gekauft und eine Bilderbibel für Kinder. Kirsten fragt Anna nicht, ob sie schwanger sei. Sie ist ein rücksichtsvoller Mensch, der Anna gern hat, sie nicht verletzen möchte. Lachend zeigt sie ihr, wie erweitert ihr Bauchfell ist, warum Bikini und Sex noch warten müssen. Ihr fehlen nur noch drei Kilo, die sie sicher in den nächsten Tagen erreichen wird, aber ihre Jeans kann sie trotzdem nicht schließen. Als sie sich heute Morgen anzog, habe sie, wie es bei den meisten Frauen zwei bis drei Tage nach der Geburt üblich sei, geweint.

Der Junge ist auf Annas Schoß eingeschlafen, es ist das erste Mal seit seiner Geburt, dass er Ruhe gibt. Er wurde hungrig geboren, aber in den ersten zwei Tagen floss kaum Milch aus der Brust seiner Mutter. Ununterbrochen hat er gestillt werden wollen, wenn er nicht vor Wut und Hunger schrie, weil die Milch so spärlich floss. Darum hat Kirsten kaum schlafen können. Jetzt ist der Milcheinschuss da, der Bauch des Kleinen ist prall, endlich gibt er Ruhe. Nur sind jetzt Kirstens Brustwarzen wund, weswegen sie beim Stillen Schmerzen hat. Anna hört ihren Beschwerden kaum zu, sondern lächelt glücklich und betrachtet mit strahlenden Augen das kleine Wunder auf ihrem Schoß.

»Anna, du kannst ihn haben. Wenn nicht, werfe ich ihn halt aus dem Fenster. Echt, ich bin kaputt, ohne Schlaf werde ich wahnsinnig«, sagt Kirsten lachend, aber man sieht ihr an, dass sie es ernst meint. Sie hat dunkle Ränder unter den Augen und tiefe Furchen im Gesicht. Es bullert in der Windel des Babys, meine Ehefrau hat von Windeln keine Ahnung. Der Kleine wird unruhig, wacht auf, ängstlich reicht meine verschreckte Gattin den Neugeborenen seiner erschöpften Mutter, die sich zum Windelwechseln davonschleppt. Anna eilt hinterher, weil sie schnellstens lernen möchte, wie man ihn wechselt, wie man einen Babypopöchen mit Creme einschmiert und wie man stillt. Da bin ich zwar der Fachmann, habe außer Stillen alles schon tausende Male gemacht, aber zu mir hat sie kein Vertrauen, ich bin ja nur ein Mann. Kirsten kehrt grinsend mit dem kleinen Burschen auf dem Arm zurück, sie sieht bedeutend besser gelaunt aus. Anna lächelt verlegen, der kleine Mann hat ihr beim Wechseln der Windeln ins Gesicht gepinkelt. Sie ist ernüchtert, das Wunder ist kein Wunder mehr, sondern ein richtiger Mensch, auf den man böse sein kann. Die erschöpfte Mutter wird ihr Baby heute ganz sicher nicht los. Aber wir werden die Ruhe, die uns verbleibt, bis meine Ehefrau schwanger wird, besser genießen können.

Kinder sind angeblich ein Segen, mein Sohn und seine Freundin machen sich in Unterwäsche in der Küche breit. Sie riechen vergammelt, nach Schweiß und von blühend weißer Unterwäsche kann man auch nicht reden. Dagegen reden die beiden von Umweltverschmutzung und Ökologie. Lasse hat sich zu einem Biologiestudium entschlossen, damit er die Welt vor dem Untergang retten kann. Kurzfristig wäre es mir aber lieber, wenn die beiden in die Badewanne steigen würden und sich danach reine Wäsche anzögen, damit sie meine Nase retten. Sagen tue ich nichts, der Streit wäre vergebens und Anna und ich haben es außerdem eilig. Um dreizehn Uhr sind wir in der Kirche von Hellerup zur Taufe von Alexandras Kind eingeladen.

Vor der Kirche im Margrethevej sieben hat sich eine bunte Gesellschaft versammelt. Hippiegewänder, Pferdeschwänze, Smokings und Haute-Couture-Kleider, die letzten Hippies gegen die letzten Kapitalisten, die Geschichte scheint noch nicht an ihrem Ende angekommen zu sein, in Hellerup hält sie nur den Atem an. Wir begrüßen Lene, die gar nicht gut aussieht. Meine Ehefrau bekommt von mir die Aufgabe, sich nach ihrer Gesundheit zu erkundigen. Anna trägt heute ihre schwarze Spitzenbluse und dazu einen seidenen, kurzen roten Rock von Guerlain, dazu wie immer Spitzenunterwäsche von La Perla. Sie sieht blühend und sexy aus. Die Sonne scheint, die Vögel singen, alle sollten glücklich sein, aber Johann macht einen verdammt unfreundlichen Eindruck. Meine ausgestreckte Hand sieht er nicht, aber meine Frau knutscht er hemmungslos und will sie gar nicht wieder loslassen. Sie blickt mich verzweifelt an, ich eile ihr zur Hilfe, klopfe dem geilen Sultan auf die Schulter. Notgedrungen begrüßt er mich, sodass sie ihm entwischen kann. Sie flüchtet zu Alexandra, die mit dem Baby auf dem Arm im Kreise ihrer Hippiefamilie steht. Sie möchte scheinbar etwas mit Anna bereden, stellt sich mit ihr abseits. Die beiden tuscheln miteinander, bis Lene ihnen signalisiert, dass es mit der Taufe in der Kirche losgehe.

Entsprechend der Tradition brüllt das Baby während des heiligen Gefasels. Verzweifelt wiegt die Mutter ihr Kind und endlich herrscht Ruhe. Darauf gießt die emsige Priesterin Wasser über den Kopf des geplagten Buben und das Brüllen beginnt von Neuen. Kaum ist der Name des Knaben verkündigt, stürzt die verzweifelte Mutti mit ihm aus der Kirche, lässt die Pastorin mit ihrem Segen stehen. Meine Gattin flüstert mir zu, dass Alexandra mit mir reden will, sie meinen ärztlichen Rat dringend benötige. Anna steht auf, zieht mich an der Hand aus der vollen Kirche, wobei mich die Leute beim Gehen verwundert anglotzen. Draußen erwartet mich die neugebackene Mutter, sie bittet meine Frau um Erlaubnis, mit mir alleine im Wagen mit Privatchauffeur in die Hambros Allee fahren zu dürfen. Sie stimmt schweren Herzens zu, flüstert mir ins Ohr, dass Lene sie vor Johann beschützen werde.

Es zeigt sich, dass Alexandra nach der Geburt an Stressinkontinenz leidet, beim Husten, Lachen oder bei sonstigen Anstrengungen in die Hose pinkelt. Das komme ihr ekelhaft vor und hat ihr die sexuelle Lust geraubt. Ihr Ehemann habe ihr mit der Scheidung gedroht, wenn sie nicht bald genese. Ihre Ärztin habe ihr Beckenbodentraining empfohlen, weswegen sie in der nächsten Woche bei einer Physiotherapeutin einen Termin habe. Ich überlege kurz, halte dann meinen Vortrag für neugebackene Mütter: »Alexandra, wenn du fleißig deinen Beckenboden trainierst, wird die Stressinkontinenz wahrscheinlich ein Jahr nach der Geburt verschwunden sein. Schwieriger ist es mit dem Sexuellen. Viele Paare klagen nach einer Geburt jahrelang über fehlende sexuelle Lust, besonders die Frauen. Es kommt sogar häufig vor, dass sie nach einer Geburt ihr sexuelles Verlangen nach ihrem Mann für immer verlieren. Darum wechseln manche nach jeder Niederkunft ihren Ehemann gegen einen neuen aus. Bei den meisten wird es, besonders wenn man ein wenig nachhilft, nach einer Weile besser. Aber das erste Jahr nach einer Entbindung herrscht bei fast allen Paaren sexuelle Flaute.«

Sie sieht mich mit großen Augen an, die Luft zwischen uns knistert, endlich raunt sie: »Andreas, ich möchte sofort mit dir ficken. Mein Unterhöschen ist durchnässt und das nicht von Urin.«

Geschockt sitze ich erst wie erstarrt dar, reiße mich endlich zusammen und sage verstört: »Sehr schmeichelhaft, Alexandra, aber das geht im Moment nicht. Anna will ein Kind von mir. Sobald sie schwanger ist, werde ich dich ficken, bis du um Gnade bittest. Aber bis dahin werde ich monogam verbleiben. Dafür hast du sicher Verständnis. Unter den gegebenen Umständen würde sie sich vernachlässigt fühlen.«

Es fällt mir schwer, Alexandras Angebot abzulehnen. Der Geruch und der Anblick von Frauen, die stillen, erregen mich,

ich finde sie ungemein geil. Aber ich liebe meine zärtliche, kluge Anna, die sich um die Katze, die Kinder und um mich kümmert. Sie ist eine Königin der Nacht, die nachts ihr rotes Haar wie Flügel ausbreitet und auf den Flammen der Erotik reitet. Aber sie ist vom Verlangen nach einem Kind eingefangen und ich kann sie nicht im Muttergefängnis sitzen lassen. Ich werde ihr zur Seite stehen, den Bann der Mutter Natur brechen, sie aus dem Joch, nur Mutti sein zu wollen, befreien.

Auf der breiten Hambros Allee liegt die Herrschaftsvilla, einem Wehrturm gegen alle Leiden der Welt gleich. Die zurückgeschnittenen Linden stehen auf beiden Seiten der Allee in ihrer grünen Frühjahrsuniform und wachen über das Glück der Reichen, am Ende im Sonnenlicht liegt der graublaue Öresund. Ich helfe Alexandra aus dem Rolls-Royce, bewundere ihre prallen, blau geäderten Brüste im tiefen Ausschnitt. Ich nehme ihr das Kind ab, das erschöpft nach den Erlebnissen in der Kirche in meinen Armen weiterschläft. Auf der breiten Treppe steht wartend in der Sonne ein Kindermädchen, um mir das Baby abzunehmen. Seite an Seite treten die neugebackene Mutter und ich ins Haus, wo es die Dienerschaft mit den letzten Vorbereitungen eilig hat, weswegen uns keiner bemerkt. Alexandra führt mich in den ersten Stock, in einen menschenleeren Salon, dort drückt sie sich an mich, zieht meine Hand unter ihren Slip. Mein Ständer möchte in ihre angeschwollene Fotze, ich möchte ihre Kleider von ihren vollen Brüsten reißen, aber ich sehe vor meinem geistigen Auge Annas traurige Augen. Ich schüttele den Kopf, sage bedauernd: »Ein anderes Mal. Im Moment fordert meine Gattin meine ganze Aufmerksamkeit, damit unser Verhältnis die Forderungen der Mutterschaft überlebt.«

»Du bist echt ein Trottel«, sagt die Verschmähte, kneift ihre Augen feindlich zusammen. »Ein anderes Mal wird es kaum geben.« Sie wendet sich ab, lässt mich im Salon stehen. Das habe ich nun davon. Man soll abgewiesene Frauen fürchten. Irgendwann, wenn ich es am wenigsten erwarte, wird sie sich an mir rächen. Vorsorglich werde ich sie darum im rechten Moment überlisten, ficken, bis sie schreit, werde mein Glied tief in alle ihre Öffnungen stoßen, werde ihre Wut in Zuneigung verwandeln.

Trübsinnig setze ich mich ans Fenster, beobachte die kreischenden Möwen hoch oben am blauen Himmel. Die kämpfen wie ich in einer feindlichen Umwelt um ihr Leben. Von unten in der Halle tönen die Stimmen der Gäste herauf, am Ende der Treppe zum ersten Stock steht Johann mit meiner Ehefrau. Er fasst sie an, redet auf sie ein, legt einen Arm um ihre Wespentaille und versucht, die Wiederstrebende die Treppe hinauf zu entführen.
»Hallo Johann«, sage ich, während ich die Treppe hinuntersteige.
»Echt nett von dir, dass du dich meiner Frau annimmst. Aber sei mir nicht böse, ich habe etwas mit ihr zu besprechen. Du wirst sie eine Weile entbehren müssen.« Sie befreit sich aus seinen Armen, läuft mir die Treppe hinauf entgegen, wirft sich an meine Brust. Eng umschlungen bleiben wir stehen, bis der eitle Sultan an uns vorbei in den ersten Stock gestiegen ist.

»Er hat mich belästigt«, schluchzt Anna. »Im Øregård Park hat er seine Hand tief in meine Möse hineingeschoben. Kaum in der Hambros Allee angekommen, wollte er mich in den ersten Stock schleppen, um mich ranzunehmen. Ich will mit dir ein Kind, nicht mit ihm.«
Ich führe meine Ehefrau die Treppe hoch in den menschenleeren Salon, wo wir uns ans Fenster setzen. Sie sitzt zitternd auf meinem Schoß, beide Arme habe ich beschützend um sie gelegt. Von Alexandras Verlangen, mit mir zu ficken, erzähle ich ihr nicht, das würde sie vollständig durcheinanderbringen.
»Da oben, die Möwen«, sage ich, »die kämpfen auch um

ihr Leben. Nach einer Geburt ist im Geschlechtsleben und in der Liebe oft Flaute. Von einem Tag auf den nächsten ist man in eine Dreiecksbeziehung verwickelt. Alexandra und Johann durchleben gerade eine Krise in ihrer Beziehung, sind darum halt nicht richtig im Kopf. Wir beiden haben immer mit Kindern gelebt, wir sind daran gewöhnt. Wir haben echt Glück, uns wird das nicht passieren. Lasse hat mit seiner Susie jetzt sein eigenes Leben und seit Marie Backfisch ist, übernachtet sie nicht mehr so oft bei uns. Wir haben das Schlimmste überstanden, haben es jetzt leichter als am Anfang. Für uns wird ein Baby kein so großer Umstand sein.«

Annas Körper zittert nicht mehr, sie drückt mir einen Kuss auf die Lippen. »Ich liebe dich«, flüstert sie, zieht sich ihre schwarze Fogal-Spitzenunterwäsche vom Oberkörper, reicht mir ihren String von La Perla. Aus ihren Augen das eisblaue Licht, sie löst ihre Haare, die feurigen Wellen der roten Haare verbergen ihre nackten Brüste. Im Flur streiten sich Alexandra und Johann, wir gehen an ihnen vorbei. Mein Weib trägt ihren roten, seidenen Rock von Guerlain in der rechten Hand. Ich folge den Pobacken, die verlockend wippend auf langen Beinen und hohen Absätzen vor mir in Lenes Schlafzimmer gehen, das vor Jahren der Tatort von Orgien war. Sorgfältig verschließe ich die Tür, betrachte die Fotze zwischen den breiten Beinen, in der sich kreisend ihre Finger bewegen, bis ihr Körper sich vor Orgasmen zusammenkrampft. Ich besteige die Hure, um meinen Samen in sie zu säen.

Der Flur ist leer, wir finden ein Badezimmer und machen uns zurecht. Anna schminkt ihre Lippen blutrot, drapiert ihre Haare als Knoten auf dem Kopf. Ich stecke mein Hemd in die Hose und hänge mir meine Krawatte um den Hals, wir können zu Tisch. Aus dem Esszimmer ein Brausen von Stimmen und das Geklapper von Besteck. Die Dienerschaft eilt mit Speisen und Getränken hin und her, wir setzen uns auf die leeren Plätze. Lea zwinkert mir zu, auf einmal herrscht Todesstille. Plötzlich wieder Geklapper des Bestecks, dann erklingt ein aufgeregtes Geschnatter, Johann starrt mich immer noch feindlich an. Ich schmunzele, mache ihm einen Kussmund, so verschafft man sich halt Feinde. Ich bin echt ein Mistvieh, aber ich genieße es in vollen Zügen, Anna strahlt, wie nur frischgefickte Frauen strahlen.

Lea ist schwanger und ihr wird schlecht. Ich winke Hans herbei, damit er seine Frau auf die Toilette begleitet und ihr beim Erbrechen die Stirn hält. Er ist der Verbrecher, weil er sie geschwängert hat. Es ist halt seine Pflicht, nach ihr das WC und den Fußboden zu reinigen, ihr die Kotze vom Mundwinkel zu wischen. Und dann muss er ihr sagen, dass sie die schönste Frau der Welt sei, er noch nie eine so wunderbare Kotze gesehen habe. Sie wird ihn glücklich anlächeln und für diese edle Tat für immer lieben. Vielleicht werden sie nachher in Lenes Schlafzimmer gehen, um dort in unserem warmen Nest Geschlechtsverkehr zu haben? Die Geschwister Lea und Johann waren seit ihrer Geburt Gegner, darum werden Lea und Anna für immer Freundinnen sein und Hans unser Verbündeter.

Meine Ehefrau sitzt auf einem Sofa und streichelt Lenes Hand. Als diese Annas zukünftige Schwiegermutter war, waren die beiden nie so eng. Sie sieht schlecht aus, ich nehme meine Kaffeetasse und setze mich zu ihnen. Schweigend sitzen wir drei nebeneinander, von Lene strömt der Geruch des chronisch Kranken herüber. Endlich fragt Anna: »Darf ich es Andreas erzählen?« Gequält nickt sie, eine Träne läuft ihr über die Wange, die sie eilig mit der Hand wegwischt. Anna sagt nichts, streichelt weiter ihre Hand. Um uns herum das fröhliche Tratschen der Gäste, wie man das bei einem frohen Anlass, wie eine Taufe es sein sollte, erwarten kann. Durch die offenen Fenster tönt der geile Frühjahrsgesang der Vögel. In meiner Nase der Geruch von Blumen, Erde, Meer und Tod. Im Garten leuchten bunt die Farben vieler Tulpen, schneeweiß strahlen die Blüten der Kirschen.

»Ich habe Krebs«, flüstert sie. »Die Ärzte wollen operieren, aber es gibt schon Metastasen. Mit mir ist es vorbei. Ich habe mich bei euch und meiner Tochter zu bedanken. Die sieben Jahre, in denen ich an eurer Welt teilgenommen habe, waren die besten meines Lebens. Nie waren mein Mann Georg und ich glücklicher. Ich kann in Ruhe sterben, bin mit meinen sechzig Jahren sowieso zu alt für Orgien.«

»Wo sitzt der Krebs?«, frage ich törichter Arzt. Es hat zwar keinen Sinn, vorbei ist vorbei, aber ich will es wissen.

»Andreas, er ist in den Gallenwegen lokalisiert. Man wird mich in der kommenden Woche operieren, um den Ablauf der Galle zu sichern. Das wird meinen Tod verzögern und es wird mir eine Weile besser gehen. Wie lange, kann keiner sagen, aber uralt werde ich nicht. Nur mein Mann weiß, was läuft. Ihr dürft keinem etwas davon sagen. Ich habe bis morgen aufgeschoben, es meinen Kindern zu erzählen, um ihnen die Taufe nicht zu verderben.« Im Licht des Fensters erkenne ich die schwache Gelbfärbung des Weiß in ihren Augen, sie hat Gelbsucht. Das erklärt, warum sie so fahl aussieht und keinen Appetit hat. Während der Mahlzeit hat sie kaum etwas gegessen und Kaffee mag sie auch nicht.

Uns hat Lenes Leiden die Taufe verdorben. Wir sitzen in einer Ecke eng beieinander, möchten am frohen Treiben nicht teilnehmen. Lenes schwangerer Tochter Lea war so übel und schwindelig zumute, dass sie mit Hans vorzeitig die Taufe verlassen hat. Das junge Paar wohnt nicht weit von hier in Ordrup in einer teuren Villa. Er studiert Rechtswissenschaft und ist darum ein armer Schlucker. Dagegen hat sie Vermögen und bei der dänischen Carlsberg-Brauerei eine gut bezahlte Stellung, weswegen sie die Zeche bezahlt. Verdrossen tun wir es den beiden gleich. Wir verabschieden uns vorzeitig, weil uns elend zumute ist. Wir wechseln die Schuhe, in Sneakers gehen wir den Strandweg entlang. Beim Charlottenlund Fort überqueren wir die Straße und wandern auf einem schmalen Pfad durch den frühjahrsgrünen Wald bis zum Bregnegårdsvej dreizehn. Der Duft der Blumen ist bezaubernd, der frohe Gesang der Vögel erleichtert unsere Herzen.

Julius sitzt vor der Tür und wartet auf uns, er will ins Haus. In der Küche streicht er schnurrend um meine Beine, sein Futternapf ist leer. Sonst erwartet uns keiner, Lasse ist bei seiner Freundin, Marie bei ihren Freundinnen. Meine Ehefrau und ich sind zwei Alte, die keiner mehr braucht, außer natürlich zum Bezahlen der Zeche. Anna lehnt sich an mich, lange stehen wir eng beisammen in der Küche, endlich erbarme ich mich des aufdringlichen Katers und fülle seinen Futternapf.

Annas Regel hat ausgesetzt, sie steht mit dem Beweis in der Hand vor mir, der Schwangerschaftstest ist schwach positiv. Wir haben es geschafft, bewiesen, dass sie mit mir schwanger werden kann. Ihre Augen strahlen, ich fühle einen Stich im Herzen, meine kleine Hexe, die hochintelligente Schönheit wird Mutter werden. Vom erhöhten Risiko einer frühen Fehlgeburt in den ersten zwölf Wochen sage ich ihr nichts, das wird schon werden. Eine Fehlgeburt würde ihr das Herz brechen.

»Andreas, wir müssen uns bei Johann bedanken. Bei der Taufe hatte ich Schmerzen, die ich öfter vor dem Eisprung hatte, ohne sein ungehobeltes Benehmen hätten wir an dem Tag kaum gefickt. Unser Kind haben wir dank ihm voraussichtlich in Lenes Bett gezeugt. Wäre er nicht so widerlich, könnten wir ihn fragen, ob er Paten unseres Kindes sein möchte.« Den Feind zum Paten unseres Kindes auszuerwählen, wäre ein kluger Schritt, der uns wahrscheinlich viel Kummer ersparen würde. Ich werde es mir überlegen.

Anna ist schlecht, sie erbricht sich häufig und ihr ist schwindelig. In der U-Bahn wurde sie vor einigen Tagen kurz ohnmächtig, seitdem fahre ich sie jeden Tag zur Arbeit und hole sie wieder ab. Ein Kilo hat sie abgenommen, aber etwas Vanilleeis abends im Bett, das verträgt sie unter diesen Umständen ausgezeichnet. Das Kochen erledige jetzt ich, ihr wird schon beim Anblick der Zutaten schlecht. Ein Glück, dass es Ende Juni ist. Da kann ich unsere Mahlzeiten bei offener Tür und offenen Fenstern zubereiten, damit man den Geruch des Essens im Hause nicht wahrnimmt. Lasse und seine Freundin sind neuerdings sehr rücksichtsvoll, waschen tun sie sich jetzt täglich und ihre Unterhosen sind blühend weiß, wie weiße Margeriten, aber ohne die gelben Fruchtstände.

Sex haben wir keinen. Ihre Brüste sind zwar gespannt und sehen fabelhaft aus und ihre Fotze ist angeschwollen und voller Saft, aber an Sex kann sie wegen ihrer Übelkeit kaum denken. Um mir meine gute Laune zu bewahren, wichse ich heimlich mehrmals täglich. Es nützt halt nichts, dass ich ungeduldig werde und sie ausschimpfe. Wir haben beide das Kind gewollt und werden die Suppe, die wir uns eingebrockt haben, zusammen auslöffeln. Darum werde ich auch nicht fremdgehen. Kirsten und Arne haben wir gebeten, Paten für unser Kind zu werden. Sie haben Ja gesagt, sie sind halt fast Familie, ohne meinen Samen und Annas Zustimmung hätten sie kein zweites Kind. Es war eine schöne Zeit, als ich Kirsten in Griechenland schwängern sollte und Arne fleißig meine Ehefrau mit seinem riesigen Glied fickte, damit sie nicht eifersüchtig wurde. Na ja, und dann macht es mich halt geil, wenn andere Männer sie ficken. Ihre Fotze, über sein riesiges Glied ausgespannt, sah fantastisch aus. Ohne seine Hilfe hätte ich Kirsten kaum so viele Male ficken können, um sie so schnell zu schwängern. Ich sollte nicht daran denken, werde bald wieder wichsen müssen.

»Andreas, liebst du mich?«, fragt Anna besorgt. »Mir ist dauernd übel und ich bin furchtbar langweilig. Wie hältst du mich bloß aus? So eine wie mich kann keiner lieben.« Ich streiche ihr über die Haare, sie sieht im großen Ehebett klein und verloren aus. Jetzt begreife ich, warum ich Arzt wurde. Hilflose Geschöpfe wie meine schwangere Frau finde ich unwiderstehlich, unwiderstehlicher als eine Königin der Nacht, die wie Süßigkeiten die Männer vernascht. Auch unwiderstehlicher als die hyperintelligente Anna, die unseren Laden schmeißt und mit Steuerberatern und Rechtsanwälten mit Leichtigkeit umgeht. Glücklicherweise wird sie am Ende immer klein, müde und hilflos, braucht dringend, dass ich mich ihrer annehme.

»Ja, ich liebe dich. Du brauchst keine Angst zu haben. Ich werde dich und unser Kind nicht verlassen. Ganz im Gegenteil werde ich über euch beide wachen, damit euch nichts Böses geschieht.«

»Als Kind hat keiner zu mir gesagt, dass ich schön sei«, schluchzt sie. »Ich war das bleiche, rothaarige Kind, das vor Atemnot kaum laufen konnte und bei jedem Ball danebengriff. Nur auf Schularbeit verstand ich mich, ich war immer die Beste in der Klasse. Echt, und dann diese Überraschung, ich entwickelte eine traumhafte Figur. Woher die kam? Ich weiß es nicht, aber die Männer in der Fußgängerzone Kopenhagens haben mich dauernd angesprochen. Zu Hause angekommen, schaute ich in den Spiegel, ich sah aber keine schöne Frau, sondern nur mich selbst. Dann kamst du, hast mich wie eine Göttin verehrt und die Männer lagen mir zu Füßen. Aber jetzt ist mir übel und ich kotze dauernd. Du kannst mich echt nicht lieben. Nicht jemanden wie mich.« Ihr Schluchzen nimmt zu, ich versuche, einen Arm um sie zu legen, aber sie stürzt ins Badezimmer, um zu kotzen.

Anna hat zwei Kilo zugenommen, ihr ist nicht mehr übel. Sie leidet stattdessen an bleierner Müdigkeit, fällt schon beim Anblick eines Kopfkissens in einen tiefen Schlaf. Ich stehe immer noch in der Küche und koche, während meine Ehefrau, statt zu kotzen, schläft. Marie sieht Anna mit großen Augen an, schüttelt den Kopf und radelt zu ihrer Mutter zurück, bei uns ist es still und langweilig. Lasse verbringt viel Zeit bei seiner Susie, wenn er nicht gerade stundenlange Männergespräche mit mir führt. Dafür habe ich reichlich Zeit, denn mir ist es schier unmöglich, so viele Stunden wie Anna zu schlafen. Die Ambivalenz, die eine Beziehung mit sich bringt, peinigt meinen Sohn. Einerseits hat er seine Ruhe, andererseits kann er sich nicht vorstellen, den Rest seines Lebens in Ruhe zu verbringen. Er möchte Spannung und verzehrende Leidenschaft, statt mit seiner Freundin das gemächliche Leben eines Spießers zu führen. Ich versuche, ihm zu erklären, dass sie etwas wagemutiger sein sollten, versuchen sollten, ihre sexuellen Träume zu verwirklichen. Aber es ist schwierig für mich, meinen Sohn sexuell aufzuklären, ohne ihm meine eigenen sexuellen Exzesse zu verraten. Es wäre einfacher, wenn man sie über die Geheimnisse der Sexualität in der Schule aufklären würde. Aber dort werden sie mit dem romantischen Komplex und dem Glück der monogamen Beziehung indoktriniert. Sie erfahren nichts von Orgien, von Gangbangs und sonstigen Ausschweifungen, die die Beziehung sexuell anheizen. Der Staat wünscht sich seine Bürger im Sofa vor der Glotze. Geile Bürger stören die öffentliche Ordnung und denken an anderes, statt zu produzieren und zu verbrauchen. Die heilende Kraft des Sexuellen für die seelischen Nöte der Bürger ist unerwünscht, man verschreibt ihnen lieber Medizin gegen geistige Nöte.

Anna schläft neben mir im Auto, wir sind auf dem Weg nach Jægerspris zur Taufe von Kirstens und Arnes Sohn. Unserem Patenkind ein silbernes Zigarettenetui zu schenken, das war in meiner Kindheit gängig, heutzutage ist es undenkbar. Ein goldenes Kreuz an einer Kette wäre genau das passende Geschenk für ein Mädchen, aber was ist das Richtige für einen Jungen? Wir haben uns darüber den Kopf zerbrochen. Zufällig fanden wir die Lösung unseres Problems bei einem Spaziergang in der Innenstadt. Im Schaufenster eines Trödlers in der Store Kongensgade lag ein kostbares goldenes griechisches Kreuz, an einer dicken Goldkette befestigt. Es symbolisiert New York, Street life und Rap, das Richtige für einen Burschen, der bei den Frauen ankommen will. Wir haben uns einen Ruck gegeben und das kostbare Stück gekauft, der Junge ist schließlich der Halbbruder unseres zukünftigen Kindes. Hoffentlich bekommen wir keine Tochter. Sie könnten sich womöglich ineinander verlieben und heiraten wollen? Von solchen Verwicklungen kann man in jedem Trivialroman lesen. Dann ständen wir da, Kirsten, Arne, Anna und ich, und müssten ihnen erklären, warum eine Heirat ausgeschlossen ist, warum es notwendig ist, dass sie für immer nur Freunde bleiben.

»Aufwachen, wir sind da.« Die Kleine rappelt sich im Sitz auf, die roten Haare bauschen sich wie ein Gestrüpp um ihren Kopf. Sie trägt ein Kleid, ihre Jeans kann sie nicht mehr schließen, aber auch im Kleid sieht man ihren kleinen Bauch. Ich helfe ihr aus dem Wagen und wir gehen über den knirschenden Kies zwischen den Apfelbäumen zur offenstehenden Haustür.

Die Sonne scheint, nach der Taufe wird im Garten unter Sonnenschirmen eine Mahlzeit angerichtet sein.

Die stolzen Eltern begrüßen uns herzlichst, sie sind in Eile. Der Junge in seinem weißen Taufkleid schaut uns neugierig an, er sieht bezaubernd aus. Er hat dieselbe Nase wie ich und Arne.
»Das mit dem Pfaffen muss schnellstens überstanden werden«, sagt Kirsten. »Wir wollen feiern, uns nicht in einer Kirche langweilen. Wir fahren voraus zur Kirche von Dråby. Verliert uns nicht aus den Augen, sonst kommt ihr zu spät.«

Vor der roten Backsteinkirche aus dem Jahre elfhundertfünfzig erwarten uns die Familien der beiden und, viel erfreulicher, Lea, Hans, Aisha und Mahmoud. Überraschend ist, dass Lea und Hans dabei sind, die haben doch in der Amaliegade nur einmal miteinander gefickt? Aber vielleicht war es an dem Abend zwischen den beiden Paaren Liebe auf den ersten Blick? Jemand wird mir bestimmt zuflüstern, was hier läuft. Wir nehmen in der Kirche auf den blau angemalten Bänken Platz, über uns im Gewölbe rote Wandmalereien, vor uns ein bunter Altar. Predigt, Taufe, Kindergebrüll, wir stehen den Eltern als Paten bei. Sobald die Sache glücklich überstanden ist, wanken wir aus der Kirche hinaus in die sonnenbestrahlte Freiheit.

Im Garten unter den Sonnenschirmen erholen wir uns, weder Anna noch Lea oder Aisha trinken Alkohol, das Kinderbekommen ist ansteckend, auch Aisha wurde vor Kurzem schwanger. Mahmoud möchte eine Tochter, mit Söhnen gibt es seiner Meinung nach in einer modernen Gesellschaft zu viel Ärger. Lea strahlt, sie ist im siebten Monat und sieht fabelhaft aus. Essen tut sie fast nichts, weil sie an die Zeit nach der Geburt denkt. In ihrer Position muss man als Frau schlank, gescheit und tatkräftig sein, sie steht kurz vor der Beförderung zur Direktorin.

Für Mutterschutz wird sie kaum Zeit haben, sie hat schon eine Au-Pair von den Philippinen im Auge. Auch Aisha isst wenig, aber gesund, nach der Geburt will sie irgendwann wieder erotische Abenteuer erleben. Sie wird reichlich Kindermädchen zur Verfügung haben, Mütter und Großmütter beider Seiten der Verwandtschaft stehen Schlange. Anna tut es den beiden gleich, isst ebenfalls gesund und wenig. Wir sind an unserem Tisch eine puritanische Insel im Meer des ungehemmten Fressens. Kirsten und Arne setzen sich zu uns. Die blonde, schlanke Frau mit den langen Gliedern und den eindrucksvollen Augen sieht mit ihren prallen Brüsten noch schöner aus als zuvor, ihr Mann ist ein Glückspilz.

»Wie starrst du meine Frau an?«, fragt er. »Gewiss, sie ist schön, aber was nützt es mir, wenn sie keine Lust aufs Ficken hat.« Er seufzt, küsst seine Frau auf die Wange. Hans und ich sehen uns vielsagend an, verdrehen die Augen. Wir sind vom Schicksal geschlagene Männer, müssen unseren Ständer in der Hose behalten, Mahmoud hat eine Trauermiene aufgesetzt. Nach der Geburt werde ich mir von Thorsten ein Programm geben lassen, wie man die Sexualität wieder in Schwung bringt. So etwas gibt es sicher, das hat die sexologische Klinik vom Reichskrankenhaus ohne Zweifel entwickelt. Wozu hat man halt eine teure, von Steuergeldern bezahlte Sexklinik, wenn nicht, um das Ficken zu fördern?

»Was habt ihr in euren Sommerferien gemacht?«, will Lea wissen. Die Frauen erzählen, wir Männer sagen nichts. Von meinen Sommerferien mit Anna gibt es nichts zu erzählen. Die verbrachten wir im Schatten des Ferienhauses in Hejsager. Meine Ehefrau lag auf einer Liege und hat gelesen und gelitten, ich habe den Haushalt geschmissen und mein schönes Weib vergebens begehrt. Wie in den anderen Jahren auch, haben die Männer am Strand meine nackte Frau mit den Augen gefickt. Nur war ihr das völlig egal, sie war mit Kotzen, Schlafen und Selbstmitleid beschäftigt. Den Kindern war es bei uns zu langweilig. Lasse reiste mit seiner Susie durch Europa, Marie besuchte in der Bretagne Freunde meiner Exfrau, um zu baden und Französisch zu lernen.

Anna muss, wie es mit schwangeren Frauen halt der Fall ist, dauernd pinkeln. Ich gehe mit ihr auf die Toilette, es gefällt mir, sie pinkeln zu sehen, leider ist ihr zu schlecht zum Schwanzblasen. Als wir fertig sind, steht Lea vor dem Klo, bittet uns, auf sie zu warten, sie möchte etwas mit uns besprechen. Schwangeren Frauen ist das Stehen lästig, weswegen wir in das leere Wohnzimmer gehen und uns auf einem Sofa Platz nehmen. Nach fünf Minuten Warten setzt sich die baldige Direktorin zu uns und sagt mit ernster Miene: »Ich streite mich mit meinem kleinen Bruder. Wir haben uns nie vertragen können, waren immer eher Konkurrenten als Geschwister. Ich bin wie er im Vorstand unserer Familienstiftung, in der meine Mutter Vorsitzende ist. Jetzt ist Mutti krank und man hat mich gebeten, den Posten als Vorsitzende zu übernehmen. Ich bin eine erfahrene Geschäftsfrau mit internationaler Erfahrung und Verbindungen zum Geschäftsleben in Dänemark. Johann ist geschäftlich ein Benjamin, aber er ist ein Mann und darum meint er, dass er ein angeborenes Recht auf den Posten habe. Jetzt droht er mir, aller Welt von meiner Teilnahme am Kunstwerk *In Orgia* zu berichten. Meiner Schwägerin habe ich davon unter Schweigepflicht erzählt, aber sie hat es ihrem Mann trotzdem nicht vorenthalten. Meiner Mutter habe ich von seinen Drohungen berichtet, aber für sie ist das für meinen Posten als Vorsitzende ohne Bedeutung. In der kapitalistischen Marktwirtschaft zähle nur der Profit, und da sei ich am geeignetsten. Heimliche sexuelle Ausschweifungen gehören in der Wirtschaft zur Tradition und da macht man als Frau halt mit.

Danach kräht kein Hahn. Aber mein Bruder weiß auch über euch beiden Bescheid und er hat mir gedroht, euch irgendwann bloßzustellen.«

»Lea, als Hausarzt haben seine Enthüllungen für mich kaum Bedeutung, außer dass mir mehr geile Frauen in der Klinik nackt auf der Nase herumtanzen werden«, meine ich. »Das Problem liegt bei Anna, weil sie in einer Behörde arbeitet, das einem Ministerium untersteht. Von Bediensteten fordert man im Allgemeinen einen moralisch einwandfreien Lebenswandel. Man wird sie wegen ihrer Sexualität nicht verabschieden können, aber man kann sie den Rest ihres Lebens auf einem unwichtigen Posten vergammeln lassen.«

»Anna, wenn das passiert, werde ich dich unterstützen«, sagt Lea entrüstet. »Du bewirbst dich im Geschäftsleben dort, wo ich Einfluss habe. Wir machen es wie die Männer, wir werden uns gegenseitig unterstützen und unsere Karrieren fördern.« Die beiden Frauen geben sich darauf die Hand, Lea wird die Vorsitzende eines der bedeutungsvollsten Familienfonds Dänemarks sein.

»Lea, wie kann es sein, dass ihr mit von der Partie seid? Ihr kennt Kirsten und Arne doch kaum?« Die schöne und machtvolle Frau, der die Welt gehorchen muss, lächelt. Ihre Fangarme reichen in der dänischen Gesellschaft überallhin, haben Kirsten und Arne eingefangen und jetzt Anna und mich.

»Er hat für mich gearbeitet, Andreas, er ist Zimmermann. Einem, mit dem man gefickt hat und es auch wieder tun wird, den kennt man und dem kann man vertrauen. Er und seine Frau gehören unserer Welt an, die werden mich nie verraten.«

Meine kleine Gymnasiastin, jetzt eine Juristin mit Verbindungen zu den Mächtigen Dänemarks? Daran werde ich, ihr Ehemann, ein unbedeutender Hausarzt, mich gewöhnen müssen.

Mein Patenkind hat sich über das schöne Kleid seiner Mutter erbrochen, worauf sie sich umziehen musste, dem Baby hat man den von uns geschenkten Strampler angezogen. Kirsten drückte mir den Kleinen in die Arme und stürzte ins Badezimmer, doch leider war sein Kotzen noch nicht beendet. Darum trage ich jetzt eines von Arnes Hemden, das mein schmächtiger Arztoberkörper nicht ganz ausfüllen kann. Den Rummel kenne ich von meiner ersten Ehe. Marie kackte damals auf das Kleid meiner ersten Frau, sodass wir es zur kirchlichen Weihung der engsten Freundin meiner Ex nicht schafften. Die hat uns das nie verziehen, erwies sich als eingeschnapptes Miststück, weshalb Birgit nicht mehr mit ihr befreundet ist.

Anna wird die Feier zu viel, wir verabschieden uns früh. Die Meute tut es uns gleich, überlässt Kirsten und Arne ihrer betrunkenen Familie. Wenn nicht gefickt wird, sind wir langweilige Gäste. Im Bregnegårdsvej erwartet uns im Briefkasten eine Einladung zur angesagten Orgie bei Lotte und Carsten. Lotte ist die Einzige, die von der Schwangerschaftsepidemie verschont worden ist. Sie möchte keine Kinder, liebt ihr Leben auch ohne. An der Party wird Lea kaum teilnehmen können, weil sie im Oktober ihren Termin hat. Aber ich werde Lise und Thorsten wiedersehen, darauf freue ich mich schon jetzt.

Anna ist im sechsten Monat schwanger und sieht furchtbar sexy aus. Sie hat nur sechs Kilogramm zugenommen, man sieht immer noch ihre Rippen. Ihre Brüste sind angeschwollen und blau geädert, meine Tochter zappelt in ihrem Magen, ihre Fotze ist füllig-weich und voller geilem Saft. Sie ist, kurzum, aufregend und wäre wunderschön ranzunehmen, aber leider reizt es sie nicht. Sie sorgt sich stattdessen um die Zukunft, fragt sich, ob sie überhaupt in der Lage ist, Mutter zu sein. Eine anrüchige Frau wie sie sei für die Mutterrolle total ungeeignet, man müsste einer solchen Versagerin das Kind bei der Geburt wegnehmen. Ich rede beruhigend auf sie ein, sage ihr, dass Lise, Jane und Kirsten wie sie mit vielen Männern fickten, aber auch hervorragende Mütter seien. Eine bessere Mutter und Stiefmutter als Anna könne ich mir überhaupt nicht vorstellen.

Kaum hatte sie sich beruhigt, kamen neue Probleme auf mich zu. Als ich heute aus der Klinik heimkehrte, fand ich sie in Tränen aufgelöst. Sie war überzeugt, unsere Tochter sei behindert und würde nach der Geburt krank sein. Ich habe meiner Ehefrau erklärt, sie sei eine vorbildliche Schwangere. Sie trinke nicht, rauche nicht und wäre nicht zu fett, sondern esse jeden Tag ihre Vitamine, ernähre sich gesund und wir beiden seien nicht verwandt. Es gebe darum keinen Grund zur Beunruhigung, was sie aber erst nicht wahrhaben wollte. Doch dann habe ich sie an ihr junges Alter erinnert und dass es in unseren Familien seit Generationen nur gesunde Babys gegeben habe. Die beiden Schwestern meines preußischen Großvaters mit Hasenscharte, die vergaß ich halt zu erwähnen. Oh Gott, wir bekommen eine Tochter! Hoffentlich erbt sie diesen Makel nicht. Anna hat sich mittlerweile beruhigt, stattdessen bin jetzt ich es, der sich Sorgen macht. Ach ja, es gibt auch noch den frühzeitig verstorbenen Bruder meiner Großmutter. Der hatte einen Neuralrohrdefekt, was leider erblich ist. Ich bin echt ein Schwächling, der sich nicht vermehren sollte.

Für unsere Tochter haben wir im Schlafzimmer eine Ecke eingerichtet, wo wir ihre Windeln wechseln werden. Eine komplette Garderobe haben wir bereits nach der Ultraschalluntersuchung in der achtzehnten Woche für sie gekauft. Bei der Gelegenheit wurde uns ihr Geschlecht mitgeteilt. Alles ist in Weiß und Rosa, damit jeder, ohne erst zu fragen, erkennt, dass unser Kind eine Eva ist. Im Keller steht ein nagelneuer

Kinderwagen, den alten von Marie und Lasse wollte Anna nicht. »Ist mein Kind nicht gut genug für einen Neuen?«, hat sie mich gefragt. Unsere Tochter wird die ersten Jahre, bis mein Sohn auszieht, bei uns im Schlafzimmer bleiben, damit Marie weiterhin bei uns ein Zimmer hat. Ein Kinderbett werden wir nächsten Samstag bei Ikea kaufen. Im Verbraucheramt haben Annas Kollegen ihr gesagt, dass die Kinderbetten des schwedischen Möbelhauses preiswert und sicher seien und im Test nie durchfielen.

Lea ist Vorsitzende der Familienstiftung und gestern las Anna in der Wirtschaftszeitung *Die Börse*, dass sie in ihrer Firma zur Direktorin befördert worden war. Im Artikel wurde sie als die mächtigste Frau in der dänischen Wirtschaft bezeichnet. Für Mutterschutz hat eine so bedeutende Mutter keine Zeit, trotz ihres bevorstehenden Termins arbeitet sie täglich. Ihr Mann hat versprochen, uns Bescheid zu sagen, wenn sie gebärt. Zur Orgie bei Lotte und Carsten wird sie nicht erscheinen. Anna habe ich trotz ihrer Schwangerschaft im sechsten Monat dazu überredet, bei der Fete heute Abend aufzukreuzen. Sie ist fabelhaft gesund, sexy und schön, worüber sie sich aber nicht freuen kann. Die zukünftige Mutterschaft beschäftigt sie Tag und Nacht, stundenlang wälzt sie sich nachts im Bett und denkt an ihre Zukunft als Mutti, macht sich Sorgen. Ich wälze mich gleichfalls nächtelang schlaflos in meinem Bett, aber ich tue es aus Mangel an Sex. Meine schöne Ehefrau behauptet, es gebe wichtigere Dinge im Leben. Das kann schon wahr sein, mein Schwanz will das aber leider nicht einsehen. Stattdessen erfordert er Tag und Nacht seinen Tribut von mir.

Meine Ehefrau ist die schönste Schwangere der Welt. In hohen Absätzen steht sie in der Halle vor dem Spiegel. Die schwarzen Spitzen ihrer Stay-ups rahmen ihre rötlich angeschwollene

Fotze ein, eng um ihren schneeweißen Hals liegen schwarze Perlen. Die Flammen ihrer roten Haare umschließen ihre angeschwollenen, blaugeäderten Brüste. Aus ihren Augen lodert das blaue Licht des Eismeeres. Ich helfe ihr in den hellen Pelzmantel, den sie über ihrem gequollenen Bauch nicht schließen kann. Von meinem Arm gestützt, geht sie zum wartenden Taxi, das uns zur Orgie bei Lotte und Carsten bringen wird. Ich helfe ihr in den Wagen, setze mich neben sie. Das Taxi fährt am Hafen entlang, bleich steht der Mond über der schwedischen Küste, er ist von tausenden Sternen umgeben.

Ächzend bringt uns der Aufzug zur Wohnung hinauf. Lotte begrüßt uns in Stilettos und nacktem Arsch, über ihre Brüste ziehen sich die roten Streifen einer Peitsche. Ich befreie mich von meiner Hose, ich werde sie in dieser Nacht kaum vermissen. Wir gehen in die von Kerzen erleuchteten Räume. Lise liegt auf einem Puff, wo sie von einem Mann festgehalten wird. Knallend trifft die Peitsche erst ihren Po, dann ihre Fotze, ein Mann kniet hinter ihr, jagt sein Glied tief in die tropfende Möse. Anna klammert sich fester an meinen Arm, sie bittet um ein Glas Wasser. Eng sitzen wir im weitläufigen Sofa, zärtlich küsse ich ihren Nacken.

Ich gehe, um mir ein Glas Champagner und Anna ein Glas Wasser zu besorgen. Am Tresen werde ich von Alexandra aufgehalten, die sich über ihre machtgeile Schwägerin beschwert. Das nackte Luder sieht, wie sie so in hohen Absätzen und mit schweren Brüsten vor mir steht, geil aus. Ich möchte sie auf alle Viere niederzwingen, Milch aus ihren gespannten Brüsten melken, ihren Wortschwall mit meinem Schwanz ersticken, sie heulend zum Orgasmus zwingen. Aber meine ängstliche Gattin erwartet mich, sehnt sich nach meiner Nähe. Mit der Absicht, zu ihr zurückzukehren, wende ich mich um und erblicke sie durch die offene Tür, wie sie seitwärts liegt. Hinter ihr befindet sich Johann, seine eine Hand fasst an Annas pralle Brust, sein Schwanz befindet sich tief in ihrer Fotze, ihre Finger kreisen um ihren Kitzler. Alexandra starrt die beiden an, in ihren Augen lodern die Flammen der Eifersucht, sie und Johann müssen unbedingt Paten unserer Tochter werden, ich werde sie noch diese Nacht fragen.

»Du gehst leer aus, aber mit deinem Rivalen fickt sie. Das scheint deinem Schwanz zu gefallen«, säuselt Aisha, ihre Hand streichelt meinen Ständer. Ich stelle die beiden Gläser auf den Tresen, küsse das braune Weib vor mir, greife von hinten um ihren schwangeren Bauch. Sie beugt sich vorwärts, damit mein Schwanz in die feuchte Fotze gleitet.

»Komm«, sagt sie und ergreift meine Hand. »Ich möchte mit dir und Mahmoud ficken. Ich habe ihn vernachlässigt.« An ihrer Hand werde ich an meiner Schlampe vorbeigeschleppt, deren Körper sich erst in Orgasmen zusammenkrampft, dann mit Johann eng umschlungen daliegt. Im Flur freut sich Mahmoud über seine Frau, die endlich wieder geil ist und jetzt in ein Zimmer eilt. Wir folgen ihr, während wir um ihre prallen Brüste kämpfen und darum, wer zuerst in ihre braune Fotze eindringen darf. Er gewinnt den Kampf, nimmt sie als Erster ran, während ihre roten Lippen sich um meine Eichel schließen, ich ihre tanzenden Brüste im Auge halte. Meine Eichel gleitet aus ihrem Mund, sie heult im Orgasmus, mit harten Stößen leert Mahmoud seine übervollen Hoden in ihre Fotze. Erschöpft rollt er zur Seite, ich bin dran, liege mit Aisha eng umschlungen, meine Lippen erforschen ihre prallen Brüste, meine Hände ihren runden Po. Langsam gleiten ihre Schenkel auseinander, entblößen ihre angeschwollene, von Samen träufelnde Fotze. Zwei meiner Finger vibrieren in ihr, meine flache

Hand liegt vorsichtig auf ihrem Unterleib. Ihr Körper krampft sich im spritzenden Orgasmus zusammen. Auf Knien lasse ich meinen Schwanz in die braune Hure gleiten, nach wenigen Stößen fließt mein Samen in sie hinein, vermischt sich mit dem ihres Ehemannes.

Einen Kuss und ich mache mich auf der Suche nach meinem untreuen Weib aus dem Staube, lasse die Wiedervereinten im Zimmer alleine. Im Flur stehen Alexandra und Johann, brüllen sich an. Sie meint, er liebe sie nicht, dass Anna in aller Ewigkeit die einzige Frau in seinem Leben sein werde, was natürlich totaler Unsinn ist. Wären er und meine Gattin Lebensgefährten, wäre es mit ihrer Beziehung schnell vorbei. Romantik verträgt das enge Zusammenleben nicht. Meine kleine Teufelin sehnt sich wahrscheinlich schon nach mir, dem alten Zyniker, ein Raubtier, das sich nur schwer zähmen lässt.

»Hund, gut, dass du wieder da bist, ich habe dich vermisst«, sagt mein schwangeres Weib und drückt sich an mich. »Ich brauche, dass du um mich bist. Mein Magen schmerzt hin und wieder ein wenig, als hätte ich Wehen. Hoffentlich ist es nicht der Beginn einer Frühgeburt.«
»Anna, du hast Übungswehen. Solange die weniger als eine Minute dauern, haben sie keine Bedeutung. Die können durch Orgasmen hervorgerufen werden.« Ich schaue meine schöne Ehefrau an, ihre traumhaft blauen Augen sind von sensueller Lust verschleiert. Ihre angeschwollenen rosa Zitzen streben mir entgegen, ihre Beine spreizen sich langsam. Feuchte, angeschwollene Schamlippen hängen zwischen ihren Schenkeln. In der geilen Vulva schimmern einige Perlen der Lust. Oder sind es Spermatropfen, die Johann hinterlassen hat? Erbarmungslos greife ich ihre Hand, schleppe sie zu einer von Lichtspots hell beleuchteten Liege mitten im Raum, spreize ihre Beine.

»Kleine Sau, ich spiel mit dir, damit alle Welt sieht, welche Schlampe du bist.«

Ihre Finger kreisen um ihren Kitzler, tauchen in ihre Möse ein. Sie verteilen Johanns glitschigen Samen über ihrer Fotze, kreisen im Saft immer schneller um ihre blaue Perle. Ihr Atem beschleunigt sich, ihre Augen schließen sich, mit erröteten Wangen krampft sich ihr Körper im Orgasmus zusammen. Brutal drehe ich die schwangere, untreue Ficksau auf die Seite, dringe von hinten in Johanns glitschiges Loch, ihre eine Brust prall in meiner Hand. In dem, was vor Kurzem er besaß, bewegt sich anmaßend mein Schwanz, erforscht jede Ecke ihrer Fickhöhle, entleert seinen Samen in das heulende Weib.

Ermattet liegt sie da, mit ihren Händen auf dem prallen Bauch, der sich während jeder Übungswehe fest anfühlt. Unverwandt schauen ihre blaulodernden Augen mich an, ein Orkan bewegt die Wellen des Eismeeres, peitscht die Einsamkeit meiner Seele. Schlapp hängt mein Glied, ein Tropfen der vergangenen Leidenschaft fällt von ihm herab. Der Sturm der Sinne ist vorbei, nur die Liebe blieb übrig. Vorsichtig helfe ich ihr, sich aufzurichten. Ich liebe und verehre das schwangere Tier neben mir, führe sie zu einem Sofa und hole ihr eine Serviette. Mit träufelnder Fotze setzt sie sich Lise und Thorsten gegenüber. Denen gefällt es zwar in Århus, aber die Tochter, Kirsten, sehnt sich nach der Hauptstadt und will nach ihrem Abitur in Kopenhagen studieren. Sobald am Reichskrankenhaus die Professur in Sexualwissenschaft frei wird, will Thorsten sich dort bewerben. Wo sie wohnen werden, können sie noch nicht sagen. Ihr Haus in der Toftholm Allee wurde leider schnell verkauft. Auf alle Fälle wird der jetzige Professor in wenigen Jahren pensioniert und mir würde es gefallen, wieder mit ihm im Tiergarten zu laufen. Mir fehlt ein Freund, mit dem ich das schwere Leben eines Mannes diskutieren kann. Jane und

Ludvig haben die Orgie gemeinsam auf dem Sofa verbracht, behaupten aber trotzdem, dass sie sich danach sehnen, dass Lise und Thorsten nach Kopenhagen zurückkehren. Ihnen fehlen angeblich die geilen Feten der beiden. Mit der Amaliegade ist es aus und Dänemark wird zunehmend puritanisch. Die Leute sind wegen der vielen Scheidungen panisch und meinen, dass ein gutbürgerliches Leben ihre Ehen retten könnte. Leider verwandeln sie auf diese Art ihre Beziehung in ein Gefängnis, aus dem sie einzig durch die Scheidung erlöst werden können, weshalb deren Zahl weiterhin ansteigt. Wir brauchen darum Orgien, aber wir können Lotte nicht zumuten, sie alle zu organisieren, weshalb wir dringend den geilen Psychiater mit seiner Diane in Kopenhagen benötigen.

Mit Thorsten werde ich aber nicht joggen können, denn nach der Geburt werde ich täglich mit Anna laufen, um ihre schöne Figur zu bewahren. Alleine traut sie sich nicht in den Wald und zu zweit ist es einfacher, bei Nässe und Kälte loszulaufen. Das Schwierige ist nicht das Joggen, sondern von zu Hause loszukommen.

Meine Ehefrau ist müde, lehnt sich an mich, sie möchte nach Hause ins Bett. Mich von der Orgie loszureißen, fällt mir schwer. Jane sieht mit ihren blonden Haaren, ihren schweren Brüsten und ihrem vollem Arsch hinreißend aus, begehrenswert, wäre sie bloß nicht so langweilig. Drüben im Sofa in der Ecke sitzt die Pakistanerin mit einem schwarzen und einem blonden Mann. Auch sie würde ich gerne küssen und ficken, bevor die Nacht vorbei ist. Aber meine kleine Anna kann ich nicht allein in einem Taxi nach Hause schicken, dazu sind ihre Augen zu groß und traurig. Auf der Fete zurückbleibend, würde ich nur an sie denken, mein Glied würde schlapp herabhängen. Also verabschieden wir uns, nach der Geburt werden wir uns wiedersehen. Aisha und Mahmoud machen sich auch auf den Weg, begleiten uns zur Østerbrogade, wo wir ein Taxi finden. Jemand ruft uns, als wir uns beim Abschied liebevoll küssen, nach, es gefalle ihnen nicht, dass zwei Kafirn mit zwei Moslems befreundet sind. Aisha und Mahmoud steigen, damit ihnen nichts passiert, ins erste Taxi. Aber die beiden fahren nicht ab, bevor nicht auch wir sicher in einem Taxi sitzen. Unser sexuelles und kulturelles Durcheinander bringt die Leute zum Ausrasten.

Unsere Tochter liegt in der Gebärmutter in einer falschen Position, weshalb für Mittwoch den fünfundzwanzigsten Januar um elf Uhr ein Kaiserschnitt geplant ist. Warum ausgerechnet an einem Mittwoch um elf Uhr? Ganz einfach, mittwochs habe ich abends Sprechstunde und kann darum bei der Geburt anwesend sein, ohne meine Patienten zu vernachlässigen. Anna habe ich vor zwei Wochen krankgeschrieben, weil sie wegen der falschen Position unseres Kindes Schmerzen hatte, es waren noch vier Wochen bis zu ihrem Termin. Ein Glück, dass es den modernen Kaiserschnitt mit nur wenig Komplikationen und dem Bikinischnitt gibt. Wie geplant, hat Anna nur elf Kilo zugenommen, was die Sache erleichtert. Wie das Rauchen und Trinken würde eine dicke Schicht Speck den Eingriff komplizieren und die Heilung der Wunde erschweren. Anna sagt, dass sie sich nicht traut, zu essen, weil ich sie dabei beobachte. Sie hat mich einen Tyrannen genannt, aber jetzt, da ihr ein Kaiserschnitt bevorsteht, ist sie heilfroh, dass sie nur die elf Kilo zugelegt hat. Der Eingriff wird vom Chefarzt vorgenommen, weil Anna rothaarig und eine Arztfrau ist. Mit Rothaarigen und Arztfrauen gebe es immer Probleme, meinte der nette Mann. Darum könne er halt den Kaiserschnitt keinem anderen überlassen. Heiligabend haben wir bei meiner Ex Birgit gefeiert, Silvester verbrachten wir Langweiligen alleine in unserem Bett.

Alexandra und Johann haben Ja gesagt, sie sind damit einverstanden, Paten unseres Kindes zu werden. Anna hat das geregelt. Ich kam bei der Fete nicht dazu, Alexandra zu fragen, weil sie sich mit ihrem Mann stritt. Meine Ehefrau rief sie danach an und lud sie zum Tee ein. Sie aßen Kuchen und haben über uns Männer gelästert, daraufhin waren sie Freundinnen und Verbündete.

Ich trage Maske, Kittel und Haube, an den Füßen Operationsschuhe, die ich mir vom Chefarzt ausgeliehen habe. Im Operationssaal hocke ich in einer Ecke, Anna lächelt mir ermutigend zu. Die Periduralanästhesie zeigt ihre Wirkung, der Schnitt des Messers in ihre Bauchwand ruft keine Schmerzen hervor. Ein grüner Wall verhindert, dass sie den Vorgang beobachten kann, aber das Messer und die Finger des Arztes spürt sie.

»Ich habe Schmerzen«, sagt sie plötzlich. »Aber ich halte es aus.«

»Das Bauchfell können wir bei einer Periduralanästhesie leider nicht betäuben, aber die Schmerzen sind schnell überstanden«, tröstet die OP-Schwester. Der Chefarzt schwitzt, viel Blut wird aus der Wunde gesogen, so wie immer, wenn man die Wand einer Gebärmutter durchschneidet. Das Blut blubbert im Sog, die Patientin darf nicht verbluten. Ruckzuck wird darum meine Tochter mit dem Po voran vom Arzt aus der Gebärmutter gehoben. Sobald die Nabelschnur durchtrennt ist, wird sie von der Hebamme in dicke Tücher eingepackt und mir gereicht. Ich muss meiner Gattin versprechen, unsere Tochter unter keinen Umständen loszulassen, damit keiner sie uns wegnimmt oder sie mit einem anderen Kinde vertauscht. Mit unserer kleinen Eva verlasse ich den Operationssaal. Anna blutet fast nicht mehr, die Wunde in der Gebärmutter hat der Chefarzt schon zusammengenäht. Mit ein wenig Schreien hat unsere Tochter ihre Ankunft in dieser erbärmlichen Welt angekündigt, jetzt liegt die Kleine zufrieden grunzend in meinen Armen.

Etwa zwei Stunden laufe ich mit ihr im Gang vor dem Operationssaal hin und her. Ich spreche auf sie ein, damit sie sich nicht einsam fühlt und zu weinen anfängt. Endlich darf ich mit ihr zu ihrer Mutter in den Kreißsaal. Anna ist erschöpft, aber sie kontrolliert trotzdem, ob ihr Armband mit dem unseres Kindes übereinstimmt. Sie ist halt echt misstrauisch, wie nur eine Juristin es sein kann. Mit Eva in meinen bleischweren Armen und mit schmerzendem Rücken trotte ich hinter dem Bett mit meiner Ehefrau her. Das wird von einem finsteren Typ in die Wochenbettstation geschoben, wo sie ein frischbezogenes Bett erwartet. Der Krankenträger kommt mir mit seinen langen schwarzen Haaren, seinem breiten Lächeln voller braungefärbter Zähne und seinem unsinnigen Geschwätz wie ein Albtraum vor. Ich lege unser Kind in ihre Krippe und hebe dann mit der Hilfe des finsteren Typen Anna in ihr frisches Bett hinüber. Schmerzen hat die erschöpfte Mutter keine, weil die Wirkung der Periduralanästhesie noch anhält.

Die Wochenbettstation ist übervoll, Anna liegt in einer Dreibettzimmerstube, in das man noch ein viertes Bett hineingezwängt hat. Die Frau neben ihr ist fünfunddreißig und hat gestern ihren dritten Sohn geboren. Sie wünschte sich eine Tochter. Ihr Sohn ist ein großer, kräftiger Junge mit riesigen Ohren und er schreit fast ununterbrochen. Der Chefarzt hat sich bei mir entschuldigt, denn als frischoperierte Patientin habe meine Ehefrau eigentlich das Recht auf ein Einzelzimmer. Leider bekämen die Frauen in Gentofte viel mehr Kinder als vorgesehen. Er bitte um mein Verständnis. Die Gemeinde hat halt neuerdings viele hervorragende Kinderkrippen, Kindergärten und Schulen. In Gentofte ist es darum einfach, die Kinder dem Staat zu überlassen, was sich mehr als zuvor angenommen auf die Anzahl der Geburten auswirkt.

Anna ist versorgt, ich habe ihr geholfen, Eva an ihre Brust zu legen. Von jetzt ab muss sie die Pflege unseres Babys, mit der Hilfe des Personals, allein schaffen, denn meine Patienten erwarten mich in der Klinik. Einen Kuss auf ihre Stirn und ich verlasse die in allen Farben gehaltene Wochenbettstation des Krankenhauses von Gentofte. Ich hab mir einige Brote gestrichen, die ich in meiner Klinik zwischen der Behandlung von zwei Patienten essen werde, Lasse habe ich Geld für eine Pizza gegeben.

Auf dem Heimweg von der Arbeit fahre ich kurz bei Anna vorbei, um nach dem Rechten zu sehen. Um einer Embolie vorzubeugen, ist sie schon aufgestanden. Mit Eva in ihren Armen sitzt sie in einem Sessel neben dem Bett. Schmerzmittel hat sie zwar bekommen, aber der Bauchschnitt tut trotzdem weh. Die Frau im Nachbarbett versucht ihren Sohn zu stillen, der wird aber schnell ungeduldig und schreit vor Wut. Höflich lächele ich der Mutter zu, verberge dabei, dass ich ihren Sohn am liebsten würgen möchte. Stattdessen nehme ich meiner Ehefrau die Kleine ab, wechsle deren Windeln und lege sie in ihre Krippe. Auf meinen Arm gestützt, kriecht Anna auf die Toilette. Ihr ist schwindelig und ich bleibe, während sie pinkelt, neben ihr, damit ihr, würde sie ohnmächtig, nichts passiert. Alles läuft glatt, ein schneller Kuss und ich muss nach Hause, um Katze und Lasse zu versorgen.

»Hund, ich gefalle den Krankenschwestern nicht. Der Altersunterschied zwischen uns und dass ich mit einem Arzt verheiratet bin, missfallen ihnen. Heute hatte ich starke Schmerzen und ich habe sie um eine Morphinspritze angebettelt. Mutwillig haben sie meine Bitte an einen Arzt weitergeleitet, der mir sofort eine verschrieb. Es dauerte eine Weile, bevor eine Krankenschwester Gelegenheit fand, sie mir zu verabreichen. Mir wurde vor Schmerzen fast schwarz vor den Augen, aber ich wollte unser Kind nicht vernachlässigen. Ich habe darum Eva trotz der schweren Schmerzen gestillt, ihr die Windeln gewechselt und sie in meinen Armen gewiegt. Endlich haben sie mir im Stehen eine Spritze in den rechten Oberschenkel verpasst. Echt brutal hat die Schwester sie reingejagt, es tat furchtbar weh. Hier der blaue Fleck und der Knoten tief drin, beides verdanke ich ihr. Gott sei Dank ist unsere Tochter so friedlich. Meine Nachbarin hat einen Sohn bekommen, der ununterbrochen schreit. Wegen ihm schlafe ich nicht viel, aber die beiden werden zum Glück morgen entlassen.«

»Anna, ich werde mit dem Chefarzt sprechen, damit du ein Einzelzimmer bekommst und die Krankenschwester zur Rede gestellt wird. Sie hat die Injektion falsch verabreicht. An der Innenseite eines Oberschenkels darf man nie injizieren. Dort befinden sich wichtige Nerven und Blutadern des Beines. Das Risiko einer Komplikation ist immens. Es war auch falsch, dir die Spritze im Stehen zu verabreichen.«

»Hund, das wäre echt ein Fehler. Du würdest das Personal gegen mich aufwiegeln. Ich muss es halt ertragen. In einer Woche bin ich zu Hause und alles wird wieder gut werden. Ich habe mich erkundigt. Ich habe echt Glück, die gemeine Schwester hat die nächsten drei Tage keinen Dienst.«

Ich nehme Eva in meine Arme, sie gähnt müde und lächelt. Sie kommt mir etwas schlapp vor, weshalb ich das Weiße in ihren Augen erforsche, das mir etwas gelb eingefärbt vorkommt.

»Anna, unser Kind hat Gelbsucht. Ich habe die Blutgruppe AB, welche Blutgruppe hast du?«

»Ich weiß, Hund, bei der Visite heute sprach der Arzt davon.

Wird es bis morgen nicht besser, werden sie ihr eine Blutprobe abnehmen. Ich habe die Blutgruppe 0 Rhesus-positiv. Andreas, ist das ein Problem?«

Anna laufen Tränen über die Wangen. Unser Kind hat entweder die Blutgruppe A oder B und ist darum mit ihrer Mutter nicht kompatibel. Annas Antikörper im Blut unserer kleinen Eva sind dabei, die Blutkörperchen unseres Kindes zu zerstören. Sie wird sich schuldig fühlen, aber ich komme nicht umhin, es ihr zu sagen, brumme: »Unser Kind hat eine andere Blutgruppe als du. Darum hast du Antikörper gegen sie entwickelt, die sich in ihrem Blut befinden und ihre Blutkörperchen zerstören. Meistens ruft eine A- oder B-Inkompatibilität eine schwache Produktion von Antikörpern bei der Mutter hervor, die Gelbsucht wird darum unbedeutend und eine Behandlung ist nicht nötig. Aber in einigen wenigen Fällen wird die Konzentration des Gallenfarbenstoffs im Blut des Babys so hoch, dass eine Lichttherapie notwendig wird, um Schäden am Gehirn zu vermeiden.«

Nichts können wir beiden richtig machen. Erst verlieben wir uns falsch und der Altersunterschied von sechzehn Jahren macht uns die Welt zum Feinde. Dann zeigt sich unser unheilvolles Triebschicksal, das wir, wie die Mehrheit, aus Dummheit nicht unterdrücken, was uns zu Pariern in der bürgerlichen Welt macht. Und jetzt schaffen wir es nicht, ein gesundes Baby zu zeugen. Unser Kind ist zu erschöpft und nimmt zu viel ab. Es schreit nicht und kann nicht zufriedenstellend gestillt werden. Morgen wird die Menge des Gallfarbenstoffs im Blute unseres Kindes wahrscheinlich zu hoch sein, was eine Lichttherapie notwendig macht und die Entlassung meiner Gattin herauszögern wird. Und jeder weitere Tag Aufenthalt im Krankenhaus ist für meine kleine Anna die Hölle. Der Junge schreit ununterbrochen und wenn er endlich Ruhe gibt, wird meine

Ehefrau von Besuchern, vom Personal oder von den anderen Müttern und deren Kindern gestört. Darum hat sie seit Tagen fast keinen Schlaf bekommen. Was sie jetzt durchmacht, hätte die Stasi nicht besser fertiggebracht,

Unsere gelbe Tochter liegt, die Augen durch eine schwarze Brille geschützt und außer ihrer Windel nackt, in einem Glaskasten neben dem Bett ihrer Mutter und schläft. Süß sieht das kleine Ding aus. Anna hat Milcheinschuss, ihre Brüste sind prall und empfindlich. Mit einer Pumpe melkt sie sie leer und gibt sie unserer Eva in der Nuckelflasche, weil sie zum Stillen an der Brust zu schwach ist. Eine Blutprobe haben sie der Kleinen heute Morgen an der Ferse abgenommen. Sie hat dabei zum ersten Mal seit ihrer Geburt kräftig geschrien. Man sieht deutlich die Wunde nach dem Einstich. Meine Frau kann den Anblick vom geronnenem Blut an Evas Ferse nicht ertragen, ihr laufen Tränen über die Wangen. Mit feuchten Servietten entferne ich vorsichtig das Blut am Fuß ihrer Tochter. Die grunzt zufrieden, gähnt und schläft in ihrem Kasten weiter.

Schon auf dem Flur höre ich die Stimmen meiner Schwiegereltern, Anna hat Besuch, was mir nicht recht ist. Ich möchte meine Frau für mich allein. Das Erlebnis der Geburt und die ersten Tage mit unserem Kind will ich mit keinem teilen. Die Krankenschwester und der Schlachter sitzen an Annas Bett, eine Schachtel mit gefüllter Schokolade liegt auf dem Nachttisch. Ich umarme die beiden, es ist ihr erstes und auch in Zukunft wahrscheinlich einziges Enkelkind, von Schwiegervaters Wangen tropfen einige Tränen vor Rührung. Ich habe es eilig, verabschiede mich schnell, behaupte, ich habe noch einen Krankenbesuch. Meine Schwiegermutter schaut mich bewundernd an und klopft mir auf die Schulter, so gewissenhaft wie ihr Schwiegersohn müssten alle Ärzte sein. Bevor ich gehe, entferne ich noch schnell das frische Blut von der Ferse meiner kleinen Tochter, die Blutsauger waren wieder da.

In Wahrheit ist unser leerer Kühlschrank mein Patient, ich fahre zu Irma, um ihn zu füllen. Auf dem Parkplatz steht Lea im Pelz und wuchtet Einkaufstüten in den Kofferraum ihres Audis.

»Hallo, Lea«, grüße ich. »Wie ist es dir bei der Geburt ergangen?«

»Hallo, Andreas, Entschuldige, dass wir nichts von uns haben hören lassen. Die Geburt verlief erst unkompliziert, wenn auch ungemein schmerzhaft, wie es zu erwarten war. Aber dann war etwas mit der Herzfrequenz meines Sohnes. Der Arzt hatte es eilig, verpasste mir einen Dammschnitt und brachte ihn mit einer Saugglocke auf die Welt. Unserem Sohn geht es ausgezeichnet, aber ich habe nach dem Dammschnitt immer noch Schmerzen und Sex geht erst recht nicht. Eine gute Neuigkeit ist dagegen, dass meine Mutter nach der Operation wieder auf dem Damm ist. Sie will ihre letzten Jahre genießen und ich wurde darum umgehend zum Vorsitzenden unserer Familienstiftung ernannt. Danach habe ich mich endgültig mit meinen Bruder zerstritten. Am dritten März ist die Taufe, dazu seid ihr natürlich eingeladen, das bekommt ihr noch schriftlich. Ob mein Bruder und seine Alexandra aufkreuzen, ist fraglich. Tüchtige Frauen, die noch dazu seine Vorgesetzten sind, gefallen ihm nicht. Die sollen seiner Meinung nach ihren natürlichen Platz einnehmen und der befindet sich ehrfurchtsvoll unter und hinter dem Mann. Viel Mutterschutz war mir nicht vergönnt, drei Wochen nach der Geburt war ich wieder auf meinem Posten. Und was das Stillen betrifft, bin ich eine echte Französin. Nach vier Wochen war Schluss damit. Aber ich rede die ganze Zeit nur von meinen Kalamitäten. Wie ist es euch ergangen?«

»Ach, Lea, wie ist es uns ergangen«, antworte ich zögerlich. »Anna hat vor drei Tagen einen geplanten Kaiserschnitt durchgestanden, in dessen Folge sie einen halben Liter Blut verlor. Sie ist schwach und ihr Bauchschnitt schmerzt, aber sie schafft es, unsere kleine Eva zu päppeln. Das Stillen funktioniert leider nicht, weil Mutter und Kind inkompatible Blutgruppen haben. Darum hat unser Baby sich eine Gelbsucht zugezogen und ist zu schwach. Eine Neugeborene mit Gelbsucht muss viel trinken, damit die Gallenfarbstoffe durch den Darm ausgeschieden werden. Also wird sie mit der Babyflasche ernährt, weil die Milch so fast von allein in sie hineinläuft. Für Anna ist es in ihrer Verfassung sehr umständlich, genügend Milch aus ihren Brüsten zu melken. Die Kleine an- und ausziehen muss sie auch dauernd, weil die im Glaskasten nackt sein muss. Und Schlaf bekommt Anna fast keinen, weil sie sich in einem überfüllten Zimmer mit vier Betten befindet, wo es keine Ruhe gibt. Wenn du willst, kannst du sie ab morgen in der Wochenbettstation im Gentofter Krankenhaus besuchen. Aber bitte nur kurz, sie ist völlig erschöpft. Kirsten, Arne, Jane, Ludvig, Aisha und Mahmoud werden morgen auch da sein und am Tag danach Lotte. Carsten schafft es nicht, er kommt jeden Tag erst spät aus dem Büro. Lea, ruf mich bitte in der Klinik an, damit ich dich an einen Gynäkologen, der sich speziell mit den Folgen von Dammschnitten befasst, weiterleiten kann. Deine schöne Fotze können wir nicht entbehren.«

»Danke, Andreas, morgen werde ich deine Frau besuchen und dich anrufen, bis bald.«

Der vierte Tag nach der Geburt. Anna hat mich in Tränen aufgelöst angerufen und gesagt, es gehe mit Eva besser, die Gelbsucht nehme ab. Die beiden würden voraussichtlich in drei Tagen entlassen werden. Heute Morgen habe ein Kinderarzt unsere Tochter untersucht und Hinweise auf eine Hüftdysplasie befunden. Darum würde im Laufe des Tages eine Sonografie vorgenommen werden. Wird der Befund bei der Untersuchung bestätigt, wird man unser Kind sechs bis zehn Wochen lang mit einer Spreizschiene behandeln. Ich habe versprochen, ihr in der ersten Woche zu Hause beizustehen, bis die Wunde weniger schmerzt und sie sich ausgeschlafen hat. Noch heute werde ich alle Termine absagen und sobald meine Ehefrau zu Hause ist, werde ich meine Klinik für eine Woche schließen. Danach wird Schwiegermutter ihrer Tochter einige Wochen beistehen. Hoffentlich ist es weiterhin ein milder und grauer Winter ohne Schnee und Frost, damit es für die alte Krankenschwester einfach wird, von Frederiksberg zu uns nach Charlottenlund zu kommen.

Meine Ehefrau ist erschöpft und in Tränen aufgelöst. Damit die Nachbarn in der Stube nicht alles mitbekommen, stillt sie unser Baby im Flur. Leider hat die Sonografie den Verdacht auf eine Hüftdysplasie bestätigt. Morgen kommt Eva voraussichtlich aus dem Glaskasten und wird mit einer Spreizschiene versorgt, die sie vermutlich zehn Wochen lang tragen wird. Anna ist am Ende, schluchzt: »Hund, ich werde vor Schlaflosigkeit verrückt. Die nette Frau mit ihrem Schreibalg bin ich zwar los, aber stattdessen werde ich von einer fetten Neuen gestört. Sie hat ihr Kind nicht stillen können und bei ihr zu Hause ist alles schiefgelaufen. Darum ist sie mit ihrem Kind wieder im Krankenhaus. Nichts schafft sie selbst, sie braucht für alles Hilfe. Ihr Geklingel und das Hin und Her des Personals halten mich wach.«

»Herzlichen Glückwunsch euch beiden.« Unverhofft steht strahlend Lea in eleganter Kleidung vor uns, eine Frau von Welt. Sie reicht uns ein Geschenk, das ich sofort auspacke. Eine goldene Kette mit einem goldenen Herzen. Anna bricht wieder in Tränen aus, alles ist rührend und schwierig auf einmal, von ihren Wangen tropft es auf meine winzige Tochter. Ich nehme sie meiner Frau ab, gehe mit ihr über der Schulter hin und her, damit sie rülpsen kann. Mit fettigen Strähnen sitzt Anna in ihrem weißen Bademantel und mit Badelatschen an den Füßen im Bett, tadellos steht Lea im Kostüm und auf hohen Absätzen neben ihr.

»Lass dich von mir nicht ins Bockshorn jagen«, grinst die Direktorin. »Das ist alles nur Schein. Nach meiner Geburt ist meine Fotze zerfetzt und schmerzt und meine Schwägerin Alexandra pisst nach ihrer Geburt immer noch beim Lachen in die Hose. Wenn sie überhaupt etwas zu lachen hat, denn ihr Mann ist auf hundertachtzig, weil er keinen Sex bekommt und ich neuerdings in der Stiftung seine Chefin bin. Und ich bin verdrossen, weil mir das Ficken fehlt. Du hattest nur einen Kaiserschnitt. Deine Fotze ist immer noch wie bei einer Jungfrau, stramm und unberührt. Ach, da kommt der Rest der Meute.«

Anna muss auch grinsen, eine funktionierende Fotze ist klar ein Vorteil, den man schätzen sollte. Die Meute drängt sich durch die Tür, meine Frau hat bald ihre Hände voll von Geschenken. Aisha mit ihrem prallen Bauch hat das Gebären noch vor sich, Jane und Kirsten möchten nie wieder, ihnen reicht es mit zwei Kindern, ihre Fotzen funktionieren wieder. Kirsten hofft auf neue Abenteuer, bei denen Kinder nur im Wege sind. Lotte hat es sich anders überlegt, kommt darum auch schon heute zu Besuch. Sie verdreht ihre Augen: Kinder – niemals. Ludvig und Arne schütteln mit trauriger Miene ihren Kopf, von der angeblich geilen Lust ihrer Frauen hatten sie bis jetzt noch nichts. Im letzten Augenblick erscheinen Alexandra und Johann, schenken unserem Kind ein tolles Kreuz aus Gold mit einem dicken Diamanten, verabschieden sich dann aber schnell.

Mein defektes Kind sieht mit ihrer Schiene wie ein Frosch aus. Von einer netten Krankenschwester, der unsere ungewöhnliche Beziehung nichts ausmacht, hat Anna gelernt, wie man trotz der Spreizschiene die Windeln wechselt. Mir gefällt das ganz und gar nicht, weil unsere Tochter mit der Schiene ohne Windeln wie ein Ungeheuer aussieht. Meine Ehefrau hat ihre Sachen zusammengepackt, ich habe für unseren kleinen Frosch einen Lift mitgebracht. In dem mag sie aber nicht liegen. Sobald ich sie hineinlege, fängt sie an zu schreien. Anna kann wegen des Bauchschnitts ihre Jeans nicht schließen, ihr fehlen noch zwei Kilo, bis sie so viel wiegt wie vor der Schwangerschaft. Ihre geilen, prallen Brüste machen das eine Kilo aus. Der netten Krankenschwester habe ich eine große Schachtel gefüllte belgische Schokolade von Leonidas geschenkt. Vorsichtig schlurft meine Ehefrau zum Auto, im Bregnegårdsvej wird ihr die Treppe wegen ihres schmerzenden Bauchschnitts zu schaffen machen. Mühsam und mit vor Schmerzen verzogenem Gesicht setzt sie sich auf den Rücksitz und schnallt sich an. Ich reiche ihr unseren Frosch, dem ein wenig Milch aus dem Mund läuft, die ich mit einer Serviette entferne. Am finsteren Himmel jagen schwarze Wolken vorüber, ein kaltes Rieseln in meinem rechten Schuh erinnert mich daran, auf Pfützen zu achten.

Im Bregnegårdsvej werden wir von einer Sturmböe erfasst. Ich stemme mich gegen die Autotür und reiche Anna meine Hand, damit ihr und unserem Kind nichts passiert. Auf der Straße durch den Wald liegen dicke Zweige. Bei dem Sturm ist es kaum ratsam, diesen Weg zum Irma in der Jægersborg Allee einzuschlagen. Sobald Mutter und Baby sich sicher im Bett befinden, hole ich den Lift und die Sachen aus dem Auto. Als ich in das Schlafzimmer zurückkehre, um nach dem Rechten zu schauen, schlafen alle drei in unserem Ehebett, der Kater

Julius auf meinem Kopfkissen. Am Ende des Gartens schwankt unsere Fichte im Sturm, es rauscht, als fahre ein Schnellzug durch unseren Garten.

Die Haustür knallt zu, Lasse ist im Haus, das Baby fängt sofort an zu schreien. Ich hole den Schreibalg aus dem Schlafzimmer, denn Anna hat den Schlaf dringend nötig. Wie bringe ich meinem Sohn bei, sich lautlos durchs Haus zu bewegen? Ihn auszuschimpfen hat nie etwas bewirkt. »Händewaschen«, kommandiere ich. »Lasse, kannst du bitte mit ihr herumlaufen, bis sie wieder fest schläft.« Ich drücke ihm das kleine, süße Ungeheuer in die Arme, mit dem mein erstaunter Sohn die nächste halbe Stunde durch die Stuben läuft. Eva schaut ihn an – sie lächelt, von Müdigkeit keine Spur.

»Andreas, wo ist mein Kind, meine Brüste sind am Platzen«, ruft Anna aus dem Schlafzimmer. Ich nehme Lasse die Kleine vom Arm und trage sie nach oben zur besorgten Mutter, damit die mütterlichen Brüste entleert werden können. Sofort saugt das kleine Ungeheuer sich fest, die Augen meiner Ehefrau sehen nur ihr stillendes Kind. Die Symbiose der beiden ist komplett, mich sieht keiner. Enttäuscht und einsam setze ich mich zu meinem Sohn in die Küche. Wäre ich ein richtiger Mann, würde ich mit ihm auf ein Bier in eine Kneipe gehen. Aber ich besuche niemals eine, weil die Leute dort nur langweilig herumsitzen, rauchen, saufen und quatschen. Stattdessen koche ich für uns eine Kanne Tee. Eine Tasse trage ich nach oben und stelle sie auf Annas Nachttisch. Mit Lasse trinke ich in der Küche Tee und esse dazu gestrichene Brote. Ein richtiger Mann bin ich sowieso nicht, meine Frau darf auch mit anderen Männern ficken, ohne dass ich sie deshalb zusammenschlage und die Scheidung einreiche.

Im Krankenhaus hat man meiner Gattin vor der Entlassung die Wundklammern aus dem Bauchschnitt entfernt, was sie sehr erleichtert hat. Selbst die Treppe schafft sie mit der Hilfe des Geländers allein. Nirgendwo kann ich mich verbergen, alles, was ich tue, wird von ihr kontrolliert und begutachtet. Lasse hat gelernt, wie ein Ninja durchs Haus zu schleichen, selbst die Holzdiele knirscht kaum unter seinen Schritten. Er weiß, wo man hintreten muss, um Geräusche zu vermeiden. Ich bin leider etwas schwerfälliger, meine neue Rolle als Kindermädchen und Diener passt mir nicht. Ich glaube immer noch daran, dass ich ein Recht darauf habe, meinen Alltag allein zu gestalten. Aber das Brüllen meines Kindes und die Tränen meiner Ehefrau brechen meinen Willen, bald werde ich ein perfekter Kindesvater sein, ohne eigene Meinung und jeder sexuellen Erregung beraubt.

Weil Anna mich dringend braucht, habe ich meinen Urlaub um eine Woche verlängert. Die Mutterrolle ist echt erdrückend. Geht meine Frau ohne Eva auf die Toilette, schreit das Ungeheuer. Sie will keine zwei Sekunden allein sein. Nachts stillt sie jede zweite Stunde und nuckelt stundenlang an den Brustwarzen ihrer Mutter, sodass diese voller blutiger, schmerzhafter Risse sind. Damit die Risse heilen, läuft die Gefolterte mit nacktem Oberkörper herum. Dank des Umstandes, dass wir früher immer nackt gebadet haben, stört das Lasse kaum und auf seine Freundin nehmen wir keine Rücksicht. Ich habe mich daran gewöhnt, dass meine Gattin nachts ein Buch lesend stillend neben mir im Bett sitzt. Trotzdem schlafe ich tief, was ein Segen ist, weil ich tagsüber mit dem Kinderwagen losfahre, damit Anna in Ruhe ihren fehlenden Schlaf nachholen kann.

Das Kochen erledigt meine Frau trotz Schmerzen, Müdigkeit und Bluten, denn mein Essen schmeckt ihr nicht. Nachmittags schlafen Mutter und Kind, da kann ich einkaufen und aufräumen. Unser Mülleimer ist von Papierwindeln überfüllt. Im Briefkasten lag ein Bescheid der Müllabfuhr. Die Gemeinde fordert, dass wir für einen zweiten Mülleimer bezahlen. Morgen fahre ich wieder in meine Klinik. Meine Schwiegermutter hat Urlaub und wird meinen Posten im Haus übernehmen, um ihrer Tochter beizustehen.

Anna schmeißt den Laden wieder alleine, ihre Mutter ging ihr auf die Nerven. Nur zwei Wochen hielt sie sie aus, dann haben sie sich gestritten und Schwiegermutter sah ein, dass ihre Hilfe unerwünscht war. Unser Heim sieht jetzt zwar aus wie eine Räuberhöhle, aber es herrscht Harmonie. Einmal in der Woche kommt eine Putzfrau, der ich wegen des Zustandes im Haus eine Stunde extra zahle.

»Hund, beeile dich, wir kommen zu spät.« Ich lade die Teile des Kinderwagens in unseren Caravan, wir sind auf den Weg zur Taufe in Ordrup. Lea und Hans wohnen in einer Villa aus roten Backsteinen in der Kratvænget zwölf. Das zweistöckige Hauses hat ein Dach aus dunklen Ziegeln, überall Fensterläden, wie es in den Fünfzigerjahren Mode war. Sonntags ist kaum Verkehr, zehn Minuten dauert die Fahrt und wir sind in der Kirche von Ordrup. Es gibt jede Menge Parkplätze. Ich parke ein und stürze mit Eva auf dem Arm gefolgt von Anna den Hügel hinauf zu der kitschigen Kirche im neuromanischen Stil. Ganz vorne neben Lene sind zwei Plätze für uns reserviert, Alexandra und Johann sitzen links von Lene und Georg, wir rechts. Lea steht schon mit ihrem Sohn beim Taufbecken, grinst uns zu, Hans hebt grüßend seine Hand. Obwohl er neuerdings Rechtswissenschaft studiert, ist er ein flotter Mann mit breiten Schultern, dem man seine Zeit als Leibwächter noch ansieht. Leas Sohn fängt an zu schreien, der

Priester gießt fleißig Wasser auf seinen Schädel. Er ist getauft, wir können alle aufatmen. Der Pastor segnet die Welt, hält einen Vortrag darüber, warum wir auf Erden sind, dass wir Gott dankbar sein müssen. Darauf das Brausen der Orgel und der schleppende Gesang der Kirchgänger. Eva wird unruhig, weshalb ich mit ihr dem Segen und Gottes Wort entkomme und in der Frühjahrssonne mit ihr auf dem Arm um den Kirchenhügel trabe. Die beiden Türme der Kirche ragen spitz in den blauen Himmel, als wollten sie Gott in den Hintern pieken. Solche Überlegungen beschäftigen meine Tochter kaum, genussvoll macht sie in ihre Windeln. Wir haben Servietten, Windeln, Puder und Salbe im Wagen, aber sie zu wechseln ist mir wegen der Spreizschiene zuwider, weshalb ich es nach der Andacht Anna überlassen werde.

Auf dem Hintersitz des Wagens die Windeln zu wechseln hat gedauert, wegen der kalten Frühjahrsluft wand sich Eva beim Wechseln wie ein Aal. Anna stand der Schweiß auf der Stirn. Sie schimpfte, dass ich ein Feigling sei, der sich nicht traue, wegen einer lächerlichen Schiene seinem Kind die Windeln zu wechseln. Danach hat meine Ehefrau geweint, weil unser süßes Baby von den Blutproben eine Narbe an seiner Ferse hat. Als Letzte fahren wir los, auch zum Empfang bei Lea und Hans werden wir zu spät kommen. Auf dem Vordersitz neben mir liegt die Karte, damit ich den Kratvænget zwölf finde. Die Villa ist groß, unser Haus würde knapp den Seitenflügel ausmachen. Zweihundert Meter entfernt parke ich ein, was mir nichts ausmacht, denn so bemerkt keiner unseren schäbigen Citroën zwischen den vielen protzigen Autos. Während die Kleine stillt, montiere ich den Kinderwagen, es kann losgehen. Als wir das Haus erreichen, ist sie eingeschlafen. Meine Frau öffnet den Haupteingang und ich stelle den Kinderwagen in einer Ecke des weitläufigen Vorraums ab, der Babyalarm wird mir in die Hand gedrückt.

»Kann man dir anvertrauen, unser Baby zu überwachen?«, fragt meine Gattin. »Einem Mann, der sich nicht einmal traut, die Windeln seines Kindes wegen einer Schiene zu wechseln?« Seit der Geburt ist nur ein Monat vergangen, aber meine Ehefrau sieht schon wieder verdammt gut aus. Ihre roten Haare trägt sie in einem Knoten auf dem Kopf, aus dem wie Waffen zwei schwarze, hölzerne Haarnadeln ragen. Würde sie eine der Nadeln in den Hals eines Angreifers stechen, wäre er tödlich verletzt. Ihr silbernes Kleid sitzt eng, aber ihren Bauch erkennt man kaum. Das Oberteil ihres Kleides ist von den prallen Brüsten stramm gefüllt, zwischen den weißen Halbkugeln schimmert blau wie ihre Augen ein Opal. Bei ihrem Anblick bekomme ich eine schmerzende Erektion, was ganz unsinnig ist. Anna benötigt ein Kindermädchen, wie es welche in Disney-Filmen gibt, keinen Kerl mit einem Ständer, großem Kopf, klobigen Händen, riesigen Füßen und einer groben Stimme.

Vor dem Kamin am Ende des weitläufigen Wohnzimmers weilen Lea und Hans, von Freunden und Familie umgeben, am anderen Ende des Raums ganz allein Alexandra und Johann. Ihr Kind hat Lea an ihr philippinisches Kindermädchen übergeben, damit sie sich ungestört ihren Gästen widmen kann. Von ihm werden wir an diesem Abend kaum mehr etwas hören oder sehen.

Alexandras Baby krabbelt auf dem Boden herum, steckt alles in den Mund, richtet sich an den Möbeln auf, es wird bald alleine laufen können. Die beiden Eltern bestaunen ihr kleines Wunder, Johann sieht aus, als hätte er das erste Mal nach der Geburt Sex bekommen. Lächelnd steht er auf, reicht dem Kind seine Finger. Jubelnd geht es, an seinen Händen geklammert, zwischen seinen Beinen durch die Stube. Die Gäste strahlen, es ist ein entzückender Anblick. Ein rührender Vater mit seinem Sohn, der wie ein echter kleiner Mann die Welt erobern will.

Hier scheint der Frieden eingezogen zu sein, ich gehe zu der glücklichen, kleinen Familie. Alexandra sieht entzückend aus, strahlend blaue Augen, ein kleiner blonder Pferdeschwanz, im tiefen Ausschnitt ihres roten Kleides zwei weiße Brüste im Spitzen-BH. An ihren langen, wohlgeformten Beinen trägt sie Stay-ups, an ihrem wippenden rechten Fuß hängt eine schwarze Sandale mit hohem Absatz von Prada. Ich beuge mich zu ihr hinunter, um sie auf ihr Kinn zu küssen. Liebevoll legt sie ihren Arm um meinen Nacken und drückt mir einen heißen Kuss auf die Lippen. Mir ist alles vergeben, mein schmerzender Ständer versucht den Hosenlatz zu durchbrechen.

»Wie stehst du dazu?«, frage ich töricht.

»Ich bin sehr zufrieden mit unserem Leben. Alles funktioniert wieder und seitdem ich ihm häufig die Hose ausziehe und tüchtig ficke, liebt er mich und unseren Sohn. Von Scheidung redet er nicht mehr, stattdessen starrt er mich verliebt an, was mir lästig ist. Ich brauche Abwechslung, du bist zwischen meinen Beinen herzlich willkommen.« Ihre Hand streift meinen Ständer.

»Alexandra, das geht wegen Annas derzeitigem geistigen Zustand nicht. Das würde ihr zu sehr zusetzen. Es muss warten, bis sie es verkraftet hat, Mutter zu sein. Eine Scheidung im Leben genügt mir. Was ist mit deinem Pagenkopf? Gefiel er dir nicht?«

»Der passte nicht mehr zu mir. Nach der Schwangerschaft habe ich mich verändert. Ich bin zwar Mutter, aber jetzt gleichfalls eine Hure, die grenzenlos mit Männern ficken will. Johann wollte eine Ehefrau wie seine Mutter. Ob es ihm gefällt oder nicht, die hat er jetzt. Ich will wie deine Anna meine Flügel ausbreiten und die Herzen der Männer versengen, mit einer wunden Fotze die aufgehende Sonne begrüßen. Übrigens, ich muss euch warnen. Jemand von uns redet mit den Boulevardzeitungen. Es gab einen Artikel über die Orgien in der Amaliegade. Zwar ohne dass Namen genannt wurden, aber es war von Ärzten, Volkswirtschaftlern, Juristen, pakistanischen Diplomaten und anderen Personen der Oberschicht die Rede. Mein Mann hat damals gedroht, Lea zu entlarven. Darum habe ich ihn zur Rede gestellt. Er hat mir geschworen, dass er nicht der Verräter sei.« Ich sage nichts, setze mich neben sie aufs Sofa und lege einen Arm um sie. Wer hätte das gedacht, die Patin unseres Kindes hat sich zu einer treuen Freundin entwickelt, auf die wir uns verlassen können. Wenn Annas Name in Verbindung mit den Orgien in der Presse erwähnt wird, würde das sich katastrophal auf ihre Karriere in der Verbraucherbehörde auswirken. Aber wer von uns erzählt davon und warum?

»Alexandra, verdächtigst du jemanden?«, frage ich sie misstrauisch. Sie schüttelt den Kopf, schaut nach ihrem Mann und Sohn, die sich mit Lene unterhalten. Nach der Operation geht es Lene wieder gut. Sie schwingt ihren Enkel im Kreise herum, Johann steht lachend daneben, seine geile Ehefrau bekommt ihm gut.

»Alexandra, die Einzigen, die mir einfallen, sind Jane und Ludvig. Seit die beiden aus Holland heimgekehrt sind, haben sie sich uns allen gegenüber richtig abweisend verhalten. Aber ich habe das den Schwierigkeiten zugeschrieben, die mit einer Heimkehr immer verbunden sind. Es dauert ungefähr zwei Jahre, bis man sich wieder eingewöhnt hat.«

»Andreas, warum sollten sie das machen? Keiner hat ihnen etwas angetan.«

»Genau, Alexandra, warum sollten sie? Wir haben die Tat, aber keinen Täter, also müssen wir abwarten und Augen und Ohren offenhalten.«

Der Baby-Alarm wird aktiv. Ich stürze zu unserem Kind in den Vorraum. Die Kleine bewegt, Annas Brustwarzen suchend, ihren Kopf unruhig hin und her. Sie hat sichtlich Hunger und wird in wenigen Sekunden ihre Unzufriedenheit der Welt mit lautem Schreien mitteilen. Ich hebe die kleine Tyrannin aus dem Kinderwagen, gebe ihr einen zärtlichen Kuss und trage sie zum Urquell des Lebens, den prallen Brüsten meiner Frau.

»Anna, du kannst dich mit Eva zu Alexandra setzen«, sage ich. »Die haben wir falsch eingeschätzt. Sie ist eine Verbündete, auf die wir uns echt verlassen können. In ihrer Ecke ist Ruhe und sie hält zu uns.« Die Kleine hängt schmatzend an Annas Brust, die beiden Frauen achten kaum auf sie, tratschen über all das, was nach der ersten Geburt auf eine Mutter zukommt. Ich setze mich zu ihnen, möchte mitbekommen, was für mich demnächst Sache sein wird. Alexandra hat den Mutterschutz satt, freut sich jeden Tag darüber, dass sie wieder arbeitet. Vor der Geburt haben sie ihre Wohnung in der Innenstadt verkauft und sind nach Hellerup gezogen. In der konservativen Gentofte Gemeinde gibt es im Gegensatz zum sozialistischen Kopenhagen reichlich Kinderkrippen, Kindergärten und hervorragende Schulen. Darum konnte ihnen sofort nach der Geburt ein Platz in einer Krippe zugeteilt werden. Ihr Sohn wird die Tranegårdschule besuchen, die auch der Kronprinz für seine Kinder ausgewählt hat.

»Ich habe das Glück, eine Informatikerin von der Technischen Universität zu sein«, sagt Alexandra lächelnd. »Um mich reißen sich die Arbeitgeber. Ich verdiene gut und man ist mit mir nachsichtig. Feste Arbeitszeiten gibt es für mich keine und ich kann mich meinem Kind anpassen. Um die Sache noch mehr zu erleichtern, bezahlt Lene mir eine Au-Pair von den Philippinen. Es muss halt echt Spaß machen, Mutter zu sein. Kinder, Kirche und Küche – leck mich am Arsch, ich will Perlen, Pelze und Dicks und dann erst Kinder. Kommt vorbei. Wir wohnen in einem exklusiven Reihenhaus im Nerievej neun.« Unsere Eva lässt die Nippel los, grunzt zufrieden, fängt an zu wimmern. Anna gibt mir die kleine Tyrannin, damit ich sie zum Rülpsen bringe. Ich lege mir eine Windel über die Schulter, um meinen Anzug gegen die Bäuerchen zu schützen. Mit meiner Tochter über der Schulter wandere ich durch die weitläufige Stube. Vor einem tollen Kamin aus roten Backsteinen stehen schwere Ledermöbel, in denen man ficken könnte, ohne an lästige Flecken denken zu müssen. Lene und Lea sitzen in einem riesigen, abgewetzten, mit braunem Leder bezogenen Sofa am Ende des Raumes. Um den Couchtisch aus Stahl und Glas stehen niedrige Stühle aus Mahagoni mit lederbezogenem Polster. Lea erzählte mir neulich, dass sie die Möbel für ihr Wohnzimmer auf einer Auktion gekauft habe, also gebraucht, um keinen neureichen Eindruck zu erwecken. Den Wettstreit um die schicken Möbel haben sie gewonnen. Neu hätten die Möbel weniger gekostet, aber wer möchte schon neureich erscheinen?

»Komm mal her, ich möchte deine schöne Tochter sehen.« Ich halte das süße Ungeheuer Lene mit gestreckten Armen entgegen, damit sie sie bewundern kann, aber berühren darf sie niemand. Ich bin halt Arzt und die Leute sind von Krankheitserregern verseucht, mit denen sie das süße Ding in meinen Armen anstecken könnten. Aisha ist voller Neid, sie erwartet einen Sohn und nicht die Tochter, die Mahmoud sich gewünscht hatte. Kirsten läuft eine Träne über die Wange, weil sie zwei Söhne hat. Sie hat darauf verzichtet, zusätzlich eine Tochter zu bekommen. Zwei Kinder reichen ihr.

»Andreas, sei nicht so prüde, reiche mir deine Eva«, ruft Charlotte, aber ich bleibe stur, keiner rührt mein Kind an. Zum Glück blubbert es in ihren Windeln, weswegen ich durch die

Stube zurück zu Anna gehe. Ich muss aufpassen, dass ich nicht stolpere, denn das helllackierte Parkett ist mit zahlreichen persischen Teppichen belegt. Auf den dicken weichen Läufern könnten die Weiber knien, während ihre Oberkörper auf den lederbezogenen Puffs ruhen. Ihre Fotzen würden angeschwollen, träufelnd und offen sein, sich die strotzenden Ständer ersehnen. Ein lauter Schrei reißt mich aus meinem Tagtraum, das Gesicht meiner Tochter ist vor Wut verzehrt. Ich wiege sie in meinen Armen, rede ihr beruhigend zu, meine Ehefrau sieht mich besorgt an.

»Anna, sie hat in die Windeln gemacht. Wir müssen sie wechseln.«

»Du meinst, ich muss ihre Windeln wechseln«, sagt meine Frau vorwurfsvoll. »Alexandra, mein Mann ist echt bedeppert. Wegen der Schiene weigert er sich, seinem Kind die Windeln zu wechseln.«

Alexandra verdreht grinsend ihre Augen. »Männer«, sagt sie. »Die sind heutzutage nur zum Ficken zu gebrauchen. Den Rest schaffen wir Frauen alleine.«

»Fürs Dachrinnen reinigen, Rasenmähen und den Garten umgraben finden sie auch noch Verwendung«, lacht Anna. »Echt, du hast Recht, das Ficken ist das Entscheidende, den Rest schaffen wir irgendwie. Für den Garten und die Dachrinnen gibt es mannhafte Lesben.«

Meine Tochter hat das Lästern der Weiber über ihren netten Vater satt. Ihr Gesicht verfärbt sich purpurn, es verzieht sich zu einer Maske der Wut. Ein Brüllen ertönt, das in der Stube das Gespräch verstummen lässt. Entgeistert starren uns alle an, dann beginnen die Leute entnervt, zaghaft zu lächeln. Anna und ich raffen uns zusammen, stürzen von Alexandra geführt in die Halle, von da die Treppe hinauf in ein Badezimmer zu einem Wickeltisch. Unsere neue Verbündete weist uns an, bald strahlt Evas Po vor Reinheit. Einige wütende Schreie und die kleine Bestie im rosa Strampler duftet wieder wie die unschuldigen Babys in den Märchen.

Auf der Treppe kommt uns Jane mit ihrer Jüngsten an der Hand lächelnd entgegen. Sie betrachtet die jetzt in meinen Armen zufrieden grunzende Tochter.
»Euch hat es erwischt«, meint sie. »Mit eurem freien Leben und eurer großzügigen Sexualität ist es vorbei. Für seine Kinder muss man Opfer bringen. Wenn man Kinder im Haus hat, muss dort Ruhe, Regelmäßigkeit und Ordnung herrschen. Für die Kleinen ist ein gutbürgerliches Leben das Richtige.«
Wir vier blicken die neue Jane entsetzt an. Die hatte doch schon immer Kinder und war trotzdem eine geile Sau? Streiten wollen wir uns nicht, weshalb wir ihr freundlich zunicken. Wir streben zurück in die Stube, lassen die heilige Madonna mit ihrem Kind auf der Treppe stehen. Als wir die Stubentür öffnen, schlägt uns eine brausende Kakofonie von Stimmen entgegen. Lene hat ihr Enkelkind in den Armen, das an einer Flasche nuckelt. Ihre Tochter in hohen Absätzen und tadellosem Kostüm betrachtet die beiden liebevoll. Lene wird meines Erachtens noch einige Jahre ihres Großmutterdaseins mitbekommen, bevor sie vom Krebs hingerafft wird.

»Hund, ich bin müde. Ich will nach Hause, um zu schlafen. Die Kleine nuckelt die ganze Nacht an meinen Brustwarzen, die voller schmerzender Risse sind.« An den Schnuller haben wir unsere Tochter in der ersten Woche nach der Geburt nicht gewöhnt und jetzt ist es zu spät. Eine Saugflasche wollte Anna nicht, weil Lasse und Marie je zwei Jahre lang gestillt wurden. Sie will nicht hinter meiner Ex zurückstehen. Stillen ist für sie Ehrensache, darum habe ich da nichts zu melden. In eine

Kinderkrippe werden wir Eva, genau wie meine beiden anderen Kinder, auch nicht stecken. Wir haben mit meinen Schwiegereltern verabredet, dass sie sich nach dem Mutterschutz ihres Enkelkindes annehmen, bis es mit knapp drei Jahren in den Kindergarten gehen wird. Der Preis für einen Platz in einer Kinderkrippe in der Gentofter Gemeinde beträgt etwa zweitausendzweihundert Kronen monatlich. Meinen Schwiegereltern bezahlen wir für ihre Mühe dasselbe.

»Hund, tu etwas, dein Kind will nicht schlafen.« Annas Gesicht ist vor Müdigkeit faltig, ihr stehen Tränen in den Augen. Die Kleine ist quietschvergnügt, lächelt mich selig an. Ich steige aus dem Bett und ziehe mich an, Alkohol habe ich bei der Taufe nicht zu mir genommen. Ich stecke das Biest in den Kindersitz und befestige diesen hinten im Auto. Ich fahre nach rechts in den Bregnegårdsvej, dann an der Ampel links in die Jægersborg Allee, auf dem Hintersitz das Quietschen und Grunzen von Eva, die Autofahren liebt. Meine Geschwindigkeit passe ich den Ampeln an, weil sie bei jedem Stopp zu schreien beginnt. Der Jægersborg Allee folge ich, bis sie in den Jægersborgvej mündet. Ich biege auf dem Jægersborgvej rechts ab und fahre bis zur Autobahn, auf der es in nördlicher Richtung bis Hørsholm geht. Seit der Jægersborgvej kommt vom Hintersitz kein Laut. Auch als ich von Hørsholm in den Bregnegårdsvej zurückkehre, herrscht hinter mir Totenstille. Vor dem Bregnegårdsvej dreizehn parke ich ein, stelle aber den Motor nicht ab. Erst schließe ich die Haustür auf und hebe dann vorsichtig den Kindersitz aus dem Wagen. Auf Zehenspitzen schleiche ich mit ihm nach oben ins Schlafzimmer und stelle ihn vorsichtig in den Kinderwagen neben dem Bett. Dann auf Zehenspitzen zum Auto, um es abzustellen und zu verschließen. Vorsichtig mache ich die Haustür zu, ziehe mir im Flur die Klamotten aus. Wie ein Ninja gehe ich lautlos ins

Schlafzimmer und krieche kaum atmend unter die Bettdecke. Im Kinderwagen herrscht Ruhe, wir können einige Stunden schlafen, bis das Brüllen der Tyrannin uns aus dem Schlaf schrecken wird.

Anfang Juni fliegen wir mit Eva nach Albufeira in Portugal. Anna hat es satt, im Bregnegårdsvej mit ihr eingesperrt zu sein. Die Spreizschiene sind wir los, wir können mit der Kleinen baden, ich wechsle Berge von Windeln. Es hat das ganze Frühjahr geregnet, aus den erhofften Spaziergängen mit dem Kinderwagen durch den Wald bis zum Øresund wurde darum nichts. Beim Start und bei der Landung des Flugzeuges wird Eva gestillt, damit sie keine Ohrenschmerzen bekommt. Den Rest des Fluges laufe ich mit ihr auf dem Arm im Flugzeug hin und her.

In der Algarve scheint die Sonne und im Schatten wird es bis zu dreißig Grad warm. Um einem Sonnenbrand zu entgehen, schläft Anna am Strand unter den Felsen. Inzwischen wate ich vor der Brandung mit Eva auf dem Arm am Strand entlang. Das kleine, süße Biest liegt auf meinem Arm und beobachtet die Wellen. Zwei Kilometer den Strand entlang und dann wieder zurück zu meiner Frau. Setze ich mich zu Anna, fängt unsere Tochter, selbst wenn sie nicht hungrig ist, sofort an zu schreien. Ist sie hungrig, wird sie gestillt. Aber sobald sie damit fertig ist, findet sie Mutti langweilig und will mit mir los. Abends sitzen wir oben an der Promenade und essen. Das heißt, erst sitzt meine Ehefrau und isst, während ich mit Eva herumlaufe, und anschließend kann ich mein kaltes Essen genießen, während Anna Eva stillt. Danach ein kurzer Spaziergang mit der Kleinen auf dem schmerzenden Arm im romantischen Albufeira, bevor wir in unsere Wohnung taumeln. Wir schlafen, wenn unser Kind schläft, den Rest der Zeit unterhalten wir die Tyrannin. Von Sex keine Spur, Geschwister möchte das süße Biest scheinbar nicht. Die Pille nimmt meine Frau trotz des Stillens wieder, was im Grunde aber überflüssig ist, da wir zum Ficken kaum Gelegenheit haben. Das passt Anna, weil ihr die sexuelle Lust abhandengekommen ist. Die Männer findet sie grob und unbeholfen, nur ihr Baby ist entzückend. Mich hat das Schicksal zur Haushilfe, zum Kindermädchen und zum Eunuchen ernannt.

In den Bregnegårdsvej heimgekehrt, ist es kaum anders. Sonntagmorgen fahre ich um vier Uhr morgens mit dem Kinderwagen los, damit meine Ehefrau nach dem stundenlangen, nächtlichen Stillen in Ruhe schlafen kann. Fünf Romane hat sie nachts mit dem Kind an der Brust gelesen. Die Straßen sind frühmorgens verödet. Hin und wieder treffe ich andere Männer, die auch mit einem Kinder- oder Sportwagen unterwegs sind. Wir nicken uns zu, wissen, was uns umtreibt, wir kämpfen um unsere Kinder und unsere Ehen. Nach einigen Stunden wird der Balg unruhig und ich strebe mit langen Schritten zur Mutter zurück und lege die Kleine an die Brust der kaum Erwachten. Anschließend wechsle ich Windeln und spiele mit dem süßen Ungeheuer in der Stube, damit Anna noch zusätzlich zwei Stunden Schlaf ergattert.

Die Taufe von Eva werden wir im engsten Kreise feiern. Die Sankt-Hans-Feier bei Charlotte und Carl F. haben wir abgesagt, weil wegen des Stillens ein Babysitter nicht möglich ist. Durch den Wald gehen wir am Sankt-Hans-Abend mit tausenden von Leuten zum Strandpark Charlottenlund. Anna schiebt den leeren Kinderwagen, meine Tochter bevorzugt den Arm ihres Vaters, von dem aus sie die Welt beobachten kann. Die Gemeinde hat am Strand einen riesigen Scheiterhaufen errichtet. Um zweiundzwanzig Uhr lodern die Flammen, heulend verbrennt an der Spitze des Feuers die Hexe, die so gern mit dem Satan auf dem Blocksberg ficken möchte. Die Menge singt das Mittsommerlied, danach können wir durch den wilden Wald wieder nach Hause trotten. Die geilen Hexen wurden in den zahlreichen Feuern an der Küste verbrannt, für die ist in der gutbürgerlichen Gesellschaft kein Platz. Möchten sie es anders, wissen die Weiber, was sie erwartet.

Anfang April hat Aisha ihren Sohn geboren. Wir haben ihn noch nicht gesehen, aber zur Taufe wird sie ihn mitbringen. Im Krankenhaus haben wir sie nicht besuchen können. Mahmoud hat uns abgeraten, weil seine Frau sonst mit ihrer Familie Ärger bekäme. Ein Besuch von einem fremden Mann, während sie im Bett liegt, wäre eine Beleidigung. Und es wäre schwierig, der Familie zu erklären, wieso sie mit einem Kafir wie Anna befreundet ist. Dass wir miteinander ficken, darüber darf keiner reden. Ein Scheiterhaufen wäre schnell errichtet und Aisha moralisch für immer vernichtet.

»Gott sei Dank haben sie keine Ahnung«, sagte Anna, als sie vom Besuch bei ihren Kollegen im Verbraucheramt zurückkehrt. Sie wollte ihnen unsere Tochter zeigen und bekam Spielzeug für sie. In ihrem rosa Strampler erschien sie ihnen natürlich süß und bezaubernd. Während Anna sie stillte, waren die Kolleginnen unter sich, die Männer in ihre Büros zurückgekehrt. Und da haben die Frauen über die unglaublichen Hurenweiber getratscht, die an Sexorgien in der Amaliegade und sonst wo teilgenommen haben.

»Das waren unter anderem Rechtswissenschaftlerinnen wie wir«, haben sie gekeift. »Eine Diplomatin war auch dabei und Ärztinnen und Volkswirtschaftlerinnen. Von Arbeitslosen aus der Unterschicht kann man es ja nicht anders erwarten, aber Akademiker wie wir, die kein Extrageld zu verdienen brauchen! Schier unglaublich, die haben es echt umsonst getan. Die müsste man aus ihren Stellungen hinausekeln«, meinten die netten Kolleginnen. »Als Akademikerin ist man ja schließlich ein Vorbild für die Jugend. Da kann man sich ein solches Benehmen nicht erlauben. Wo wären wir, wenn so etwas unbestraft bliebe.«

Verzagt wandte Anna ein, dass das, was die Frauen getrieben haben, nicht strafbar sei. Erschüttert haben die Kolleginnen sie angeschaut, sie gefragt, ob sie auch so eine sei? Das hat sie natürlich abgestritten und ihnen Recht gegeben. Sie möchte keinen moralischen Scheiterhaufen, auf dem sie als Hexe verbrannt wird. Schon gar nicht jetzt, da sie Mutter ist.

Pastor Lindeberg wird die Taufe in der Messiaskirche verrichten, unser Kind hat das Taufkleid ihrer Mutter an, ab heute wird sie offiziell Eva heißen. Gestern habe ich eingekauft, heute Nacht war Eva brav, weswegen wir einigermaßen durchgeschlafen haben. Frühmorgens konnte ich, statt mit dem Kinderwagen rumzufahren, im Bett verbringen. Anna hat für die Gäste Brötchen gebacken und den Tisch gedeckt, ich habe unserem süßen Ungeheuer die Windeln gewechselt, es angezogen und unterhalten. Lasse und Marie haben geholfen, alles ist Idyll und Eintracht. Zu fünft sind wir zu Fuß unterwegs zur Kirche, wo unsere Gäste uns erwarten. Mit dem Wetter haben wir Glück, es ist zwar kühl und windig, aber die Sonne scheint. Bei der Ampel rechts um die Ecke und wir sind nach wenigen Schritten da. Romantisch strebt die rote neubarocke Backsteinkirche von neunzehnhundertsechsundzwanzig, mit einzelnen Elementen im gotischen Tudorstil gebaut, dem strahlend blauen Himmel entgegen.

Meine Schwiegereltern, meine Ex mit ihrem Mann, unsere Freunde aus der heimlichen Welt, alle sind sie da. Nur die

Krankenschwester Jane und ihr Mann Ludvig haben abgesagt, sie habe heute eine Schicht im Krankenhaus. Eva ist an Wasser gewöhnt. In Albufeira hat sie gebadet und als sie gekackt hatte, hielt ich sie unter eine warme Brause, damit sie keinen roten Hintern bekommt. Darum lächelt sie freundlich, als der Pastor ihr Wasser über den Kopf gießt. Anna sieht, mit unserem Baby auf dem Arm, verführerisch aus, mir steigt eine Träne ins Auge. Ich möchte meine rothaarige Schönheit küssen und sie nie mehr loslassen. Aber unser Kind findet die Kirche langweilig, weshalb sie ungeduldig wird und zu schreien anfängt. Meine rothaarige Madonna drückt mir den schreienden Balg in die Arme, damit ich mit dem kleinen Störenfried die Kirche verlasse. Auf dem Kinderspielplatz neben der Treppe zur Kirche schaukele ich mit der begeisterten Eva auf dem Schoß, bis die Zeremonie beendet ist.

Nach der Kirche sind Gäste zum Brunch bei uns eingeladen. »Woher kennt ihr euch?«, fragt meine Schwiegermutter neugierig. Meine Exfrau spitzt ihre Ohren, das möchte sie auch gern wissen. Sie wittert den Skandal. Lise hat die Gefahr erkannt, sagt darum schnell: »In der Toftholm Allee waren wir Nachbarn. Meine Tochter Kirsten hat sich sehr gut mit Marie verstanden. Bei uns haben Anna und Andreas auch Lotte und Carsten kennengelernt.«
»Und die da?«, fragt meine Schwiegermutter und zeigt indiskret mit dem Finger in Richtung Aisha in ihrem Abaya. Zwar hat sie heute mit einen Hidschab ihre Haare verhüllt, aber ihr ist die Komödie nicht gelungen. Ungeniert hat sie ihren Abaya aufgeknöpft und stillt ihr Kind, als sei dies das Natürlichste der Welt. Fotografieren wird ihr Mann sie kaum, ihre Familie würde sie beim Anblick des Fotos für ewig verdammen.
»Mutti, die da ist eine Ärztin und heißt Aisha, ihr Mann Mahmoud«, sagt Anna. »Wir sind eng mit ihnen befreundet.

Wir haben sie bei Kirsten und Arne kennengelernt, die wir wiederum letztes Jahr auf Samos kennengelernt haben. Und was Johann betrifft, du erinnerst dich sicher, ich war einige Monate seine Verlobte, und Lea ist seine große Schwester, Alexandra seine Frau und Hans sein Schwager.« Kirstens Jüngster fängt an zu weinen, weil er beim Rumkrabbeln mit seinem Kopf gegen ein Stuhlbein gestoßen ist. Sein Brüllen unterbricht meine Schwiegermutter und nachher gibt sie Ruhe, sie ist mit der Auskunft zufrieden. Trotz Abaya, Hidschab und Islam respektiert sie als Krankenschwester eine Ärztin.

»Als Ärztin, wie schaffen Sie das in dieser Kleidung?«, fragt sie trotzdem die stillende Aisha.

»Die Kleidung ist wegen meiner Familie. Im Krankenhaus trage ich Operationskittel. Ich bin in der Ausbildung zur Gynäkologin.« Ihr Säugling lässt ihre braune Brustwarze los, an der einige Tropfen weiße Milch kleben. Er lächelt seine entzückte Mutter an. Sie ist im Mutterhimmel, meine Schwiegermutter wendet sich mir zu.

»Nach dem Zweiten Weltkrieg haben mich die Leute gefragt, warum ich Schütze heiße«, sagt sie. »Deutsche Nachnamen waren in Dänemark unbeliebt.«

»Ich weiß, als Kind wurde ich mit Eiern bombardiert und sie riefen mir »Nazi« nach. Angespuckt haben sie mich auch. Es war nicht einfach, in Nordschleswig als Mitglied der deutschen Volksgruppe aufzuwachsen. Aber wir hatten genug zu essen. Das konnte man damals von meiner Familie im ausgebombten Deutschland nicht behaupten.«

Schwiegermutter ist guter Laune und redet ununterbrochen. Sie meint, dass sich das so gehört, sagt angeregt mit vollem Mund: »Das Essen ist delikat.« Sie schluckt mühsam und fährt fort: »Von wem habt ihr das oder habt ihr es selbst zubereitet? Ist es italienisch? Jedenfalls schmeckt es italienisch.«

»Das italienische Buffet haben wir von einem Schlachter im

Strandweg in Hellerup. Der ist sehr beliebt. Canillo ist sein Name, er ist ein Unikum. Besuche ich ihn in seinem Geschäft, redet er stundenlang mit mir. Er behauptet, ich habe vor Jahren als Notarzt seinem Sohn das Leben gerettet. Daran kann mich nicht erinnern, aber es wird wohl seine Richtigkeit haben. Wie auch immer, er ist ein netter Kerl. Er war früher Unteroffizier bei den italienischen Alpenjägern und jetzt ist er ein tüchtiger Schlachter.« Schwiegermutter lacht begeistert, ihr Schwiegersohn ist ein beliebter Arzt!

Endlich ist die Taufe vorbei, die letzten Gäste haben unser Haus verlassen. Anna geht erschöpft mit Eva ins Bett, um sie zu stillen und zu schlafen. Ich bezahle meiner ältesten Tochter Marie zweihundert Kronen, damit sie das Haus staubsaugt und mir beim Abräumen hilft, unsere Putzfrau kommt erst in einigen Tagen wieder. Lasse besucht Sebastian, seine Freundin Susie findet er langweilig. Er kann sich aber auch nicht entschließen, sich von ihr zu trennen.
»Ein Mann braucht regelmäßig Sex«, sagt er. »Dazu ist sie immer bereit, aber sonst ist sie eine träge Schlampe. In unserem gemeinsamen Leben passiert zu wenig«.

»Vielleicht ziehe ich zu euch«, sagt Marie. »Mutti ist schwierig und kaum auszuhalten. Wir streiten uns ununterbrochen und das ewige hin und zurück ins Sommerhaus nervt mich. Meine Freunde amüsieren sich in der Großstadt und ich sitze am Wochenende in Nakkehoved mit den Alten und den kleinen Kindern. Das ist echt zum Kotzen.«
Zwei Teenager und ein Baby im Haus und zudem werden Annas sechsundzwanzig Wochen Mutterschutz bald vorbei sein. Sie wird zwar nur in Teilzeit arbeiten, aber dreißig Stunden wöchentlich Arbeit und das Haus von Teenagern und ihren Freunden besetzt, kann das gut gehen?

»Es wird deiner Mutter nicht gefallen«, sage ich. »Ziehst du zu uns, bekommen wir Krach. Ich werde mit ihr reden, damit ihr nicht weiterhin jedes Wochenende in ihr geliebtes Nakkehoved fährt. Genügt das nicht, kannst du jederzeit zu uns ziehen. Du hast dein eigenes Zimmer, aber bei uns wirst du es meines Erachtens wegen des Babys kaum amüsanter finden. Hier muss Ruhe herrschen. Lasse schimpft schon, weil laute Musik im Haus nicht möglich ist.«

»Scheinbar brauchst du mich nicht mehr, jetzt, wo du eine neue Tochter hast!«, brüllt Marie wütend und verlässt weinend unser Haus. Knallend fällt die Haustür ins Schloss, im ersten Stock erklingt Evas bösartiges Heulen. Ich lasse Eimer und Feudel stehen, spüle mir die Hände und stürze ins Schlafzimmer. Die nächsten Stunden fahre ich mit der Kleinen im Kinderwagen durch die Gegend, auf dem Spielplatz im Öregårdspark schaukele ich mit ihr auf dem Schoß.

Im Urlaub fliegen wir mit den Kindern nach Griechenland, das heißt, nur mit meinen beiden Töchtern, Lasse hat andere Pläne. Im Flugzeug laufe ich wie gewohnt mit Eva auf dem Arm hin und her. Mein Rücken schmerzt zwar, aber ich kann es nicht ertragen, dass mein Kind weint. Auf dem Flugplatz von Chania wartet ein Bus auf uns, der uns über die Berge in den Süden von Kreta bringt. Ich muss mich auf der Fahrt zweimal übergeben, weshalb Anna und Marie sich Evas annehmen. Endlich erreichen wir den kleinen Ort Paleochora, wo wir im Scorpio direkt an der Uferpromenade eine Wohnung und ein Zimmer gemietet haben.

Ruhige Tage in Griechenland, Eva lebt von Annas Milch und Eiscreme, Marie hat sich mit einer Schwedin angefreundet. Miriam ist eine fünfzehnjährige jüdische Mulattin aus Malmø, die mit ihrer alleinstehenden Mutter hier ihren Urlaub verbringt.

Jeden Tag liegen wir im Schatten auf dem Steinstrand. Die kleine Tyrannin sitzt ohne Windeln auf den Matten und spielt, wird es ihr zu langweilig, wandere ich mit ihr auf dem Arm auf einem schmalen Pfad den Strand entlang. Meine Ehefrau und die Jüdin aus Malmø quatschen, ich bin Babysitter und nehme mich auch Maries an. Abends essen wir in den Restaurants an der Strandpromenade. Anna bestellt das Essen, während ich mit griechischen Müttern und Großmüttern und dem süßen Ungeheuer den Abend auf Kinderspielplätzen verbringe, bis Marie mich zum Essen abholt. Ich esse dann alleine am Tisch und bezahle die Zeche. Anschließend spüre ich die anderen auf, was im winzigen Paleochora einfach ist. Danach ziehen wir uns früh in unsere Wohnung zurück, während Miriams Mutter mit den Teenagern auf nächtliche Abenteuersuche loszieht. Sie weiß, wie man mit ihnen umgeht, sie ist schließlich Studienrätin an einem Gymnasium.

Uns gefällt es, mit Eva allein zu sein. Wir spielen mit ihr und atmen genussvoll den Geruch unseres Babys ein. Aus der schwarzen Nacht strömen griechische Musik, der Lärm von den Zikaden und das Geräusch des Flatterns von Fledermäusen in die Wohnung. Es ist warm und sehr romantisch, weshalb wir auf dem Sofa versuchen, Geschlechtsverkehr zu haben. Die kleine Tyrannin schläft in unserem Bett, daher findet das Ficken lautlos statt. Anna kann ihr Stöhnen unterdrücken und ich mein Brüllen, aber das Sofa quietscht. Darum wagen wir kaum, uns zu bewegen. Meine Erektion wird schlapp und Annas Fotze trocken und langweilig. Stattdessen versuchen wir es auf dem Fußboden, was aber hart und unbequem ist. Sexuell wird unser Urlaub ein Reinfall, aber wir sind Mutter und Vater unseres süßen Kindes. Darum lieben wir einander und stehen es durch.

Der Flug nach Hause war anstrengend, zwei Stunden mussten wir im Flughafen warten, anschließend lief ich im Flugzeug drei Stunden mit Eva auf dem Arm herum. Nach beendeter Heimreise hielten meine Rückenschmerzen noch zwei Tage an.

Vom Urlaub meiner Frau bleiben noch zwei Wochen, danach arbeitet sie wieder in der Verbraucherbehörde und Eva wird tagsüber bei ihren Großeltern sein. Anna sitzt im Sommerhaus auf der Terrasse. Die Sonne scheint, jubelnd steigen die Lerchen gegen den Himmel, summend sammeln Bienen Honig ein. Auf einem Kissen in der Sonne schläft der Kater Julius, heute Morgen hat er uns im Schlafzimmer eine halb tote Maus beschert. Marie ist eine Woche in Malmø bei Miriam zu Besuch und kommt dann mit dem Zug nach Vojens, wo wir sie abholen werden. Anna weint, sie ist untröstlich, klammert sich an Eva, die ihre Mutter erstaunt anschaut.

»Andreas, es ist viel zu früh. Ich kann mein Kind nicht bei meinen Eltern abliefern. Erst muss sie das Krabbeln lernen.«
Ihre Augen sind rot und angeschwollen, so kann sie nicht auf ihrer Arbeit erscheinen. Wir haben alles gründlich geplant. Anna hat mit ihrem Arbeitgeber verabredet, dass sie dreißig Stunden wöchentlich arbeitet. Für meinen Schwiegervater haben wir einen Sportkinderwagen gekauft, in dem er unsere Tochter zum Sankt-Jørgen-See fahren kann, um zusammen mit ihr dort die Enten zu füttern. Er hinkt zwar wegen seiner beim Unfall verletzten Hüfte, aber mit der Hilfe des Kinderwagens wird er es schaffen. Morgens werde ich unser Kind bei meinen Schwiegereltern abliefern. Nachmittags, nach dem Besuch am See, übergibt Schwiegervater sein Enkelkind an der Vesterport-Station an seine Tochter und sie fahren dann mit der Stadtbahn zur Charlottenlund-Station. Von da geht es mit dem Fahrrad in den Baunegårdsvej dreizehn. Sowohl auf unseren Fahrrädern und als auch in unserem Auto haben wir

für Eva Sitze montiert. Die Wohnung meiner Schwiegereltern, der Sankt-Jørgen-See, die Vesterport-Station und die Verbraucherbehörde liegen alle in der Nähe, es wird keine großen Umstände machen.

Meine Seele schmerzt, ich betrachte hilflos meine in Tränen aufgelöste Schönheit. Ihre roten Haare hängen als fettige Strähnen herab, ihre Augen sind schwarzblau verschleiert. Ich reiße mich zusammen, entscheide mich. Ich werde sie zwei Monate krankschreiben, damit sie einer Depression entgeht und Eva mit ihrer Hilfe das Krabbeln lernen kann. Ganz einfach wird es nicht werden, meiner Frau von der Notwendigkeit einer Krankmeldung zu überzeugen, weil sie furchtbar pflichtbewusst ist. Das hat sie von ihren deutschen Großeltern.

»Anna, es ist ernst mit dir«, sage ich und küsse ihre Stirn. »Wir müssen etwas unternehmen, damit du keine Depression bekommst. Ich schreibe dich für zwei Monate krank, damit du dich in Ruhe erholen und Eva das Krabbeln beibringen kannst.«

»Hund, das kann ich mir nicht erlauben. Ich habe meiner Chefin versprochen, am Ersten anzufangen. Das kommt gar nicht in Frage.« Unsere Tochter merkt die Spannung, wird in den Armen ihrer Mutter unruhig, gleich wird sie losschreien, weswegen ich ihr die kleine Tyrannin abnehme und mit ihr hin und her gehe.

»Anna, sei vernünftig. Entweder wirst du sofort zwei Monate krankgeschrieben oder du gehst am Ersten zur Arbeit. Durch die seelische Belastung wirst du dann immer depressiver werden. Nach ein bis zwei Monaten bist du krank und musst Antidepressiva schlucken und monatelang einen Psychologen besuchen. Mit dem Stillen ist es dann vorbei und wie willst du dich dann unserer Tochter annehmen? Deprimierte Mütter sind schlechte Mütter.« Sie sagt erst nichts, streckt mir ihre Arme entgegen, damit ich ihr unser Kind zum Stillen reiche. Ich setze mich neben sie, man hört nur die Laute des warmen Sommers und Evas Schmatzen.

Endlich flüstert sie: »Du hast Recht, schreib mir eine Krankmeldung. Ich bringe es nicht übers Herz, sie so früh anderen zu überlassen. Und dabei habe ich es echt satt, hier zu Hause mit meinem Kind zu vergammeln. Verbringe ich mit ihr noch etliche Monate von der Welt abgesondert im Bregnegårdsvej, drehe ich durch. Ich brauche Arbeit, muss mit den Kollegen reden und erwachsen sein. Nur Mutti sein ist kein Leben. Ich will eine Karriere, will wie die Männer die Macht. Die Behauptung, dass das für eine Frau genauso einfach zu erreichen sei wie für einen Mann, ist eine verdammte Lüge. Die Mutterschaft zerstört alles. Hier, dummer Mann, nimm sie an dich, ich gehe allein zum Strand.« Ich bleibe mit dem satten Säugling in den Armen zurück. Würde meine Frau lange unterwegs sein, hätte ich für das kleine Ungeheuer Brei und Joghurt. In ihrer winzigen Bikinihose sieht Anna mit ihren wippenden nackten Brüsten, ihrer Wespentaille, ihren roten Haaren bis zu ihrem vollen Po hinunter fantastisch aus. Nur schade, dass ihr die sexuelle Lust fehlt. Aber vielleicht wird es besser, wenn sie wieder arbeiten geht.

Anna bleibt mehrere Stunden weg, weshalb ich die Kleine mit Brei und Joghurt füttere. Schön brav macht sie etliche Bäuerlein und darauf in die Windeln. Ich wechsle dem schreienden Balg die Windeln und laufe mit ihr auf den Armen herum, bis sie einschläft. Endlich kann ich den satten Säugling in der Stube in die Krippe betten.

»Komm mit, Hund, ich will mit dir vögeln.« Sie steht nackt und außer Atem vor mir, zieht mich an der Hand ins Schlafzimmer. »Ein Mann wollte mich draußen beim Noor rannehmen. Ich war nackt und geil, aber ich wollte ihn nicht. Ich habe nur an dich gedacht und fing an, heimwärts zu laufen. Hier bin ich, nimm mich.« Wir stürzen ins Schlafzimmer, ficken zum ersten Mal seit der Geburt tierisch, hemmungslos, ohne Ampeln und Regeln.

Maries Aufenthalt in Malmø war trotz der Rechtsradikalen angenehm. Haben die jungen, kahl geschorenen Männer sie mit Zurufen bedroht, gelang es ihnen, wegzulaufen. Miriam hat es als braune Jüdin doppelt schwierig. Einerseits mögen die rechtsradikalen Weißen sie nicht wegen ihrer Hautfarbe, andererseits mögen die vielen braunen Moslems sie nicht wegen ihrer Religion. Aber Miriam kennt sich in Malmø aus. Sie weiß, welche Stadtteile eine wie sie am besten meidet. Die beiden waren in einer Disco für Jugendliche und Marie hat einen Schweden geküsst. Kurzum, die sieben Tage waren ein voller Erfolg. Die beiden haben verabredet, dass Miriam Marie in den Herbstferien in Kopenhagen besuchen wird. Nach den Erlebnissen in Schonen war meine große Tochter in Hejsager freundlich und hilfsbereit und half mir ohne Murren, Eva zu unterhalten.

Der von meiner Frau heiß ersehnte erste Arbeitstag ist endlich da. Um ihn in Ruhe anzugehen, sind wir um fünf Uhr dreißig aufgestanden. Als ich Eva anzog, schrie sie unmutig. An den Autositz haben wir sie in den letzten Monaten gewöhnt und am Wochenende sind wir mit ihr durch die Gegend geradelt. Während ich jetzt das Frühstück zubereite, wird sie gestillt. Wir drei essen am Küchentisch, während Lasse wie immer bis zum letzten Augenblick schläft. Eva hat das Sitzen im Tripp-Trapp-Hochstuhl schnell satt, krabbelt wie ein Affe auf drei Beinen in der Küche herum. Mein Frühstück beende ich im

Stehen, um die Schale mit dem Katzenfutter zu bewachen, damit die Kleine nicht der Katze ihr Futter streitig macht. Es ist der erste November, es ist windig und kalt, weswegen Anna unserer Tochter einen Schneeanzug anzieht, was der kleinen Tyrannin missfällt. Vor Wut wird sie im Gesicht karminrot, stemmt sich dagegen und fängt an zu schreien. Ich eile der verzweifelten Mutter zu Hilfe, zu zweit schaffen wir es, das widerspenstige Kind in den Schneeanzug zu stecken. Ich werfe den Wagen an, Anna versucht das Ungeheuer an den Kindersitz zu schnallen, aber die Kleine wehrt sich brüllend. Endlich kann ich losfahren, während ich der kleinen Tyrannin Kinderlieder vorsinge, um sie zu beruhigen. Mit Eva auf dem Arm und eine Tasche mit ihrer Ausrüstung für den Tag bei ihren Großeltern auf dem Rücken, geht es die Treppe hoch zum vierten Stock. Zur Omi will die Kleine nicht, sie klammert sich wie ein Affe an mich. Sie heult wie eine Wahnsinnige, als ich sie verlasse. Es fühlt sich an, als bräche mir das Herz in der Brust.

Bei der Heimkehr am späten Nachmittag in den Bregnegårdsvej begrüßt mich niemand. Auf Zehenspitzen schleiche ich lautlos durchs Haus. Im Wohnzimmer vor dem Fernseher finde ich, auf dem Futon unter Bettdecken begraben, schlafend Mutter und Kind. Neben ihnen liegt auf dem Sofa ein roter Pelzbalg, der mich gähnend und blinzelnd begrüßt. In der Küche schreibe ich einen Zettel, den ich an die Haustür klebe: »Leise, Lasse, wir schlafen.« Ich gehe nach oben und falle erschöpft in einen tiefen Schlaf. Heute habe ich die Nachtschicht für Eva, die sich neuerdings angewöhnt hat, um zwei Uhr morgens quietschvergnügt aufzuwachen. Abwechselnd legen Anna oder ich uns dann mit einer Bettdecke auf dem Futon im Esszimmer und unterhalten das kleine Ungeheuer stundenlang. Aus unserem Plan, nach der Geburt zu laufen, ist nichts geworden, uns reicht der Versuch zu überleben.

Heiligabend haben wir dieses Jahr bei uns gefeiert. Birgit kam mit gebratenen Enten und gekochten Kartoffeln zu uns ins Haus, wir trugen mit Champagner, Rotwein, Rotkohl und Reis à la Mande zur Mahlzeit bei. Der Abend war gelungen, einen Teil der heiligen Nacht verbrachte ich mit Eva auf dem Futon. Um das Aufräumen und Putzen haben Marie und ich uns gekümmert. Die zweihundert Kronen, die Marie dabei verdiente, braucht sie dringend für Silvester. Heute am zweiten Weihnachtstag sind meine beiden großen Kinder bei ihrer Mutter und wir sind bei Lea zum Brunch eingeladen. Unsere Stimmung ist wegen des trüben Wetters etwas flau, graue Tage mit Südwestwind und Regen entsprechen nicht der erhofften sonnigen, schneeweißen, mit blitzenden Kristallen bestreuten Winterwelt. Im Kratvænget vor Leas Heim halten teure Autos, ich parke meinen schäbigen Citroën hinter Johanns neuen Audi. Wegen der vielen Kleinkinder sitzen wir beim Brunch nicht zu Tisch, sondern in den verschlissenen Designermöbeln vor dem Kamin. Leas Tochter stolpert mit Alexandras Sohn um die Wette herum, Eva staunt die beiden an und krabbelt ihnen auf Affenart nach. Sollte es schiefgehen, hoffen wir, dass es auf den weichen, persischen Teppichen passiert, weil sie sich dort beim Fallen nicht verletzen werden. Jane, die Krankenschwester, ist mit ihrem Jüngsten auch da. Sie hat sich so weit wie möglich von uns weggesetzt. Ihr Mann Ludwig hat uns freundlich umarmt, sie nickt uns nur kurz zu.

Dagegen sucht die Gastgeberin Lea unsere Nähe, sagt: »Andreas, danke für deine Hilfe damals«, und gibt mir liebevoll einen Kuss. »Der Gynäkologe stellte fest, dass ein Muskel in meiner Scheide nicht gescheit genäht worden war. Unter einer Lokalanästhesie bekam ich eine Plastik und habe nachher mithilfe einer Physiotherapeutin meinen Beckenboden trainiert. Meine Scheide funktionierte danach wieder, aber die Schmerzen klangen nur langsam ab. Erst jetzt, also etwa ein Jahr nach der Geburt, kann ich ohne Schmerzen ficken. Aber dass es so richtig geil ist wie vorher, so weit bin ich noch nicht.«

»Lea, bei uns herrscht auch sexuelle Flaute. Einmal wöchentlich wendet Anna mir den Po zu, damit ich sie nehme. Vorher hat sie sich mit dem Gleitgel von Dr. Love eingeschmiert und das Ganze dauert etwa fünf Minuten. Aber ich schwöre dir, irgendwann wird es wieder geile Feten geben, bei denen ihr mitmachen könnt. Das Leben darf noch nicht vorbei sein.«

Das Heulen von zwei Kindern unterbricht uns. Leas Tochter und der Sohn von Alexandra sind zusammengestoßen und umgekippt. Leas Tochter blutet aus einer kleinen Schramme an der linken Schläfe. Die besorgten Mütter und ich eilen zu den beiden. Die Wunde ist oberflächlich, kaltes Wasser und ein Pflaster genügen, aber die Kinder brüllen immer noch. Eva brüllt aus Solidarität mit, weshalb ich sie zu meiner Frau trage. Sofort schiebt Anna ihr Kleid zur Seite, entblößt eine Brust und stillt sie, damit Ruhe einkehrt. Jane verzieht entsetzt ihr Gesicht, verdreht die Augen und tuschelt mit ihrer Nachbarin. Mir kommt ihr Benehmen eigenartig vor, die hat doch immer mit großer Freude ihre vollen Brüste vorgezeigt. Was ist plötzlich in sie gefahren? Hatte sie in Holland eine göttliche Offenbarung?

Verärgert gehe ich zu Lene und ihrem Mann Georg, wünsche ihnen frohe Weihnachten und ein glückliches neues Jahr.

»Danke, Andreas«, sagt Lene und gibt mir einen Kuss auf die Wange. »Mir geht es ausgezeichnet, von den Metastasen merke ich nichts. Man hat mir zwar Chemotherapie angeboten, aber warum sollte ich das machen? Ich lebe dadurch nur wenige Monate länger und die Chemotherapie versaut mir die Gegenwart.«

»Da kann ich dir nur Recht geben«, sage ich und setze mich zwischen Lene und Georg. »Deine Tochter sieht fantastisch aus und deine Enkelkinder sind reizend. Lea genießt den Einfluss und die Macht, die sie in der dänischen Wirtschaft erreicht hat.«

»Ja, da ist sie mir ähnlich«, antwortet Lene und fügt in mein Ohr flüsternd hinzu: »Hoffentlich ist sie nicht so bekloppt wie ihre Mutter und lässt ihr Geschlechtsleben verderben. Was ist übrigens mit Jane los? Man sagt, dass sie jeden Sonntag in die Kirche geht. Sie scheint mir neuerdings sehr prüde zu sein.«

»Lene, ich habe keine Ahnung, aber da muss etwas in Holland oder bei ihrer Rückkehr nach Dänemark passiert sein. Aber wie auch immer, es ist Zeit, dass wir uns verabschieden. Siehst du da drüben Anna mit entblößter Brust auf dem Sofa schlafen? Eva, das kleine Ungeheuer, ist leider auch eingeschlafen, damit sie uns heute Nacht unterhalten kann. Jede Nacht wacht sie auf und will stundenlang mit uns spielen.«

Kuss rechts, Kuss links, um nicht zu stören, schleichen wir aus der Stube. In der Halle hilft uns Leas philippinisches Kindermädchen, unsere Mäntel zu finden. Unser Kind packen wir schlafend in eine Wolldecke ein. Vorsichtig setzt sich meine Frau mit ihm in den Armen auf den Hintersitz. Weder Mutter noch Tochter sind angeschnallt, aber ich fahre trotzdem mit den beiden im Wagen nach Hause. Im Bernstorffsvej ist eine Razzia und wir werden von der Polizei angehalten. Ich muss in ein Alkoholmeter pusten, was negativ ausfällt. Die Polizistin beachtet die beiden Schlafenden auf dem Hintersitz nur beiläufig. Sie lächelt freundlich und wünscht mir leise ein glückliches neues Jahr.

Meine Tochter trage ich, ohne sie zu wecken, aus dem Wagen ins Haus. Anna wackelt hinterher, zieht sich aus, lässt ihre

Kleidung auf den Boden fallen und legt sich mit Eva und der Fernbedienung auf dem Futon vor die Glotze. Ich hole die Bettdecken, hänge meine Kleidung in den Schrank und lege mich daneben. Spielzeug für die Kleine brauche ich nicht herauszuholen, der Fußboden ist mit ihren Spielsachen übersät. Nur Sonntagabend werden ihre Sachen eingeräumt, weil montags die Putzfrau kommt, aber schon am Montagabend ist alles wieder damit bedeckt.

Träge beobachtet uns vom Sofa aus der Kater Julius, er gähnt gelangweilt, springt auf unsere Bettdecke und legt sich wieder schlafen. Eva nuckelt an Annas Brustwarze, schaut flüchtig das Tier an und schläft ein. Eine Stunde später werde ich von der Kleinen geweckt, die quietschvergnügt Julius an den Ohren zieht. Geduldig lässt er es sich gefallen, springt aber dann aufs Sofa, um vor ihr sicher zu sein. Die kleine Tyrannin krabbelt ihm nach, richtet sich am Sofa auf und versucht, den Schwanz der Katze zu erhaschen. Meine Tochter stinkt, ich trage sie nach oben ins Badezimmer, um ihr die Windeln zu wechseln.

Sylvester gibt es dieses Jahr keine Orgie, wir verbringen stattdessen einen beschaulichen Abend bei meinen Schwiegereltern. Schwiegervater hat einen Braten mit brauner Soße zubereitet, Schwiegermutter serviert dazu verkochtes Gemüse, mehlige Kartoffeln und als Nachtisch eingelegte Birnen mit Schlagsahne. Eva isst reichlich Kartoffelbrei und macht danach mit Genuss in ihre Windel. Dem Wechseln der Windeln nimmt sich Schwiegermutter an. Wir entspannen uns, genießen kurz den verantwortungslosen Zustand der Jugend. Ich rede mit Annas Eltern, während Anna und Eva im Sofa schlafen, bis um Mitternacht das Donnern der Feuerwerkskörper beginnt. Knallend lässt Schwiegervater den Pfropfen einer Flasche Veuve Clicquot springen. Wir stoßen an, wünschen einander ein glückliches neues Jahr, es ist überstanden, wir können nach Hause ins Bett.

Eva hat nachts ihren Spaß, Ende Februar sind wir am Ende. Wir entschließen uns darum, eine Woche ohne Kind auf Lanzarote zu verbringen. Um sechs Uhr morgens liefern wir unsere Tochter bei meiner Schwiegermutter ab. Unseren Wagen parken wir auf der Straße vor deren Wohnblock und fahren mit einem Taxi zum Flughafen Kastrup. Lift-off, Anna ist schon eingeschlafen, ihr Kopf ruht schwer auf meiner Schulter. Gute fünf Stunden dauert der Flug nach Arrecife. Meine Ehefrau könnte mir in dieser Position bei einem so langen Flug Nervenschäden zufügen. Zum Glück teilt die nette Begleiterin Kopfkissen aus, von denen ich eines unter Annas Kopf schieben kann, wonach ich sie von mir wegschubse. In Playa Blanca werden wir in einer Suite in einem Hotel nur für Erwachsene wohnen. Wir möchten es bequem und haben darum, was wir sonst nie tun, Vollpension gebucht. Das Hotel entspricht seinem Namen, *White Suites*. Alles ist weiß gestrichen. Nur die Kacheln, die die wunderbaren Pools umgeben, sind wie die Fensterrahmen braun. Die bequemen Sonnenliegen, die überall an den Schwimmbecken stehen, üben auf uns eine magische Anziehungskraft aus. Darum werden wir morgen früh vor dem Frühstück zwei mit Handtüchern besetzen. Sonne vertragen wir nicht, wir werden uns Liegen im Schatten der Palmen aussuchen.

Sobald wir in der Rezeption unsere Schlüssel erhalten haben, gehen wir in die Suite mit der ansprechenden Aussicht über die Pools, die Sonnenliegen, die Palmen und eine Poolbar. Wir räumen unsere Koffer aus und fallen in unsere Betten, es dauert noch zwei Stunden bis zum Abendessen. Wir können nicht einschlafen, haben darum zur Beruhigung kurz Geschlechtsverkehr, versinken danach in einen tiefen Schlaf.

Das Buffet sieht einladend aus. Wir schaufeln Essen auf unsere Teller und setzen uns an einen Tisch für zwei ans Fenster. Am Abend ist es hier kühl, wir frösteln und ich gehe aufs Zimmer, um Pullis zu holen. Als ich wieder herunterkomme, sitzt ein Engländer am Tisch und redet auf Anna ein.

»Excuse me, she is my wife, move on please«, brumme ich empört. Der Eindringling schaut mich beleidigt an, steht zögerlich auf und will Annas Hand küssen, was sie ihm verweigert.

»Anna, dich kann man nicht fünf Minuten allein lassen, ohne dass die Männer bei dir Schlange stehen.«

»Hund, kann ich was dafür? Ich habe ihn nicht darum gebeten, sich an unserem Tisch zu setzen«, sagt meine Ehefrau verärgert. Wir fangen an zu lachen, der Frieden ist wiederhergestellt. Meine Gattin muss mal, geht mit schwingender Hüfte auf die Toilette. Ihr roter Pulli ist hauteng, sie sieht trotz flacher Sandalen fantastisch aus. Als sie zurückkehrt, hat sie zwischen den Augen eine verärgerte Falte. Sie setzt sich mit einem Ruck hin, trinkt in einem Zug ihren Rotwein aus.

»Echt, Hund, der Engländer hat mich belästigt. Das besoffene Schwein versuchte mich anzufassen. Man hält es nicht für möglich, dass es in diesem vornehmen Hotel solche Leute gibt.«

»Anna, in Zukunft werde ich dich begleiten. Dein Aussehen und dein freundliches Lächeln lassen nicht zu, dass ich dich alleine lasse. Dir läuft immer jemand nach. Das kommt davon, dass du nach der Geburt nicht fett und unförmig geworden bist.«

»Wir schlafen bis zehn Uhr morgens. Beim Aufstehen stellen wir fest, dass alle Sonnenliegen bereits mit Handtüchern besetzt sind. Nach dem Frühstück suchen wir vergebens im Schatten einen Platz. Anna geht zur Rezeption und beschwert sich. Sie weist auf die Schilder hin, die die geehrten Gäste auffordern, bei längerem Verlassen einer Liege ihre Handtücher zu entfernen. Die Rezeptionistin schüttelt den Kopf, führt uns zu zwei Sonnenliegen unter Palmen und macht sie für uns frei. Ich schaue ihr nach, beobachte die Bewegungen ihrer Pobacken unter dem engen Rock, vor meinem geistigen Auge beben im tiefen Ausschnitt ihre braunen Brüste.

Vier Stunden später haben wir Ärger, ein Paar aus Århus schimpft, sie fordern ihre Plätze und ihre Handtücher zurück. Wir verweisen auf die Schilder, erklären ihnen, dass die Rezeptionistin uns die Sonnenliegen zugeordnet hat, dass sie ihre Handtücher dort abholen könnten. Zahlreiche Sonnenliegen seien übrigens von Handtüchern besetzt, die nette Rezeptionistin könnte sicher auch ihnen schattige Plätze besorgen. Gleich neben uns stünden zwei. Es wäre nett, sie als Nachbarn zu haben, dann könnten sie sich mit uns über die lästige Welt aufregen. Sie können das Grinsen nicht unterdrücken. Man sieht ihnen an, dass sie das Unsinnige der Situation begreifen. Fünf Minuten später liegen sie neben uns, bieten uns, um Frieden zu stiften, ein Glas Wein an. Nochmals habe ich die Gelegenheit, die Titten und den wohlgeformten Po der Rezeptionisten zu bewundern. Dafür bin ich dem netten Paar aus Århus dankbar. Er ist ein typischer Jurist, dünn, mit einer sprießenden Fettkugel als Bauch, sie ist Bauingenieurin und konstruiert Brücken für Autobahnen. Kurze Haare, ein kräftiger Busen, ein wenig Pflege, und sie könnte eine Schönheit sein. Wäre ich sein Berater, würde ich dem Herrn Juristen empfehlen, sich in einem Fitnessstudio anzumelden, denn sonst besteht die Gefahr, dass ein attraktiver Bauarbeiter seiner Frau das Ficken, das Selbstbewusstsein und das Schminken beibringt. Damit mein Weib nach dem Vögeln mit Fremden zu mir zurückkehrt, sitze ich jeden Abend zwanzig Minuten in einer Rudermaschine im Keller. Anderseits, nur die Jagd fördert und bewahrt die

Schönheit einer Frau und die Männlichkeit eines Mannes. Vielleicht wäre es also höchste Zeit, dass die Bauingenieurin fremdgeht, um die beiden vor dem Verfall zu retten. Was sie mit ihrem Leben machen, werde ich aber ihnen überlassen, ich kann nicht die ganze Welt vor sich selbst erlösen.

»Wir haben unsere beiden Kinder im Alter von fünf und neun Jahre bei ihren Großeltern untergebracht. Habt ihr Kinder?« Die herbe Schönheit sieht uns erwartungsvoll an.

»Ja, wir haben drei, zwei aus der ersten Ehe meines Mannes und eine einjährige Tochter. Entschuldigung, ich muss in die Suite, um die Milch zu melken. Meine Brüste schmerzen, weil Eva nicht zum Stillen da ist.« Aus Annas Brustwarzen strahlt die Milch in feinen Fäden, wie in einer Fontäne. Mit einem Handtuch verbirgt sie ihre gespannten Brüste und eilt aufs Zimmer.

»Du sprichst fehlerfrei Dänisch, aber man ahnt einen Akzent, bist du ein Deutscher?«, fragt die Herbe.

»Ich komme aus Südjütland und bin Volksdeutscher«, sage ich verlegen. Ich kenne die Animosität der Dänen gegen alles Deutsche.

»Mein Schwager hat so einen Akzent wie du. Er ist ein ganz Netter, der aus Apenrade kommt und mit meiner Schwester in Århus lebt. Er redet viel über die Bedrohung durch den Ostblock und den Verfall der DDR. Er meint, dass das Risiko besteht, dass die verheerenden Zustände in Osteuropa einen dritten Weltkrieg auslösen. Wie siehst du die Lage?«

Was soll ich sagen? Für mich ist die Sache klar: Der Ostblock ist am Ende, die DDR steht am Rande des Abgrunds. Jedes System, das sich nicht laufend erneuert, muss der Entropie erliegen, das heißt im Chaos enden. Eine andere Lösung gibt es nicht, nur Untergang oder ewige Erneuerung ist möglich. Aber wie soll ich das den netten Leuten erklären? Keiner wird es begreifen und mich Besserwisser würden sie auslachen.

Wir schweigen, schauen meiner Venus zu, wie sie in ihrem winzigen String auf hohen Absätzen vom Engländer verfolgt auf uns zuschreitet. Sie schmeißt sich wütend auf ihre Sonnenliege, schüttelt ihren Kopf, sodass die roten Flammen ihrer Haare die Welt zu verzehren scheinen.

»So ein Narr. Er glaubt, weil er ein Mann ist, kann er sich alles erlauben. Der englische Idiot läuft mir dauernd nach.« Anna zeigt empört mit dem Finger auf den Mann, der sich an die Bar gesetzt hat.

»Soll ich ihn zur Rede stellen?«, frage ich. Zögerlich stehe ich auf, um mich mit ihm auseinanderzusetzen.

»Nein, Hund, lieber nicht, das bringt nur Ärger.« Meine Ehefrau greift mich am Arm, um mich zurückzuhalten. »Worüber habt ihr denn geredet, während ich mich in der Suite aufhielt?«

»Wir haben mit deinem Mann über die Zukunft der DDR geredet«, sagt die herbe Schönheit.

»Mein Mann meint, dass die DDR keine Zukunft hat«, sagt Anna. »Das predigt er mir schon jahrelang. Er redet von der Entropie in einem geschlossenen System. Ein solches wird den Wärmetod erleiden, das heißt in Chaos untergehen. Entweder gibt es eine offene Gesellschaft, die einer ständigen Erneuerung ausgesetzt ist, oder sie zerfällt und wird abgewickelt. Das stimmt sicher, der Michail Gorbatschow spricht von Glasnost und Perestroika, aber das ist keine echte Erneuerung. Wir werden wahrscheinlich bald erfahren, ob Andreas Recht hat. Was macht man hier? Gibt es spannende Ausflüge?«

»Zwei der vier Naturschutzgebiete der Insel muss man sich unbedingt anschauen«, meint der Jurist aus Århus. »Der mit Lavafeldern umgebene aktive Vulkan ist ein einzigartiges Naturerlebnis, das man von hier mit dem Bus erreicht. Das Naturschutzgebiet mit den berühmten Papagayo-Stränden besucht man von Playa Blanca aus am einfachsten mit dem Boot.« Mit dem Boot dorthin fahren? Wohl eher eine schlechte Idee.

Beim Gedanken an die mächtigen Wellen des Atlantiks wird mir übel.

»Erst mal werden wir ausschlafen«, sagt Anna. »Nach der Geburt meines Kindes habe ich keine einzige Nacht durchgeschlafen. Unser Baby raubt mir alle Kraft.« Sie rollt sich auf ihrer Sonnenliege zusammen. Ich lege ein dünnes Tuch über sie, um sie vor der Sonne und den Blicken des Engländers zu schützen.

Die nächsten zwei Tage schlafen wir, lesen Zeitschriften und einige amerikanische Schmöker, die ein netter Gast in der Rezeption liegen gelassen hat. Wir finden gerade noch die Kraft, von der Sonnenliege in den Pool zu taumeln und nach ein wenig Planschen zurück auf die Sonnenliege. Zum Sex kommt es nicht, weil der von uns zu viel geistige Anstrengung erfordern würde.

Am vierten Tag unternehmen wir morgens den unvermeidbaren Ausflug zum Vulkan. Vorne im Bus spricht ein Fremdenführer aufgeregt über die einzigartige Landschaft, die von einem schwarzen über ein graues in ein rotes Schimmern wechselt. Wir schauen aus den Fenstern, tun unsere Pflicht und sind begeistert, möchten aber im Grunde lieber auf unseren Sonnenliegen gammeln. Aber man kann wohl kaum Lanzarote besuchen, ohne dem Parque Nacional de Timanfaya eine Visite abzustatten. »Das größte Lavafeld der Erde«, ruft der Guide überschwänglich ins Mikrofon. »Schaut mal dort, die rotschimmernden Berge, das ist doch umwerfend.« Wir sind schon umgeworfen, dafür hat unsere Tochter gesorgt. Wir reißen uns zusammen, schauen hin, wir können ja den netten Mann mit dem Mikrofon in der Hand nicht enttäuschen. Endlich sind wir am Ziel, ein Parkplatz bei dem Restaurant El Diablo. Wir folgen dem Fremdenführer, der uns mahnt, die

Erde nur mit dicken Sohlen zu betreten, weil man sich sonst die Füße auf dem heißen Boden verbrennt.

Die für uns Touristen aufgeführte Show ist beeindruckend. Eifrig gießen Angestellte kaltes Wasser in bis zu zehn Meter in die Erde eingelassene Röhren, wonach aus diesen Dampffontänen in die Höhe schießen. Damit auch der dümmste Tourist die enorme Bodenhitze begreift, wird zudem trockenes Gras in Erdlöchern entzündet. Danach geht es an Abbildungen vom Teufel vorbei in die Tiefe, damit wir den Lavagrill bewundern können, auf dem das Essen für das Restaurant El Diablo zubereitet wird. Der Fremdenführer ist dabei, sich aus Begeisterung zu überschlagen, wir haben jedoch das Ausmaß der Hitze an diesem Ort schon längst begriffen und benötigen frische Luft.

Die Rückfahrt folgt über die Ruta de Los Volcanes. Der Fremdenführer spuckt vor Aufregung in sein Mikrofon. Zugegeben, die Feuerberge hinter den Scheiben sehen nett aus, aber wir haben das Schauspiel im Fernsehen und im Kino schon viel imposanter gesehen. Im Norden von Lanzarote habe ich vor Jahren im Klub La Santa an einem Sportmedizinkurs teilgenommen. Mit Kollegen habe ich damals einen Vulkan bestiegen. Das war echt ein Erlebnis. In einem Bus hinter einem Fenster zu hocken ist dagegen langweilig. Da macht die Glotze es bei Weitem besser. Anna hält meine Hand, ihre blauen Augen bringen mein Herz zum Schmelzen. Ich liebe die Dame neben mir mit den feurigen Haaren und der verzehrenden Hitze ihres Herzens.

Den Nachmittag verbringen wir auf unseren Sonnenliegen. Morgen werden wir das Paar aus Århus zu den Papagayo-Sandstränden im Naturpark Los Ajaches begleiten. Für die Bootsfahrt haben sie mir Scopolamin-Pflaster angeboten, die sie sich vorsorglich mitgebracht haben. Mir ist das Pflaster bekannt. Es ist zwar effizient, aber man muss es sechs Stunden vor der Fahrt hinter dem Ohr befestigen und es bis nach der Heimfahrt tragen. Von dieser Art Pflaster werde ich erfahrungsmäßig ungemein müde. Ich würde deshalb den ganzen Tag verschlafen, weswegen ich verzichte. So setze ich mich in den Bug des Schiffes und starre fest auf den Horizont, so wird die Übelkeit mich kaum treffen.

Das Boot legt am Papagayo-Strand an, der als einziger über ein Restaurant mit Toiletten und einer Bar verfügt. Wir verzichten darauf, zu den Stränden Playa Mujeres, del Congio oder del Pozo zu wandern, wo die Leute ganz ohne Bekleidung baden. Für die beiden aus Århus wären diese zu gewagt und wir sind zu erschöpft. Das Wasser in der geschützten Bucht ist azurblau, der Sand feinkörnig, wir breiten die Handtücher unter unserem Sonnenschirm aus und faulenzen. Wir sind einige der wenigen, die sich ins kühle Meer trauen. Die Wassertemperatur beträgt im Winter immerhin achtzehn Grad Celsius, was bei uns in Dänemark nur im Sommer der Fall ist.

Wir diskutieren mit den beiden aus Århus über unsere Kinder. Sie sind erstaunt, dass wir das Leben mit den Teenagern kaum als mühsam empfinden. Unser Konzept für ein unproblematisches Zusammenleben mit den jungen Leuten der Familie ist echt einfach: Sie bekommen reichlich Taschengeld und, sofern sie in der Schule gute Noten erreichen, sind sie für ihr Leben allein verantwortlich. Möchten sie trotzdem ihr Dasein mit uns erörtern, sitzen wir mit ihnen in der Küche und hören ihnen zu. Scheinbar sind wir gute Zuhörer, sie reden viel mit uns. Die beiden aus Århus geben ihren Kindern kein Taschengeld. Wenn die Kinder Geld brauchen, müssen sie ihre Eltern anbetteln. So wissen die zwar, was ihre Kinder vorhaben, aber erziehen sie zu unselbstständigen Bettlern, zu echten Untertanen in einer Diktatur. Ich denke: ›Eine bedauernswerte Erziehung‹, aber ich sage es nicht.

»Was war das erste Wort eures Babys?«, fragt die herbe Schönheit. Sie ist oben ohne, ihre Brüste sind echt toll. Ich liege sicherheitshalber auf dem Bauch, eine Erektion meinerseits würde ihrem Mann kaum gefallen.

»Erinnerst du dich, Andreas?«, fragt Anna. »Ich wollte, dass sie mich mit ›Mutti‹ anspricht. Darum habe ich immerzu ›Mutti, Mutti‹ zu ihr gesagt und mit dem Finger dabei auf mich gezeigt. Aber sie wandte sich dir zu, lächelte und jauchzte ›Mutti‹. Sie nannte dich monatelang ›Mutti‹.«

»Genau, Anna, bei der Zuwendung, die ich ihr zukommen lasse, hat sie ja auch zwei Mütter. Eva ist echt ein kluges Kind und denkt logisch. Ihre hohe Intelligenz hat sie von dir geerbt. Sie hat eingesehen, dass der Unterschied zwischen Mann und Frau für sie erst in der Pubertät Bedeutung haben wird.«

Wir stehen auf, packen unsere Sachen und gehen zum Boot, die Rückfahrt verläuft glatt.

»Hund, es ist unser letzter Abend ohne Kind und Katze, ich will eine Flasche Cava.« Der Abend ist warm, Anna trägt ein dünnes Sommerkleid.

»Abgemacht«, sage ich, »aber nur, wenn du dein Unterhöschen auszieht und ich heute Abend heißen Sex bekomme.«

Sie wendet mir den Rücken zu, steht auf und geht zum Paar aus Århus. Ohne auf mich zu achten, tratscht sie mit den beiden. Der geile Engländer in der Bar und ich beobachten sie, während die drei herzlich lachen, endlich kehrt sie zu mir zurück. Ihre vom Stillen angeschwollenen Nippel sehen unter dem dünnen Stoff verführerisch aus. Wird die Königin der Nacht nach ihrer Schwangerschaft jemals wieder erwachen?

Welche Art Kuss ist notwendig, dass sie wie Dornröschen aus ihrem Schlaf erlöst wird? Ich habe es mit dem der wahren Liebe versucht, aber das hatte keinen Effekt.

»Hund, die beiden haben uns zum Abschied an die Poolbar zu einer Flasche Cava eingeladen. Ich gehe kurz aufs Zimmer, um mich frischzumachen. Die Dame aus Århus steht auf dich. Ich habe ihre Blicke und deinen Ständer bemerkt. Sie könnte die Abwechslung gebrauchen, aber so weit bin ich nach der Geburt noch nicht. Ihr Mann ist zwar nett und klug, aber mit dem Fettbeutel vorne kommt er mir sexuell mickrig vor.« Mit schwingender Hüfte geht sie aufs Zimmer. Obgleich sie flache Badelatschen und ein Unterhöschen trägt, starren ich und der Engländer ihr nach. Alleine möchte ich nicht rumsitzen, ich gehe darum mit dem Paar aus Århus an die Bar.

»Hast du schöne Muskeln.« Die herbe Schönheit mit ihrem neuerdings blutroten Mund und den Schatten um ihre braunen Augen ist umwerfend schön. Ihre weiche Hand mit den blanken, roten Nägeln brennt auf meinem Oberarm, schickt Elektrizität in mein Geschlechtsorgan. »Mein Mann könnte etwas von dir lernen.« Sie beugt sich mir zu, im tiefen Ausschnitt wölben sich ihre vollen Brüste mit den braunen Brustwarzen. Mit der Hand stützt sie sich auf meinem Schenkel ab, unter ihrer Hand zittert mein Ständer vor Lust. Ihr kurzes Kleid ist verrutscht. Verborgen hinter den hauchdünnen Spitzen ihres Unterhöschens ahne ich ihre getrimmten, dunklen Schamhaare.

»Hund, hier bin ich wieder«, sagt meine Ehefrau, gibt mir einen heißen Kuss und setzt sich neben mich. Der Engländer sitzt wie hypnotisiert an der Bar. Anna hat sich beim Kuss nach vorne gebeugt, ihr Kleid ist sehr kurz, ihre Absätze hoch, ein Unterhöschen trägt sie jetzt nicht. Der Engländer wird die ganze Nacht vom geilen Anblick der Fotze meiner Frau fantasieren. Sie hat die meisten Knöpfe ihres Kleides gelöst, ich starre in den tiefen Ausschnitt, in dem die von Milch gespannten Brüste wie zwei Kegel stehen. Sie ist eine echte Rothaarige, ihre Brustwarzen sind trotz Schwangerschaft und Stillen verführend weich und rosa. Schamlos setzt sie sich mit leicht gespreizten Beinen neben mich. Der Narr an der Bar hat den Platz gewechselt, damit er, wie der Herr Jurist aus Århus, ihre entblößte Fotze betrachten kann. Aus ihren Augen strahlt das Licht des Eismeeres, um ihre Lippen das Lächeln Mona Lisas. Neben mir sitzt mit einem Glas Cava in der Hand die Königin der Nacht. Ein Kuss der wahren Eifersucht hat sie erwachen lassen.

Es ist Tag der Heimreise, wir sehnen uns nach unserem Kind, fragen uns, wie sie den Aufenthalt bei ihren Großeltern verkraftet hat? Hat sie sich gelangweilt, konnte sie nachts schlafen, hat sie uns vermisst, wird sie gestillt werden wollen? Unter uns das weite Meer, in den Ohren das eintönige Summen des Flugzeugtriebwerks. Gestern Abend wurde es spät, in uns brannte die Leidenschaft, wieder und wieder haben wir gefickt. Das Paar aus Århus und den Engländer haben wir sitzen lassen, keiner von ihnen durfte mit uns in die Suite. Anna bittet die Reisebegleiterin um zwei Kopfkissen, ein liebevoller Kuss und wir schlafen ein.

Ein Taxi bringt uns durch ein von Regen verschleiertes Kopenhagen zur Wohnung meiner Schwiegereltern. Als Erste stürzt Anna die Treppe hoch zu unserem Kind, läuft mit ihr in den Armen durch die Zimmer und fragt, wie es ihr ergangen sei.
»Gut«, sagt Schwiegervater.« Sie hat jede Nacht durchgeschlafen und reichlich gegessen. Sie hat viel im Sessel am Fenster gestanden und nach euch Ausschau gehalten. Jeden Tag fuhr

ich mit ihr zum See, um Enten zu füttern.« Meine Gattin sitzt im Sofa und stillt, ich schleppe Evas Sachen die Treppen hinunter in den Wagen. Zuletzt fange ich den Kater ein und stecke ihn in seinen Kasten. Wir können los. Im Bregnegårdsvej ist aufgeräumt und geputzt worden, unsere nette Putzfrau aus Uganda hat ein Wunder vollbracht. Nichts deutet darauf hin, dass Lasse hier eine Woche alleine mit seiner Freundin gehaust hat.

Der Alltag schleppt sich weiter dahin. Wenn ich spät am Nachmittag von der Arbeit mit Einkaufstüten zu Anna und Eva zurückkehre, liegen sie erschöpft auf dem Futon vor der Glotze im Esszimmer und schlafen. Nachdem ich die Einkäufe eingeräumt habe, lege ich mich unter einer Bettdecke zu ihnen. Irgendwann geht meine Frau in die Küche, um das Essen zuzubereiten. Die kleine Tyrannin und ich bleiben auf dem Futon liegen und schauen uns Bilderbücher an. Habe ich Glück, gibt es in der Glotze ein Programm für Kleinkinder. Nach dem Essen putze ich oder Anna die Küche, während der andere mit unserer Tochter in die Badewanne steigt. Danach noch mal dasselbe Programm: die Kleine unterhalten, Bilderbücher lesen und fernsehen. Endlich ist es dann so weit, Mutter und Kind wollen zum Stillen ins Bett und schlafen dabei ein. Unterdessen rudere ich im Keller oder laufe im Dunkeln durch den Wald zum Strand. Nach dem Duschen schleiche ich mich zu den beiden ins Ehebett, wo auch Eva die Nacht verbringt. Etwa jede zweite Nacht geht es immer noch einige Stunden mit ihr in das Wohnzimmer zum Spielen. Am Fußende unseres Bettes steht unbenutzt ihr nagelneues Kinderbett. Wir hätten es nicht kaufen sollen.

Die Sonne scheint, der Rasen ist grün, zur Abwechslung haben wir die Meute mit ihren Kindern eingeladen.
»Habt ihr das im Fernsehen gesehen, dass die Ungaren ihre

Grenzanlagen nach Österreich abbauen?«, fragt Lea. »Das wird die Flucht der Ossis durch Ungarn nach Österreich erleichtern. Andreas, das muss dich als Volksdeutscher interessieren.«

Ich laufe hinter Eva her, damit sie nicht die Treppe zum Garten hinunterrollt. Anna kommt aus der Küche mit einer Kanne frisch gebrühtem Tee für unsere Gäste.

»Ich habe es ebenfalls im Fernsehen gesehen«, sagt Aisha. »Der Strom von Flüchtlingen über die österreich-ungarische Grenze nimmt ständig zu. Wenn die Sommerferien in der DDR beginnen, wird eine Massenflucht erwartet.«

In der weißen Bluse und mit dem engen Rock sieht die Araberin fabelhaft aus. Ihre Familie ist verreist, weswegen sie weder Abaya noch Hidschab trägt. Es wäre echt ein günstiger Zeitpunkt für eine Orgie, aber in uns will keine Stimmung aufkommen. Die Kinder sind im Wege.

»Hund, du wirst sicherlich Recht bekommen«, sagt Anna und reicht Kirsten und Arne eine Platte mit Kuchen. Auf dem Rasen toben die Kinder mit einem Ball umher. Eva hat ihr Gleichgewicht verloren und liegt mit dem Gesicht im Gras begraben. Ich gehe zu ihr, befreie ihren Mund von dem Gras, das sie vergebens auszuspucken versucht. Sie streckt mir ihre Arme entgegen. Sie will, dass ich sie zum Stillen zu ihrer Mutter trage.

»Du bist die Einzige von uns, die immer noch stillt«, sagt Aisha. »Bei mir war Schluss, nachdem ich wieder im Krankenhaus zu arbeiten angefangen habe. Ich beneide dich darum. Sein Kind zu stillen und mit ihm eng zusammen zu sein, ist urgemütlich.«

Schmatzend sitzt Eva auf Annas Schoß, sieht sie unverwandt mit ihren großen dunklen Augen an und klammert sich an den rechten Zeigefinger ihrer Mutter.

»Die Brüste meiner Frau sind fantastisch, aber von ihnen habe ich nicht viel«, sage ich bedauernd.

»Bei uns ist auch nicht viel los«, meint Lea. »Meine Fotze ist wieder schön und sie schmerzt nicht mehr, aber mit meinem Orgasmus funktioniert es immer noch nicht zufriedenstellend.«

»Mit kleinen Kindern ist es schwierig, fremdzugehen. Das weiß ich aus Erfahrung«, sagt Kirsten. »Alles wird zu eng und gemütlich. Da ist für Pornosex und Ausschweifungen weder Platz noch Lust oder Gelegenheit. Erst wenn das jüngste Kind in den Kindergarten kommt, verändert es sich, aber dann ist es bei den meisten zu spät. Man hat sich an das bequeme Leben ohne Sex gewöhnt und fürchtet die Unruhe, die Eifersucht und die schlaflosen Nächte des hedonistischen Lebens. Die Jahre vergehen und der Arsch hinten und der Sack vorne nehmen zu. Die Männer bekommen eine Glatze und die Frauen lassen sich die Haare kurz schneiden. Die Potenz der Männer nimmt ab und uns Frauen berauben die Wechseljahre der letzten Hoffnung. Eines Tages liegen wir plötzlich im Sterben und bereuen die vielen verplemperten Jahre.«

»Hund, ich fange ab sofort wieder an, zu joggen. Lasse kann sich nach dem Essen um Eva kümmern, während wir beide zum Strand laufen.«

Ich sage nichts, stelle mir vor, wie ich Aisha bis zum Orgasmus lecke. Danach ficke ich sie im Vierfüßlerstand, bis ihr Körper sich nochmals zusammenkrampft, während Anna in Handschellen nackt von fremden Männern entführt wird.

»Lea, wenn unser Kind etwa drei Jahre alt ist und unser Geschlechtsleben unverändert langweilig, müssen wir etwas unternehmen«, meint Leas Mann Hans. »Ich werde mich nicht den Rest meines Lebens in ein gutbürgerliches Leben einsperren lassen. Ich will wie die Ossis die Freiheit. Geht es nicht anders, werden wir ohne Kind im geilen Cap d'Agde Urlaub machen.«

»Einverstanden«, sagt Lea. »Schwörst du mir das? Und ihr, seid ihr alle dabei?«

Wir geben einander darauf die Hand, schwören, dass wir mitmachen, dass wir gemeinsam Le Village Naturiste du Cap d'Agde besuchen werden. Die Kinder unterbrechen uns, sie haben Hunger. Wir stürzen in die Küche und bereiten ihnen eine Mahlzeit zu.

»Man säuselt immer noch von den Orgien in der Amaliegade. Es wird behauptet, dass einige von den Teilnehmern auch beim Kunstwerk *In Orgia* dabei waren«, sagt Alexandra. »Ist euch das Kunstwerk bekannt? Entschuldigung, habt ihr etwas zu essen?«

Alexandra und Johann sind verspätet. Sie trägt einen strammen schwarzen Minirock, im tiefen Ausschnitt der roten Bluse aus Seide blitzt ein an ihrer rechten Brustwarze befestigter Ring. Sie beugt sich herunter und drückt ihrer Nichte einen Kuss auf die Stirn, ihre rechte Pobacke ist blutunterlaufen, ihre Fotze rot angeschwollen.
»Es tut mir leid, dass wir verspätet sind. Alexandra hatte sich mit dem Herrn verabredet«, sagt Johann, seine rechte Hand fährt durch seine Haare, sein rechtes Augenlid zuckt nervig.
»Kleiner Bruder, bin ich aber neidisch«, lacht Lea.
»Wir auch«, rufen die anderen Frauen im Chor. »Wie macht ihr das? Erzählt bitte, bei uns herrscht der sexuelle Blackout.« Johanns Augenlid zuckt unablässig, aber er ergreift stolz die Hand seiner geilen Schönheit und gibt ihr einen Kuss.
»Ich weiß nicht, was mit mir geschah, als ich schwanger wurde. Ich dachte dauernd an Sex und die Männer spürten es«, sagt Alexandra, sie setzt sich neben ihrem Ehemann und sieht ihn verliebt an. »Nicht wahr, Schatz, du bist verrückt nach mir.« Seine Hand liegt oberhalb der Spitzen ihrer schwarzen Stay-ups auf ihrem nackten Schenkel, ihre Fotze ist feucht und angeschwollen.

»Nach der Geburt habe ich in die Hose gepinkelt und mir war nicht danach, zu ficken. Wir haben uns gezankt und mein Mann sprach von Scheidung. An einem Freitag nach der Arbeit war ich mit den Kolleginnen bei ZeZe zum Essen und da hat mich der Herr zu einem Herrenabend eingeladen. Ich hab die Einladung angenommen und seitdem – genau, das wisst ihr ja, und in die Hose pinkeln tue ich auch nicht mehr. Aber was war mit dem Kunstwerk *In Orgia*? War jemand von euch dabei?«
Keiner sagt etwas, Anna zuckt mit den Schultern.

»Das ist lange her«, sagt meine Gattin endlich. »Wir haben das Kunstwerk im Statens Museum für Kunst gesehen. In dem Video sah man auf dem Rasen sieben Leute ficken, aber man konnte keinen erkennen.«

»Sagt schon, wart ihr nun dabei oder wart ihr nicht dabei?«, fragt Alexandra erregt.

»*In Orgia* war prima. Ich war dabei«, gesteht Lea. Die Kinder haben wir nebenan schlafen gelegt, ihr Ehemann knöpft ihre Hose auf, streichelt die entblößte Fotze.

»Hans, das geht eh nicht, die Kinder könnten aufwachen.« Zögerlich knöpft die besorgte Mutter ihre Hose wieder zu.

»Wir waren auch dabei«, raunt Anna. »Lea hat Recht, es war ein umwerfendes Erlebnis.«

»Ich wusste es«, flötet Alexandra grinsend. »Ich habe euch auf dem Prospekt des Museums erkannt. Schaut man sich, wie ich es getan habe, den Prospekt mit einer Lupe an, kann man euch erkennen.«

»Hoffentlich bist du die Einzige, die das tut. In diesem Staat ist man ja sehr auf den einwandfreien Lebenswandel seiner Angestellten bedacht.«

»Von mir wird keiner etwas erfahren. Mein Wandel ist Gott sei Dank neuerdings kaum einwandfrei«, grinst Alexandra.

»Könnten wir bloß das Gleiche behaupten«, seufze ich. »Wir sind genau das geworden, was wir seit jeher befürchtet haben zu werden, echt langweilige Spießer, denen nur übrig bleibt, auf ihren Tod zu warten. Wie bist du darauf gekommen, dir einen Prospekt mit einer Lupe anzuschauen?«

»Der Herr hat mir den Prospekt gezeigt. Weil das Werk berühmt ist und die nicht mehr erhältlich sind, sind sie jetzt Sammlerstücke. Der Herr behauptete, dass einige Leute auf der Wiese ihm bekannt seien, und er hat mir eine Lupe gereicht. Ich habe vorgegeben, keinen zu erkennen, aber auf euch drei bin ich sofort gekommen.«

Die Kinder werden unruhig, unsere Gäste verlassen uns. Ich räume den Geschirrspüler ein und radele, damit Anna ihre Ruhe hat, mit Eva zum Kinderspielplatz im Öregård Park. Morgen kommt unsere schwarze Putzfrau und wird unser Haus säubern. Ich werde ihr wegen der von den Gästen hinterlassenen Sauerei hundertfünfzig Kronen extra bezahlen. Sie hat in Uganda zwei Söhne, deren Unterhalt und Schulgeld sie mit dem Putzen finanziert, weswegen sie das Geld dringend benötigt. Mit meiner Tochter auf dem Schoß schaukele ich in der Abendsonne, das alte Bauernhaus von Öregård oben auf dem Hügel sieht wie verzaubert aus. Hinten im grünen Schuppen am Ende des Spielplatzes sitzen, mit einer Tüte voller Bierflaschen, zwei Grönländer und saufen. Die beiden sind wahrscheinlich Patienten, die während ihrer Untersuchung und Behandlung im Reichskrankenhaus im Grönländerheim in Hellerup wohnen. Die Kleine hat das Schaukeln satt, sie zeigt mit dem Finger auf die Rutschbahn, die von der Höhe eines Bunkers aus dem Zweiten Weltkrieg in den Sandkasten führt. Jubelnd rutscht sie die Bahn hinunter in den weichen Sand, krabbelt sofort wieder die steile Treppe hinauf. »Mehr«, sagt sie, zum Glück kommen einige Jungs mit Rollschuhen und Skateboards und fahren über die von der Gemeinde aufgestellten Rampen.

Sie läuft den Jungs nach, wird aber schnell müde, sodass wir ohne Geschrei nach Hause können.

Damit sie nicht auf dem an der Stange meines Fahrrades befestigten Sitz einschläft, rede ich beim Radeln auf sie ein. Ich zeige ihr Häuser, Geschäfte, Bäume, Hunde, Katzen, Krähen und sonstiges Auffälliges und singe ihr ein Lied vor. Sobald wir zu Hause angekommen sind, ziehe ich sie auf der Terrasse aus, bis sie zitternd nackt dasteht und reiche der Mutter das lachende kleine Ungeheuer. Sorgfältig leere ich den Sand aus ihren Schuhen, Taschen und Strümpfen und zuletzt schüttele ich gründlich ihre Kleidung aus. Danach stecke ich Eva in die Badewanne, putze ihre Zähne und liefere sie zum Anziehen des Stramplers und zum Stillen bei ihrer Mutter ab. Heute Abend brauche ich das Frühstück nicht vorzubereiten, weil morgen Sonntag ist.

Vorsichtig legt meine Ehefrau die im tiefen Schlaf versunkene Tyrannin kurz in ihr eigenes Bett. Mein Weib streichelt meinen Ständer und wendet mir dann den Arsch zu, ich darf sie ficken. Wir haben Geschlechtsverkehr, ihre Fotze ist nach dem Besuch meines Gliedes weich und nass. Beide stöhnten wir nur ganz leise im Orgasmus, um den Schlaf unseres Kindes nicht zu stören. Anna gibt mir einen Kuss, wispert: »Danke, Andreas, so schlecht war das aber gar nicht.« Ich küsse ihre weiche Brustwarze, aus der ein fadendünner Milchstrahl schießt. Wir schauen uns verliebt an, aus dem Kinderbett tönt ein sachtes Grunzen.

»Ich hole mir unseren Säugling«, raunt die Schöne, krabbelt zum Fußende und beugt sich über das Kinderbett. Ihre runden Pobacken, ihre angeschwollenen, von meinem Samen feuchten Schamlippen, ihre von roten Haaren eingerahmte Taille – ein echt fabelhafter Anblick. Vorsichtig hebt sie unser Kind aus ihrem Bett und kriecht mit ihr in den Armen zu mir. Stillend und schmatzend liegt die Tyrannin zwischen uns, wir fallen in einen tiefen Schlaf. Eva ist erschöpft, weshalb sie diese Nacht nicht zum Spielen in die Stube will.

Als ich am Montag von der Arbeit komme, schlafen Mutter und Kind wie immer. »Anna, wie ist es dir heute bei deiner Arbeit ergangen?«, frage ich die verpennte Schönheit auf dem Futon im Esszimmer. Eva ist schon losgekrabbelt, hat sich aufgerichtet und untersucht das auf dem Fußboden verstreute Kinderspielzeug.

»Andreas, ist die Tür zur Küche geschlossen, damit sie nicht das Futter von der Katze isst?«, fragt die besorgte Mutter meines Kindes. »Und die Tür zum Flur, damit sie nicht die Treppe zum Keller hinunterrollt?« Ich schaue nach, alles ist in Ordnung.

»Auf der Arbeit ist alles gut, meine Chefin ist mit mir zufrieden. Ich lerne schnell und die Richter im Verbraucherrat loben mich und stimmen meinen Entscheidungen zu. Geht es so weiter, werde ich nächstes Jahr zwischendurch nach Brüssel fliegen, um für den dänischen Staat EU-Richtlinien zu verhandeln. Meine Sprachkenntnisse kommen mir zugute. Außer mit Dänen kann ich mich mit Schweden, Deutschen, Franzosen und Engländern in ihrer Muttersprache verständigen.« Sie rappelt sich auf, taumelt in die Küche.

Die Abendmalzeit ist zubereitet und gegessen, die Küche geputzt, der Fußboden um Evas Essplatz von Essensresten befreit und abgewischt. Meine kleine Tochter war mit mir, ihrem Vater, in der Badewanne und beide riechen wir, nachdem wir Zähne geputzt haben, frisch. Die Kleine ist hellwach, sie ist auf Abenteuer eingestellt. Ich versuche vergebens, sie mit einem Bilderbuch zu unterhalten, jauchzend reißt sie sich von mir los und schmeißt mit ihren Legoklötzen um sich. Meine Frau und ich setzen uns jeder an ein Ende der Stube, damit sie zwischen uns hin und her laufen kann, was sie aber bald satthat. Stattdessen klettert sie blitzschnell die Treppe hinauf in den ersten Stock. Im letzten Augenblick rettet Anna sie davor, die Treppe hinunterzupurzeln.

Wir kapitulieren, es ist zwar zweiundzwanzig Uhr, aber wir schnallen Eva trotzdem auf ihren Sitz im Auto fest und fahren mit ihr zum Platz vor dem Schloss Amalienborg. In der Amaliegade parken wir. Wir sind leider nicht unterwegs zu einer geilen Fete, sondern zu einem nächtlichen Spaziergang mit unserer Tochter. Hand an Hand wandern wir zum Schlossplatz. Das Herrenhaus der Königin ist von Scheinwerfern angestrahlt, auf dem Dach flattert rot mit weißem Kreuz die Fahne, der Dannebrog, was darauf hinweist, dass die Königin im Hause ist.

Eva jauchzt vor Freude. Vor jedem Gardisten mit seinem Bärenhut bleibt sie stehen, staunt ihn und sein Gewehr an. Endlich sind wir um den achteckigen Platz herum. Ein Rolls-Royce mit dem Kennzeichen »Krone 1« rollt aus dem Herrenhaus heraus und an uns vorbei. Unternimmt die Königin, wie wir es tun, mit einem Enkelkind einen nächtlichen Ausflug? Wohl kaum, in den Klatschblättern stand, dass der Kronprinz sich über seine Eltern beschwert hat, weil sie sich zu wenig um ihn und seinen Bruder kümmern würden. Unsere Tochter will auf meinen Arm, sie zeigt eifrig in Richtung Hafen, damit wir den traditionellen Gang zum Pier nicht vergessen. Vor Aufregung strampelt sie mit ihren Beinen, zieht mich an den Ohren. Noch mal gehen wir an einem Gardisten vorbei, dem sie zuwinkt. Steif steht er da mit seinem schwarzen Bärenhut und verzieht keine Miene. Wir überqueren die Toldbodgade, zwischen den zwei kantigen, bronzenen Säulen des Italieners Arnaldo Pomodoro hindurch gehen wir zum Amaliehaven. Man sieht dem Park an, dass ein Belgier, Jean Delogne, ihn im geometrischen, französischen Stil erschaffen hat. Man sagt, dass seine Hand beim Planen des Parks von einem echten Franzosen geführt wurde, dem Prinzgemahl. In der Mitte des Parks dominiert ein Springbrunnen, an beiden Enden plätschert ein Wasserfall, viel Beton und Form, wenig Natur. Nochmals zwei bronzene, kantige Säulen, wir sind am Ziel, vor uns im Dunkeln schimmert schwarz und verführerisch das Wasser des Hafens.

Eine steinerne Treppe führt zum Anlegesteg des königlichen Bootes. Im Dunkeln ahnt man am Bollwerk gegenüber, neben der grauen Silhouette eines Kriegsschiffes, die Dannebrog, die Jacht der Königin. An meiner Hand steigt die Kleine mühsam die Stufen hinunter, sie will zur Kante des Anlegesteges. Ich halte sie in einem festen Griff, damit sie nicht ins Wasser stürzt. Ein kalter Hauch vom Meer bringt uns zum Frösteln, weshalb wir trotz Evas Protesten umkehren. Vor uns steht der beleuchtete Springbrunnen, im Hintergrund schimmert die von Scheinwerfen angestrahlte kupferne Kuppel der Marmorkirche, davor ragen auf beiden Seiten mächtig die Herrenhäuser empor. Mit unserer Tochter auf dem Arm hasten wir zurück zum Wagen, Anna setzt sich neben Eva auf den Hintersitz.

Gemächlich fahre ich, die Geschwindigkeit den Ampeln anpassend, durch das nächtliche Kopenhagen nach Charlottenlund. Auf diese Art vermeide ich, bei einer Ampel anzuhalten, sodass die Eintönigkeit der Fahrt die kleine Tyrannin einschläfert. Zum Glück schreckt kein Hupen sie aus dem Schlaf. Vorsichtig können wir sie losschnallen und sie schlafend ins Ehebett tragen. Julius begrüßt uns schnurrend auf der Treppe, schleicht lautlos raus in die Nacht. Schnell lassen wir unsere Kleidung zu Boden fallen, legen uns neben Eva, die wir behutsam aus ihrer Oberbekleidung schälen. Einen Schnuller hat sie nicht, stattdessen nuckelt sie an Annas Brustwarze, wir können endlich unsere Augen schließen.

Um fünf Uhr morgens schrecke ich aus dem Schlaf. »Hund, du bist dran, ich habe sie eine halbe Stunde lang gestillt.« Anna reicht mir meine Tochter, mit der ich aus dem Bett taumele. Die Kleine stinkt, im Badezimmer spüle ich unter der Brause ihren Po ab, danach wird sie gepudert, bekommt eine frische Windel und saubere Kleidung an. Erst spielen wir auf dem Futon in der Stube, danach bereite ich das Frühstück vor, es ist schon unglaublich, was man mit einem Kleinkind auf dem Arm schafft. Frühstückstabletts gibt es zurzeit nicht, mit Eva im Bett zu essen ist vollkommen unmöglich. In der Küche kann nach einer Mahlzeit der Tisch und der Fußboden gereinigt werden, im Bett hingegen wäre es notwendig, die Bettdecken und die Matratzen zu wechseln.

Mittsommer, wir sind auf dem Weg nach Nakkehoved, fahren am Campingplatz in Dronningmølle vorbei. Der ist voller Dänen, in Ungarn füllen sich zurzeit die Campingplätze mit DDR-Bürgern, die auf der Flucht vor ihrer angeblich paradiesischen Heimat sind. In der Mittsommernacht beten wir Wikinger, auf der Flucht vor der christlichen Moral, unsere heidnischen Götter an, in Ungarn werden die Ossis die Freiheit anbeten. In Nakkehoved biegen wir in den sandigen Weg ein, der zu den Ferienhäusern der Reichen führt, bald werden wir die heidnische Nacht der Fruchtbarkeit mit Champagner und Austern feiern. In Ungarn machen sich die Ossis heimlich auf den Weg in die Freiheit, die sie mit Bier, Cola und Gulasch feiern werden.

Auf der Treppe steht Charlotte und heißt uns willkommen. Kuss rechts, Kuss links, Charlotte hebt Eva zu ihrem vollen Busen empor. Im tiefen Ausschnitt locken verheißungsvoll die braunen Brüste der Gastgeberin, nach denen unser Kind gierig greift, sie will an ihnen gestillt werden. »Das ist vorbei«, lacht Charlotte. »Die sind nur noch fürs Vergnügen da. Bitte sehr, Anna, du kannst dein Kind haben. Es war echt schön, aber die Freiheit ist mir lieber.« Vorne auf der weißen Bluse meiner Ehefrau zwei Flecken, aus ihren Brustwarzen strahlt die Milch. Wir haben extra Kleidung zum Wechseln im Wagen mitgebracht, die ich ihr hohle.

Anna setzt sich im Freien auf eine Sonnenliege und stillt, ich gehe zum Buffet und hole uns etwas zu essen und zu trinken. Auf einem Rolltisch richte ich das Essen an, Eva bekommt einen Latz um den Hals, es kann losgehen, Servietten haben wir reichlich. Wie ein Wunder bekommt Annas helles Hemd keine Flecke, auf ihre Jeans brauchen wir nicht zu achten, die können das ab. Damit sie Eva nachlaufen kann, trägt sie Sneakers von Nike. Auch ihren Verehrern könnte sie in ihren Sneakers leicht entkommen, aber das ist heute Abend nicht nötig, weil es keine gibt. Um uns scharen sich Mütter, die mit meiner Ehefrau über Windeln und Kinderkrippen reden, mir trauen die Weiber kein derartiges Wissen zu. Die Klagen der Mütter darüber, wie schwierig es ist, zu arbeiten, wenn man Kleinkinder hat, wollen kein Ende nehmen. Das Selbstmitleid ist immens, mich schauen die Weiber dabei mit feindlichen Augen an. Bevor sie sich entschließen, mich zu erwürgen, ergreife ich die Flucht und geselle mich zu den Männern. Breitspurig stehen sie um Peder F. und reden über das neueste Modell von BMW. Davon habe ich nun wirklich keine Ahnung. Aber wie die übrigen Männer grunze ich begeistert und nicke mit dem Kopf, was dazu führt, dass sie mir freundlich auf die Schultern klopfen.

»Andreas, hilfst du mir, ich brauche eine Pause.« Ich nehme der Schönheit mit den zerzausten roten Haaren, die bis zur Fotze reichen, die kleine, süße Tyrannin ab und bewundere dabei Annas pralle Brüste. Sie hat vergessen, das weiße Hemd zuzuknöpfen, wozu ich nichts sage, denn der Anblick ist aufregend schön. Mit Eva auf dem Arm steige ich den Abhang hinab zum Strand, wo der riesige Peder F. in der hellen Mittsommernacht steht und das Feuer entzündet. Es herrscht ein lauer Abend, kein Wind rührt sich, der Rauch steigt senkrecht in den Himmel. Meine Tochter hat mich an den Ohren gepackt, schaukelt heftig hin und her, zeigt dann aufgeregt in Richtung ihrer Geschwister. Gott sei Dank, meine Ohren sind gerettet, an meiner Hand stolpert die Kleine durch den Sand zu Birgit und Lars, die mit meinen beiden großen Kindern hinter dem Feuer stehen.

Marie und Lasse übernehmen die Aufgabe, ihre Schwester zu beschäftigen. Zwischen ihnen läuft sie ums Feuer, wonach alle drei sich ans Ufer der stillen See stellen, um Steine ins Wasser zu werfen. Eva jubelt, zeigt aufgeregt auf die silberne Bahn, in der sich der Mond im Wasser abzeichnet.

»Andreas, ich beneide dich um deine Kleine.« Birgit schaut mich an. »So eine möchte ich auch, aber es will Lars und mir nicht gelingen. Mit zweiundvierzig Jahren bin ich offensichtlich zu alt, um noch schwanger zu werden. Ihr Männer seid, was das betrifft, günstiger gestellt.« Das, was da auf mich zukam, hatte ich nicht erwartet. Was sage ich ihr nur? Eva zu zeugen war als Mann meine Pflicht, ich konnte Anna ein eigenes Kind nicht verweigern. Und jetzt befinden wir uns im Schlamassel, haben uns freiwillig in das Gefängnis für Eltern eingesperrt. Ein Entkommen gibt es nicht, die Mauer der *Heiligen Familie* um uns herum wird kaum einstürzen.

Mir wird erspart, zu antworten, meine Ehefrau steigt eiligst den Hang hinab und läuft atemlos auf mich zu. Ich gehe ihr entgegen und nehme sie in meine Arme, will sie küssen.

»Hund, du musst mich vor einem aufdringlichen Herren retten«, sagt sie aufgeregt und drückt sich an mich. Ein Mann in ihrem Alter geht ihr mit langen Schritten nach, hält zwei Meter von uns entfernt an, schaut mich feindlich an.

»Er hat mich an die Brust gefasst und hat versucht, mich zu küssen«, keucht sie. »Dabei habe ich mich nur freundlich mit ihm über meine Arbeit unterhalten. Plötzlich redete er von der Amaliegade und meint, mich von dort wiederzuerkennen. Nach dem Kunstwerk *In Orgia* hat er auch gefragt. Jemand hätte ihm erzählt, dass ich dabei gewesen sei. Alle waren am Strand, wir waren ganz allein zurückgeblieben. Ich habe alles empört abgestritten, mich von ihm losgerissen und bin dir nachgelaufen.«

Die Mauer der *Heiligen Familie* scheint doch nicht undurchdringlich zu sein. Nach Annas Entbindung habe ich mit ihr gejoggt. Jetzt, da sie ihre Taille, ihren flachen Bauch, ihren strammen Arsch und ihre festen Schenkel wiederlangt hat, versuchen die Männer ein Loch in die Mauer zu schlagen. Sie fassen meinem Weib an ihre prallen Brüste und wollen sie ficken, berufen sich auf ihre anrüchige Vergangenheit.

»Komm, Anna, wir gehen mit Eva hinter der Mole im seichten, warmen Wasser baden. Sie hat sowieso nach dem Essen in die Windeln gemacht. Wir können sie im Meer reinigen.«

»Abgemacht, Hund.« Hand in Hand gehen wir zu unserer Tochter, die müde auf Maries Arm hängt.

»Meine Schwester stinkt«, sagt Marie und reicht uns die schlappe, kleine Dame mit dem durchdringenden Parfum. Ich nehme sie auf den Arm, möchte mir am liebsten eine Klammer auf die Nase stecken. Etwa dreihundert Meter gehen wir am

Strand entlang. Wir sind alleine hinter der Mole, oder doch nicht alleine, jemand steht zwischen den Büschen. Wir ziehen uns und die erst widerspenstige Tochter aus, lassen ihr aber die Windel an. Uns ist die Gestalt zwischen den Büschen nicht geheuer, weshalb Anna unsere Kleidung zusammenrafft und mit den Klamotten zur Mole watet. Mit Eva auf dem Arm eile ich der Schönen hinterher, ziehe unserem Kind die Windel aus und wasche sie im lauwarmen Meer. Alle drei planschen wir im Wasser, die kleine Tyrannin jauchzt vor Freude, auch wir jauchzen beim Gedanken, dass das Baden sie ermattet, uns einen langen, ungestörten Schlaf bescheren wird. Mein Glied jauchzt beim Anblick der Schönen ebenfalls, pflügt sich steif einen Weg durch die See.

Anna nimmt unsere Kleidung von der Mole, ich unsere kleine Tyrannin. Wir waten zum Strand, wo wir Eva in meinem Hemd trockenreiben. Von der Gestalt zwischen den Büschen ist keine Spur mehr zu sehen. Wir ziehen uns an, unsere Klamotten sind feucht und kühl, die Kleine werden wir im Wagen mit einer Windel und einem Strampler für die Nacht versorgen. Ihre Hose halte ich ihr zwischen den Beinen, um zu verhindern, dass, wenn sie pinkelt, ein Unglück passiert. Charlotte und Peder F. lachen, schicken uns hinaus, damit wir Eva schnellstens eine Windel anziehen.

Wir können nicht schlafen, schleichen darum aus dem Bett ins Wohnzimmer. Hart greife ich die Schlampe an ihrer prallen Brust, zwinge ihre Schenkel weit auseinander, lecke ihre geil angeschwollene Fotze. Aber ich lasse es, sobald sie zu heulen anfängt. Stattdessen berühre ich mit zwei Fingern, erst langsam vibrierend, die angeschwollen Vorderseite ihrer Vagina, dann immer schneller und fester, bis sie spritzend im Orgasmus heult. »Du möchtest, dass es der Fremde ist, der dich fickt.« Ich stoße mein Glied in das Weiche, Nasse. »Du bist eine Hure.« Ihr Körper verspannt sich. »Ja«, stöhnt sie, wieder zuckend im Orgasmus.

»Anna, warum liest du neuerdings Inserate für Eigentumswohnungen?« Es ist Sonntag, meine Gattin sitzt mit der Zeitung im Bett, sie hat einige Anzeigen angekreuzt. Ihre Antwort warte ich nicht ab, weil der Sportkinderwagen nach dem frühmorgendlichen Ausflug zum Öregård Park noch vor dem Haus steht. Ich reiche ihr die dreckige Eva. »Anna, geh bitte mit ihr in die Badewanne«, kommandiere ich. Schnell laufe ich die Treppe hinunter, um den Kinderwagen im Keller zu verstauen und die Kleidung unserer Tochter von der Terrasse zu holen.

»Hund, ich habe nie allein gewohnt«, ruft Anna mir aus dem Badezimmer zu, wo die beiden in der Badewanne planschen. Eva jubelt, strahlt ihre Mutter an, sie will gestillt werden. An der Brust ihrer Mutter saugend, beobachtet sie mich mit ihren großen, dunklen Augen. Meine Socken sind durchnässt, auf dem Stuhl im Badezimmer, auf dem ich sitze, war ebenfalls eine Pfütze, ich werde meine Hose wechseln müssen.

»Überlegst du dir allen Ernstes, eine Eigentumswohnung zu kaufen, um auszuziehen?«, frage ich die Mutter meines Kindes besorgt. »Hast du daran gedacht, was dann aus Eva, Lasse, Marie und mir wird?«

»Ich schaue mir Inserate an, weil ich wissen will, welche Möglichkeiten ich habe. Es wäre echt geil, allein zu wohnen und alles selbst entscheiden zu können. Nur so zur Probe, man muss halt alles im Leben ausprobieren. Aber es ist nur ein Spiel, ich meine es nicht ernst.«

»Anna, du entscheidest sowieso alles«, seufze ich und verdrehe meine Augen.

Schmatzend löst unsere Tochter sich von der Brustwarze ihrer Mutter und streckt mir ihre Arme entgegen. Ich packe sie in ein molliges Handtuch ein und trage sie zum Anziehen ins Schlafzimmer. Die Zeitung liegt auf dem Bett, Bilder von Ossis auf den Campingplätzen Ungarns springen mir ins Auge, im Westen bereitet man Flüchtlingslager für sie vor.

Bereitet Anna sich auf die Flucht aus der *Heiligen Familie* vor, hat sie schon eine Wohnung im Auge, die sie als Flüchtlingslager für sich einrichten will? Gut, unser Leben ist langweilig, aber so ist es für alle, die mit Kleinkindern leben. Ist man dagegen geschieden, hat man jede zweite Woche den Vorteil, eine Pause zu haben, weil dann das Kind beim anderen Elternteil wohnt. Bald haben wir Urlaub, dann wird alles besser.

Drei Wochen haben wir mit Eva im Ferienhaus in Hejsager verbracht, Marie und Lasse war es zu langweilig, sie hatten anderes vor. Jeden Tag haben wir trotz reichlich Sonnenschein Stunden vor der Glotze verbracht. Darum riefen wir einen Makler an und besprachen den Preis, zu dem er unser Ferienhaus verkaufen könnte. Es schmerzt mich, mich von Vatis Sommerhaus zu trennen. Es ist, als verrate ich meine Jugend. Aber ich muss die Mauer aus Tradition und Vergangenheit durchbrechen, die sich um mich und meine Familie zieht, damit es Anna mit der Eigentumswohnung nicht ernst wird.

Lasse hat eingewilligt, Babysitter zu sein, wir besuchen unseren Juwelier Mogens Enna. Annas weiße Perlenkette haben wir mitgenommen, damit seine Birgitte uns hilft, sie aufregender zu gestalten. Anna trägt ein schwarzes Korsett von Guerlain, einen langen engen Rock aus roter Seide von Versace, dazu ein Paar Sandalen mit hohen Absätzen von Prada. Am vergangenen Samstag haben wir Eva bei Schwiegermutter abgeliefert und im Ausverkauf für meine Ehefrau preiswert neue Klamotten gekauft. »Ich werde keine Gelegenheit haben, sie zu tragen«, beanstandete sie, aber wir haben sie trotzdem gekauft. Birgitte meint, Schwarz und Weiß wäre umwerfend, und sucht in ihren Schubläden nach passenden barocken Perlen. Der Juwelier Mogens und ich sind nur etwas so Minderwertiges wie Männer, weswegen wir die Aufgabe zugeteilt bekommen, die prachtvollen Hintern der rothaarigen Schönheiten anzuschauen und dazu einen Cappuccino zu trinken. Zwischendurch dürfen wir »Wunderschön« sagen und unseren Frauen fest an den Po fassen, aber nur, wenn es beim Auswählen nicht stört. Endlich sind sie fertig, die Perlen werden provisorisch auf eine Schnur gezogen, dreimal reicht die Kette um Annas schlanken Hals. Birgitte verspricht uns, dass sie die Kette am ersten Oktober bei uns abliefern wird, den Preis hat sie mit meiner Frau ausgehandelt. Er ist, verglichen mit den Kosten einer Scheidung, gering. Jetzt fehlt nur noch eine Gelegenheit, zu der es sich für Anna lohnt, sich schön zu machen. Das werde ich nach dem Wochenende erledigen.

»Ich habe mit deiner Mutter verabredet, dass wir im Oktober eine Woche nach Nizza fliegen, während sie und dein Vater Eva hüten. In Nizza kannst du im Hotel Le Negresco direkt an der Promenade des Anglais dein neues Outfit tragen. Im Oktober hat das Hotel ein für uns bezahlbares Angebot. Eine Woche lang wirst du wie ein Filmstar gekleidet durch die Gegend laufen, während das Herz in meiner Brust vor Liebe zu dir am Bersten ist. Vereinbare bitte mit der Verbraucherschutzbehörde vor den Herbstferien eine Woche Urlaub.«

Heute Morgen waren in der Zeitung Bilder von mit Ossis überfüllten Botschaften der Bundesrepublik Deutschland zu sehen. Wir planen, eine Woche nach Südfrankreich abzuhauen, und werden danach zu unserem Kind hinter den Eisernen Vorhang der *Heiligen Familie* zurückkehren. Im September ist es so weit, wir haben uns geeinigt und die Reise gebucht. In Köln treffen sich Bundeskanzler Helmut Kohl und Ministerpräsident Miklós Németh und einigen sich ebenfalls. Ungarn wird den Eisernen Vorhang endgültig abbauen und die Ausreise aller Bürger aus der DDR in den Westen zulassen. In der Nacht vom zehnten auf den elften September wird die ungarische Grenze geöffnet, nach nur zweiundsiebzig Stunden sind fünfzehntausend Ossis ausgereist, bald werden es hunderttausende sein.

Wir sitzen im Flugzeug nach Nizza, Annas Kopf weilt auf meiner Schulter, eine Flugbegleiterin fragt auf Französisch, ob wir etwas trinken möchten. »Ja bitte«, sagt Anna, »zwei Gläser Champagner.« Sie gibt mir einen Kuss. »Hund, ich liebe dich.« Das Wetter war in Dänemark ungewöhnlich warm und sonnig, wie wird es in Nizza sein?

»Wir werden in Kürze mit dem Anflug beginnen, bitte schnallen Sie sich an«, tönt es aus den Lautsprechern. Wir richten uns in unseren Sitzen auf, Anna ergreift meine Hand, wie klein und weich ihre ist, die schönste der Welt. »Hier spricht Ihr Kapitän. Am Boden ist die Temperatur fünfundzwanzig Grad Celsius und sonnig und es wird die nächsten Tage so weitergehen. Ich wünsche Ihnen einen angenehmen Aufenthalt.«

Mein Weib drückt mir trotz des engen Gürtels einen Kuss auf meine Lippen und sagt: »Hund, das hast du gut gemacht, wir haben echt Glück mit dem Wetter.«

Im Flughafen warten wir vergebens auf unser Gepäck, von den Angestellten weiß zuerst keiner, was Sache ist. Die Leute werden unruhig, eine Tür öffnet sich und Soldaten in Kampfuniform und mit Maschinenpistolen in den Händen stellen sich in der Wartehalle auf. Ein Beamter der Security sagt, dass es am anderen Ende des Flugplatzes einen Bombenalarm gebe, aber in etwa einer halben Stunde die Situation geklärt sein würde. Bis dann müssten wir geduldig sein und abwarten, es sei nicht erlaubt, die Wartehalle zu verlassen. Wir gehen auf die Toilette, essen eine Banane und trinken Wasser. Endlich ist es so weit, das Gepäckband bewegt sich, freudig begrüßen wir unsere Koffer, es kann losgehen.

Das Taxi setzt uns vor dem Traum eines einzelnen Mannes ab, dem Hotel Negresco, das er neunzehnhundertzwölf erbauen ließ. Doch wie so viele andere Träume zerstörte der von durchlauchten Verbrechern angezettelte Erste Weltkrieg auch den Traum des Herrn Henri Negresco, der sich gezwungen sah, sein traumhaftes Hotel zu verkaufen. Wenige Jahre danach starb er mit nur zweiundfünfzig Jahren in Paris. Der Portier eilt auf uns zu und nimmt uns unsere Koffer ab. Wir schreiten, wie einst die Adligen Europas, durch das Foyer, lassen uns zu unserem Zimmer begleiten, das Vergnügen kostet uns fünf Euro Trinkgeld.

Anna ist glücklich, wirft sich auf das weitläufige Bett, durch die breiten Fenster glitzert zwischen Palmen das Mittelmeer. Es ist früher Nachmittag und für die Jahreszeit ungewöhnlich heiß, am Strand liegen in der Sonne Menschen, im Meer wird gebadet. Durch das einem Palast gleiche Hotel gehen wir zum Ausgang, treten auf die Promenade des Anglais. Ich trage Shorts und ein T-Shirt, meine Frau ein dünnes, helles Kleid, wir wollen baden gehen. Der Sand ist feinkörnig, das Meer hat die Temperatur von zweiundzwanzig Grad, die französischen Frauen sind oben ohne. In einem winzigen String stürzt sich Anna in die See, wie immer ist sie die Erste von uns beiden.

Im Schatten sitzen wir in einem Café am Strand und essen einen Nizza-Salat mit einem Glas Rosé dazu. Meine Hand weilt unter dem Tisch auf Annas Schenkel, vorsichtig küsse ich ihre

Brustwarzen. Der Doktor Fuglsang mit seiner geilen, jungen Geliebten auf Ferien. Die Franzosen sind bekannt dafür, Verständnis für solche Situationen zu haben.

»Hund, ich will aufs Zimmer, um mich vor dem Abendessen auszuruhen.« Sie zieht sich ihr Kleid über und ihren String aus, geht im Minikleid vor mir her, damit ich ihre langen, geraden Beine bewundern kann. Unbeschwert schwebt sie mit schwingender Hüfte in ihren Sandalen von Prada, die mir mit ihren hohen Absätzen fast den Atem berauben. Ich laufe der Schönheit nach, schleppe die schwere Strandtasche in meiner rechten Hand. Vor dem Negresco mit seiner weißen Fassade und der pinkfarbenen Kuppel wendet sie sich mir zu, entblößt kurz eine rosa Brustwarze. Die Dame ist heiß, eng umschlungen gehen wir in die Lobby, die einem himmlischen Bordell gleicht. Weiße Säulen, farbige Kunst, ein ebensolcher Marmorfußboden, eine Kuppel aus Stahl und Glas im Jugendstil. Das Bordell der Götter und an mich gedrückt, mit flammend rotem Haar, die Göttin der sinnlichen Liebe, in der Rezeption stehen die Zuhälter in bunten Uniformen.

Im Zimmer beglücken uns die Götter mit ihrem Liebesnektar. Eine halbe Flasche gekühlter Champagner und Erdbeeren, mit Schokolade überzogen, stehen am breiten Bett. Anna reißt sich das Kleid vom Leibe, öffnet die Tür zum Balkon, in Sonnenlicht gebadet schreitet die Venus auf mich zu. Ich reiche ihr ein Glas, der Champagner prickelt auf unseren Gaumen, die Flasche ist leer. Mit einer Erdbeere zwischen ihre roten Lippen senkt sie langsam ihre angeschwollene Fotze auf meinen Ständer nieder.

»Hund, ich habe uns einen Tisch im Restaurant reserviert«, haucht Anna, von ihren rosa Brustwarzen tropft Milch auf den Fußboden. Verwirrt steige ich aus dem Bett, ihre Brüste streben mir wie zwei Kegel entgegen. Ich beuge mich vorwärts, sauge behutsam daran, der süße Geschmack von Muttermilch bringt mein Glied zum Stehen. »Bitte auch die andere Seite.« Gehorsam wechsele ich zu der anderen Brust, aus dessen Zitze dünne Fäden Milch spritzen. »Genug, Hund, geh unter die Brause und mach dich frisch, mit deinem Ständer kannst du im Restaurant in der Suppe rühren.«

»Andreas, benimm dich, das Restaurant des Hotels, das Le Chantecler, ist das bekannteste der Stadt, es hat zwei Sterne im Guide Michelin.«
Ich habe mich in Schale geworfen, stolziere im Smoking neben meiner Liebesgöttin Freya. Sie ist – im schwarzen Spitzenkorsett von Guerlain, dem bodenlangen Rock aus roter Seide von Versace und den Sandalen von Prada – schlicht gekleidet. Ich benehme mich, entferne darum pflichtgemäß meine Hand von ihrem schönen Po, der sich verlockend unter dem engen, seidenen Rock bewegt, von keinem Unterhöschen gezähmt wird.

Ein Kellner begleitet uns zu unserem Tisch, höflich zieht er den mit rotem Plüsch bezogenen Stuhl zurück, damit die Dame sich setzen kann. Er reicht uns die Karte, wir entscheiden uns für ein Discovery-Menü und sehen uns danach in dem überladenen Restaurant um. Die Wände bestehen aus edel geschnitztem Holz, an der Täfelung hängen Ölgemälde, überall stehen Skulpturen herum, zahlreiche Kronleuchter sorgen für die Beleuchtung. Am Tisch nebenan wird Russisch gesprochen, die Frauen scheinen sich zu amüsieren, lachen freimütig, ihre Männer freuen sich.

Das Discovery-Menü erweist sich als falsche Wahl, wir können unmöglich so viel essen und trinken. Nebenan haben sie andere

Sorgen. Die Diener eilen mit Flaschen herbei. Knallend springen die Pfropfen der Champagnerflaschen, während die Frauen mit den angeschwollenen Lippen ungehemmt kreischen, an ihren Ohren und Händen blitzen Diamanten in der Größe von Pflastersteinen. Die Lautstärke der tiefen Männerstimmen nimmt zu, Anna freut sich über die heißen Blicke der Russen, die Busen der Frauen sind imposant, aber kaum echt.

Unser Kellner fragt besorgt, ob alles in Ordnung sei, weil wir die Teller halb voll in die Küche zurückgehen lassen, unseren Wein nicht austrinken. Wir antworten ihm, dass alles wunderbar sei, aber wir seien keine großen Esser, schon gar nicht so wie die Russen.

»Echt, Hund, wir haben zu viel getrunken, mein Kopf!« Ich fasse an den einen Nippel der Leidenden. »Aua, Hund, du hast zu fest an ihm gezogen, er ist empfindlich! Hund, bist du ein geiles Schwein«, sagen die verfilzten roten Haare, ihre Zungenspitze vibriert auf meiner Eichel, sodass es in meinem Unterleib zuckt.

»Bist du immer noch mit dem Araber verlobt?«, grinst sie hämisch. »Oder hat der sich ganz einfach von gestern Abend noch nicht erholt?« Ich schaue meinen Ständer an, die kleine rothaarige Teufelin mit dem runden Arsch hat Recht, ein roter Ring zieht sich wie ein Verlobungsring um ihn herum. Hat sie womöglich wieder einen arabischen Liebhaber, wird der Ring von ihm verursacht?

»Und wie steht es mit dir?«, frage ich, spreize ihre Beine und lecke ihre Fotze. »Du riechst und schmeckst wie eine Nutte und deine Schamlippen sehen aus, als hättest du mit allen Dienern gefickt.«

»Leider nicht, ich musste mich mit dir zufriedengeben. Tu es nicht, Andreas, ich habe Hunger. Das Ficken muss bis später warten, nach dem Frühstück will ich zu Alziari, in die Rue Saint-François-de-Paule Nummer vierzehn, um Öl und Seife zu kaufen. Geh bitte duschen, du riechst nach Mann.«

Sie steigt in die Badewanne, um ihre Haare zu waschen sowie ihre Beine und ihre Fotze zu rasieren.

»Hund, wir werden auf der Terrasse frühstücken.« Wir setzen uns nach draußen und genießen die Aussicht auf das Meer, ein Sonnenschirm spendet uns Schatten. Wir haben zum Glück Sonnenbrillen dabei. Anna sieht in ihrem dünnen, hellen Kleid und mit ihrer Sonnenbrille von Prada verdammt gut aus.

»Warum starrst du mich so an?«, fragt sie und sieht mich dabei strafend an.

Weiße Haut, rote Haare, blutroter Mund, blutrote Nägel, eine tolle Taille, runde Hüften, lange Beine, Brüste, die mir entgegenstreben, schmale Schultern, ich habe mich soeben verliebt. Wie hieß die fremde Frau hinter den dunklen Sonnenbrillengläsern doch gleich? Ach ja, es fällt mir wieder ein.

»Willst du mich heiraten, Anna?«, frage ich aufgeregt.

»Sei nicht albern. Wir sind schon verheiratet, erinnerst du dich?«

Ja, ich erinnere mich. Die kleine Studentin im schwarzen Kleid von Max Sport vor dem Dom in Hadersleben. Aber ich möchte es noch mal erleben. Vor meinem geistigen Auge erscheint meine Braut eng in weiße Spitzen gekleidet. In ihren schneeweißen Händen trägt sie Rosen, schwarz wie die Nacht. Um ihren Hals schmiegen sich schwarze Perlen der Südsee und im tiefen Ausschnitt blitzen Diamanten, in Afrika von schwarzen Händen der Erde geraubt. Am Altar stehen dunkle Gestalten mit riesigen schwarzen Flügeln, die Engel der Nacht, die ihre Königin erwarten. Verängstigt steht der Pastor im schwarzen Talar mit weißer Halskrause da, zitternd wird er die blendend schöne Kreatur trauen.

»Hund, hör auf zu träumen, wir sind in Eile.« Sie hält eine Sonnenbrille in ihrer Hand, eisblaues Licht strömt aus ihren Augen, gehorsam esse ich schnell mein Frühstück.

Wir gehen aufs Zimmer, erledigen das Notwendige und verlassen das Hotel, beide tragen wir praktische Sneakers von Nike. Wir wandern unter Palmen im Sonnenschein auf der Promenade des Anglais am Meer entlang nach Osten. In der Sonne ist es heiß, aber ein kühler Wind von der See her kühlt uns die Stirn. Am Strand liegen die Frauen oben ohne, neben mir geht die aufregendste Frau der Welt. Nach dem Théâtre de Verdure mit seinen Bäumen, Fontänen und weißen Marmorstatuen biegen wir links in die Avenue des Phocéens ein, um dann rechts in die schattigen Gassen der Altstadt abzutauchen.

»Hund, wir sind richtig, auf dem Schild steht Saint-François-de-Paule. Ich habe mich zur Abwechslung mal nicht verlaufen. Ich gehe sonst fast immer in die falsche Richtung. Dort ist der Laden, den deine Ex mir empfohlen hat.« Genau, über dem unansehnlichen Geschäft in dem gelben Bau steht »Alziari«, der Name des Geschäftes, das Birgit einmal im Jahr besucht, um Olivenöl und Seife einzukaufen.

Hinter Anna trotte ich in den schattigen Laden, eine Welt des Olivenöls und der Seife breitet sich vor unseren Augen aus. Alles muss sie bestaunen und anfassen. Einen leeren Behälter haben wir leider nicht dabei, weshalb wir kein frischgezapftes Olivenöl kaufen können. Ich lümmele am Tresen des Ladens, während sich meine Ehefrau lebhaft mit dem Eigentümer unterhält. Natürlich erinnert er sich an »Madame la Danoise«. Die schwarze Zigeunerin, meine Ex, vergisst man nicht so einfach. Aber auch an die schneeweiße Dänin mit dem flammend roten Haar und den blauen Augen des Eismeeres, die verführend schön vor ihm steht, wird der Besitzer für immer zurückdenken.

In weiser Vorausahnung habe ich eine leere Strandtasche für die ganz gewiss unentbehrlichen Einkäufe mitgenommen. Mit schwingender Hüfte eilt Anna mir voraus, ich schleppe ihr die schwere Beute hinterher. Die Riemen der Tasche schneiden schmerzhaft in meine Schulter, aber nur ein Held hat mit schönen Frauen Sex, weswegen ich die Zähne zusammenbeiße und meine Schnauze halte.

»Armer Andreas, warum hast du mir nichts gesagt?« Anna beäugt die tiefe rote Rille auf meiner rechten Schulter. »Guck mal, Grand-Cru-Olivenöl, das ist echt fantastisch, und Alziari-Seife für ein ganzes Jahr! Hund, nach dem Bad wirst du sexy riechen. Das ist die einzige parfümierte Seife, die deine Haut verträgt.«

Im Negresco laden wir alles ab und gehen danach zum Hotelstrand, um zu baden und im Strandcafé eine Kleinigkeit zu essen. Die Russen glotzen, sie haben wohl noch keinen so winzigen String wie Annas gesehen. Der Weißwein zum Essen schläfert uns ein, der kreischende Lärm eines Ferraris auf der Promenade des Anglais scheucht uns nach einer Stunde aus dem Schlaf. Wir gehen nochmals baden, bleiben am Strand, bis das Grummeln im Magen uns davontreibt.

»Hund, ich habe Hunger und im Hotel mag ich nicht essen. Die Leute sind mir zu feierlich und das Essen zu deftig, ich will im Café de Turin Langusten essen.«

»Warum ins Café de Turin?«, frage ich erstaunt. »Ist das irgendwie einzigartig?«

»Birgit hat es mir empfohlen, weil dort die Früchte des Meeres serviert werden. Es ist immer voll und deshalb ist das Essen sehr frisch. Dort brauchst du keine Angst zu haben, dass du dir den Magen verdirbst. Ein Mann mit Durchfall wäre in den Ferien echt ein Reinfall.«

Das sehe ich ein, ich lege einen Arm um die Taille meiner Frau, sie ist die Chefin, ich begleite sie ins Hotel zum Duschen und Umziehen.

Anna trägt ihr Spitzenkorsett, ihren roten Seidenrock und, weil wir bis zum Place Garibaldi wandern werden, Sneakers. Mit der einen Hand hebt sie ihren bodenlangen Rock hoch, damit er nicht staubig wird. Auf der Promenade des Anglais naschen wir ein Eis, um bis zum Café de Turin durchzuhalten. Die Avenue de Phonéen kommt uns unendlich lang und langweilig vor, den Rest der Strecke legen wir deshalb in einem Taxi zurück. Die Sneakers meiner Gattin stecke ich in meine Ledermappe. Stattdessen zieht sie sich ihre Sandalen von Prada an, damit sie standesgemäß vor dem Restaurant im Schatten unter der Markise platznehmen kann.

Die Langusten sind frisch und köstlich, der Weißwein dazu kühl und belebend, am Tisch neben uns sitzen vier Russen, die in Englisch mit einem Franzosen Geschäfte machen. Die Herren sprechen ernst und gemessen, es scheint sich um viel Geld zu drehen. Am nächsten Tisch sitzen vier blonde Weiber, die es sich nicht gefallen lassen wollen, von den attraktiven Männern übersehen zu werden. Zwei Knöpfe extra werden an den Blusen gelöst, die Miniröcke gleiten nach oben, sodass man die Spitzen der Unterhöschen sieht. »Skål!«, rufen die schönen Norwegerinnen, schwingen ihre Gläser, lachen die Männer an, rücken ihre Stühle in Richtung der Russen. Die starren entsetzt die lustigen Weiber aus Norwegen an, bei solchen Schlampen kommt jeder Verführer zu kurz, weil es nichts zu verführen gibt. Die Frauen brüllen vor Lachen, zeigen ihre weißen Zähne, ihre Eheringe blitzen in der Abendsonne. Eingeschüchtert von so großem weiblichen Andrang, lehnen sich die Herren schweigend in ihren Stühlen zurück, ihre Gesichter erstarren zu Masken. Nochmals kreischen die blonden Grazien, bestellen mehr Wein, wenden verächtlich den russischen Versagern ihre Rücken zu.

»Echt, statt Männer zu sein, sind sie Angsthasen«, sagt Anna verächtlich. »Andreas, bestell uns bitte ein Taxi.« Ich bitte die Kellnerin um die Rechnung und ein Taxi. Sobald wir die Promenade des Anglais erreicht haben, bitten wir den Fahrer, uns abzusetzen, um beim Licht des Sonnenuntergangs den Blick über die azurblaue See zu genießen. Aus dem Halbdunkel erscheint strahlend beleuchtet der weiß- und pinkfarbene Palast aus alten Zeiten, das Hotel Negresco. Durch das Foyer gehend, tauchen wir in die Pracht der Vergangenheit ein. Im Zimmer legen wir uns unter den Baldachin unseres Bettes und träumen uns in die Zeiten zurück, als Europas Mächtige das Hotel bevölkerten, bevor sie den Kontinent aus Starrsinn und Eitelkeit im Blut der beiden Weltkriege ertrinken ließen. Morgen erwarten uns neue Abenteuer.

»Was machen wir heute?«, fragt meine Teufelin, sie steht nackt in hohen Absätzen vor dem Spiegel. »Hund, Nizza ist zwar schön, aber altmodisch. Für diese Stadt bin ich zu jung oder zu geil.«

»Anna, wir gehen baden und finden eine nette Stelle am Strand, wo wir frühstücken und die Zeitung lesen können. Hinter dem Hotel in den Geschäftsstraßen gibt es ganz sicher einen Tabac, wo sie *Le Figaro*, *Elle* und *Vogue* verkaufen.«

Richtig, in der Rue de France finden wir einen Tabac, wo wir das Gewünschte kaufen, danach geht es zum Strand des Hotels. Die Russinnen haben es Anna nachgemacht, liegen in winzigen Strings mit einem Glas Champagner in der Sonne. Wenn sie sich strecken, erkennt man in ihren Brüsten die Implantate. Die Brüste meiner Ehefrau sind von Milch gespannt, können sich darum mit den Kunstwerken der plastischen Chirurgie messen. Die Russen staunen meine Frau an, wir gehen baden, bevor es ihnen zu heiß wird. Nebenan gibt es ein Strandcafé, wo wir unter einem Sonnenschirm französisch frühstücken und Zeitung lesen. *Le Figaro* vermutet, dass die Montagsdemo in Leipzig am neunten Oktober das Ende der DDR eingeläutet hat. Wie soll sich Frankreich zu einem wiedervereintem Deutschland verhalten? Ich kann es nicht sagen, aber die Sicht aufs Meer und die auf meine schöne, junge Frau sind fabelhaft.

»Anna, wir könnten in die Altstadt auf den Blumenmarkt gehen. Dort finden wir womöglich ein Restaurant, das uns Anarchisten gefällt.«

Sie liebt Blumen und stimmt daher sofort zu. Wir gehen noch kurz aufs Zimmer zum Pinkeln und Zähneputzen, wonach wir in bequemer Sommerkleidung losziehen. Wir kennen den Weg, erst geht es auf der Promenade des Anglais an der stillen See entlang, dann links in die Avenue des Phoséens, gleich danach rechts in die Rue Saint-François-de-Paule. Bei Alziari machen wir eine kleine Pause, Anna muss unbedingt ein Päckchen Seife kaufen.

»Hund, du wirst wunderbar riechen, ich liebe dich.«

Dagegen kann ich nichts einwenden. Ich warte draußen auf der Straße, in der Olivenbäume in Behältern stehen, und beobachte die Menschen aus aller Welt, die sich durch die Gasse wühlen.

»Riech mal, Hund, ist doch schön«, ihre kleine, weiche Hand hält mir das Päckchen unter die Nase.

»Bestimmt, ich freue mich schon darauf, von dir eingeseift zu werden. Der Sex danach wird wunderbar riechen«, sage ich und küsse die verführerisch vollen, roten Lippen, mein Arm liegt fest um ihre Wespentaille. In ihren Augen lodert blau das Eismeer, sie drückt sich an mich.

»Hund, das möchtest du, leider tut man so etwas in Frankreich nicht auf der Straße.«

»Nein«, sage ich bedauernd. »Es fehlen die Duschen und die Liegen – dabei wäre es bei diesem Wetter ideal. Jämmerlich, wie eingeschränkt die Leute überall sind.«

Im Cours Saleya kaufen wir auf dem Gemüsemarkt zwei Pfirsiche, deren Saft uns die Finger verklebt, während wir sie essen. Einen Wasserhahn gibt es hier nicht und es ist zu früh, um eine Mahlzeit zu sich zu nehmen.

»Ich möchte eine Rose fürs Zimmer.« Annas Gewohnheit, eine Blume ins Hotelzimmer zu stellen, hatte ich ganz vergessen. Sie wird keine Ruhe geben, bevor ich ihr eine Rose gekauft habe, und irgendwie finde ich es nett, dass sie sich wie ein junges Mädchen gebärdet.

»Klar sollst du eine Rose haben«, sage ich und fasse sie unter den Arm. »Magnifique« – die Rose duftet verführerisch, die Dame zwischen ihren bunten Blumen lächelt erfreut, hält uns den Wasserschlauch hin, damit wir unsere Hände abspülen können. Aus Dank kaufen wir zwei Rosen extra, unser Zimmer wird traumhaft riechen.

Ermüdet setzen wir uns auf eine Bank und betrachten den Trubel, allmählich haben wir Hunger, aber kein Restaurant am Cours hat uns gefallen.

»Hund, wir gehen bis zum Ende und falls wir nichts finden, fahren wir mit einem Taxi zum Café de Turin.«

»Anna, das allerletzte Restaurant dort sieht einladend aus und die Gäste sind uns ähnlich. Der Laden nennt sich L'F.« Eine Kellnerin in schwarzen Hotpants weist uns einen Tisch an, sie hat einen wunderbaren Nabel, knallrote Lippen und reichlich Kajal um die Augen.

»Echt, Andreas, das Restaurant hat die größten Toiletten Frankreichs, mit Kleiderhaken und allem Drum und Dran. Die sind offensichtlich zum Ficken eingerichtet.«

Lounge-Stimmung, bequeme Stühle, Herren, die mit Herren Händchen halten, Frauen, die sich küssen. Dazwischen sitzen Paare wie wir, bei denen die Frauen ihre Unterhöschen ausgezogen haben – wir fühlen uns hier ungemein wohl. Die Küche ist italienisch, wir bestellen eine Pizza mit einem gemischten Salat als Beilage, dazu ein Glas Rotwein. Hinter dem Tresen zwei Männer, die sich küssen, wahrscheinlich die Eigentümer.

»Hund, wenn du nichts dagegen hast, werden wir heute Abend wieder hier essen.«

Ich stimme zu, hier gefällt es uns. Die feinen Leute von Vorgestern im Restaurant des Negresco mit ihren Manieren sind wir los, hier herrscht der aufregende Puls der Zukunft.

Wir haben unseren Rhythmus in Nizza gefunden: morgens in der Rue de France *Le Figaro* oder *Le Monde* kaufen, dann zum Hotelstrand, baden und die Russen bestaunen, mit einer Zeitung unter einem Sonnenschirm im Strandcafé frühstücken, beschaulich über das Meer spähen und über das Neueste aus dem Ostblock nachdenken. Wenn der Po und der Rücken vom Faulenzen zu schmerzen anfangen, wandern wir los, um die Schwulen, Lesben und Geilen zu besuchen, um mit ihnen zu speisen. Haben wir Zeit, steigen wir am Schlossturm vorbei die Treppen hoch zum Schlosspark, der Blick von oben über das Meer und die Stadt ist umwerfend. Sobald Anna Hunger hat, gehen wir vom Quai des États-Unis durch eine enge Gasse zum Place Charles Félix am Abschluss des Cours Saleya. Die Wirte vom L'F kennen uns schon, kommen an unserem Tisch und plaudern, auch sie beschäftigt der Zusammenbruch des Ostblocks stark. Anna und ich gehen Hand an Hand pinkeln, während die beiden uns von hinter dem Tresen aus zuzwinkern. Annas Minirock nach oben schieben, den Ständer in die nach dem Pinkeln weiche, warme Fotze einführen, ein Griff um ihre Titten, der Samen fließt in sie. Danach Sperma von ihrer Möse lecken, hoffentlich heult sie nicht zu laut, ein fester Griff um ihre Hüfte, während ihr Körper sich im Orgasmus zusammenkrampft. Gesicht und Glied abspülen und die Fotze abtrocknen, mit einem verlegenen Lächeln gehen wir zu unserem Tisch zurück und bestellen Cappuccino. Zurück zum Hotel wandern wir über den Blumenmarkt und den Gemüsemarkt und dann am Wasser entlang, die Rosen füllen unser Zimmer mit ihrem betäubenden Duft.

Abends holt uns eine Taxe im Hotel ab, aber vom L'F zurück zum Negresco wandern wir am Meer entlang. Wir wollen die Dämmerung mit dem farbigen Himmel nicht verpassen. Das Ficken erledigen wir am liebsten im Restaurant. Der Palast des Negresco erinnert uns zu sehr an die überheblichen, grausamen Männer, die hier einstmals wohnten. Männer, die nur auf Macht und Ehre bedacht waren, verbrecherisch die beiden Weltkriege anzettelten, durch die sie das Leben unserer Großeltern und Eltern verdarben. Haben wir trotzdem unter dem Baldachin in unserem weitläufigen Bett Geschlechtsverkehr, fessele ich Annas Hände, verleihe ihr auf Brust, Arsch und Fotze blaue Flecken. Danach ficke ich sie, wie vermutlich einst rücksichtslose Adlige ihre Dienstmädchen gefickt haben.

Wir sind aus Nizza in Dänemark zurück, sind im vom Regen verschleierten Kopenhagen gelandet. Auf dem Amager Strandweg blicken wir aus der Taxe über dem bleiernen Öresund nach Schweden. Die Innenstadt, von Brücken, dem Hafen, Türmen und Seen umgeben, ist verödet, der Regen hat die Bürger in ihr warmes Zuhause getrieben. Sobald die Taxe vor der Wohnung meiner Schwiegereltern anhält, springt die besorgte Mutter aus dem Wagen und stürzt die Treppen hoch zu ihrem Kind. Schwiegervater erzählt, dass unsere süße Tochter täglich stundenlang im Lehnstuhl am Fenster gestanden habe, um nach uns Ausschau zu halten. Nachdem Anna im Sofa das Stillen von Eva beendet hat, packe ich ihre Sachen zusammen und verstaue sie im Auto. Nochmals laufe ich die Treppe hoch, um die Katze, die Mutter und das Kind zu holen, das Leben in der Tretmühle kann weitergehen.

Einige Wochen später kommt Anna aufgeregt von der Verbraucherbehörde heim, sie hat wichtige Neuigkeiten. In der DDR setzt das SED-Zentralkomitee seine Plenartagung fort, es ist der neunte November neunzehnhundertneunundachtzig.

»Du weißt, ich möchte Journalistik in Århus studieren«, fängt sie aufgeregt an, mutwillig unterbreche ich sie, sage: »Das haben wir schon besprochen. Wegen der Kinder geht es nicht, dass du drei Jahre alle Werktage in Århus verbringst und nur am Wochenende zuhause bist. Und was noch schlimmer ist, ich würde dich ungemein vermissen und nach einer anderen Frau Ausschau halten.«

»Echt, Andreas, hör mir halt zu. Es gibt dort eine Ausbildung für Akademiker, die das Verbraucheramt mir bezahlen will. Zwei Tage im Monat bin ich in Århus, der Rest besteht aus Hausaufgaben. Die Ausbildung beginnt nächstes Jahr im September und dauert nur ein Jahr. Im Verbraucheramt benötigen sie journalistisch ausgebildete Mitarbeiter, die wissen, wie man mit der Presse umgeht und wie man sich im Fernsehen verhält. Davon habe ich immer geträumt. So viel Freiheit kannst du mir wohl zugestehen!« Sie hat Recht, das kann ich ihr nicht verweigern.

»Abgemacht«, sage ich deshalb. »Nach dem Essen müssen wir heute unbedingt die *Tagesschau* sehen, es rührt sich etwas in der DDR.«

Ich lege mich mit Eva auf den Futon, um mit ihr Bilderbücher zu lesen und im Fernsehen die *Kinderstunde* anzuschauen. Lasse sitzt neben uns am Esstisch und macht Hausaufgaben.

Der Sprecher der *Tagesschau* ist aufgeregt, heute dreht sich alles um die DDR. In der Mittagspause einigte sich das neu formierte Politbüro darauf, mit einem Beschluss des Ministerrates kurzfristig eine neue Regelung für Westreisen in Kraft treten zu lassen, um den anhaltenden Ausreisestrom über die CSSR künftig über eigene Grenzübergangsstellen abzuwickeln. Kenner des Ostblocks erklären uns unwissenden Bürgern, was wir davon halten sollen, auch ein Minister äußert seine Meinung, wird aber ausgeblendet. Stattdessen informiert uns Politbüromitglied Günter Schabowski über die Ergebnisse des ZK-Plenums. Auf eine scheinbar harmlose Nachfrage: »Wann tritt das in Kraft?«, antwortet Schabowski: »Nach meiner Kenntnis sofort, unverzüglich.« Vor unseren Augen brechen im Laufe des restlichen Abends und der Nacht eine Mauer und eine sozialistische Welt zusammen. Das Volk will nicht mehr von roten Schnöseln bevormundet werden, sondern fordert seine Freiheit und das Recht, selbst zu denken.

Unsere Welt ist dank Annas Ausbildungswunsch und unserem Kind ebenfalls aus den Angeln, beide bemühen wir uns, dass es trotzdem gemeinsam weitergeht, heute fliegt meine Frau nach Brüssel. Ungeduldig steht sie im Flur, ruft: »Hund, ich verspäte mich, das Flugzeug wartet nicht auf mich, küss mich.«

Vor dem Haus hupt die Taxe, sie eilt mit ihrem Fly-Bag davon, Freitag werden wir uns wiedersehen. In Brüssel wird sie Richtlinien für Phthalate aushandeln. Eva und ich frühstücken in der Küche, wonach ich sie anziehe und sie zu ihren Großeltern fahre. In der Praxis ist viel los, aber wir haben im Kühlschrank Reste von gestern, die wir abends essen werden, ich brauche darum erst morgen mit der Kleinen einkaufen gehen. Als ich sie nach der Arbeit bei meinen Schwiegereltern abhole, ist sie leider ausgeruht und aktiv, auf dem ganzen Weg im Auto nach Hause muss ich ihr vorsingen. Quietschvergnügt läuft sie vor mir ins Haus. Sie drückt dem Kater Julius einen Kuss auf die Nase, wonach sie sich mit ihm auf dem Futon vor der Glotze breitmacht. Ich setze mich neben die beiden, ziehe ihr ihren Mantel und ihre Hose aus. Händewaschen hat sie vergessen, mit dem lachenden Kind unter dem Arm marschiere ich in die Küche zur Spüle.

»Wie war es in Brüssel?« Meine Frau ist wieder da, steht in Rock und hohen Absätzen vor mir. Eva und ich liegen nach dem Einkaufen und Kochen erschöpft unter Bettdecken vor dem Fernseher, schauen uns die Abenteuer eines sprechenden Bären an.

»Spannend, ich habe ein Verbot von Phthalaten in Kinderspielzeug erreicht. Zwei Tage haben wir intensiv verhandelt, ich bin wie am Boden zerstört. Die Deutschen und Franzosen waren sehr angetan davon, dass ich mich mit ihnen in ihrer Muttersprache verständigte. Ich wohnte im Hotel Mercure, wo ich gleich nach dem Essen den Abend im Bett verbracht habe. Was essen wir heute?«

»Hähnchenfilet, grüne Bohnen, Pellkartoffeln und ein Salat stehen für dich in der Küche bereit. Du siehst erschöpft aus, hast dunkle Ringe unter den Augen. Leg dich zum Ausruhen und Stillen zu Eva. Ich gehe in die Küche und wärme so gut es geht dein Essen auf.«

Die Kleine streckt ihre Arme ihrer Mutter entgegen. Anna lässt ihren Rock zu Boden fallen und legt sich neben die Kleine, Lasse geht auf sein Zimmer, ich in die Küche.

Der Alltag geht weiter, täglich rette ich in der Klinik Menschenleben. Ich werde von meiner Krankenschwester unterbrochen: »Fuglsang, deine Frau ist am Telefon«, zischt sie. »Sie will unbedingt mit dir sprechen.«

»Wir sind gleich fertig, Schwester, dann werde ich mit meine Frau zurückrufen. Nicht wahr, Hanne, du hast alles über die Pille begriffen, auch dass man sie jeden Tag einnehmen muss. Hanne, du darfst bitte nach einundzwanzig Tagen die sieben Tage Pause nicht vergessen, auf Wiedersehen.« Die sechzehnjährige Patientin ist erleichtert, steht auf und lächelt mir freundlich zu. Sie erwartete eine gynäkologische Untersuchung, aber da sie keine Symptome zeigte, fand ich das nicht notwendig. Viel zu oft ruft so etwas bei jungen Frauen erst sexuelle Schwierigkeiten mit Scheidenkrämpfen hervor. Darum lasse ich diese Routine schon seit Langem, gegen die Empfehlungen der Gesundheitsbehörden, wegfallen.

Sobald die Tür sich hinter ihr schließt, rufe ich meine Frau an, hat sie sich doch eine Wohnung gekauft und zieht aus?

»Andreas, ich bin echt glücklich. Sie haben zugestimmt, ich kann am ersten September nach Århus, um Journalistik zu studieren. Ich werde weiterhin zweiunddreißig Stunden wöchentlich im Verbraucheramt arbeiten, außer in den Wochen, in denen ich mich zwei Tage in Århus befinde. Hast du gehört, dass die Ossis gestern bei der Wahl für die deutsche Einheit gestimmt haben? Die CDU war ganz klar der Sieger. Das hätte dein Vater erleben sollen.«

»Herzlichen Glückwunsch«, brumme ich. »Nach Århus ist es weit, dir wird ein Führerschein fehlen. Du kannst den Wagen von meiner Praxis haben, ich kaufe mir einen neuen. Der Alte ist vier Jahre alt und es ist sowieso Zeit für einen Wechsel. Mein Vater ist tot, für ihn kommt die deutsche Einheit leider zu spät.«

»Hund, ich habe vor, nach Århus die Bahn zu benutzen. Die Fahrt dauert knapp drei Stunden und ich kann unterwegs in

Ruhe lernen. Aber ich möchte trotzdem einen Führerschein. Wenn Eva im Herbst in den Kindergarten kommt, ist das Hin und Her mit dem Fahrrad zu mühselig und im Winter zu gefährlich«, säuselt sie. »Bis bald, ich liebe dich.«

Notgedrungen leben wir weiterhin wegen dem Kleinkind das Leben der langweiligen Anderen. Anna sorgt dafür, dass wir nicht von der Welt isoliert werden und total vergammeln. Heute fragt sie deshalb: »Andreas, können wir mit Eva bei Lea vorbeischauen? Ihr Kind langweilt sich und braucht Gesellschaft. Alexandra wird auch kommen, Lea meinte, je mehr Kinder kommen, desto besser. Darum habe ich ihr empfohlen, auch Aisha einzuladen.«

»In zehn Minuten bin ich fertig«, stöhne ich. »Ich muss noch die Dachrinne reinigen. Den Rasen brauche ich heute aber nicht mehr unbedingt mähen, nächstes Wochenende ist früh genug.«

Auf allen Vieren krieche ich auf dem flachen Dach entlang, greife mit der rechten Hand in das übel riechende Wasser in der Dachrinne und entferne die verfaulten Blätter und den Schlamm. Endlich ist sie leer und mein Eimer voll mit Dreck. Mit schmerzendem Rücken richte ich mich auf. Ich gehe zur Leiter, steige Schritt für Schritt mit dem Eimer in der linken Hand zum Rasen hinunter und schütte den Inhalt in eine dunkle Ecke des Gartens.

Es dauert noch etwas, bevor wir loskönnen, ich muss erst auf Annas Kommando hin unter die Dusche, sodass ich statt nach Schweiß nach Seife von Alziari in Nizza rieche. »Aber Anna, das ist doch keine Orgie, zu der wir eingeladen sind«, wende ich ein. Anna ist unerbittlich, besteht hartnäckig darauf, von einem wohlriechenden Mann begleitet zu werden.

Das Haus im Kratwænget zwölf ist beeindruckend, man ist sich bei seinem Anblick sicher, dass es Wohlstand und Glück beherbergt. Eva hängt an meinem Arm, ihre Augen strahlen begeistert, ihr ist bewusst, dass sie in dem schmucken Haus Abenteuer erwarten. Hans öffnet die Tür, an seinem Bein klammert seine Tochter, die uns schüchtern mit großen Augen anstarrt. In meinen Armen strampelt die kleine Tyrannin, sie will auf den Boden, um mit ihr zu spielen. Die beiden toben los. Hans und ich umarmen uns und klopfen uns auf die Schultern. Anna schubst mich zur Seite, drückt sich an ihn und gibt ihm einen langen Kuss.

In der weitläufigen Stube sitzen am Kamin Aisha und Lea und plaudern, beide sind in hautenge Jeans und enge Pullis gekleidet. Leider gibt es keine Miniröcke zum Nach-oben-Schieben oder Hemden zum Aufknöpfen, alles ist heute echt praktisch für eine Mutti gemacht, aber unpraktisch für eine Hure. Nur meine Ehefrau hat ein Hemd an, damit unser Kind bequem gestillt werden kann. Schon oft hat Eva Aufsehen erregt, wenn sie sich in der Stadtbahn oder in einem Café auf den Schoß ihrer Mutter setzte und ihr das Hemd aufknöpfte, um gestillt zu werden.

Kuss links, Kuss rechts, Lea und Aisha sind wahrhaftig zwei schöne Weiber, mit denen ich zu gerne Unzucht treiben würde.
»Aisha, trägst du neuerdings weder Abaya noch Hidschab?«, frage ich. »Und wenn nicht, was sagt deine Familie dazu? Ich liebe es, wenn du nackt im Hidschab dastehst. Das ist irgendwie furchtbar sexy.«
»Meine Familie kann mich mal«, sagt die Araberin wütend. »Seitdem ich einen Sohn bekommen habe, gibt es mich nicht mehr. Bloß weil ein Zäpfchen zwischen seinen Beinen baumelt, behandeln sie ihn, als sei er ein Prinz, und mich wie sein

Dienstmädchen. Dabei bin ich bald Gynäkologin und mir wurde eine Stellung als Oberärztin in Aussicht gestellt.«

»Es ist schwirig für uns Frauen, uns zu behaupten, sobald wir Mütter werden«, sagt Lea kopfschüttelnd. »Im Kopf der Leute passiert etwas, wenn sie unseren Bauch anschwellen sehen. Vorher waren wir erfolgreiche, werktätige Frauen, nachher sind wir Mütter, die nur zur Unterhaltung arbeiten, hauptberuflich aber Muttis sind. Zum Ärger der eitlen Herren bin ich immer noch Direktorin bei Carlsberg und Vorsitzender im Familienfond. Sie müssen nach der Pfeife einer Mutter tanzen, was ihnen gar nicht recht ist.«

Anna setzt sich zum Plaudern zu den beiden aufs Sofa. Wir Männer haben eine kurze Pause vom Kinderhüten und unseren Gattinnen, weil Leas Au-Pair sich der drei Gören annimmt.

Johann hat scheinbar einen Schlüssel, denn plötzlich steht er mit Ehefrau, Sohn und einer Au-Pair in der Stube. Die Philippinerinnen kichern glücklich, sie kennen sich, mit den Kindern gehen sie in die Küche, um alleine zu sein.

Johann und Alexandra setzen sich zu uns Männern, wir wollten aber eigentlich unter uns sein. Wie können wir über unser langweiliges Geschlechtsleben lästern, wenn eine Frau wie sie bei uns sitzt? Sie trägt einen Minirock, Stay-ups, einen winzigen String aus Spitzen, hat blutrote Lippen, einen Büstenhalter mit Halbschalen, die Nippel unter dem transparenten Hemd sind entblößt. Männer, die wegen einer willigen sexy Frau Ständer in den Hosen haben, können sich nicht erlauben, über zu wenig Sex zu maulen. Johann ist ausgelassen und freundlich, er hält die Hand seiner Frau, schaut sie mit strahlenden Augen an.

»Wir haben beschlossen, dass wir zwei Wochen unseres Urlaubs in Le Village Naturiste du Cap d'Agde verbringen werden. Wenn ihr wollt, könnt ihr mitkommen«, sagt er unbefangen. »Es wären die ersten zwei Wochen im August.«

»Andreas, ihr wart doch schon mal dort«, sagt Alexandra, mit ihrer Hand auf meinem Schenkel. »Los, kommt mit, ihr wart doch immer Avantgarde.« Ihre Hand bewegt sich vorsichtig mit festem Druck hin und her.

»Alexandra, ich habe mit Anna darüber gesprochen. Seit der Geburt hat sich viel verändert. Mit Eva und der Arbeit ist sie völlig beschäftigt, nach erotischen Abenteuern hat sie kein Verlangen. Als wir alleine in Nizza waren, hatten wir tollen Sex und ich habe Hoffnung geschöpft, aber jetzt haben wir wieder nur einmal in der Woche Geschlechtsverkehr.«

»Mahmoud und Hans, wie sieht es bei euch aus? Habt ihr den Mumm, mitzumachen?«, fragt die sexy Frau enttäuscht, ihre Hand liegt nicht mehr auf meinem Glied, das reumütig schlapp geworden ist. Die drei Damen im Sofa sind verstummt, beobachten uns misstrauisch, was Hans und Mahmoud nicht aufgefallen ist. Es wäre klug von ihnen, den Mund zu halten.

»Ginge es nach mir, wären wir dabei«, sagt Hans. »Aber Lea kann sich mit ihrem erbärmlichen Orgasmus nicht abfinden. Der Gynäkologe behauptet, anatomisch sei alles in Ordnung, aber so geil wie früher ist sie nicht mehr.« Der frühere Leibwächter mit den breiten Schultern senkt den Kopf, läuft ihm eine Träne über seine Wange?

»Bei uns wird, wie bei Andreas, etwa einmal pro Woche in Keuschheit gefickt, wenn man das überhaupt als Ficken bezeichnen kann«, mault Mahmoud. »Arabische Familien mischen sich in alles ein, ich möchte meine Mutter und meine Schwiegermutter am liebsten umbringen. Ihnen ist unverständlich, dass Familie und Kinder nur einen kleinen Teil unseres Lebens ausmachen. Sie drängen uns, schnellstens mindestens noch zwei Kinder zu bekommen.«

Die drei Grazien haben sich erhoben, marschieren auf uns zu, ich trete Hans und Mahmoud auf die Füße.

»Hund, was redet ihr da?«, fragt meine Gattin, setzt sich auf meinen Schoß und legt einen Arm um meinen Hals, die beiden ertappten Ehemänner schauen betreten in Richtung Küche.

»Anna, Alexandra und Johann haben gefragt, ob wir sie im August nach Cap d'Agde begleiten.« Die Feiglinge neben mir tun, als sei nichts, stehen auf und gehen zu den Kindern in der Küche, um nach dem Rechten zu schauen.

»Bis wir die Lage geklärt haben, bleibt ihr hier«, sagen Lea und Aisha entrüstet. »Wir haben beschlossen, dass wir uns, wenn unser Geschlechtsleben sich nicht verbessert, spätestens Weihnachten der Schwarzen Lounge anschließen. Die ganzen Knoten und das viele Peitschen finden wir zwar übertrieben, aber irgendetwas muss passieren. Betreffend Cap d'Agde, sehen wir nächstes Jahr weiter.«

Begeistert, wie es sich für treue Ehemänner gehört, stimmen wir zu. Wir hoffen, dass unser Geschlechtsleben, wenn wir ihnen Recht geben, irgendwann wieder erfreulicher wird.

Zuversichtlich schlendern wir mit unseren schönen Weibern in die Küche, wo unsere Kinder mit den Au-Pairs beim Essen sind. Wir gesellen uns dazu, belegte Brote mit Rotwein als Beilage machen die Stimmung heiter. Anna entblößt ihre eine Brust, um Eva zu stillen, andächtig betrachten wir Männer sie. Man könnte glauben, wir seien in einer Kirche zum Gottesdienst versammelt, Amen.

»Anna, worüber habt ihr drei auf dem Sofa geredet?«, frage ich misstrauisch. Ich hasse es, wenn ihre Freundinnen über die Probleme meiner Ehe besser Bescheid wissen als ich.

»Hund, worüber Frauen halt so sprechen. Echt, kann ich nicht mal mit meinen Freundinnen tratschen, ohne dir nachher alles beichten zu müssen?« Sie ist beleidigt, schaut mich erst strafend an, rollt sich dann im Beifahrersitz zusammen und schweigt den Rest der Fahrt in den Bregnegårdsvej.

Ich trage die schlafende Eva ins Haus, meine Ehefrau nimmt vor der Haustür Julius in ihre Arme und geht, sobald ich die Haustür aufgeschlossen habe, ohne ein Wort zu sagen nach oben. Ich ziehe die widerspenstige kleine Tyrannin aus, wasche ihre die Hände und das Gesicht, putze ihre Zähne und ziehe ihr frische Pampers und einen Schlafanzug an. Das Gesicht der Kleinen ist, weil ich sie im Schlaf gestört habe, vor Wut angeschwollen. Um sie zu beruhigen, lege ich sie an Annas Brust, damit diese sie im Bett stillen kann. Empört nuckelt sie an der Brustwarze, lässt aber, weil sie keinen Hunger hat, die Milch danebenlaufen. Schleunigst hole ich ein Handtuch und stecke es unter sie, damit wir nicht die Nacht in einer Milchpfütze verbringen müssen. Endlich ist die kleine Tyrannin eingeschlafen, vorsichtig bugsiert meine Ehefrau sie an das Fußende des Bettes. Einige Stunden lang werden wir das Ehebett für uns haben, bis das süße Ungeheuer unruhig wird und den Ehrenplatz zwischen uns einnimmt.

Anna wendet mir den Rücken zu und schaltet das Licht aus, im Dunkeln höre ich, wie sie unruhig sich im Bett wälzt.
»Wir haben über euch Männer gelästert«, wird mir aus dem Dunkeln zugeflüstert. »Wie langweilig und unbeholfen ihr seid. Jeden Tag tut ihr dasselbe. Dieselben Witze, dieselbe Art, zärtlich zu sein, dieselbe Art zu ficken, aber ihr seid leider furchtbar nett und sympathisch, nicht zum Aushalten, man möchte euch ohrfeigen.«
»Man könnte glauben, ihr wünscht euch launische Psychopathen«, flüstere ich. »Die euch hoch verehren, aber im nächsten Augenblick an das billigste Bordell der Stadt verkaufen,

um euch zu demütigen und damit Geld zu verdienen. Die es genießen, wie ihr nackt im Vierfüßlerstand gefesselt von einer Schlange von Männern gefickt werdet, die ganze Nacht, eine nach der anderen. Die beobachten, wie sie euch an euren Titten festhalten, damit sie in Ruhe in euch eindringen können. Vielleicht habt ihr schwere, silberne Ringe in euren Zitzen, an denen stramm Ketten befestigt sind, sodass eure Brüste gespannt wie Saiten sind und ihr nicht entkommen könnt.«

»Fick mich, Andreas«, stöhnt Anna. »An wen willst du mich verkaufen?«

Am nächsten Morgen riecht mein Penis nach meiner Hurenfrau, um den Schaft zieht sich ein roter Ring. Ein Glück, dass ich ihn nicht in einer Dusche öffentlich zur Schau tragen werde. Die langweiligen Ehemänner würden vor Neid erblassen. Anna ist heute Morgen ausgelassen, scherzt mit Eva und gibt Lasse einen Kuss auf die Wange. Der Gedanke, für Sex verkauft zu werden, scheint ihr zu gefallen.

Abends ist sie immer noch guter Laune, flötet, sobald unsere Tochter schläft: »Hund, ich möchte mir bei Gorlubb im Gasværksvej ein Piercing in den Nabel machen lassen.« Ihre Augen strahlen, langsam zieht sie ihr Hemd nach oben, sodass ihr Nabel zum Vorschein kommt.

Vor meinem geistigen Auge erscheinen vereiterte Nabel, weshalb ich entsetzt einwende: »Anna, ein Fremdkörper kann eine Entzündung hervorrufen. In meiner Praxis habe ich schon mehrmals ein Piercing wegen eines Infektes entfernen müssen. Sobald der Ring raus ist, verschwindet zwar die Infektion und die Wunde heilt, aber den Rest des Lebens verbleibt eine kleine Narbe. Willst du dieses Risiko eingehen?«

»Doktor, sei kein Angsthase. Ich weiß Bescheid, du erzählst mir jedes Mal, wenn das in deiner Praxis vorkommt. Aber es ist das Risiko einer kleinen Narbe wert, um der heiligen Mutter zu entkommen. Als Alternative könnte ich mir das Haar grün färben oder mich auf der Fotze tätowieren lassen. Aber ich liebe mein rotes Haar und eine Tätowierung werde ich so leicht nicht wieder los. Am liebsten hätte ich Ringe in meinen Zitzen, aber die sind beim Sex im Wege und können ebenfalls gefährliche Infekte hervorrufen.«

Sie hat sich entschlossen, das sehe ich ein, keiner kann sie davon abbringen, mir bleibt nichts anderes übrig, als zuzustimmen.

»Anna, wünschst du es dir morgen immer noch, kannst du bei Gurlobb einen Termin verabreden. Natürlich finde ich ein Nabelpiercing geil. Schon bei dem Gedanken, dass eines deinen schönen Nabel ziert, bekomme ich einen Ständer.«

»Eva schläft, beeilen wir uns, dann schaffen wir es noch, bevor sie aufwacht«, säuselt die kleine Hure zufrieden und schwänzelt vor mir die Treppe hoch. Als wir vor dem Bett stehen, ist sie schon nackt.

Gorlubb hat eine Art OP-Raum eingerichtet. Weiß gekachelte Wände, Linoleum auf dem Boden, ein steril abgedeckter Stahltisch für den Ring und die Instrumente, die ebenfalls steril verpackt sind. Der Stecher trägt eine Maske und Handschuhe, zweimal desinfiziert er Annas Nabel. Eine dicke, hohle Nadel wird ohne Lokalanästhesie durch die Oberkante ihres Nabels gestochen. Sie unterdrückt einen Schrei, ich halte ihre Hand. Der Stecher führt einen silbernen Stab durch die Nadel und entfernt sie danach. An jedes Ende des Stabes schraubt er eine Kugel. Sobald die Wunde in etwa zwei Wochen verheilt sein wird, wird er den jetzigen durch einen goldenen Ring ersetzen. Wegen des empfindlichen Nabels wird es etwa sieben Tage dauern, in denen wir nur von hinten vorsichtig ficken können. Jeden Tag soll die Wunde mit Salzwasser ausgespült werden, damit es nicht zu einem Infekt kommt.

Nach zwei Tagen errötet die Oberkante des Nabels, was ein sicheres Zeichen für eine Infektion ist. Ich entferne den Stab, nehme einen Abstrich und mithilfe einer Spritze spüle ich mit sterilem Salzwasser den Wundkanal. Danach sterilisiere ich den Stab und schiebe ihn wieder in den Kanal, damit er nicht zuwächst, und verschreibe Anna Penicillinase-stabiles Penicillin, das sie zehn Tage einnehmen muss. Vorsichtig tupfe ich mit einer Papierserviette Tränen von ihren Wangen. Es kommt kein Laut von ihr, aber es schmerzt kräftig.

Nach zwei Tagen bekomme ich vom Labor den Bescheid, dass die Infektion durch Penizillin-resistente Staphylokokken hervorgerufen wurde, das von mir gewählte Penizillin darum wirksam ist. Meine Ehefrau hat Glück, trotz des Fremdkörpers klingt die Infektion ab und ist nach fünf Tagen verschwunden. Kurz vor den Sommerferien ist die Wunde ausgeheilt und wir fahren nochmals zu Gorlubb, wo ein Goldring in Annas Nabel befestigt wird. Mit nacktem Oberkörper verlässt sie den Operationsraum und stellt sich im Warteraum vor den Spiegel, um das Werk zu bewundern.
»Geil«, sagt sie, ihre Brüste stehen wie zwei Kegel, im Nabel blitzt der Goldring, der prima zu ihren roten Haaren passt. »Ich fühle mich jetzt weniger als Mutti.« Die beiden wartenden Männer grinsen freudig, sie sind offensichtlich mit ihr einig.

Unser Sommerhaus in Hejsager haben wir verkauft, weshalb wir mit gutem Gewissen mit den Kindern nach Pythagorion auf die griechische Insel Samos fliegen. Marie wird von ihrem Freund Nikolaj begleitet, der das Gymnasium Gammel Hellerup besucht, in dem auch sie wie ihre Mutter das Abitur absolvieren möchte. Mit vierzehn Jahren darf meine Tochter nach dem Gesetz noch keinen Verkehr haben, aber ihre Mutter hat ihr die Pille verschrieben, es kann also nichts passieren.

Wie fast immer gibt es in Griechenland Streiks, sodass wir verspätet landen, der Flughafen ist überladen und alle müssen pinkeln. Lasse hat erfreulicherweise seine Freundin nicht dabei, die beiden haben sich getrennt. Mein Herr Sohn meint, es sei noch zu früh, wie sein Vater jeden Samstag mit seiner Frau vor der Glotze zu hocken oder mit Freunden über Kindererziehung und Windeln zu reden. Wir wohnen wie früher im Hotel Anna, haben dort eine große und eine kleine Wohnung sowie ein Zimmer gemietet.

Lasse hat sich für den ganzen Urlaub ein Moped besorgt, damit er sich nicht langweilt. Im Flughafen sprach er eine schwarzhaarige Norwegerin an, die mit ihm Samos und was weiß ich sonst noch alles erforschen will. Voraussichtlich war es ein Fehler, für ihn nur ein Zimmer zu mieten. Schon am ersten Abend sitzt er bei den Eltern der Norwegerin am Tisch und sie verbringt die Nacht in seinem schmalen Bett. Sie ist übrigens ein kluges Mädchen, die nächstes Jahr Abitur macht und plant, danach in Kopenhagen Medizin zu studieren.

Mit Eva auf dem Arm und einem Sportkinderwagen voll mit Ausrüstung wandern wir jeden Tag zum Ende des Dorissa Bays und errichten dort ein schattiges Lager. Natürlich bin ich es, der die Tyrannin auf dem Arm schleppt, bis mir vor Rückenschmerzen Tränen über die Wangen laufen. Aber die Mühe lohnt sich. Am Ende des Bays steht im Meer ein kleiner Felsen, hinter dem sich eine winzige Lagune mit lauwarmen, seichten Wasser und einem Sandstrand befindet. In der Lagune gibt es Eremitenkrebse, Garnelen und winzige Fische, die die Kleine mit einem Netz erhaschen kann.

»Da ist, wenn wir Glück haben, schon jemand mit einem Kind in ihrem Alter«, sagt Anna und zeigt mit dem Finger auf ein kleines, oranges Strandzelt. Eine zierliche, bildschöne Frau fragt uns auf Englisch, ob es uns stört, dass sie nackt baden. Wir versichern ihr, dass es uns sehr erfreut, weil wir uns deshalb trauen würden, dasselbe zu tun. Drei Kinder hat das Paar dabei, eins davon ist ein dreijähriger Junge. Sie sprechen Deutsch und es zeigt sich, dass die nette Familie aus Österreich kommt. Die österreichische Schönheit sagt, dass sie nur die Hälfte ihrer Kinder mit auf Reisen hätten. Das bedeutet, dass die Zierliche mit dem flachen Magen und der perfekten Figur sechs Kinder zur Welt gebracht hat.

Heute können wir in Ruhe baden, weil unsere Tochter jemand zum Spielen hat. Die älteren Geschwister sind verantwortungsbewusst und passen auf die beiden Kleinen auf. Der Österreicher ist Geschäftsmann, die Frau Hausfrau, was bei sechs Kindern kaum anders zu erwarten ist. Morgen werden wir uns wieder am Strand mit ihnen treffen. Jetzt kriechen Anna und ich in unser Zelt, vom Nacktbaden und schöne Fremde anschauen wurden wir geil. Lautlos ficken wir schnell, hart und direkt, wir brauchen in unserem Zustand kein Vorspiel, es fühlt sich an, als fließe eine unendliche Menge Samen in mein geiles Weib. Wir spülen uns im Meer ab, danach packen wir Eva in ein Handtuch ein und geben ihr etwas zu essen und zu trinken. Beim Stillen fällt sie zwischen uns in einen tiefen Schlaf. Wir wagen es nicht, uns zu bewegen, tun es darum ihr gleich, schlafen wie sie.

Ein Tag war wie der andere, unsere Jugendlichen erforschten auf ihren Mopeds die Liebe und die Insel, ich diente ihnen als Bank, in diesem Alter der einzige Zweck eines Vaters. Viele junge Leute hatten einen Unfall und kamen auf Krücken und mit Verbänden am Flughafen an, aber wie durch ein Wunder blieben unsere beiden und ihre Begleiter unversehrt. Lasses

Norwegerin sieht seiner Mutter mit den spanischen Ahnen ähnlich, braun gebrannt, mit braunen Augen und schwarzem Haar. Was sie, wie so viele Norweger, dunklen, feurigen Seemännern aus dem sonnigen Süden zu verdanken hat. Die Nächte waren in den Fjorden im Winter lang und kalt. Darum waren die südländischen Männer bei den Frauen beliebt, wenn die eigenen längere Zeit auf See waren.

»Werdet ihr euch nächstes Jahr in Kopenhagen wiedersehen?«, fragt meine Ehefrau Lasse. Der erwidert lachend: »Vielleicht, ein Jahr ist lange Zeit, ich bin jung und es gibt so viele schöne Frauen. Immer dieselbe wird schnell langweilig.«

Die Norwegerin sieht ihn streng an und gibt ihm einen Kuss. »Natürlich werden wir uns wiedersehen, du Dummkopf«, sagt sie in ihrem singenden Norwegisch. Da scheint mein Herr Sohn sich etwas eingebrockt zu haben. Die wird er so leicht nicht wieder los. Aber sie ist echt sein Typ, seiner Mutter im Aussehen ähnlich, nur scheint sie nicht so hitzig zu sein. Ist es das, was er vermisst? Das ewige Schimpfen und mit Dingen herumzuschmeißen, das ganze Leben, von Leidenschaften verzehrt, in eine Oper zu verwandeln?

»Wir lieben uns«, sagt Marie ernst. »Wir werden mal heiraten.«

Ihr Freund lächelt abwesend, er hat sich noch kaum festgelegt. Wir sind beim Anflug auf den Flughafen Kastrup, alle schnallen sich an, Eva wird gestillt, damit sie sich keine Ohrenschmerzen zuzieht.

Im Flughafen dauert es, bis das Gepäck kommt. Lasses Abschied mit der Norwegerin zieht sich hin, es scheint schmerzhafter zu verlaufen, als er sich das vorgestellt hat. Die beiden stehen in einer Ecke, flüstern miteinander und knutschen, wäre das Gepäck nicht gekommen, hätte es noch ewig gedauert. Uns alle erwartet der öde Alltag, ich drücke meine Anna an mich, ich liebe ihren berauschenden Duft. Ich werde sie vermissen, wenn sie in Århus studiert!

»Hund, fahrt ihr mich zum Hauptbahnhof? Das wäre mir lieber als ein Taxi. Irgendwie komme ich mir in einem Taxi verloren vor.« Die kleine Teufelin sieht mich mit ihren unendlich blauen Augen an, es ist einsam, im Eismeer allein zu sein. Die Wut in mir, weil sie mich und die Kinder zwei Tage in der Woche alleine lässt, während sie in Århus Journalistik studiert, erlischt. Ich liebe sie, muss mich ihrer annehmen.

»Natürlich fahren wir dich, damit du dich von uns ordentlich verabschieden kannst. Anna, soll ich dich am Hauptbahnhof abholen, wenn du Freitagabend aus Århus wieder da bist?«

Sie gibt mir einen Kuss, legt meine Hand auf ihre rechte Titte. Schmetterlinge flattern in meinem Magen, in der Brust wird es mir heiß.

»Ich werde dich vermissen, Hund. Ich schlafe schlecht, wenn du nicht neben mir liegst. Aber ich liebe es, zu lernen, und Journalistik wollte ich immer schon studieren. Vor Aufregung habe ich heute Nacht nicht schlafen können und machte darum in der Stube Hausaufgaben. Im Zug kann ich noch mal alles durcharbeiten.« Man sieht ihr die Schlaflosigkeit an, sie hat unter ihren schönen Augen dunkle Ringe, ich streiche ihr tröstend über die Haare und küsse ihren Nacken.

Die kleine Gestalt verschwindet, den Koffer in der rechten Hand hinter sich herziehend, unter den runden, backsteinernen Bögen des Haupteinganges. Die Granitsäulen sehen aus wie Zähne. Der Hauptbahnhof, in roten Backsteinen, Schiefer und Granit neunzehnhundertelf erbaut und von spitzen Türmen gekrönt, sieht einem Schloss ähnlich, das einen bösen Zauberer beherbergt, der mir soeben meine Frau geraubt hat.

»Mutti ist in zwei Tagen wieder da.« Meine Tochter sitzt festgeschnallt hinter mir in ihrem Stuhl und ist guter Laune. Sie scheint sich keine Sorgen zu machen. Wir werden es gemütlich haben, nur das Stillen schaffe ich nicht, aber ich laufe stattdessen mit ihr auf dem Arm im Haus hin und her, bis sie einschläft. Wenn das nicht klappt, können wir uns die Gardisten vor der Amalienborg anschauen. Auf der Fahrt vom Schloss der Königin nach Hause schläft sie jedes Mal ein. Mir werden die nächtlichen Ausflüge nichts ausmachen, ich kann sowieso nicht schlafen, wenn die weiße, weiche Venus nicht neben mir liegt.

Auf der Heimfahrt fahren wir bei meiner Exfrau vorbei, denn unser leeres Haus ist mir unheimlich. Bei Birgit auf Granhøjen ist Licht, ihr Auto steht in der Garage, mit Eva auf dem Arm klopfe ich an die Tür zum Seiteneingang, der zur Küche führt. Birgit und Lars sitzen am Küchentisch und trinken ein Glas Gevrey-Chambertin, sie laden mich zum Mitrinken ein. Für meine Tochter holt Birgit aus dem Kühlschrank Fruchtjoghurt und Milch und aus einer Kiste Unmengen von Maries altem Kinderspielzeug. ›Ich könnte statt Lars hier am Tisch sitzen, könnte der Mann des Hauses sein‹, fantasiere ich. Das turbulente Geschlechtsleben mit Anna hätte ich dadurch vermieden, aber das Zusammenleben mit Birgit ist ein ewiges Drama. Doch heute ist sie lieb und freundlich, ihre Augen flirten, sie fragt, warum Anna nicht da sei. Als sie erfährt, dass meine Frau zum Studieren in Århus ist, bemitleidet sie mich aufrichtig. Sie nötigt mich, zum Trost noch ein Glas zu trinken, was ich ablehne, weil ich mit dem Auto da bin.

»Kommt ihr am Wochenende nach Nakkehoved, um uns zu besuchen?«, fragt Lars. »Das Haus, das du gebaut hast, steht zum Verkauf. Überleg es dir, vielleicht wäre es etwas für dich.«
Nett vom Professor, mich zu fragen, doch einen Ex-Mann als

Nachbarn zu haben ist kein Pappenstiel. Andererseits könnte er die Entlastung gebrauchen. Birgit würde sich mit uns statt mit ihm streiten, er hätte es einfacher.

»Nein, danke«, antworte ich. »Anna ist am Wochenende wieder zu Hause und braucht Zeit zum Studieren. Ein zweites Haus würde ihr zu viel werden. Wir haben reichlich zu tun.«

Eva ist müde und gähnt, ich ziehe ihr den Mantel an und wir fahren nach Hause. Im Bregnegårdsvej dreizehn ist überall Licht, Lasse ist von seinem Freund zurück, seiner Norwegerin trauert er immer noch nach. Die Kleine ist im Auto eingeschlafen. Vorsichtig trage ich sie ins Haus, ziehe ihr ihren Mantel und ihre Schuhe aus, reinige die Hände und den Mund mit einem Waschlappen, während sie schlafend im Bett liegt. Ihre Windel ist zum Glück einigermaßen trocken, ich traue mich nicht, ihre Zähne zu putzen, es könnte danach lange dauern, bis sie wieder einschläft.

»Wie geht es mit deiner neuen Freundin?«, frage ich Lasse, der vor der Glotze sitzt, in der Zombies stöhnend herumlaufen und Menschen verzehren. Kein erfreulicher Anblick, aber die Menschen lieben das Gruseln, weil das ihre existenzielle Angst vermindert.

»Sie hat mir geschrieben, dass sie mich liebt, dass wir nächstes Jahr in Kopenhagen ein Liebespaar sein werden. Aber bis dann könnten wir mit anderen ficken. Ein ganzes Jahr ohne Sex wäre in unserem Alter halt eine Zumutung.« Die Zombies haben die Tür durchbrochen. Der Held schlägt sich tapfer, eine halbnackte Frau schreit schrill, die Audienz ist vorbei, er hat Wichtigeres vor, als mit seinem Vater über die schwierige Liebe zu reden.

Donnerstag radeln Eva und ich nach dem Abendessen zu den Spielplätzen im Öregård Park und in den Hafen von Hellerup.

Meine kleine Tochter bevorzugt, wegen der langen Rutschbahn vom Bunker in den Sandkasten, den Öregård Park. Mir ist der Hafen von Hellerup lieber, weil es dort viel Trubel gibt, der Rosengarten so schön duftet und der kleine Strand sowie der Blick aufs Meer so romantisch sind. Jeden Abend um zweiundzwanzig Uhr ruft Anna an und sagt uns Gute Nacht. Sie erzählte mir, dass Jane, die Krankenschwester, auch an der Ausbildung teilnimmt. Sie ist neuerdings Akademikerin, weil sie in Holland und Kopenhagen die Uni besucht hat, um Gesundheitswissenschaft zu studieren. Die beiden haben sich angefreundet und teilen sich ein Zimmer, von ihrem früheren Ressentiments uns gegenüber sei keine Spur zu bemerken. Ganz im Gegenteil mache sie sich um uns Sorgen. Sie habe Anna einen Artikel aus einer Boulevardzeitung gegeben, in dem eine Journalistin über die Orgien in der Amaliegade und das schwedische Kunstwerk *In Orgia* schreibt. Im Artikel werden keine Namen genannt, aber es heiße dort, dass angeblich eine rothaarige Juristin und eine bekannte Geschäftsfrau von einer alteingesessenen Kopenhagener Familie dabei gewesen seien.

»Was auch immer passiert, Anna, wir streiten alles ab. Keiner kann uns nachweisen, dass wir dabei waren«, sagte ich, was sie beruhigte. Aber Gerüchte sind boshaft, sie ernähren sich von der Lust, alles zu töten, was der Norm nicht entspricht, alles, was das alltägliche Leben aus den Fugen bringt, die alte Ordnung bedroht und Veränderungen mit sich bringt. Als die Jugend aufsässig wurde und die Gesellschaft umkrempeln wollte, wurden sie von den Traditionalisten in den Ersten Weltkrieg geschickt. Vor den Mündungen der Maschinengewehre konnten sie sehen, wo sie abblieben. Aber die alte Welt ging trotzdem unter, notwendige gesellschaftliche Veränderungen können selbst zehn Millionen tote Männer nicht aufhalten. Keiner erhob sich von den Schlachtfeldern, um als Zombies den Alten beizustehen.

Freitagabend kommt Anna spät mit dem Zug aus Århus, Eva schläft schon und Lasse wacht über sie, während ich meine Frau abhole. Zweimal muss ich vor dem Bahnhof eine Runde drehen, bis vor dem Haupteingang ein Parkplatz frei wird. Ich bin zehn Minuten zu früh, lasse darum den Motor laufen, schiebe eine Kassette ein und höre mir Musik der libanesischen Sängerin Fairuz. Endlich erscheint die helle, kleine Gestalt zwischen den Säulen aus Granit, die schweren Bögen scheinen sie zu erdrücken. Ich reiße die Tür auf und laufe ihr entgegen, fast hätte ein Taxi mich erwischt. Ich öffne ihr die Wagentür, lege ihren Koffer in den Kofferraum, steige ein und küsse sie, der Duft des schönen Weibes haut mich fast um.

Anna ist aufgeregt, ihre Augen strahlen, sie flötet begeistert: »Hund, du hast mir gefehlt, aber ich habe viel gelernt. Es war sehr interessant, nächstes Mal fahre ich mit Jane im Auto hin, wir werden uns die Kosten teilen.« Ich höre sie kaum, verliebt sitze ich da, wie erstarrt, kann sie nur anschauen.

»Hund, fahr los, ich brauche dich im Bett zwischen meinen Beinen!«

Am folgenden Montag kommt Anna verärgert aus dem Büro heim, zischt wütend: »Ein Kollege vom Justizministerium hat mich in der Verbraucherbehörde angerufen. Er wollte wissen, ob ich die berüchtigte rothaarige Juristin sei, von der alle reden, was ich selbstverständlich empört abgestritten habe. Er war verunsichert, hat schnell abgehängt, aber später in der Kantine fragte eine Kollegin mich ebenfalls verhohlen, ob ich die Rechtswissenschaftlerin im Artikel sei. Entrüstet habe ich es geleugnet, aber ich bin mir nicht sicher, dass ich sie überzeugt habe.«

»Anna, das war vernünftig von dir, alles abzustreiten. Man darf sowieso niemanden wegen seiner Sexualität diskriminieren, aber es gibt Wege, das Gesetz zu umgehen, darüber können die Lesben, Schwulen, Nymphomaninnen, Sadomasochisten und Transen dicke Bücher schreiben. Wir werden weitersehen, momentan ist unser Lebenswandel zum Glück tadellos, aber ob uns das, außer Langweile, etwas bringt, das kann man im Voraus nicht wissen.«

Abends arbeite ich allein im Garten, schneide den Rasen und jäte das Staudenbeet, in dem sich das Unkraut ausbreitet. Auf dem Rasen liegen zudem Obst und Tannenzapfen, es ist mühsam, alles zu entfernen. Komme ich zu dicht an die Rosenhecke oder die Brombeeren heran, ziehe ich mir blutige Schrammen zu. Die Sonne scheint, Anna, Lasse, Marie und Eva sitzen auf der Terrasse und tratschen, ich war immer schon notgedrungen der Gärtner der Familie, das wird sich kaum ändern. Die Hecke muss, bevor es Winter wird, noch mal geschnitten werden. Ein Segen, dass wir nur ein Haus besitzen, ein Sommerhaus noch dazu wäre die Hölle. Meine Gattin befreit mich von meiner lästigen Pflicht, ruft: »Andreas, das Essen ist fertig, setzt dich an den Tisch auf der Terrasse, ich bring dir deinen Teller mit dem Auflauf. Es ist zwar Werktag, aber nach dem Ärger im Büro benötige ich ein Glas. Öffne bitte den Rotwein, ich bringe uns Gläser.«

Verschwitzt wasche ich mir dir Hände und setze mich neben Marie. Meine gerade fünfzehnjährige Tochter sieht fast aus wie eine Dame. Sehr gepflegt, rote Nägel, erlesenes Hemd und teure Jeans von einem französischen Modeschöpfer. Sie duftet rein und frisch, das von der Mutter vernachlässigte Zigeunerkind hat sich gerächt, sie kostet mit ihrer teuren Lebensweise meine Ex eine Stange Geld. Wehrt sich ihre Mutter, hat Marie von ihr gelernt, wie man sich durchsetzt. Wer anderen eine Grube gräbt, fällt selbst hinein, denke ich voller Schadenfreude und bewundere meine schöne und kluge Tochter, sie sieht Anna ähnlich.

Eva, der kleine Schmierfink, setzt sich auf meinen Schoß, fasst mir mit ihren fettigen Händen ins Gesicht und lacht zuversichtlich. Sie ist sich sicher, dass ihr Vater ihr nicht widerstehen kann.

»Eva, bleib auf deinem Platz«, sagt Anna streng. »Dein Vater braucht Ruhe.«

»Ach, lass mal, bald ist sie so alt wie Marie und küsst fremde Männer«, sage ich und gebe dem Schmierfink einen Kuss auf ihre dreckige Wange. Meine Jeans haben vom Auflauf etwas abbekommen, auch mein T-Shirt ist nicht mehr makellos weiß. Meine kleine Tochter schaufelt sich eifrig Essen in den Rachen, sie wächst so schnell, wie Pilze aus dem Boden schießen, eines Tages wird sie auf ihre Mutter von hoch oben hinabschauen. Unter dem Tisch beschnuppert der Kater Julius das, was danebengeht. Auflauf ist unter seiner Würde, beleidigt springt er auf die Mauer und legt sich in einer Blumenschale voller Unkraut schlafen.

Sobald die Kinder fertig sind, stürzen sie vom Tisch in den Garten. Wir beobachten Eva, die auf dem Rasen ihren Geschwistern hinterherläuft. Maries teure Schuhe stehen auf der Terrasse, ihre Jeans haben an den Knien grüne Flecke vom frischgeschnittenen Rasen. Noch heute Abend wird Anna sie in die Waschmaschine stecken. Mein Weib und ich prosten uns zu. Die beiden Großen sind nach dem einen Glas Wein echt lustig, was die Kleine beglückt, weil ihre Geschwister albern geworden sind und mit ihr spielen.

»Hund, zum Wochenende sind wir mit Eva bei Kirsten und Arne eingeladen. Keine Unten-ohne-Fete wie früher, sondern ein gemütlicher Grillabend im Schoß der Familie. Im Wetterbericht haben sie gesagt, der warme Spätsommer sei nach dem kommenden Wochenende vorbei, es ist die letzte Gelegenheit, im Freien zu grillen.« Sie beugt sich nach vorne und flüstert mir zu: »Am vierzehnten Oktober sind wir bei Lotte und Carsten eingeladen, eine Unten-ohne-Party. Danach habe ich kein Verlangen, aber ich habe trotzdem zugesagt. Auf meiner Fotze wächst bald Moos, seit den Ferien sind wir beide echt langweilig.« Besorgt schaue ich sie an, ist es bei den Gerüchten, die über unser Geschlechtsleben kursieren, ratsam, bei einer Orgie aufzukreuzen? Zwar darf keiner erzählen, was bei einer solchen passiert, aber die Leute werden es nicht lassen können, Außenstehende einzuweihen. Wer teilt nicht gern seine Erlebnisse mit anderen?

»Anna, das Vernünftigste wäre, abzusagen. Du weißt, wie die Leute klatschen, und nach dem Artikel in der Boulevardzeitung sollten wir am besten Jahre verstreichen lassen, bevor wir wieder an anrüchigen Feten teilnehmen.« Meine Hände zittern, mein Magen krampft sich zusammen, keiner darf meine Schönheit anrühren! Julius spitzt seine Ohren, schaut mich mit seinen gelben Katzenaugen tiefgründig an, dreht angewidert seinen Kopf, springt aus der Blumenschale und entfernt sich. Mit einem solchen Feigling wie mir will er den Abend nicht verbringen. Anna schüttelt verärgert ihren Kopf, sodass rote Flammen um ihn herum lodern.

»Ach was, Andreas, wenn wir die Jahre vergehen lassen, ohne uns wieder an einer richtigen Fete zu beteiligen, sind wir eines Tages entweder zu tot oder zu alt. Die gemeinen Puritaner können mich mal, es sollte strafbar sein, anderen ihr Geschlechtsleben zu verderben.«

Die Sonne strahlt auf ihr rotes Haar, das in Feuer geraten zu sein scheint, aus ihren Augen strömt das Licht des Eismeeres. Die beiden Großen stehen wie gebannt auf dem Rasen und lauschen, Eva klammert sich verärgert an das Bein ihrer Schwester, versucht, ihre Aufmerksamkeit zu erringen.

»Anna, warst du in der Zeitung?«, fragt Marie aufgeregt, endlich passiert etwas Spannendes in ihrem jungen Leben. »Wieso, war das wegen Sex? Ihr seid doch verheiratete alte Leute. In eurem Alter ist man doch echt langweilig, oder?«

Abschätzend sieht sie mich und meine Ehefrau an, sagt: »Vati, ihr seht beide verdammt gut aus, du mit Muskeln und ohne Bauch, Anna vom Laufen mit dir schlank, mit viel Taille und einem schönen Arsch.«

Sie fängt an zu grinsen, sagt spöttisch: »Ihr seid echt Lüstlinge, das könnt ihr nicht abstreiten. Genau, das sticht einem ja ins Auge.«

Eva winselt und zieht ihr an den Fingern. Meine große Tochter greift sie bei den Händen und schwingt sie im Kreise, während sie singt: »Unser Vater ist ein Lüstling, ein Lüstling, ein Lüstling. Wenn du es nicht glaubst, kannst du es in der Zeitung lesen!«

Endlich ist Wochenende, bei Kirsten und Arne ist alles beim Alten, nur haben sie neuerdings eine Fahnenstange vor ihrem Haus, an der heute der Dannebrog flattert. Die rote Fahne mit dem weißen Kreuz kommt mir in der grünen Natur mit dem blauen Fjord im Hintergrund kitschig vor, aber nationale Symbole sind selten von erlesenem Geschmack. Kirsten sieht mit ihren langen Gliedern, ihren blonden Haaren und ihren tiefblauen Augen verführend aus, ich fühle das Verlangen, mit ihr zu schlafen. »Willkommen«, sagt sie, umarmt erst Anna und dann mich, wobei sie ihren Unterleib gegen mich drückt. »Ist der schön«, flüstert sie mir ins Ohr. »Aber der muss warten, ich will keine Kinder mehr. Ich werde mir eine Spirale einsetzen lassen, damit ich mit dir ficken kann, ohne schwanger zu werden.« Sie wendet sich ihrem Sohn zu, der wenige Monate älter als unsere Tochter ist.

»Komm her, das sind deine Pateneltern und deren Tochter Eva. Die kennst du doch«, sagt sie, nimmt ihn bei der Hand und zieht ihn zu unserem Kind, das sich an die Hand ihrer

Mutter klammert. Verlegen schauen die beiden sich an. Eva gibt ihm einen kleinen Klaps auf die Schulter, den er erwidert, sie kichern und laufen hinaus in den Garten, wo Arne auf der Terrasse am Grill steht. Nicht weit von ihm entfernt steht ein Mann, der mir bekannt vorkommt, nur war er früher schöner.

»Tag, Mahmoud, wie steht es mit dem Geschäft, bist du ein wenig pummelig geworden?«, frage ich dummer Hund. Wir umarmen uns, wir lieben und ficken dieselben Frauen, sind beide seit der Geburt unserer Kinder hinter den Mauern der *Heiligen Familie* eingesperrt. Wir tun einander leid, weswegen wir jetzt Schulter an Schulter reichlich Wein holen. In der Not müssen wir Männer uns eben gegenseitig beistehen.

»Andreas, das Geschäft läuft, ich bin jetzt bei Arla angestellt und verkaufe an die Moslems landwirtschaftliche Erzeugnisse aus Dänemark. Was meine pummelige Figur anbelangt, werde ich von Aisha getrietzt, weshalb ich jogge und ein Kilo die Woche abnehme. Im Oktober sind wir zu einer Fete eingeladen, wo ich nackt rumlaufen werde. Das stellt an mein Aussehen hohe Forderungen.«

»Mahmoud, ich nehme an, dass wir alle zu Lottes und Carstens Fete eingeladen sind. Die versuchen, uns aus dem Dreck der grauen Routine rauszuholen. Man kann nur hoffen, dass es ihnen gelingt. Anna liest sonntags in der Zeitung weiterhin Inserate für Eigentumswohnungen, nur kreuzt sie nicht mehr an, was ihr gefällt. Prost, auf dass unsere Ehen wieder echt geil werden.«

»Prost, Andreas, auf dass wir unbehelligt das Kinderkriegen überstehen und der Scheidung entgehen.«

Scheidung? Mahmoud hat Recht, in diesem grauen Gefängnis können wir nicht bleiben. Am dritten Oktober tritt die DDR dem Geltungsbereich des Grundgesetzes der Bundesrepublik Deutschland bei. Wir müssen baldigst aus dem

Geltungsbereich des Grundgesetzes der *Heiligen Familie* austreten, damit wir in der familiären Diktatur nicht verrecken. Würden wir uns scheiden lassen, erwartet uns zwar die Freiheit, aber jede zweite Woche würden wir Kinder hüten. Irgendwann bekommen wir dann eine neue Frau, mit der wir auch wieder Kinder bekommen würden. Schon wieder wären wir im scharf bewachten Gefängnis der *Heiligen Familie*. Es ist zweckmäßiger, die Mauern der Sitte und Moral in unseren jetzigen Beziehungen sofort und für immer einzureißen. Ganz abgesehen davon, dass ich ohne meine intelligente Venus nicht leben könnte.

Ich setze mich zu ihr. Wenn ich die rothaarige Hexe anschaue, wird es mir heiß in meiner Brust. Sie ist die klügste, süßeste und schönste Frau, die ich mir vorstellen kann. Und sie hat den besten Hintern der Welt, den kann ich nie verlassen, komme, was will.

»Küss mich und fass mich fest an meiner Brust«, sagt die Hexe. Sie spreizt ihre Beine, sodass ihr Rock nach oben gleitet und das weiße Stück Schenkel über den Stay-ups entblößt. Sie trägt einen winzigen, aus Spitzen gefertigten String. Ihre Lippen sind voll und warm, ihre Brüste weich, mit harten Nippeln. Kurz gleitet Mahmouds Hand an ihrem Schenkel empor und bewegt sich unter den String, sie gibt einen kehligen Laut von sich.

»Mahmoud, lass das bitte«, sagt sie. »Die Kinder!« Sie schiebt seine Hand weg und löst sich von mir, in meinem Magen hören die Schmetterlinge auf zu flattern.

»Trägt Eva keine Windel?«, fragt Aisha neidisch. Sie hat einen zweijährigen Sohn und bei Jungs dauert es meistens lange, bis die so weit sind.

»Gott sei Dank ist sie tagsüber reinlich und ihr Geschäft

macht sie nicht mehr in die Hose. Nur nachts trägt sie eine, aber die ist morgens häufig trocken«, sage ich stolz.

»Am ersten November fängt sie im Kindergarten Apfelhof an. Es wird ihren Großeltern leidtun, aber sie langweilt sich bei ihnen«, sagt Anna und nimmt Eva auf den Schoß, um sie zu stillen.

»Echt, stillst du noch, sie ist doch fast drei Jahre alt?« Kirsten ist verwundert, schaut meine Gattin fragend an, wendet sich dann abrupt ab, um ihren jüngsten Sprössling vom Baum zu retten. Mit ihrem dreijährigen Sohn im Arm setzt sie sich zu meiner Frau. Ihr Sohn beobachtet Eva, die schmatzend an der Mutterbrust hängt, mit großen Augen. Ich habe mich erhoben, um Kirsten Platz zu machen, so viele Mütter auf einmal sind erdrückend. Ich gehe zu ihrem Mann Arne, dem ich mal ausgeholfen habe, indem ich seine Frau schwängerte, weil er, nachdem er Mums gehabt hatte, steril geworden war. Mit einem Bier in der linken Hand und einer Gabel in der rechten Hand steht er am Grill, um Fische, Beefsteaks, Würstchen und Gemüse zuzubereiten.

»Arne, wie geht es dir«, frage ich und klopfe ihm auf die Schulter, sodass ihm ein Beefsteak von der Gabel springt und zischend auf den heißen Grill fällt. Gereizt kneift er seine Augen zusammen.

»Achtung, Andreas, du verdirbst uns die Mahlzeit! Habt ihr schon etwas in Cap d'Agde gebucht? Nimm bitte zwei Teller, das Essen ist fertig.« Ich hole einen Stapel Teller, zwei von ihnen belädt er für Anna und mich mit Fisch und Gemüse, dazu nehme ich ein Flûte.

»Nein, wir haben nichts gebucht. Anna will mit Eva und mir nach Cap Ferret bei Bordeaux, weil sie für den vielen Sex im Cap d'Agde noch nicht bereit ist. Cap Ferret ist exklusiv. Die Gäste kommen fast nur aus der französischen Oberschicht. Sie will im Hotel Le Pavillon Bleu wohnen, das direkt hinter den Dünen liegt.«

Bevor er es schafft, zu antworten, gehe ich mit den Tellern zu meiner Frau, damit unser Essen nicht kalt wird. Unterwegs fällt mir ein, dass ich Eva vergessen habe. Sie möchte ganz sicher, genau wie in Griechenland, erst Würstchen und dann Eis. Ich setze die beiden Teller auf den langen Tisch ab und hole das Wichtigste, das Essen für meine kleine Tochter.

Kirsten und Arne meinen, es sei dieses Jahr wegen des warmen Spätsommers möglich, im Isefjord zu baden. Das Wasser im Fjord sei fünf Grad wärmer als im offenen Meer und darum für Erwachsene erträglich. Würde es den Kindern zu kalt werden, könnten sie auf dem Strand im Sand spielen. Wir haben zwar keine Badehosen dabei, aber alle würden sowieso nackt baden. Das täten sie öfters. Kirsten verteilt Handtücher und wir fahren in unseren Autos am Schloss vorbei zum westlichen Ende von Jægerspris, wo wir einparken. Auf dem Parkplatz halten einige Wagen, der Strand ist wegen des warmen, seichten Wassers und einer langen Badebrücke beliebt. Wir Männer schleppen die Kinder, die Frauen die Gläser sowie einige Flaschen Wein und Wasser. Mein Rücken schmerzt, weil Eva schon ein großes Mädchen ist. Endlich haben wir über einen schmalen Pfad den Strand erreicht. Kirsten und Arne begrüßen einige Männer, Arne flüstert mir zu, dass seine Ehefrau mit allen drei Sex gehabt habe. Die Kinder sind begeistert, der Strand besteht aus weißem Sand, das Wasser ist seicht und von der Sonne lauwarm. Wir setzen uns in den warmen Sand, trinken zur Ermutigung ein Glas Rotwein und ziehen uns aus, die drei Frauen sehen mit ihren Titten und glattrasierten Fotzen geil aus. Kirsten und Aisha sind gleichmäßig braun. Anna sieht aus wie eine aus weißen Marmor gemeißelte Venus, wären da nicht ihre roten Haare, ihre strahlend blauen Augen, ihre breiten roten Lippen, ihre rosa Brustwarzen und ihre rötlich angeschwollene Fotze.

Die abartige Venus ist guter Laune, ruft: »Hund, pass auf die Kinder auf, wir gehen baden.«

Die drei Grazien laufen mit bebenden Pobacken die lange Badebrücke entlang, die Männer mit halbangeschwollenen Gliedern ihnen nach. Ich sitze im Sand und versuche verzweifelt, meinen Ständer mit einem Handtuch zu verbergen. Weit draußen im Meer toben lachend zwei geile Frauen mit nackten Männern umher, notgedrungen halte ich nach den Kindern Ausschau, ihnen darf trotz des geilen Spiels nichts zustoßen. Fickt jemand heimlich hinter der Brücke die dritte – meine Frau? Mein Magen fängt an zu schmerzen.

Ein Weib läuft die Brücke entlang: weiß, rote Haare im Wind, sich im Rhythmus bewegende Brüste. Volle Lippen rufen mir zu: »Hund, ich liebe dich, du hast mir gefehlt.« Außer Atem sinkt Anna neben mir aufs Handtuch, ihren weichen Körper gegen meinen gepresst, ihre Lippen auf meinen Lippen. Die Sonne wärmt unsere Haut, die Kinder planschen im seichten Wasser. Gibt es Schöneres im Leben?

Eva ist müde, trennt ihre Eltern, indem sie sich zum Stillen auf Annas Schoß setzt. Ich lege ein Handtuch um die beiden, nuckelnd fällt meine Tochter in einen tiefen Schlaf.

Auf meinen Armen trage ich unser Kind zum Wagen, mein Rücken schmerzt, aber ich bin ein Mann, muss es darum aushalten. Bei den Autos trennen wir uns, es war schön am Strand, wir möchten so am Abend und die ganze Nacht über weitermachen, aber die Kinder! Die Schwänze der Männer sind angeschwollen, die Fotzen der Frauen ebenso, ein Kuss auf die Wange und auf Wiedersehen.

Auf der Heimfahrt will Arnes Frage mir nicht aus dem Kopf, Urlaub am geilen Cap wäre unsere Rettung!

»Anna, es wäre anregend für unser Geschlechtsleben, wenn wir nächsten Sommer eine Woche im Le Village Naturiste du Cap d'Agde verbringen würden.«

Vom Hintersitz erklingt ein Grunzen, unsere kleine Tochter ist in ihrem Stuhl festgeschnallt eingeschlafen, zögerlich wispert verzagt eine Frauenstimme: »Hund, das ist zu früh. Ich muss mich erst wieder eingewöhnen. Orgien sind nicht einfach durchzustehen. Ich bekomme anschließend ein schlechtes Gewissen. Nach der Geburt fange ich ganz von vorne an. Als Mutter ist es nicht ratsam, eine Hure zu sein. Das gibt es in den Romanen fast nie und wenn, geht es mit einer derartigen Frau immer schief. So will man es, eine gute Mutter muss ein moralisch einwandfreies Leben führen, sonst wird sie vom Schicksal bestraft.«

Meine Ehefrau kann schon Recht haben, aber was hilfts, ich bin dabei zu ersticken, raune verärgert: »Anna, vom Schicksal kaum, aber bestimmt von den Menschen. Deren Empörung wird kein Ende nehmen und sie werden alles tun, damit es mit einer Mutter, die ihren sexuellen Spaß hat, schiefgeht. Jeder muss in seiner Ehe gleich langweilig leben, sonst geben die Leute keine Ruhe. Aber wenn wir nach Cap d'Agde reisen, wird keiner davon erfahren. Wer dort ist, hält dicht, weil es sie alle treffen würde, wenn etwas rauskäme.«

Wir sind zuhause, die Diskussion ist für dieses Mal beendet, eine Zusage habe ich nicht erhalten.

Die Direktorin in der Verbraucherbehörde hat heute, am dritten Oktober, Anna beiseitegezogen und ihr gesagt, dass sie im Verbraucheramt wohl kaum jemals Chefin werden würde. Anna fragte, wieso, da alle mit ihrer Arbeit zufrieden seien und ihre Verhandlungen in Brüssel für den dänischen Staat erfolgreich waren. Die Direktorin hat nicht geantwortet, sondern ist einfach davongegangen. Anna misst ihrer Meinung keine Bedeutung zu, weil die Direktorin am ersten November pensioniert wird. Ihr männlicher Nachfolger wird anderer Meinung sein.

Auch in der Politik passiert Unfassbares, in allen Medien geht es darum, dass die DDR am heutigen Tag der Bundesrepublik beitritt. Die Teilung Europas nach dem Zweiten Weltkrieg durch dem Eisernen Vorhang ist endgültig vorbei. Die Sowjetunion geht ihrem Ende entgegen, der Kalte Krieg ist beendet. Wir sitzen zurzeit jeden Tag vor der Glotze. Eine Vierzehnjährige, die uns schräg gegenüber wohnt, wird als Babysitterin einspringen, wenn wir in einigen Tagen zum ersten Mal nach der Geburt eine Orgie besuchen. Anna macht sich Sorgen, fragt sich, ob sie mit der Narbe nach dem Kaiserschnitt noch schön genug ist.

Es ist so weit, die rothaarige Teufelin steht in Stilettos vor dem Spiegel und fragt: »Hund, wie sehe ich aus? Bin ich für heute Abend sexy genug?« Schwarze Sandalen von Prada, schwarze Stay-ups von Wolford, ein winziger, schwarzer String aus Lack, ein roter Minirock, kaum bis zur Fotze reichend, und ein roter Spitzenbüstenhalter von La Perla – sie sieht toll aus.

»Echt, mein Ständer sagt mir, dass du sexy aussiehst. Hast du einen roten Pashmina, der dazu passt? Lotte und Carsten sind sparsam. Wir wissen nicht, ob sie heizen, und dieses Jahr hatten wir schon im Oktober Nachtfrost.«

»Ich trage heute Abend einen Pelzmantel. Ist es in der Wohnung zu kühl, behalte ich ihn an. Hol mir bitte den Pelz, damit die Babysitterin nicht sieht, was ich unter ihm anhabe.«

»Na klar«, sage ich, ziehe mir ein T-Shirt über und hole aus der Garderobe unsere Mäntel. Die Babysitterin sitzt mit Eva in der Stube und schaut mit ihr Zeichentrickfilme von Disney an. In der Garderobe ziehe ich das T-Shirt aus und mir einen Mantel über, den ich bis zum Halse schließe. Sicherheitshalber trage ich ein Halstuch, nur meine Lederhose kann ich nicht verbergen. Sobald meine Frau im Schlafzimmer ihren Mantel bis zum Hals zugeknöpft hat, gehen wir in die Stube und verabschieden uns. Unsere kleine Tyrannin möchte nochmals stillen, weswegen Anna mit ihr ins Schlafzimmer geht. Nach einer halben Stunde kommt sie mit unserer schlafenden Tochter auf dem Arm wieder herunter, ich hole eine Bettdecke und decke sie auf dem Sofa zu, wir können los.

Im Auto hält Anna meine Hand, lässt sie nur kurz los, wenn ich einen anderen Gang einlege. In der Østerbro ist das Einparken schwierig, endlich finde ich eine Lücke in der schier unendlichen Reihe von Autos. Wir hätten ein Taxi nehmen sollen, aber so kann ich es ablehnen, viel Champagner zu trinken. Mir schmecken ohnehin nur die ersten zwei Gläser. Wir sind spät dran, sitzen aber trotzdem Hand in Hand noch fünf Minuten schweigend im Auto.

»Nimm bitte meinen String und stecke ihn in deine Hosentasche.« Sie reicht mir ihren String, wir brechen auf. Ächzend bringt uns der Aufzug nach oben, was wird der Abend bringen?

Carsten öffnet uns schmunzelnd die Tür, Kuss rechts, Kuss links, Lotte drückt jedem von uns ein Glas Champagner in die Hand. Im Hundehalsband, das eng ihren Hals umschließt, blitzt ein mit Swarovski-Steinen besetztes Vorhängeschloss. Sie ist keine Mutter: hohe Absätze, Stay-ups, Halsband, schwarze Manschetten und ihre sonstige Nacktheit bezeugen es. »Prost und willkommen.« Ich lege schützend einen Arm um Annas schlanke Taille, sie schmiegt sich dankbar an mich. Wir sind die letzten Gäste und zugleich die, auf die alle gewartet haben. Wir setzen uns an den Tisch. Eine fast nackte Sklavin, mit einer winzigen Schürze, ledernen Manschetten und ledernem Halsband bekleidet, serviert uns den ersten Gang und gießt Wein in unsere Gläser. Hat sie nichts zu tun, kniet sie neben ihrem Mann und isst aus einem Napf auf dem Fußboden.

Ich sitze neben Kirsten, rede mit ihr und Aisha über Schwiegereltern, Kindergärten und Windeln, eine geile Stimmung will in mir nicht aufkommen. Anna sitzt mir gegenüber. Der Mann mit der Sklavin versucht, an meiner Frau rumzufummeln. Vergebens schraubt er eine Klammer an ihrer Brustwarze fest, ihre Beine sind fest geschlossen, an ihre Fotze kommt er nicht ran.

Nach dem Essen sitzt Anna im Sofa auf meinem Schoß und küsst mich. Ihren Büstenhalter habe ich ihr abgenommen, in der Wohnung ist es heiß, ihr Pelzmantel hängt deshalb in der Garderobe. Lotte und die Sklavin versuchen, Stimmung zu machen, beide sind im Vierfüßlerstand und blasen ihre Männer.

»Zieh die Hose aus«, raunt meine Gattin, setzt sich vorsichtig auf mein jetzt doch steifes Glied, ihre Fotze ist angeschwollen und glitschig. Es klingelt an der Tür, die Sklavin lässt das Blasen und eilt mit der Gastgeberin zur Wohnungstür, um zu öffnen. Raue Stimmen tönen vom Flur herein, vier Männer treten in das Zimmer. Carsten öffnet eine Magnumflasche Champagner, die Sklavin und Lotte bieten allen ein Glas an. »Prost und Willkommen«, wir können weitermachen, es flattert in meinem Magen, einem solchen Männerüberschuss kann die Teufelin wohl kaum widerstehen!

Ein weiteres Glas Champagner, die Stimmung wird lockerer, die vier Herren stehen beklommen in ihren Anzügen da, wissen nicht, was sie mit sich anfangen sollen. »Helft mir, Mädels«, ruft Lotte, geht zu den Vieren und fängt an, sie zu küssen und auszuziehen. Die Sklavin eilt ihr zur Hilfe, dann auch Aisha, Kirsten, Lea und zuletzt zögerlich Anna.

Wir sitzen allein auf dem Sofa, die Männer werden irgendwo in der weitläufigen Wohnung von den Weibern verwöhnt. Sie haben den Champagner mitgenommen, im Kübel voller Eis steht ungeöffnet eine einzige Flasche. Es klingelt, meine Ehefrau wirft sich den Pelzmantel über und öffnet, ich habe mir die Hose wieder angezogen. Dass mehr Gäste erwartet werden, hat keiner erwähnt, wer mag das sein?

»Guten Abend, Alexandra.« Kuss rechts, Kuss links, ich helfe ihr, den Mantel auszuziehen. Nackt, in hohen Absätzen und hellen Stay-ups steht die Spätangekommene vor mir, ihre Hand streichelt den Steifen in meiner Lederhose. Annas Lippen schließen sich um Johanns Eichel, sie hat ihm den Latz geöffnet, zwei weitere Männer stehen zögerlich in der Wohnungstür und beobachten das Geschehen.

»Jungs, zieht euch aus«, sagt Alexandra. »Ich hab euch nicht zum Rumstehen mitgebracht.« Verlegen ziehen sie ihre Mäntel aus, Johann nimmt Anna ihren Pelzmantel ab. Eifrig hilft meine Teufelin ihrem früheren Verlobten, sich ganz zu entkleiden, geht dann mit ihm in das Zimmer, um den Champagner zu öffnen. Ich hänge meine Hose an einen Kleiderhaken, doch als ich meiner Ehefrau nachgehen will, versperrt Alexandra mir den Weg. »Du gehörst mir«, sagt sie, sie drückt sich an mich und lehnt sich gegen die Wand, so dass ich von hinten in sie eindringe. »Das genügt«, stöhnt sie. »Du wirst lange aushalten müssen.« Wir gehen in die Stube, die beiden Herren haben ihre Hosen noch an, aber von Anna, Johann und dem Champagner fehlt jede Spur. Zum Glück finden wir im Kühlschrank eine

Magnumflasche, doch was macht meine Frau gerade mit ihrem früheren Verlobten?

»Der vermisst sie«, sagt Alexandra und tätschelt mein schlappes Glied. »Du siehst sie erst wieder, wenn mein Mann seinen Samen in sie ergossen hat, die beiden lieben sich.«

Mein Glied schwillt an, vor meinem geistigen Auge liegt Anna heulend da, während sie von ihm geritten wird. Alexandra greift mich bei der Hand, zieht mich aus dem Zimmer, in einem dunklen Raum legt sie sich mit breiten Beinen auf einen Tisch, damit ich ihre Fotze lecke. Eine raue Männerstemme dringt aus der Ferne zu mir.

»Schlampe, spreiz deine Beine, damit er reinkann.«

Dunkle Schatten bei einer Liege am anderen Ende des Raumes, weiße Schenkel, die gnadenlos gespreizt werden, ein Stöhnen beim Eindringen eines Mannes. Der schneeweiße Körper fängt an, im Orgasmus zu zucken, ist es Anna, die dort im Dunkeln stöhnt? Mein Glied schwillt schmerzhaft noch mehr an, mein Magen zieht sich zusammen, wird sie mich verlassen?

»Komm, die einzige Liege ist besetzt. Die stehen bei deiner Frau Schlange.«

Alexandra zieht mich aus dem Raum in ein kleines Zimmer, wo ein leeres Bett steht.

»Ich trage eine Hormonspirale, fick mich.«

Ihre Brüste sind weich, es macht mich schwindelig, ihren Magen zu küssen. Der Geschmack ihrer Fotze auf meinen Lippen ist der Geschmack einer Hurenfotze, jemand hat sie heute schon ohne Kondom gefickt. Durch die Wand höre ich gedämpft nebenan eine andere Schlampe heulen. Langsam dringe ich in den schleimigen, angeschwollenen Kanal ein, bis ich gegen den Muttermund stoße, unter mir stöhnt die schlanke Hure. Ihre Arme und Beine sind um mich geschlungen, die wollen mich erst loslassen, wenn der letzte Tropfen Samen in sie geflossen ist.

Ermattet liegen wir Seite an Seite im weitläufigen Bett. »Ich liebe dich«, sagt das schöne Weib neben mir. »Ich liebe dich und Johann, hätte euch beide heiraten sollen, sodass ich zwei Männern untreu sein könnte.«

Sie bekommt einen Lachkrampf. Mir ist nicht zum Lachen zumute, denn sie hat Recht. Nebenan fängt das Weib wieder zu heulen an, ist es immer noch derselbe Mann oder ist es ein anderer, der sie reitet? Möchte ich es wissen? Ist es meine untreue Ehefrau? Mein Glied schwillt an, ich kann wieder. Ich zwinge die Nutte neben mir auf den Bauch, halte ihr die Arme auf dem Rücken fest und drücke mit den Knien ihre Beine auseinander, treibe mein Glied in die wunde Fotze. Das Heulen von nebenan nimmt zu, unter mir bäumt sich das Weib, mein Samen strömt in sie hinein, ihr Körper krampft sich zusammen, sie mag es, bezwungen zu werden.

»Danke«, stöhnt Alexandra. »Dich möchte ich ganz gewiss heiraten.«

Im Wohnraum treffen wir uns wieder, ich sitze auf dem Sofa, Johanns Gattin schenkt sich Champagner aus der Magnumflasche ein, Tropfen schimmern zwischen ihren Schamlippen. Meine Ehefrau taucht aus dem Dunkel auf, kommt auf mich zu: rote Haare, dunkelrot angeschwollene Fotze, eisblaue Flammen aus trotzigen Augen. Sie stellt sich mit breiten Beinen vor mich hin, damit ich auch ja den Samen auf ihren geschändeten Schamlippen sehe.

»Echt, kannst du mit solch einer Mutti leben?«, zischt sie. »Wenn ja, nimmst du mich sofort und nachher fährst du mich nach Hause.« Ich stehe mit meinem angeschwollenen Glied auf und tue, wie mir befohlen, ihr Johann geht zu seiner Alexandra und küsst sie. Wird mir ein Samenerguss gelingen?

Heute ist der erste November, weswegen die besorgte Mutti ihr Kind zum ersten Mal den Erziehern überlassen wird. Anna hat keinen Führerschein, aber die Fahrprüfung ist in zwei Wochen. Ich werde die beiden und das Fahrrad in den Kindergarten bringen, bevor es in die Praxis geht. Meine Gattin will sich beim Abliefern Zeit lassen, damit sich unser Kind ohne Schwierigkeiten eingewöhnt und ihren Großeltern nicht nachtrauert. Mehrmals hat Anna schon den Kindergarten mit Eva besucht, aber sie hat sie dort nie allein gelassen. Darum wird es heute, wie am Anfang bei fast allen Kindern, ein echtes Drama werden. Die Kleine sträubt sich beim Anziehen, sie will ein dünnes Sommerkleid tragen, was im November nicht in Frage kommt. Sie gleitet mir aus den Armen zu Boden, stößt sich ihren Hinterkopf und fängt an zu weinen. Meine Ehefrau ist entsetzt, glaubt, ich hätte unser Kind umgebracht, aber tote Kinder schreien nicht und der Fall aus etwa zwanzig Zentimetern Höhe ist kaum tödlich. Zusammen schaffen wir es, das kleine Ungeheuer liegt im warmen Schneeanzug auf dem Fußboden und weint vor Wut herzzerreißend.

Für den Kindergarten haben wir in ihren Rucksack, der wie eine Katze aussieht, Hausschuhe, Brotkasten und Wechselklamotten eingepackt. Die im Gesicht immer noch knallrote Eva schnalle ich auf ihrem Sitz im Wagen fest, wuchte danach Annas Fahrrad in den Caravan. Die besorgte Mutti setzt sich neben ihre Tochter und versucht sie zu beruhigen, ich werde heute zu spät in die Klinik kommen.

Sobald Eva im Apfelhof die anderen Kinder sieht, verbessert sich ihre Laune. Sie kann gar nicht abwarten, dass Anna ihr den Schneeanzug aus- und die Hausschuhe anzieht. Ich verabschiede mich, um in die Klinik zu fahren. Zum Glück sehe ich zuvor noch im Rückspiegel das Fahrrad meiner Gattin im

Wagen liegen. Ich lade es ab, verschließe es und bringe ihr den Fahrradschlüssel. Vom Kindergarten hat sie nur eine kurze Strecke zur Station Hellerup. Heute werde ich Eva abholen, weil meine Ehefrau am Abschiedsempfang ihrer Direktorin teilnimmt. Anna wurde zur Vertrauensfrau der Gewerkschaft gewählt, weshalb keiner sie mehr entlassen kann.

Als ich die kleine Tyrannin abholen will, ist sie müde und schmutzig, aber guter Laune, es dauert etwas, bevor ich sie aus dem Kindergarten loseisen kann. Die Erzieherinnen erzählen mir, dass sie nach dem herzzerreißenden Abschied von ihrer Mutter heute Morgen nur wenige Minuten geweint habe. Zuhause stecke ich sie sofort in die Badewanne, damit sie wie ein Blümchen riecht, wenn ihre Mutti von der Arbeit kommt. Ich werde die Hausbesuche erledigen, sobald meine Gattin im Heim ist. Endlich kommt sie, sie sieht angeschlagen aus und riecht ein wenig nach Wein. Erschöpft entledigt sie sich ihrer Kleidung, indem sie sie zu Boden fallen lässt, wonach sie sich neben Eva auf dem Futon zum Schlafen legt. Ich hole ihr eine Bettdecke, decke sie zu und fahre los, um die wartenden Patienten zu erlösen. Ich wollte wissen, wie es ihr heute bei der Veranstaltung ergangen ist, konnte sie aber nicht fragen, weil sie bereits im tiefen Schlaf unter der Bettdecke ausruhte. Man sah nur ihr rotes Haar und ihren wohlgeformten Po.

Von den Visiten zurück, scheuche ich gemeiner Hund sie aus dem tiefen Schlaf. Verwirrt sieht sie mich an, ein Kuss und sie taumelt zum Kochen nackt in die Küche. Sicherheitshalber zieht sie eine Schürze an, murmelt: »Hund, der neue Direktor ist jung, schlaksig und nett. Er hat lange mit mir geredet, man sagt ihm nach, er sei ein Casanova. Im Ministerium war seine Sekretärin seine Liebhaberin. Er ist zwar verheiratet und hat zwei Kinder, aber ich habe gespürt, dass er etwas Neues sucht.

Für mich kommt er nicht in Frage, er kommt mir asexuell vor. Sex muss leidenschaftlich sein, mit ihm wäre es Arbeit.«

»Anna, wie war der Abschied von der Direktorin, hat sie etwas Mieses zu dir gesagt?«

»Nein, der verlief ohne Zwischenfälle. Sie benahm sich gesittet, wie es sich gehört. Sie wünschte mir für die Zukunft viel Erfolg und alles Gute. Ich hätte dieser hinterhältigen Sau in ihren fetten Arsch treten können. Stattdessen habe ich freundlich gelächelt und geknickst, wie ich es bei den Schwestern in meiner französischen Privatschule gelernt habe. Um von etwas Erfreulicherem zu reden, wir haben von der Schwarzen Loge einen Brief bekommen. Sie laden uns in drei Wochen freitags zu einem Gespräch ein. Werden wir akzeptiert, sind wir Mitglieder und können an deren Feten teilnehmen. Weißt du, ob Lise und Thorsten noch dabei sind?«

»Klar, die beiden können das Peitschen nicht lassen, sind wie eh und je Mitglieder. Ich freue mich schon darauf, Lises schönen Po wiederzusehen. Da soll es an ein wenig Peitschen nicht scheitern. Thorsten hat mir beigebracht, wie man das macht. Erst mit der Hand oder der Peitsche vorsichtig tätscheln, dann mit Gefühl nach und nach kräftiger zuschlagen.«

Bei der Fahrprüfung ist Anna durchgefallen, in zwei Wochen wird sie es nochmals versuchen, bis dahin muss sie Eva mit dem Fahrrad in den Kindergarten bringen. Meinen neuen Wagen habe ich bestellt, hoffentlich wird es ihr bald gelingen, zu bestehen. Unsere Garage haben wir ausgebaut, damit zwei Autos in ihr stehen können. Ist man unterwegs zur Station Hellerup, ist es zum Apfelgarten zwar nur ein kleiner Umweg. Aber bei Schnee und Frost mit einem Kind auf dem Fahrrad zu radeln, kann gefährlich werden. Nächstes Jahr wird die Verbraucherbehörde nach Amager umziehen, wohin es keine Stadtbahn gibt. Dann wird es unerlässlich sein, dass meine Ehefrau einen Führerschein hat.

Anna wird von Jane in deren Mazda MX-5 aus Århus, wo die beiden immer noch Journalistik studieren, nach Hause gebracht. Die letzte Unterrichtsstunde wurde abgesagt, weshalb ich meine Ehefrau um neunzehn Uhr erwarte. Um zwanzig Uhr werden wir in der Herninggade dreiundzwanzig zum Gespräch in der Schwarzen Loge erwartet. Eva läuft in ihrem Nachtanzug herum, sie freut sich auf ihre Mutti. Gestillt wird sie immer noch, weder Tochter noch Mutter wollen darauf verzichten, beide finden es gemütlich. Den Geschirrspüler habe ich eingeräumt und die Küche geputzt. Meine kleine Tyrannin duftet nach dem Bad wie ein Veilchen. Wie immer kam sie vom Kindergarten total verdreckt nach Hause, sie hat im Schneeanzug im Sandkasten gespielt, man sollte glauben, sie sei ein Junge. Vor etwa einer Stunde rief meine Frau mich von der Fähre aus an. Sie hat mir gebeichtet, dass sie mich furchtbar liebe. In Århus habe sie schlecht geschlafen, weil sie sich nach mir sehne, aber Jane sei nett und der Unterricht spannend gewesen. Die Haustür wird geöffnet, ist sie schon da? Jane muss wie der Teufel gefahren sein, hoffentlich hat ihr die Polizei keine Geldbuße aufgebrummt. Anna steht allein im Flur, die ehemalige Krankenschwester meidet mich immer noch. Früher war es nicht so, wir hatten mal heißen Sex miteinander.

Wir sind verspätet, aber es kommen noch mehr Leute zum Gespräch in die Schwarze Loge, so dass der Vorsitzende beschäftigt ist. Hoffentlich machen wir keinen schlechten Eindruck. Unter dem Mantel trage ich Lederhosen, Anna ihr Latexkorsett von Ectomorph. Sie hat gestillt, bevor wir Eva der Babysitterin überlassen haben, das Schminken und Umziehen hat gedauert. Østerbro ist das wohlhabende Viertel von Kopenhagen, weshalb hier viele Leute Autos haben und Parkplätze Mangelware sind. Endlich finden wir eine Lücke, in der wir parken können, mit klopfendem Herzen und zitternden Händen klingele ich im Keller an der von Kameras bewachten Tür.

Im Keller heißt uns der Vorsitzende des Klubs willkommen, an seinem Gürtel baumelt eine Peitsche. Ein Pärchen, ein Mann und eine Frau, sitzen an einem niedrigen Tisch, alle sind schwarz gekleidet. Ich bin der Einzige mit nacktem Oberkörper und einer Tätowierung. Anna ist die einzige halbnackte Frau, sie trägt nur ein winziges Korsett. Ihre Fotze, ihre rosa Brustwarzen und der goldene Ring in ihrem Nabel sehen fabelhaft aus.

»Wir sind fertig, ihr kennt das Lokal und wir kennen euch von den Feten, bei denen ihr mitgemacht habt, unterschreibt bitte die Schweigepflichtserklärung«, sagt der Vorsitzende. »Bitte sehr, hier stehen die Regeln des Klubs, aber die kennt ihr ja schon. Herzlichen Glückwunsch und willkommen.«

»Der Herr, ist der in der Schwarzen Loge Mitglied?«, will meine Frau wissen. Mit dem hat sie am Anfang unserer Beziehung ohne mich einige heiße Nächte verbracht, was mich damals ganz durcheinanderbrachte.

»Da ihr jetzt dabei seid, kann ich es euch sagen«, sagt der Vorsitzende und sieht uns bedeutungsvoll an. »Der Herr war Mitglied, aber wir haben ihn ausgeschlossen, weil er das Schwatzen nicht lassen konnte. Darüber solltet auch ihr euch jetzt im Klaren sein, was im Klub passiert, bleibt unter uns. Aber er hat ganz Kopenhagen damit unterhalten, was hier vor sich ging. Mit dem sollte man nichts unternehmen, weil er Diskretion nicht kennt. Wenn ihr wollt, könnt ihr bleiben, ab einundzwanzig Uhr feiern wir.«

An der Tür wird geklingelt, der Vorsitzende erklärt uns, dass nur er oder der Bartender öffnen dürfen, damit keine Störenfriede in den Klub eindringen. Er schließt auf, die Bartenderin hat ihren Schlüssel vergessen, sie und zwei Gäste werden reingelassen. Wir wollen einige Stunden bleiben, rufen darum vom Klub aus unsere Babysitterin an.

»Jetzt ist mir klar, wer uns an die Presse verraten hat«, flüstert Anna mir zu. »Wir müssen Alexandra vor ihm warnen. Sie hat mit ihm mehrmals etwas unternommen. Mit einem Verräter soll man nicht ficken. Er ist echt ein Schwein.«
»Genau, in der Amaliegade war er auch dabei«, flüstere ich. »Unsere Namen hat er wahrscheinlich der Boulevardzeitung verraten, aber die haben sich womöglich nicht getraut, die zu erwähnen, bevor sie mehr Beweise hatten.«

Schwarz ist Mode in der Schwarzen Loge oder zur Not Rot, heute Abend strömen die Mitglieder in den Klub, um die Neulinge einzuweihen. Meine Frau und ich lieben einen Überschuss von Männern, aber den gibt es heute nicht. Der Vorsitzende hat uns erklärt, dass es die Politik der Loge sei, immer die gleiche Anzahl männlicher und weiblicher Mitglieder zu haben. Leider kämen viele der Männer selten in den Klub, weshalb es häufig einen Frauenüberschuss bei Feten gebe. Es bewürben sich zwar viel mehr Herren als Frauen, aber erstens seien die meisten männlichen Bewerber Masochisten und die meisten Damen wollten Sadisten, zweitens fehle ihnen der Mut, auch wirklich aufzukreuzen.

An der Bar langweilen sich drei attraktive Damen, vergebens sehnen ihre Pobacken sich nach einer Peitsche, ihre seidenweichen Fotzen werden in dieser Nacht kaum gefickt werden. Tatsache ist, dass eine Frau im Laufe eines Abends imstande ist, mit vielen zu ficken. Kein Mann kann, was Sex anbelangt, mit einem Weib mithalten. Ein männlicher Überschuss ist darum bei Orgien zweckmäßig.

Meine Schlampe langweilt sich. Sie geht darum zu einer am Kreuz gefesselten Masochistin und fragt ihren Master, ob sie mitmachen darf. Ständen drei attraktive, nackte Herren an der Bar, hätte sie sich zu ihnen gestellt. Ihre Sucht nach fremden Männern flößt mir zwar Angst ein, bereitet mir Bauchschmerzen und zitternde Hände, aber leider stehe ich drauf. Stattdessen schraubt sie Klammern an die Zitzen der gefesselten Schönen, leckt ihre Fotze und führt Finger nach Finger in das geile Weib hinein. Stöhnend windet sich die Masochistin in ihren Fesseln, mit der tief in ihrer Möse vergrabenen Hand meiner Ehefrau. Ihre Titten tanzen unter den Schlägen der Peitsche, es ist ein geiler Anblick. Mein Glied schwillt an, bin ich ein Sadist? Wieder kreist Annas Zunge in der Möse der Verdammten, deren Körper bald im Orgasmus zuckt. Auf Knien öffnet meine Hure die Hose des Masters, möchte seinen Ständer. Aber er stößt sie zur Seite, geht leicht in die Knie und jagt ihn in seine Sklavin.

Weiße, breite Beine, runde Pobacken, ein Spotlight strahlt direkt auf die rötlich angeschwollene Fotze, eine Hand winkt mir zu, ich solle zu ihr kommen. Ich nehme ein Seil, ziehe mir die Hose aus, mit einem drohenden steifen Glied gehe ich zu ihr, binde Knoten nach Knoten. Gefesselt liegt Anna auf der gynäkologischen Liege, langsam dringt mein Glied in ihre Fotze.

»Dir gefallen Frauen?«, frage ich, das Weib auf dem Beifahrersitz lächelt, blaues Licht lodert aus ihren Augen.

»Hund, sie sind echt weich und schön, aber sie reizen mich nicht. Die Augenblicke, in denen ein steifes Glied in mich dringt, der Mann mich wie ein Tier reitet und seinen Samen in mich ergießt, die sind für mich leidenschaftlicher Sex. Frauen sind nur Unterhaltung. Ich habe es mir überlegt, Ende August werden wir eine Woche in Cap d'Agde verbringen. Dort gibt es reichlich Männer für Huren wie mich.«

Ich antworte nicht, schaue auf den dunklen Asphalt der Fahrbahn. Sylvester werde ich Lise und Thorsten wiedersehen, sie werden in die Schwarzen Loge kommen. Thorsten ist der neue Professor an der sexologischen Abteilung im Reichskrankenhaus, Lise wird bald Abteilungsdirektorin in einer Kopenhagener Bank sein.

»Hund, ich weiß, dass es dir in Cap d'Agde gefallen wird. Genau darum liebe ich dich so sehr.« Neben mir im Wagen das Feuer ihrer roten Haare, weiß ihr Körper im offenen, schwarzen Pelzmantel, unendlich das Licht ihrer blauen Augen, ich bin wieder in ihrer Gewalt.